라이어
라이어

태어나서 딱 세 번 거짓말한 남자의
엉망진창 인생이야기

라이어
라이어
라이어

마이클 레비턴 지음 ㅣ **김마림** 옮김

👓 문학수첩

내가 가장 불쾌하게 행동하던 시절에도

나를 사랑해 주었던

엄마, 아빠, 이브 그리고

여러 지인들에게.

CONTENTS

이것으로 솔직한 날들은 끝났다. 평생을 저항했던 나도 결국 굴복하고 거짓말을 시작해야 할 때가 왔음을 인정할 수밖에 없었다. 과연 내가 잘 견뎌낼 수 있을지는 알 수 없었다. 지금까지 했던 단 세 번의 거짓말도(다섯 살 때, 열여덟 살 때, 그리고 스물여섯 살 때, 거의 10년에 한 번꼴로) 몹시 견디기 힘들었기 때문이다. 하지만 최소한 시도는 해봐야겠다는 생각이 들었다. 나는 이렇게 내 인생에서 가장 힘든 순간에 진실하지 않게 살기로 결심했다.

몇 달 전까지만 해도 이브와 함께 지내던 브루클린의 어둑한 아파트에서 나는 침침한 불빛의 스탠드 하나만 켜놓은 채 소파에 털썩 주저앉았다. 아무리 고통스러워도 무슨 일이든 직시할 수 있다고 자부하던 나였지만 지난 7년간 이브와 함께 가꾼 우리 둘만의 세상(매일 아침 이브가 출근 준비를 할 때 사용했던 내가 선물한 빈티지 화장대,

이곳저곳에 널려 있는 그녀의 이젤, 그림, 악기 들 그리고 1930년대 싱거 재봉틀 주철 받침대에 호두나무 상판을 붙여 만든 식탁 등)을 차마 바라볼 용기가 나지 않아서 어둠 속에 앉아 있었다.

나를 있는 그대로 좋아해 줄 수 있는 몇 안 되는 사람들에게는 내 진정성이 매력으로 작용할 거라고 믿었다. 이브한테도 그렇게 작용했을 거라 생각했다. 하지만 나의 지나치게 솔직한 본성은 다른 모든 것에서 그랬듯이 결국 우리 두 사람의 관계에도 독이 되고 말았다.

덜 솔직해지려고 노력하는 사람을 위한 지지 모임 같은 건 찾아볼 수 없었다. 심리치료도 '입 좀 닥치기'가 아니라 '진심을 털어놓기'를 위한 것이었다. 언제나 나에게는 남들이 흔히 필요로 하는 것과는 정반대의 조언이 필요했다.

나는 펜과 종이를 가져와서 테이블 앞에 앉아 몇 가지 새로운 규칙을 적어 내려갔다.

- 감정을 숨길 것.

- 누가 질문을 하면 대답을 되도록 회피할 것. 나의 진심을 정말로 알고 싶
  어 하는 사람은 아무도 없다.

- 솔직한 게 좋다는 말을 믿지 말 것. 보통 사람들이 말하는 '솔직함'은 내가
  생각하는 것과는 다른 의미다.

- 절대 나답게 행동하지 말 것.

이런 규칙들은 우스울 정도로 한심하고 최악의 조언처럼 여겨졌

다. 이브한테 전화해서 의견을 묻고 싶었지만 이별의 아픔을 감당하는 과정을 헤어진 여자친구에게 시시콜콜히 보고하는 일이야말로 제일 먼저 그만둬야 하는 일임을 상기했다.

사람들이 눈살을 찌푸리거나 노려보거나 불편해하며 자리를 피하는 상황들을 수없이 겪고도, 나는 내 솔직함이 그렇게까지 사람들을 불편하게 만든다는 사실이 여전히 이해가 가지 않았다. 펜을 움켜쥐고 나의 뇌를 거짓말에 길들이려고 노력하면서도 머릿속에서는 진실을 말한 후 찾아오는 홀가분한 기분을 묘사한 수십 가지의 명언들을 자동적으로 검색하고 있었다. 하고 싶은 말이 있어도 절대로 하지 않는 사람들이 너무 많았다. 지인 중 한 명은 온종일 사람들한테 하고 싶은 말을 속 시원히 다 한 다음 그 말들을 아무도 기억하지 못하는 날이 있었으면 좋겠다고 말한 적도 있다. 나는 하루하루가 그렇게 자유로웠다. 진실을 말하는 건 마치 노래를 부르는 것 같았다. 하지만 내가 그럴 때마다 대부분의 사람들은 내 목을 조르고 싶어 했다.

다른 모든 사람들은 말을 아끼고 귀를 닫아야 하는 셀 수도 없이 많은 이유에 대해 잘 알고 있었지만 나는 도저히 이해할 수 없었다. 왜 다른 사람의 속마음을 알고 싶어 하지 않을까? 왜 자기 생각을 있는 그대로 털어놓지 않을까? 모든 상황이 너무 답답하고 공감하기 어려웠다. 사람들은 정직한 게 좋다고 주장하면서 적어도 수십 번씩 거짓말을 하거나 남에게 거짓말을 하도록 부추겼다. 나는 보통 새로운 사람을 만나면 솔직하게 말해도 좋다고 했지만 아무도 그런 내 제안을 흔쾌히 받아들인 적이 없었다. 솔직하게 말해달라고 요구할수록 그들은 오히려 더 거짓말을 했고 관계는 더욱 불편해졌다. 그리고 아무도 거짓말한 이유를 속 시원히 설명해 주지도 못했고 설명해 주려고도 하지 않았다.

나는 가슴이 아파 떨리는 손으로 규칙을 몇 가지 더 적었다.

- 내가 대우받고 싶은 대로 남들을 대하지 말 것. 남들은 그런 걸 싫어한다.
- 가볍게 잡담하는 법을 배울 것.
- 내 진짜 모습을 좋아해 줄 사람을 찾는 대신 지금 내 눈앞에 있는 사람이 원하는 종류의 사람이 되도록 노력할 것.

내가 본 대로라면 '솔직하지 않음'은 사람들을 정말로 행복하게 만드는 것 같았다. 그들은 뭔가 내가 모르는 것을 알고 있는 게 분명했다. 그렇지 않다면 대체 왜 온 세상이 그렇게 필사적으로 내가 거짓말을 하도록 압박을 가하겠는가? 거의 모든 사람들은 내가 솔직하지 않다고 믿는 것은 절대 솔직하지 않은 것이 아니며 오히려 지극히 정상적인 행동들을 '속임수'라고 부르는 내가 터무니없다고 주장했다. 나는 '거짓말 색안경'을 벗어야 할 때가 왔음을 깨달았다.

솔직했던 시기와 솔직하지 않으려고 노력했던 시기의 이야기를 들려주면 많은 이들이 화를 내거나 나를 불쌍하게 여긴다. 솔직한 것을 좋아하는 사람들은 있는 그대로 나를 표현하는 일이 그렇게 부정적인 결과를 초래할 수도 있다는 얘기를 좋게 받아들이지 않는다. 솔직한 것을 싫어하는 사람들은 남을 불편하게 하는 행동은 옳지 않다는 것을 그렇게 늦게 깨달은 나를 못마땅하게 여긴다. '사람은 누구나 솔직함을 존중한다'고 주장하던 사람들도 내 이야기를 들은 다음에는 금방 입장을 바꾸어 그런 이야기를 책으로 쓰는 건 좋은 생각이 아니라고 조언했다. 그런 내용을 책으로 쓰려고 한다는 것 자체가 내가 충분히 부끄러워하지도 않고 깨달은 것도 없으며, 설사 있다 해도 모두 무시하고 있는 거라고 말하는 사람도 있다. 물론 그들이 하려는 말이 무슨 말인지는 나도 안다. 더 이상 솔직하지 않겠다고 결심하고는 이렇게 모든 것을 다 털어놓는 책을 쓰려고 하고 있으니 말이다. 어쩌면 이 책은 원래의 나로 되돌아가려는 핑계일 수도 있고, 비극적으로 끝난 솔직함과 나와의 로맨스에 다시 불을 붙여보려는 시도인지도 모르겠다. 무모한 생각일지 모르지만 여러분이 나라는 사람을 못마땅하게 여기거나 불쌍히 여길지도 모르는 위험을 감수하면서 이야기를 해보려고 한다. 보통의 경우에는 여러분이 누군가에게 솔직하게 말해도 좋다고 해도, 사람들은 그 말이 온전한 진심이 아님을 은연중에 알고 있다고 안심해도 좋다. 하지만 이 책에서는 다르다. 여러분이 이 책을 계속 읽는다는 것은 내게 솔직함을 요구하는 것이다. 그리고 나는 여러분의 그런 요구에 부응할 것이다.

제1부

단지 솔직했을 뿐인데

1장

대부분의
사람들

우리 부모님은 아주 일찍부터 나에게 죽음, 거절, 실패 등과 같은 인생의 불가피한 비극들에 대한 대비를 시켰다. 내가 네 살 때는 이미 무서운 것들에 대해 많이 들었던 후였는데도 유독 예방접종에 대한 두려움은 뇌리를 떠나지 않았다. 나는 침대에 누우면 만화에서 봤던, 주사액이 뚝뚝 떨어지는 거대한 주삿바늘을 상상하곤 했다. 그러던 1984년 8월 어느 날, 엄마한테서 다음 날 예방주사를 맞으러 간다는 애기를 들었다.

당시 우리는 로스앤젤레스에서 한 시간가량 떨어진 곳에 있는, 작은 공원이 곳곳에 있고 거리마다 나무가 늘어선 클레어몬트라는 대학 도시에 살았다. 부모님은 거의 자포자기하는 심정으로 그 지역에 정착했다. 대학을 졸업한 후, 부모님은 아무 데도 취업할 수가 없었다. 취업 면접을 볼 때마다 너무나 정직하게 대답하는 바람에 매번 떨어졌기 때문이다. 그래서 엄마는 아빠가 음악에 백과사전 같은 지식을 가졌다는 사실과 클레어몬트에 레코드 가게가 없다는 점을 종합해 레코드 가게를 열자고 제안했다. 그리고 부모님은 아주 정직하게 삶을 꾸려나갔다.

내가 곧 입학할 예정이었던 유치원에서는 길 건너편 공원 한편에 예방접종 천막을 설치했다. 주사를 맞으러 가는 길은 평소의 가족 나들이와 별반 다르지 않았지만 다만 두려움이 깔려 있었다. 한여름 보도의 열기가 캔버스 운동화로 스며들었고 태양 빛에 내 주근깨가 더 진해졌다. 난 집에 있는 걸 좋아하는 아이였다. 밖에 나갈 때마다 햇볕이 너무 뜨겁다고 불평을 하곤 했다.

공원 잔디밭에 들어서자 예방접종을 위해 설치한 불길한 파란색 천막이 눈에 들어왔다. 나는 부모님 쪽으로 돌아서서 바가지 머리를 긁적거리며 말했다. "벅스 버니가 조총 부대 앞에 섰을 때 이런 기분이었을 것 같아."

엄마는 도수 있는 커다란 선글라스가 기울어질 만큼 깔깔대고 웃었다. "마이클, 넌 정말 재미있는 아이야. 넌 어쩜 무서운 와중에도 그렇게 웃길 수가 있니." 너무 격렬하게 웃어대서 나는 엄마가 안고 있던 동생 조시가 포대기에서 떨어질까 봐 불안했다. 하지만 아침나절 내내 손목시계를 만지작거리며 인상을 찌푸리고 있던 엄마가 그제야 비로소 웃는 모습을 보자 한편으로는 기분이 좋았다.[1]

---

1 부모님이 우리에게 속마음을 숨기려고 노력했어도 숨길 수 없었을 거라고 생각하지만, 그런 노력을 했을 거라고도 생각하지 않는다.

그곳에 온 네 살짜리 아이들과 부모들은 유치원에서 제공한 깔개나 야외용 접이식 의자에 앉아 있거나, 그네를 타거나, 모래 놀이를 하거나, 시소를 타고 있었는데 다들 아무 걱정이 없어 보였다. 갑자기 아빠의 얼굴이 환해졌다. "내가 뭐 하나 맞혀보마." 아빠는 종종 낯선 사람들의 행동을 예측하는 것을 즐겼다. 그런 예측은 항상 들어맞았고 아빠는 언제나 다른 사람들이 어떻게 행동하고 말할지 잘 알고 있었다. 나에겐 그런 일들이 꼭 마법같이 느껴졌다.

아빠는 짧은 갈색 수염을 긁적이며 뜸을 들였다. "내가 장담하는데…." 아빠는 두툼하고 짙은 눈썹을 들어 올렸다. "여기 있는 대부분의 부모들은 오늘 주사 맞을 거란 얘기를 애들한테 안 했을 거야." 아빠의 예측은 언제나 '대부분'을 겨냥한 것이었고 한 번도 '모두'인 적은 없었다. 아빠는 항상 모두에게 적용되는 진실이란 없기 때문에 '모두'를 일반화하는 사람들의 말은 무시하라고 말했다.

그리고 아빠는 언제나 가장 보편적인 행동들만 예측했다. 나를 처음으로 콘서트에 데려갔던 날에는 이렇게 말했다. "잘 봐라. 링고 스타Ringo Starr(영국의 가수, 비틀스의 멤버_옮긴이)가 관객들한테 오늘 저녁 기분이 어떠냐고 물어보면 분명 대부분의 관객이 마구 환호할 거야." 함께 쇼핑하러 갔을 때는 "점원한테 우리 예산이 얼만지 말해주면 점원은 분명 그것보다 더 비싼 걸 보여줄 거다"라고 말했다.

대체 어떻게 사람의 마음을 그렇게 잘 읽고 미래를 예측할 수 있는지 물었을 때 아빠는 이렇게 설명했다. "대부분의 사람들은 남이 하는 행동을 따라 해. 우리가 이미 수없이 들어왔던 말들, 남들이 미리 써놓은 대본에 따라서 행동하고 말하는 거지." 내가 그러면 왜 사람들은 스스로 생각해서 말하지 않느냐고 묻자 이렇게 대답했다. "혹시 자기가 하고 싶은 대로 말했다가 누군가가 자기들을 좋아하지 않을까 봐 그러는 거야. 그리고 사람들은 누군가가 자기를 싫어하는 걸 아주 많이 두려워해." 그러고는 고개를 저으며 덧붙였다. "정말 어이가 없는 일이지."

아빠는 예방접종 천막 앞에서 방금 예측한 내용을 말하기 전에 긴장감을 고조시키려고 잠시 뜸을 들이며 조소를 지었다. "여기 있는 대부분의 애들은 그냥 평소처럼 공원에 놀러 온 줄 알 거다."

"그럼 애들을 속인 거예요?" 내가 깜짝 놀라 물었다.[2]

"대부분의 사람들은 좋은 부모가 되려면 거짓말도 해야 한다고 생각하거든." 아빠는 '대부분의 사람들'[3]을 조롱하는 말을 할 때 항상 그러듯 눈가에 주름이 질 정도로 활짝 웃었다.

우리는 잔디밭으로 들어가 자리를 잡았고 아빠는 털이 수북한 긴 다리를 쭉 뻗고 앉았다. 어린 시절 내가 기억하는 아빠는 항상 같은 옷을 입고 있었다. 주로 홀치기염색을 한 천에 밴드 이름이 새겨진 낡은 티셔츠와 베이지색 반바지 차림이었다. 엄마의 옷은 그나마 변화가 있는 편이었다. 때로는 품이 넉넉한 티셔츠에 청바지를 입기도 하고 때로는 뒤쪽이 부풀 만큼 헐렁한 검은색 원피스 같은 것을 입었다.

---

2 이때만 해도 내가 아침 내내 공포에 질려 있는 동안 이 아이들은 평소와 같은 일상을 즐겼다는 사실을 깨닫지 못했다.

3 우리 가족의 양쪽 집안은 대대로 이 '대부분의 사람들'과 전쟁을 치러왔다. 우리는 이 싸움에서 우리가 질 것을 뻔히 알면서도 싸웠다. 이 '대부분의 사람들'은 우리를 완전히 포위하고 있었다.

나는 과연 여기 온 진짜 목적을 알고 있는 아이들이 얼마나 될까를 가늠해 보기 위해 잔디밭에 있는 가족들을 관찰했다. 파란 천막 입구가 열리고 한 엄마가 상기된 얼굴로 훌쩍거리는 아들의 손목을 잡아끌고 나왔다. 아이들의 시선이 일제히 그쪽을 향했다. 우리 옆에 앉아 있던 상고머리의 남자아이가 몸을 꼼지락거리기 시작했다. 그 남자아이는 우는 애를 가리키며 자기 아빠에게 물었다. "쟤는 왜 울어요?"

아이의 아빠는 목덜미를 문지르며 말했다. "별일 아니야."

나는 금발 머리에 깔끔하게 면도한 얼굴을 하고 팔뚝의 근육이 드러나게 셔츠 소매를 걷어 입은 그 거짓말쟁이 아빠를 자세히 바라보았다. 아이가 점점 더 심하게 꼼지락거리자 아이 아빠가 목덜미를 문지르는 속도도 줄어들었다. 아이가 다시 물었다. "그런데 왜 울어요?"

그 말에 아이의 아빠는 아무 대답도 하지 않았다. 아이는 대답 없는 아빠를 빤히 쳐다보았다. 나는 왠지 그 아이가 안됐다는 생각이 들었다.

우리 아빠가 딱하다는 듯이 중얼거렸다. "정말 어이가 없네."[4]

두 사람의 대화를 듣고 주변에 있던 아이들도 하나둘씩 자기 부모들에게 똑같은 질문을 하기 시작했다. 거짓말쟁이 부모들은 주사가 전혀 아프지 않다고 둘러대거나 아예 대답을 회피했다. 한 엄마가

---

4. 아빠는 남들이 진부하게 같은 말을 지겹도록 반복하는 건 그렇게 듣기 싫다고 불평하면서도, "어이가 없다"라는 말을 말끝마다 반복해서 사용했다.

말했다. "절대 누구도 널 다치게 하지 않을게." 아이들은 각자의 방식대로 칭얼대기 시작했다.

나는 주사를 맞으면 아프다는 것은 이미 들어서 알고 있었지만 과연 실제로 얼마나 아플지 궁금해서 엄마에게 물어보았다. "주사를 맞으면 느낌이 어때요?"

"따끔하지. 가시에 찔린 거랑 비슷해. 그런데 통증은 훨씬 빨리 없어져." 엄마가 속삭이듯 대답했다. 가시에 발이 찔렸던 일은 가장 끔찍한 경험 중 하나였다. 그래서 그보다 덜 아플 거라는 말은 위안이 되었다. 나는 엄마가 통증에 대해 해준 말이 반드시 맞으리라는 확신이 있었다. 그리고 그 순간 부모님을 신뢰하지 못한다는 것은, 또는 뭔가를 물어보고 싶은데 믿고 물어볼 사람도, 확실한 것도, 뚜렷한 기준도 없다는 것은 얼마나 좌절감이 드는 기분일까 하는 생각이 들었다.

간호사[5]가 천막에서 나와 내 이름을 불렀다. 그 간호사 역시 그 '대부분의 사람들'에 속한다는 것을 알 수 있었다. 우리는 천막 안으로 따라 들어갔다. 천막 안은 널찍하고 그늘진 데다 바닥은 그냥 잔디밭이었다. 천막 벽 한쪽에는 토끼가 윙크를 하며 엄지손가락을 치켜들고 있는 포스터가 붙어 있었다.

예방주사를 맞는 사람이 앉는 의자는 아동용이어서 의자에 앉자 발이 땅에 닿았다. 간호사는 자기 앞에 앉은 긴장한 꼬마가 당연히

---

5 우리 가족 중 그 간호사의 용모를 기억하는 사람은 없다. 그런 세부적인 사항들은 가족들과 되풀이해서 이야기하는 사이 흐지부지 여과되어 버렸기 때문이다.

질겁할 것이라고 예상하고 있었고, 그래서 마음의 준비를 하듯 나를 쳐다보았다. 주사는 만화에 나오는 것에 비해 아주 작았다. 간호사가 반소매 끝단 아래의 팔에 주사기를 갖다 대는 순간, 나는 주사를 놓는 것을 보려고 고개를 돌렸다.

"애야, 저쪽을 보렴. 토끼를 보고 있어." 천막의 한쪽 벽을 가리키며 간호사가 말했다.

"주사 놓는 걸 보고 싶어요." 내가 말했다.

"그래도 토끼를 봐." 간호사는 반복해서 말했다. 그러더니 부모님을 슬쩍 바라보았다. 엄마 아빠는 눈앞에서 벌어지고 있는 상황을 재미있어하며 눈을 크게 뜨고 지켜보고 있었다. 간호사가 어깨를 으쓱하는 것을 보고 내가 말했다. "주사 놓는 걸 보고 싶단 말이에요. 제 말 못 믿으세요?"

눈을 가늘게 뜨고 있던 간호사는 당황해서 나를 노려보았다. 내 행동은 분명 버릇없는 행동이긴 했지만, 그 간호사는 이런 종류의 무례함에 익숙하지 않은 것 같았다.[6]

간호사가 주삿바늘을 찌르는 순간 나는 너무 깜짝 놀라 입이 떡 벌어졌다. 따끔해서 움찔하고 당황하긴 했지만 통증은 엄마가 묘사한 대로였다. 나는 엄마의 적확한 표현에 감탄해서 미소를 지었다. 그런 내 반응에 간호사는 당황했다. 간호사는 내 눈높이에 맞춰 몸을 숙이고 내 조그마한 손을 다정하게 쥐고 악수를 하며 말했다. "넌

---

6 나는 곧 이런 반응에 익숙해졌다. 나는 본의 아니게 새로운 종류의 무례함을 만들어 내는 재능이 있었다.

내가 본 아이들 중에 제일 용감한 아이야." 나는 자랑스러워 마음이
부풀어 올랐다. 주사를 그렇게 많이 놓아본 사람의 말이라면 믿을
수 있을 것 같았다. 그래서 예방주사를 처음 맞고 웃는 아이들이 아
주 드물다는 간호사의 말은 사실처럼 들렸다. 세상에서 가장 용감한
아이라는 공식적인 증언과 칭찬을 받은 나는 너무 뿌듯했다.[7] 마치
대단한 상이라도 받은 기분이었다. 다 엄마 아빠 덕분이라는 말을
하려는 순간, 아빠가 먼저 끼어들어 말했다.

"아마 다른 애들에게도 그럴 기회가 있다면 똑같이 용감하게 행동
했을 겁니다. 다른 부모들은 주사를 맞으러 간다는 말조차도 솔직하
게 해주지 않으니까요."

그 말을 들으며 활짝 웃는 엄마의 선글라스가 또 비스듬히 기울어
졌다. "사실 저 애들은 주사 때문에 우는 게 아니에요. 부모한테 속
은 게 억울해서 우는 거죠."[8] 엄마가 거들었다.

간호사는 부모님의 말을 찡그린 표정으로 듣고 있다가 나를 향해
말했다. "난 정말 내가 만난 아이들 중 네가 가장 용감한 아이라고
생각해." 다른 부모들과 너무 다르게 행동하는 우리 엄마 아빠를 본
간호사는 나를 가엾게 여기는 듯했고, 내가 비정상적인 교육을 받으

---

7 그때는 간호사가 모든 아이들에게, 심지어 겁쟁이들에게까지 그런 칭찬을 했을 거라는 사실은
   전혀 몰랐다.
8 바로 이때, 나는 부모님의 현명함에 감탄했다. 하지만 지금은 잘 모르겠다. 어떤 아이들은 부모
   가 주사를 맞을 거란 사실을 미리 잘 얘기해 줬어도 주사를 보고 겁을 먹었을 것이다. 그리고 많
   은 사람들은 사실이 아닌 말에 진짜 위안을 얻기도 한다. 그리고 간호사가 모든 아이들에게 같
   은 칭찬을 한다는 걸 알았다 해도 아이들은 칭찬을 받고 좋아했을 것이다.

며 자란다고 생각하는 것 같았다.[9]

나는 팔에 솜과 밴드를 붙이고 천막 밖으로 성큼성큼 걸어 나갔다. 세상에서 가장 용감한 아이에게 펼쳐질 영광스러운 미래, 남들은 두려워서 차마 쳐다보지 못하는 아주 놀랍고 신나는 것들을 보게 될 미래를 마음속으로 그려보았다. 그리고 흥미로운 것들은 하나도 못 보고 그저 윙크하는 토끼의 그림이나 쳐다보면서 인생을 낭비할 다른 아이들의 모습도 상상했다.

나는 엄마 아빠에게 사실을 있는 그대로 말해줘서 고맙다는 말을 하려고 돌아섰다. 하지만 부모님의 자랑스러운 표정은 이미 사라진 지 오래였다. 엄마는 아빠의 어깨에 얼굴을 기대고 아빠는 팔로 엄마를 감싸 안고 있었다.

"정말 너무해." 엄마가 말했다.

아빠가 한숨을 쉬었다. "마이클이 울지 않았기 때문에 간호사는 우리가 옳다는 증거를 본 거나 마찬가지야. 게다가 그 간호사가 애들한테 거짓말을 한다는 식으로 우리가 지적하니까 그런 태도를 보인 거지."

엄마는 울먹이며 침울하게 걸음을 옮겼다. "우리를 마음에 안 들어했어."

엄마를 감싸고 있던 팔을 거둬들인 아빠의 걸음걸이가 뻣뻣해졌다. "간호사의 의견 따위는 중요하지 않아. 전혀. 우리와는 상관없는

---

9 사실 간호사의 생각이 그렇게 틀린 건 아니었다.

남이니까."[10]

　"우린 단지 솔직했을 뿐인데."[11] 엄마가 고개를 숙이고 말했다. 순간 나는 엄마를 안아주며 사랑한다고 말해줄까 하는 생각이 들었지만, 그 대신 왠지 기분이 안 좋아 보이는 아빠의 편을 들고 말았다. 나는 사람들이 우리를 좋아하지 않을 거라는 사실을, 하지만 그것에는 그만한 가치가 있다는 사실을 엄마가 인정하기를 바랐다. 평범하면서 동시에 특별할 수는 없으니까, 세상에서 가장 용감한 어린이는 평범한 아이들과 쉽게 어울릴 수 없으니까 말이다. 나는 이렇게 오래전부터 '솔직함'이라는 매력적인 고립 상태에 아주 잘 대비되어 있었다.

　우리 부모님 같았으면 아마도 아이들은 태어날 때부터 솔직하며, 그런 타고난 솔직함을 부모님이나 선생님의 꾸지람 또는 친구들의 놀림으로 인해 박탈당하기 전까지는 마음대로 자기표현을 한다고 주장했을 것이다. 하지만 대부분의 사람들은 어린아이일수록 자기 마음을 그대로 잘 표현하지 못하고 타인의 관심과 사랑을 받기 위해 거짓으로 표현하는 게 더욱 자연스럽고 일반적이라고 생각한다. 특별히 교육을 하지 않으면 아이들은 두 살 무렵부터 거짓말을 시작한다는 연구 결과도 있다. 어느 쪽이 맞든, 우리 부모님 역시 처음부터

10　부모님이 나누는 이런 식의 대화는 상황이나 세부적 내용이 거의 바뀌지 않은 채로 어린 시절 내내 되풀이되었다. 내가 어렸을 때의 일을 쉽게 기억하는 이유는 이런 식으로 비슷한 상황이 계속 반복되었기 때문이다.

11　이런 말은 사실 남을 모욕하려는 무례한 사람들이 주로 쓰는 변명이다. 이 말을 쓰는 사람들은 솔직하고자 하는 의도는 전혀 없다. 하지만 우리 가족은 되도록 많은 생각과 감정을 입 밖으로 표현했고, 우리 말 그대로 정말 '솔직했을 뿐'이었다.

우리 가족을 솔직함을 맹신하는 '광신자 집단'처럼 만들려고 작정한 건 아니었다. 두 분은 그저 타고난 본성대로 살았을 뿐이다. 그리고 대부분의 가정에서와 마찬가지로, 어떤 세뇌의 과정도 의도적인 것이 아니었다.

저주는 마음

내가 아주 어릴 때, 유치원도 들어가기 전에 엄마와 나는 매일 서로의 생각을 공유하는 놀이를 했다. 내가 이야기를 들려주면 엄마가 받아 적은 뒤에 그 이야기를 서로 돌아가며 설명하는 놀이였다. TV나 영화를 볼 때면, 나는 엄마와 TV 화면 사이를 오가면서 내가 본 것을 설명했다. 나는 TV를 보는 것보다 그것에 대해 이야기하는 것을 더 좋아했다. 이야기하기를 너무 좋아하는 나를 위해서 엄마는 인터뷰 놀이를 만들어 냈다. 이 놀이는 하다 보면 '차라리 게임'('Would you rather questions'라는 게임으로 여러 가지 극단적인 가상적 상황을 만들어 둘 중 하나를 선택하는 놀이다_옮긴이)이나 벌칙 없는 '진실 게임'과 비슷해지기도 했다. 나는 여러 가지 의견을 생각해 내기도 하고, 생각한 내용 중 하나를 골라 표현하고 묘사하는 놀이들이 가장 재미있었다. 네 살쯤 되었을 때, 내 이야기를 너무 좋아했던 엄마는 그 내용을 녹음하기 시작했다.

작은 플라스틱 테이블 위에 녹음기를 올려놓고 엄마는 나에게 하고 싶은 얘기를 마음껏 하라고 했다. 그리고 가장 좋아하는 연예인과 인터뷰할 기회를 얻게 된 팬처럼 어쩔 줄 몰라 하며 몸을 앞으로 살짝 기울이고 내 이야기를 들었다. 엄마는 녹음 버튼을 누르면 떠오르는 생각을 전부 다 말하라고 했다. 나는 녹음기의 투명한 창을 통해 빙글빙글 돌아가는 테이프의 회전축을 바라보면서 때로는 어눌한 발음을 했지만 "음…"이라는 말을 섞거나 머뭇거리는 법도 없이 의식의 흐름대로 나름 철학적인 내용을 즉흥적으로 지어 말했다. 그렇게 녹음된 테이프 중 하나에서는, "만일 더 보탤 사랑이 있다면 그건 세상의 모든 사람들을 위한 사랑이어야 한다!"라는 말을 하기도 했다. 잇몸병을 예방하는 상품 광고를 보고는 다시는 껌을 씹지 않겠다는 말을 장황하게 늘어놓는 내용의 테이프도 있다(영어로 철자와 발음이 같은 잇몸gum과 껌gum을 혼동했다는 것을 의미한다_옮긴이). 테이프가 다 돼서 틱 하는 소리를 내면서 끝날 때까지 나는 멈추지 않고 계속 말하곤 했다. 녹음이 끝나면 엄마는 커다란 안경테에 입꼬리가 닿을 만큼 활짝 웃으며 테이블로 다가와서 나를 안아주었다. 엄마가 안아줄 때면 마치 사랑으로 가득 찬 커다란 트럭에 부딪히는 기분이 들었다. 엄마는 내게 "사랑해, 사랑해, 사랑해, 사랑해"라거나 "너의 생각 모두가 다 너무 사랑스러워!"라고 말하곤 했다. 나는 이 녹음 테이프에 '마이클의 이야기 테이프'라는 이름을 붙였다. 내가 어둠 속에서 어떤 검열도 거치지 않은 내 목소리를 자장가 삼아 편히 잠들 수 있도록, 엄마는 테이프와 카세트테이프리코더를 내 머리맡에 놓아주기도 했다.

아빠는 대화하는 데 너무 신경을 써서 오가는 말의 명확함이 어느 정도 수준에 미치지 못하면 견디기 어려워했다. 그래서인지 아빠는 어린아이와 놀아주는 방법을 잘 몰랐다. 네 살 때 우리가 시간을 함께 보내는 최선의 방법은 아빠의 '레코드 방'에서 음악을 듣는 것이었다. 모든 벽의 선반에 레코드판들이 천장 끝까지 가득 꽂혀 있는 요새 같은 방 안에서 아빠는 회색 소파에 편히 앉고, 나는 회색 카펫이 깔린 바닥이나 높은 선반에 꽂혀 있는 레코드판을 꺼낼 때 사용하는 작은 발판 사다리에 앉아 함께 음악을 들었다. 때때로 나는 박자에 맞춰 몸을 흔들거나 춤을 추기도 했다. 아빠는 내가 좋아할 만한 음악을 골라 틀어주었다. 내가 가장 좋아하던 곡은 후The Who(영국의 록밴드_옮긴이)의 〈보리스 더 스파이더Boris The Spider〉였다. 그때 나는 언젠가 나이가 들면 아빠처럼 말할 수 있게 되고, 그러면 대화를 하며 함께 놀 수 있게 되리라고 생각했다.

엄마와 나는 첫 번째 '마이클의 이야기 테이프'를 아빠에게 들려주기로 했다. 아빠는 소파에 앉아 있던 엄마 옆에 자리를 잡았다. 아빠는 평소 음악을 들을 때와 완전히 똑같은 자세로, 털이 수북한 왼쪽 무릎에 오른발을 올리고 수염 난 둥근 턱을 어루만지며 TV와 스피커를 향해 앉았다. 내 목소리가 스피커에서 나오기 시작했다. 그렇게 내 목소리를 크게 듣고 있으려니 기분이 정말 좋았다. 나는 반응이 궁금해서 계속 엄마와 아빠를 번갈아 쳐다보았다. 엄마가 웃고 즐거워하며 미소를 짓는 데 반해, 아빠는 이마를 찌푸린 채 크고 짙은 갈색 눈을 움직이지 않고 그저 듣고만 있었다. 그러다가 문장 중간에 테이프가 다 되어 딸깍하고 멈추자 맨발을 카펫 바닥에 대고 자세를 고쳐 앉은 뒤, 무릎 위에 팔꿈치를 얹고 두 손을 맞잡더니 "우선은" 하며 말을 꺼냈다. "잇몸병은 껌 씹는 거랑은 아무 상관이 없어. 그건 그냥 치아 밑 분홍색 살에 생기는 병이거든." 아빠는 입술을 들어 올려 잇몸을 보여주었다. "그것 말고는, 대부분 무슨 말인지 잘 모르겠다."

이 말을 들은 엄마는 분명 "뭐, 나는 이 마이클의 이야기 테이프가 너무 좋아"라는 식으로 말했을 것이다.

아빠는 또 엄마의 못마땅한 마음을 눈치채고 화가 났을 테고, 결국은 '초콜릿 방어법'을 행사했을 것이다.

"이건 마치 내가 초콜릿을 좋아하지 않는다고 화를 내는 거랑 같은 거야."[12] 아빠는 늘 이런 식으로 반박을 하곤 했다. "내가 초콜릿을 좋아하느냐 안 좋아하느냐는 '당신'이 좋아하느냐 안 좋아하느냐 하고는 아무 상관없어. 내 의견이 무슨 상관이야?" 이런 순간이 되면 아빠는 좌절한 사람처럼 고개를 젓거나, 다리 위에 철썩하고 큰 소리가 나게 손을 내려놓는 식의 동작을 자주 취했다. "당신이 마이클의 이야기 테이프를 좋아하는 건 좋아! 하지만 내가 좋아하지 않는 건 나도 어쩔 수 없어. 뭘 좋아하는 건 선택의 문제가 아니니까. 내가 초콜릿을 좋아하지 않는 것도 내 잘못이 아니라고!"

초콜릿을 좋아하지 않는 자신의 취향을 남들이 왈가왈부하는 어

---

12 아빠가 하는 말을 듣고 있으면 마치 온 세상이 아빠의 군것질 취향에 대해 못마땅해하는 것처럼 들린다. 대체 어떤 개인적인 경험이 그런 생각을 하게 했는지 모르겠다.

이없는 상황에 대해 아빠가 계속 불평을 늘어놓는 동안, 나는 뇌에서 더 많은 생각을 쥐어 짜내듯이 이마와 턱에 힘을 주고 주의 깊게 듣고 있었다. 순간 한 가지 생각이 머릿속으로 흡수되는 듯한 느낌을 받았는데, 그 생각은 전혀 고통스럽지 않았고 그로 인해 오히려 자유로운 느낌이 들었다. 그건 바로 아빠가 내 테이프를 좋아하지 않더라도, '나'는 좋아할 수 있다는 생각이었다. 우리는 굳이 서로의 의견에 동의할 필요가 없었다. 나는 남들의 허락 없이, 심지어 부모의 허락 없이 나만의 의견을 가질 수 있었다.

그 이후부터는 침대에 누워 테이프를 들으면서 아빠의 의견과 내 의견을 다시 떠올려 보았다. 그러다 보면 가끔은 아빠의 의견에 동의하고 싶은 생각이 들 때도 있었지만, 다른 사람의 의견에 신경 쓰면 안 된다고 확실히 말했던 아빠의 말을 기억해 내고 그런 유혹을 떨쳐버릴 수 있었다. 나는 스스로 내 생각을 결정할 수 있다는 점이 너무 만족스러웠다. 나에게는 그런 자유가 그 어떤 수많은 칭찬보다 더 좋았다.

단 한 가지 문제가 있었다면, 누가 날 싫어한다고 해도 전혀 슬프지 않으면서 또 좋아하면 좋아하는 대로 행복한 마음이 들었으면 했던 것이다. 물론 내가 네 살 때는 그런 감정을 분명히 표현할 수 없었지만 그래도 두 감정은 시간이 지남에 따라 점점 자연스레 균형을 이루었다. 그래서 누가 나를 좋아하면 기분이 좋으면서도 누가 나를 좋아해 줄 필요는 느끼지 않게 되었다.

나는 아빠와 함께 놀고 싶었지만 아빠는 그림 그리기를 좋아하지 않았고, 또 난 너무 어려서 아빠가 즐길 만큼의 대화를 나눌 수가 없었다. 어느 날 레코드 방에 무심히 들어가서 항상 즐겨 앉는 소파에 앉아 레코드 재킷을 들여다보고 있는 아빠에게 말했다. "아빠, 우리 같이 게임 할래요?"

아빠는 무슨 게임을 할지 의논하려고 레코드 재킷을 소파 등받이에 기대놓았다. "네가 아직 글을 못 읽으니까 스크래블(알파벳 철자를 조합해 단어를 만드는 보드 게임_옮긴이)은 안 되고,[13] 혹시 체스는 둘 수 있으려나?" 나는 한 번도 체스를 둬본 적이 없었지만, 그 순간 내가 체스를 둘 수 있을 만큼 컸기를 바랐다.

아빠는 차고에서 나무로 된 체스판을 가지고 와서 회색 카펫 위에 놓았다. 그리고 어린 나로서는 불가능해 보일 만큼 복잡한 방식으로 체스 말들을 정렬하기 시작했다. "이건 킹이야." 두 번째로 키가 큰 말을 들어 올리고는 그 말 꼭대기의 십자 모양을 톡톡 건드리며 아빠가 말했다. "킹은 아무 방향으로든 한 칸씩만 갈 수 있어." 그리고 킹을 체스판 위에서 이리저리 옮기며 시범을 보여주었다. 나는 게임 규칙을 머릿속에 집어넣으려고 필사적으로 집중했다. 어린 시절 내내 나는 이런 식으로 듣고 보는 모든 것을 기억하고 면밀히 관찰하는 훈련을 하면서 집중해서 들었다.[14]

---

13 아빠가 네 살짜리 아들과 할 게임을 생각해 내려고 머리를 쥐어짰다고 생각하니 웃음이 난다. 아빠는 그때 술래잡기나 숨바꼭질조차 생각해 내지 못했다.

14 지금까지도 대화 내용은 전부 다 자세히 기억하는데 그 외의 것들은 거의 기억 못 하는 내 기억력이 놀라울 뿐이다.

내가 잘 이해했는지 확인해 가면서 각 말의 이동 규칙을 배우는데 얼마나 긴 시간이 걸렸는지는 정확히 기억나지 않지만, 우리는 곧 그럭저럭 첫 게임을 끝낼 수 있었다. 아빠는 내 킹을 어떻게 포위하게 됐는지, 또 내가 어떻게 해도 킹이 직접적으로 위협받는 체크 상태를 피할 수 없다는 것을 말을 움직여 가며 설명해 주었다. 그러고는 내 킹을 손가락으로 가볍게 쳐서 넘어뜨렸고, 킹은 넘어져서 좌우로 데굴데굴 굴렀다.

"체크메이트." 아빠가 말했다.

"그게 무슨 뜻이에요?" 내가 물었다.

"아빠가 이겼다는 뜻이야."

나는 좌우로 구르는 속도가 점점 약해지는 킹을 바라보며 울기 시작했다. 아빠는 그냥 이렇게 물었다. "한 게임 더 할까?"

체스를 배우고 난 뒤부터 나는 아빠가 집에 있을 때면 무조건 체스만 두고 싶어 했다. 우리가 체스를 두는 동안 엄마는 가끔 옆에서 조용히 책을 읽거나 뜨개질을 하거나 일을 하기도 했다. 나는 매번 졌고 그때마다 아빠는 이렇게 물었다. "한 게임 더 할까?" 그리고 나는 언제나 좋다고 했다.

체스는 내가 처음으로 한 경쟁 게임이었다. 엄마와 했던 그림 그리기나 이야기하기는 승패와는 상관없는 놀이였기 때문에 경쟁이란 개념에 익숙하지 않았다. 가족이 다 함께 사촌의 집에 놀러 갔을 때였다. 사촌 세스는 뛰어다니기를 좋아했고 뭘 하든 시합으로 만들려고 했다. 그가 뒷마당에서 달리기 경주를 하자고 했을 때 내가 물었다. "꼭 경주를 해야 돼? 달리고 싶으면 그냥 달리면 되잖아?"

뒷마당에 있는 테이블에 나랑 둘이 있게 되자 세스가 주먹을 쥐더니 테이블 위에 팔꿈치를 대고 팔씨름을 하자고 했다.

"그러다 다쳐." 내가 말했다.

"겁쟁이." 그가 말했다.

나는 과연 내가 겁쟁이인가 생각을 해보았다. 팔씨름하기를 두려워하는 건 겁쟁이로 간주될 만하다고 여겨졌다. 하지만 다행히도 나는 팔씨름을 안 해도 된다면 내가 겁쟁이가 되든지 사촌이 뭐라고 생각하든지 전혀 상관없다는 생각이 들었다. "맞아. 난 겁쟁이야." 나는 그냥 정보를 전달하듯 차분한 어조로 대답했다.

그러자 세스는 테이블에서 벌떡 일어나 팔씨름할 다른 사람을 찾아 나서려다가, 말없이 한 발로 빙그르르 돌아서더니 다음과 같이 제안했다. "내가 살살 할게."

"살살 한다는 게 무슨 말이야?" 내가 물었다.

"힘껏 하지 않겠다는 뜻이야. 내가 져준다고."

나는 그 말에 벌떡 일어섰다. "진짜로?"

"진짜로." 내가 져준다는 말을 생전 처음 들었다는 사실에 재미있어하며 세스가 대답했다. "아빠랑 팔씨름하면 아빠가 항상 져주거든."

그동안 체스를 둘 때 아빠가 나한테 져줄 수도 있었다는 사실을 깨달은 나는 배신감에 마음이 무너져 내리는 것 같았다. 나는 갑자기 울기 시작했고 세스는 더욱 어리둥절해했다.

그다음 토요일 레코드 방에서 체스판을 두고 마주 앉아서 아빠에게 물었다. "아빠는 왜 저한테 져주지 않아요?"

아빠는 내 눈에는 보이지 않는 파리를 쫓는 것처럼 허공에 손을 휘저었다. "져주면 네 체스 실력이 느는 것을 어떻게 알아? 한 번이라도 네가 실력으로 이겼다는 걸 어떻게 알겠어? 그렇게 되면 그다음부터 네가 아빠를 믿을 수는 있을까?" 아빠는 혼자 웃으며 중얼거렸다. "져준다는 건 정말 쓸데없는 짓이야. 대체 그렇게 해서 얻는 게 뭔지 모르겠다."

"기분이 좋아지니까요?" 내가 의견을 말해보았다.

아빠는 눈살을 찌푸렸다. "기분 좋게 해주는 게 꼭 그 사람을 존중한다는 의미는 아니야.[15] 존중한다는 건 그 사람이 진실을 충분히 감당할 수 있을 거라고 믿어주는 거란다. 아니면 적어도 그럴 기회를 주는 거지."

그다음에 계속된 아빠의 주장은 잘 이해할 수가 없었다.[16] "사람들이 다 져준다면 평생 지는 걸 배울 수 없어. 그러다가 마침내 진실을 알게 됐을 땐, 이미 너무 나약해지고 감정을 감당하거나 용기 있게 대처할 준비가 안 되어 있는 상태에서 기습을 당하게 되는 거야. 왜냐하면 그동안은 주변에서 조장하는 대로 진실을 회피해 왔고, 져주던 사람들이나 아첨꾼들 뒤에 숨어 사는 데 익숙해져 있었으니까. 그러니 대수롭지도 않은 진실에 조금만 노출돼도 기겁을 하고, 진실로부터 보호해 주는 것이 사회의 당연한 도덕적 의무라고 생각하는

---

15 아빠는 종종 평범한 단어들에 자기만의 의미를 갖다 붙였다.
16 하지만 다행히 아빠는 이것도 내 어린 시절 내내 반복해서 들려주었다.

겁쟁이들로 가득 찬 세상이 돼버린 거야." 아빠는 현 세태를 못마땅해하며 머리를 갸웃했다. "아빤 너한테는 절대 져주지 않아." 아빠가 덧붙였다. "그러기엔 널 매우 존중하니까."

나는 이 마지막 말을 가슴에 새겼다. 아빠는 날 존중하고 있었다. 나는 왜 존중하는 마음이 져주는 마음보다 더 좋은지를, 그리고 왜 두 가지 다 동시에 얻을 수 없는지를 깨달았다. 체스를 두는 동안 아빠는 계속 말없이 고개를 저었다. 나는 아빠가 우리처럼 서로를 존중하지 못할 만큼 심약한 사촌 부자를 안타깝게 여기고 있다고 짐작했다.

상한 우유

우리 가족은 앞에 벽과 같은 장애물이 있는데도 그에 맞서 기계적으로 우직하게 나아가려고 하는 태엽 장난감 같았다. 우리는 내면의 톱니바퀴를 멈출 수가 없었다. 기껏 할 수 있는 거라고는 안간힘을 써서 맞서는 일뿐이었다.

부모님은 본인들의 어린 시절 가정환경에 대한 이야기를 자주 해주었기 때문에 어린 나이에도 나는 부모님이 왜 그렇게까지 솔직한 사람들이 될 수밖에 없었는지 조금은 이해하고 있었다. 엄마와 아빠는 1966년 열네 살 때 고등학교에서 처음 만났다. 엄마가 학교에서 본 아빠는 선생님들을 풍자하거나 재치 있는 말을 잘하는 재미있는 학생이었다. 엄마와 첫 데이트 때 아빠가 선택한 영화는 트루먼 커 포티의 〈냉혈한In Cold Blood〉이었다. 아마 첫 데이트 때 볼 영화로서는 최악의 영화였을 것이다. 두 사람은 영화의 마지막에서 불쌍한 살인 자가 처형당할 때 눈물을 펑펑 쏟았다. 엄마는 잘 알지도 못하는 여 자 앞에서 우는 것을 전혀 창피해하지 않는 아빠를 보고, 보통의 또 래 남자아이들과 너무 다르다는 사실에 깊은 인상을 받았다.

그리고 14년 후 내가 태어났을 때쯤 두 사람은 대체로 비슷한 사 고방식을 갖게 되었다. 하지만 각자 너무 다른 환경에서 자란 탓에 여전히 철학적으로 맞지 않는 부분도 꽤 있었다.

엄마의 가족은 엄마의 부모님, 즉 외할머니와 외할아버지가 하던 케이크 장식용품 사업 때문에 미국에서 결혼식이 가장 많이 열리던 로스앤젤레스와 라스베이거스를 계속 오가며 살아야 했다. 나에게 외할아버지의 겉모습은 기차에서 사람들에게 "어이 형씨, 뭐 해서 먹고 사쇼?"라고 말을 걸며 돌아다니는, 옛날 영화에 나옴직한 외판 원을 연상시켰다. 외할아버지는 주로 자신의 성공담을 얘기하면서 스포츠, 전쟁, 여자들, 한심한 처자식 얘기를 곁들였는데 대부분은 과장하거나 지어낸 내용이었다. 또 매우 사교적이고 잘생기고 심지 어 가끔 멋지기도 했던 분이었지만 자신의 속마음을 드러내는 법이 없었다. 아마 평생 진심을 누구에게도 털어놓은 적이 없었을 거라고 생각한다.

마약중독자였던 어머니와 폭력적인 아버지 밑에서 자란 외할머니 는 부모로 인한 불안한 심리 상태 때문에 만나는 사람마다, 특히 낯선 사람에게 무분별하고 도가 넘칠 정도의 관심과 애정을 갈구하는 사람으로 자랐다. 외할머니는 모든 사회적 상호작용에서 모욕감을 느끼고 지속적인 인신공격을 받는다고 생각했고, 예의에 어긋난다고 볼 수도 없을 만큼 아주 사소하게 기분 나쁜 행동에도 툭하면 상처를 받았다. 외할머니에게 모든 사람은 자신이 원하는 것을 알아서 제공해 주는 능력에 따라 '친절'하거나 '나쁜', 두 부류의 사람으로 나뉘었다. 특히 식당에서 종업원들이 만족스러울 만큼 친절하지 않거나 손님인 자신에게 적절한 감사의 예를 표하지 않으면 아주 기분 나빠했다.

또한 외할머니의 나이를 묻거나 뭘 먹었는지 질문하거나 건강 상태가 좋지 않을 수도 있음을 암시하는 등의 '범죄'를 저지르는 의사들에게는 특히나 더 큰 분노를 느꼈다. 외할머니는 의사의 부정적 진단도 무례하다고 생각했다.

외할머니는 한 시간에도 수십 번씩 상대의 불쾌한 태도나 행동에 대해 비난한다면 그들도 자기를 좋아하지 않을 거라는 것을 알고 있었다. 사랑받기 위해서는 자기 행동에 대한 끊임없는 사전 검열이 필요했다. "내가 자기들을 정말 어떻게 생각하는지는 아무도 몰라." 할머니는 마치 그런 자신의 행동이 부러워할 만한 이상적인 행동이라도 되는 것처럼 엄마에게 자랑스레 말하곤 했다.

엄마가 외할머니로부터 얻은 지혜란 모두 타인이 원하는 것을 어떻게 하면 잘 구현해 내느냐와 결부되어 있었다. 외할머니는 엄마에게, 남자들은 무조건 어수룩한 척하고 행복을 가장하고 최선을 다해 아름답고 여성스럽게 꾸미는 여자를 좋아한다고 말했다. 한편 여자들을 대할 때는 자신의 결함을 최대한 숨기고 완벽한 모습을 보여주려고 노력하는 동시에, 싫어하는 여자들에게도 그들이 스스로를 특별하게 느낄 만큼 칭찬을 아끼지 말아야 한다고 가르쳤다.

비록 당시에는 많은 사람들, 특히 여자들이 남의 감정을 위해 자신을 희생하도록 교육받았다고 해도 엄마가 가족에게서 받은 교육은 그보다 더욱 극단적이었던 것 같다.

열네 살에 아빠를 만났을 무렵 엄마의 정신 상태가 어떠했는지는 내가 네다섯 살 무렵에 엄마에게서 들은 이야기를 바탕으로 가늠할 수 있다. 하루는 고등학교 친구 한 명이 엄마를 점심에 초대했다. 친구의 가족이 무슨 음료를 마시고 싶은지 물었을 때 엄마는 우유를 달라고 했다. 엄마는 우유가 상했다는 것을 바로 알아차렸으나 식탁에 다 함께 앉아 있던 사람 중 엄마 외에는 아무도 우유를 마시는 사람이 없었다. 엄마는 외할머니식의 예의범절이 몸에 배어 있었기 때문에 우유가 상했다고 말하는 것은 무례한 일이라고 여겼다. 그리고 우유를 달라고 해놓고 마시지 않는 행동 역시 무례하다고 생각했다. 엄마는 다른 사람들을 곤란하게 만들지 않기 위해 조용히 불편함을 참고 감수하는 것이 바른 예절이라고 알고 있었다. 그래서 열네 살밖에 안 된 엄마는 우유를 계속 참고 마시다가 결국 토하고 말았다.

이 이야기를 들려준 다음 엄마는 이렇게 말했다. "넌 상한 우유를 마셔선 안 돼. 알았지, 마이클?" 내가 알았다고 하자 엄마는 나를 꼭 껴안아 주며 말했다. "엄만 네가 우유가 상했더라도 예의상 마셔야

한다는 생각 같은 건 절대 안 했으면 좋겠어."

아빠의 부모님에 관해 얘기하려면 매사추세츠주 우스터 지역에서 따돌림을 당하던 증조할머니 얘기부터 시작해야 한다. 예전 사진 중 하나를 보면(증조할머니가 가장 큰 물의를 일으켰던 1930년대에 찍은 사진) 증조할머니는 헐렁한 바지와 셰익스피어 시대의 왕자가 입었을 것 같은 넓은 라펠 칼라 재킷에 직접 잡은 동물을 들쳐멘 것처럼 여우 털목도리를 어깨에 두른 이색적인 옷차림을 하고 있다. 머리는 짧고 표정은 굳어 있다. 사진 속에서 증조할머니가 옆에 서 있는 자매를 뱀장어처럼 두 팔로 둘러 안고, 반지 낀 손으로 깍지를 끼고 있는 이상한 포즈를 제외하고는, 미소를 짓고 있는 증조할머니의 자매는 별 특징 없이 정상적으로 보인다. 카메라를 기분 나쁘게 노려보는 증조할머니의 얼굴에는 이 사진을 최종적으로 간직하게 될 누군가를 향한 경멸의 표정이 담겨 있다.

제1차 세계대전 전에 가족과 함께 동유럽에서 미국으로 이주한 증조할머니는 매사추세츠 우스터에 정착했고, 다른 이주민과 결혼하여 여덟 자녀를 낳았다. 그중 다섯째 자녀인 아빠의 어머니이자 친할머니는 1927년에 출생했다. 우리는 친할머니를 이디시어로 할머니를 뜻하는 버비라고 불렀기 때문에 증조할머니는 빅 버비라고 불렀다. 버비가 아홉 살이었을 때 남편과의 생활에 신물이 난 빅 버비는 남편을 집에서 내쫓은 다음, 자녀들에게 길에서 아버지를 마주치더라도 아는 체하지 말고 바로 길을 건너버리라고 가르쳤다. 우스터 내에서도 리투아니아인 거주 지역은 모든 이웃이 서로를 다 알고 지냈고 매일 마주칠 수밖에 없는 곳이었는데도 불구하고 빅 버비는 그런 식으로 문제를 처리하는 것이 아주 정당한 방법이라고 생각했다. 그래서 당시(그리고 그 이후 증조할머니가 여러 번 결혼하고 이혼할 때에도) 주변 사람들은 빅 버비는 남자가 한 번이라도 자기 말을 거역하면 바로 내쳐버릴 사람이라고 말했다. 어쨌든 친할머니 버비는 그렇게 부친을 마주칠 때마다 모른 체하며 자라야 했다.

빅 버비는 지역사회에서 이미 공공연한 미움을 받고 있었지만, 남편을 그런 식으로 공개적으로 내쫓고 모욕을 주는 것은 언어도단으로 도저히 이해받지 못할 행동이었다. 그렇게 지역사회에서 따돌림을 받을 만큼 모질고 독한 엄마 밑에서 자란 친할머니 버비는 우스터를 간절히 떠나고 싶어 했다. 이유는 아무도 모르지만 빅 버비는 항상 캘리포니아로 이주하기를 꿈꿨고 버비는 그런 생각을 무의식중에 이어받았다. 버비는 스물두 살에 스물일곱 살이었던 할아버지와 결혼한 다음 이렇게 말했다. "나는 로스앤젤레스로 갈 거예요. 같이 갈 거죠?"

친할머니 버비와 친할아버지 자이드는 그전까지 우스터를 벗어난 적이 없었다. 키가 작고 농담과 낮잠을 즐기던 단순한 사람이었던 친할아버지는 모험을 좋아하지도 않았고 유일한 가족을 떠날 생각도 없었다. 하지만 친할머니는 상관하지 않고 친할아버지에게 로스앤젤레스로 떠나자고 했다. 친할머니는 싫다는 말을 절대 하지 않을 남편감을 찾아 결혼했기 때문이다.

1950년 버비가 로스앤젤레스로 이주할 때 증조할머니와 형제들도 함께 따라갔다. 친할아버지의 가족은 우스터에 남았다. 그 이후 친할아버지는 우스터를 자주 방문했지만 친할머니는 한 번도 돌아가지 않았다.

아빠는 친할머니의 양육 방식이 대공황 시대의 유대인들로서는 지극히 정상이라고 했지만 우리 가족에게 정상이란 다소 왜곡된 관점에서 정의된 것이었다.

한번은 아빠가 말했다. "네 할머니는 강하지 않으면 살아남지 못한다고 했어. 내가 어릴 때 춥다고 하면 '아니, 넌 춥지 않아. 이 정도는 추운 게 아니야'라고 말했다니까."

친할머니는 아빠를 장난감 가게에 데리고 가서 아무거나 원하는 것을 고르라고 하고는 아빠가 장난감을 고르면 그 선택에 반대하기도 했다.

명절에 모여 선물을 주고받을 때가 되면 아빠는 항상 많이 불안해했다. 아빠가 어릴 때 친할머니가 친할아버지에게서 받은 선물이 마음에 안 든다고 면전에서 핀잔을 줬던 기억 때문이었다. 그런 불안을 느끼는 것이 싫었던 아빠는 친할머니에게 미리 원하는 선물을 말해달라고 했지만 친할머니는 "갖고 싶은 선물을 미리 말하는 사람이 어디 있니?"라고 대답했다.

엄마가 친할머니에 대한 얘기를 할 때는 폭군 같고 지독하다는 식으로 표현했다. 아빠는 같은 이야기를 할 때도 불평이나 부정적인 표현은 하지 않았다. 우리가 친할머니에 대해 안 좋게 말하면 아빠는 본인에게는 다정한 엄마였다며 두둔했다.

　그래도 자주 반복적으로 나타나는 아빠의 정서적 기질은 어릴 때의 경험에서 직접적으로 기인했다고 볼 수 있었다. "어느 누구도 자기 감정을 남이 알아주기를 바라서는 안 돼." 아빠는 내게 종종 이렇게 말했다. "자기가 원하는 바를 알려주는 건 사람들의 의무야. 그래서 언제든 물어볼 수 있어야 해. 남의 감정을 짐작하는 것은 주제넘은 짓이야. 감정이란 게 항상 똑같이 반응하는 게 아니니까. 나는 다른 사람들이 내 감정을 짐작하기를 원치 않아. 원하면 물어보면 되고, 물어보면 내가 대답해 주면 되니까." 친할머니의 "갖고 싶은 선물을 미리 말하는 사람이 어디 있니?"라는 말은 아빠가 항상 인간의 다양성을 강조하는 이유와도 긴밀히 연결되어 있었다. "인류학자들과 심리학자들에 의하면 우리가 정말 이상하다고 느껴지는 일이 어떤 문화권이나 시대에서는 완전히 정상적인 것으로 받아들여지기도 했대."

　여덟 살 때쯤 아빠는 일기를 써보고 싶다는 생각이 들었다. 그래서 용돈을 모아 공책을 샀다. 일기장 표지 안쪽에 이름을 적고 첫 페이지에 날짜를 적은 뒤 첫 문장을 쓰기 시작했다. 그런데 몇 단어를 적다가 그만두었다. 혹시 친할머니가 방을 뒤지다가 아빠의 일기를 읽기라도 하면, 방금 쓰려고 했던 첫 문장을 싫어할 거라는 생각이 들었기 때문이었다. 그래서 아빠는 이미 쓴 단어들 위에 줄을 쫙쫙 그은 뒤 친할머니가 좋아할 만한 문장을 다시 써보려고 마음먹었다. 그러나 이내 할머니를 기쁘게 하기 위해 일기를 쓰는 건 아무 의미가 없다는 것을 깨달았다. 아빠의 일기는 그렇게 줄이 그어진 쓰다 만 문장 하나로, 시작과 동시에 끝나고 말았다.

나는 아빠에게 첫 문장을 뭐라고 쓰려고 했었는지 물어보았다. 아빠는 기억이 나지 않은 데다가 공책도 친할머니가 갖다 버렸다고, 친할머니는 원래 묻지도 않고 아빠의 물건을 마구 버렸다고 했다. 나는 친할머니가 그 공책을 버리기 전에 혹시 펼쳐 보진 않았을까 궁금했다. 아마 쓰다 말고 줄이 그어진 문장이 의미하는 바를 전혀 생각해 보지도 않았을지도 모른다. 물론 부모들이라고 해서 자녀들의 생각을 다 알고 싶어 하지는 않는다는 것을 지금은 알고 있다. 하지만 그 얘기를 들었을 때는, 내가 하는 생각을 알고 싶어 하고 또 본인의 생각을 내게 말해주고 싶어 하는 부모가 있다는 것이 어떤 기분인지만 알고 있었다. 자식에 대해 별로 궁금해하지 않는 엄마를 가졌던 아빠의 이야기는 내가 들었던 것 중 가장 슬픈 이야기였다.

1960년대 후반에 10대였던 아빠는 학교신문에 글을 쓰곤 했는데, 어느 날 음악에 대한 평을 써서 음악 잡지사에 보내면 레코드와 콘서트 티켓을 무료로 받을 수 있다는 얘기를 듣게 되었다. 그래서 찾아낼 수 있는 모든 곳에 문의한 결과, 여러 군데에서 평을 써달라고 부탁하며 무료로 레코드를 보내주었다. 아빠는 그렇게 받은 레코드 중 마음에 안 드는 것이 있으면 좋아하는 다른 레코드와 바꾸기도 했다. 비판에는 도가 텄던 친할머니와 증조할머니의 피를 물려받은 아빠가 10대에 쓴 음악평들은 정말 무자비했다. 아빠는 음악 비평을 쓰던 때의 이야기를 들려주면서 젊은 시절에 가졌던 걷잡을 수 없을 정도로 부정적인 시각에 어이없어하며 웃었다. "1972년에는 〈로스앤젤레스 타임스〉에서 롤링스톤스의《메인 스트리트로의 망명 Exile on Main St.》앨범 기념 투어에 대해 쓴 호평에 반박하는 글을 썼었는데, 롤링스톤스를 무대에서 왔다 갔다 하기도 벅차서 쌕쌕거리는 노인네들이라고 썼다니까!" 아빠가 비평가로 활동하던 시기에 있었던 재미있는 일화 중에는 인터뷰에서 무례한 질문을 하거나 좋아하는 음악가를 실수로 불쾌하게 만든 일도 있었다. 그래서 블랙플래그BlackFlag(1976년 결성된 미국 펑크록 밴드_옮긴이)를 인터뷰했을 때는 헨리 롤린스가 아빠를 찍소리도 못하게 두들겨 패주겠다고 협박한 적도 있었다고 한다.

1970년대 후반에 아빠는 가장 좋아하는 음악가 중 한 명이었던 랜디 뉴먼Randy Newman(미국의 싱어송라이터, 작곡가, 피아니스트_옮긴이)을 인터뷰하게 되었다. "새로 나온 앨범을 들어봤는데 가사의 운율이 꼭 운율 사전을 찾아서 대충 쓴 것 같았어. '슬퍼'나 '기뻐'처럼. 무슨 말인지 알지? 그래서 내가 뉴먼에게 마치 가사에 크게 신경 쓰지 않겠다고 작정한 것 같고, 이전 곡들과 다르게 운율이 너무 진부하다고 말했지." 자신의 말을 곱씹어 보던 아빠는 고개를 저으며 혼자 웃어댔다. "그랬더니 랜디가 인터뷰를 나처럼 하는 사람은 처음 봤다는 거야. 그는 '당신이 실망했다니 유감이네요'라는 식으로 말하면서 그래도 자기는 그런 운들이 마음에 든다고 하더라고. 하지만 나는 그냥 물러서지 않았어. 앨범에서 좋지 않은 운을 가진 가사들을 계속 예로 들면서 내 의견을 주장했고, 또 랜디는 계속 그래도 자기는 좋다고 우겼어." 당시 아빠는 상세한 설명을 곁들여 비평을 하면, 그만큼 음악에 애정을 가진 사람으로 봐줄 거라 생각했다고 했다. 비평이란 아빠로서는 애정과 존경을 표현하는 방식이었으니까 말이다.

아빠의 친구들도 예술과 정치에 대해 끊임없는 토론을 하며 비평가들처럼 대화를 했다. 반면 엄마 친구들은 주로 주변 사람들에 대해 이야기했다. 그래서인지 아빠와 엄마는 서로의 친구들과 잘 어울리지 못했다.

1979년, 내가 태어나기 1년 전 아빠는 로스앤젤레스에 있는 음반 회사에서 지난 음반들을 관리하는 일자리에 지원했고 그 당시 음악 산업에서 오랜 기간 거물로 통하던 그 회사의 대표와 면접을 보게되었다. 아빠는 회사 대표, 비서와 함께 점심을 같이하기 위해 할리우드에 있는 식당에 갔다. 자리에 앉자마자 대표는 아빠 쪽으로 완전히 돌아앉아서 자기가 파블로 피카소의 그림을 얼마나 싫어하는지에 대한 비판적 의견을 마구 쏟아놓기 시작했다. 그리고 눈알을 부라리며 아빠의 의견을 물었다. 아빠는 피카소를 좋아하는 이유와, 개인의 취향과는 상관없이 입체파가 미술 사조에 미친 영향이 얼마나 큰지에 대해 설명했다. 그러자 그 남자는 아빠의 말이 한심하게 들린다며 그다음으로 또 자기가 싫어하는 것에 관해 이야기하기 시작했다. 대표는 그런 식으로 계속 어떤 것에 대한 자신의 의견을 말한 뒤 아빠에게 의견을 묻고, 또 아빠가 무슨 말을 하든 무시했다. 비서는 옆에서 잠자코 듣고만 있었다. 뭔가 혼란스러웠지만 아빠는 계속 질문에 충실히 답을 했다. 아빠는 집에 돌아와서 엄마에게 면접이 정말 이상했고 채용될 가능성이 전혀 없을 것 같다고 말했다. 그리고 바로 다음 날 회사로부터 채용됐다는 연락을 받았다. 아빠가 회사에 출근했을 때, 그 대표의 태도는 여전히 까칠하게 보였지만 인터뷰에서 그랬던 것만큼 화가 나 보이지는 않았다. 아빠가 비서에게 면접 때 분위기가 너무 이상해서 채용될 거라는 기대를 전혀 하지 않았다고 하자 비서는 회사 중역들에게도 기꺼이 의견을 개진할 수 있을지, 갈등이 있을 때 얼마나 침착하고 이성적으로 행동할지를 보기 위한 '스트레스 테스트'였다고 설명해 주었다. 말하자면 아빠에게 안성맞춤인 면접이었던 것이다.

유대인의 크리스마스 기적

부모님은 대부분의 사람이 거짓말을 하거나 듣는 것을 즐긴다고 장담했지만, 나는 외할머니가 나를 산타에게 데려가기 전까지 실제로 그런 일을 목격한 적은 없었다. 우리는 유대인이어서 부모님은 크리스마스에 대한 이야기를 거의 하지 않았다.[17] 그때 외할머니는 여러 달 동안 계속 라스베이거스에 같이 가자고 졸랐고 그럴 때마다 거절하는 엄마에게 언짢은 마음을 갖고 있었다. 뒤끝이 길고 책임 전가에 능했던 외할머니는 대체 어떤 엄마가 네 살짜리 손자랑 할머니 사이를 이렇게 떼어놓으냐며 고집을 부렸다.[18]

사실 나는 네 살 때 외할머니와 아주 많은 시간을 보냈다. 화장을 한 얼굴과 목의 피부색 차이를 관찰하며 외할머니 얼굴을 빤히 바라보던 기억도 있다. 외할머니의 보라색 선글라스는 매니큐어를 칠한 긴 손톱 그리고 밝은 분홍색 립스틱과 어울렸다. 외할머니는 언제나, 자신감 없는 미인대회 참가자처럼 불편해 보이는 억지 미소를 띠고 있었다. 나는 외할머니를 좋아한 적이 없었다. 하지만 외할머니도 나보다 더는 아니어도 비슷하게 나를 싫어했던 것 같다. 외할머니가 가고 나면 엄마가 날 앉혀놓고 할머니의 불만사항을 전달해주었기 때문에 모를 수가 없었다. 내가 외할머니를 보고 활짝 웃지도 않고 날씬하다고 말해주지도 않고 질문도 너무 많은 데다, 운전할 때마다 잔소리하고 소파에 같이 앉으면 외할머니가 나를 거의 깔고 앉는다고 무안을 줬다는 것이었다. 엄마는 나에 대한 외할머니의 불만사항을 다 열거한 후, 이렇게 말하곤 했다. "하지만 네가 다 옳아. 할머니는 운전을 하면서 가방을 뒤져서도 안 되고, 넌 네가 원할 때만

---

17 외할머니는 자신이 유대인이라는 사실이 너무 싫어서 외할아버지에게 제발 성을 바꾸자고 요구했다. 할아버지 형제의 부인들도 피카우스키라는 성은 너무 유대인 티가 난다며 동조했다. 하지만 어떤 성으로 할지에 대한 의견 일치를 보지 못해서 세 명의 형제는 각기 피트, 파월, 파워스와 같이 다른 성을 가지게 되었다. 파워스라는 성을 갖게 된 엄마는 기독교인으로서 크리스마스를 기념하며 자랐다. 그래서 외할머니는 나를 유대인으로 키워 손자와 함께 크리스마스를 보내지 못하게 만든 엄마를 미워했다.

18 좀 더 정확한 문장은 다음과 같다. "대체 손자와 따로 시간을 보내지 못할 만큼 신뢰받지 못하는 조부모가 세상에 어디 있니?"

웃어도 되고, 또 칭찬하고 싶을 때만 하는 게 맞아. 알고 싶은 게 있으면 물어보는 것도 당연해. 그리고 누군가가 널 깔고 앉으면 당연히 도움을 청해야지!"

엄마가 매번 거절할 때마다 할머니의 불평과 비난은 엄마가 더 이상 거절할 수 없을 때까지 점점 더 심해졌다. 결국 외할머니와 나는 라스베이거스로 가게 되었고, 라스베이거스로 운전해서 가는 동안 나는 내내 차에서 잠을 잤다. 다음 날 아침에 외할머니는 나를 다시 차로 데려가더니 어딘가로 출발했다. 나는 목적지를 모르는 상태에서 차에 탄 적이 없었다. 어디로 가냐고 묻자 외할머니는 핸들에 손을 얹은 채 고개를 완전히 돌려 나를 바라보며 말했다. "맞춰보렴." 외할머니가 앞을 보지 않고 나를 보는 동안 사고가 날까 봐 무서워서 나는 안전벨트를 움켜쥐었다. 부모님에게서 차 사고가 얼마나 흔하게 일어나는지 누누이 들었기 때문이었다. "산타를 만나러 가는 거야!" 외할머니는 내 반응을 기대하며 여전히 고개를 내 쪽으로 돌린 상태로 말했다.

외할머니의 섬뜩한 운전 방식에 집중하느라 나는 무심코 중얼거렸다. "산타가 뭐예요?"

외할머니가 한숨을 쉬었다. "엄마가 산타에 대해 말 안 해줬니?" 실망한 외할머니는 앞 유리창으로 고개를 돌렸다. 그러다 갑자기 나에게 크리스마스에 대해 처음으로 말해줄 사람이 될 수 있다는 생각에 흥분한 나머지, 두 손을 핸들에서 떼더니 내 어깨로 옮겼다. "산타는 모든 사람에게 크리스마스 선물을 갖다준단다."

"할머니!" 나는 꽥 비명을 질렀다. "제발 핸들을 잡으세요!" 외할머니는 손바닥을 내 어깨에 얹은 채로 몇 초간 더 있다가 마지못해 다시 핸들을 잡았다.

"산타가 없으면 아마 크리스마스도 없을걸." 외할머니가 말했다.

"하지만 우리는 유대인이잖아요." 내가 대답했다.

"크리스마스는 모두를 위한 거야. 크리스마스이브에 산타가 마법 썰매를 타고 온 세상에 있는 모든 집의 굴뚝으로 들어가서 크리스마스트리 밑에 선물을 놓아준단다."

나는 외할머니의 말을 이해하려고 열심히 집중해서 들었다. 내 머릿속이 어떨까 상상해 보니 병 안에 담긴 뇌가 팔딱거리는 모습이 떠올랐다. 그러다 두통과 함께 멀미까지 나기 시작했다.

"우리는 굴뚝도 없고 크리스마스트리도 없는데요." 내가 말했다.

엄마는 언제나 내게 항상 통찰력이 뛰어나다고 칭찬했는데, 외할머니는 아무 말도 하지 않았다. 우리는 불편한 침묵을 참으며 크리스마스 분위기가 한창인 쇼핑몰에 도착했다. 쇼핑몰에는 가족과 함께 온 아이들이 신이 나서 폴짝거리며 산타를 만나려고 줄을 서 있었다.

외할머니는 플라스틱 크리스마스트리와 하얀색 가짜 눈을 가리키며 소리쳤다. "눈 좀 봐라!"

나는 라스베이거스는 사막 지역이고 사막에는 눈이 오지 않는다는 것을 이미 들어 알고 있었다. 나는 트리 주변에 둘러 쳐놓은 벨벳으로 만든 줄 밑으로 기어들어 가서 눈을 만져 보았다. 그냥 천 같은 촉감이었고 차갑지도 않았다.

외할머니가 사람들의 관심을 되도록 끌지 않으려고 이를 다물고 소리를 낮추어 나를 불렀다. "마이클! 눈 만지지 마!" 외할머니는 가짜 눈을 만지고 있던 내 손을 잡아끌고 다시 산타를 만나기 위해 서 있던 줄 쪽으로 데리고 갔다.

나는 외할머니가 왜 가짜 눈을 진짜 눈이라고 속였는지 이해가 안 갔고, 내가 직접 확인할 수 있는 상황에서 굳이 외할머니의 거짓말을 믿으리라고 기대한 건 더 이해가 안 갔다.

이런 생각을 열심히 하고 있는데 외할머니가 끼어들었다. "저것 봐!" 외할머니는 과장되고 장난스럽게 놀란 표정으로 입을 떡 벌렸지만 나에겐 꾸며낸 행동으로밖에 안 보였다. "저기 산타가 있네!"

사람들이 서 있는 줄 맨 앞에는 산타가 왕좌처럼 생긴 의자에 앉아 사진을 찍기 위해 포즈를 취하고 있었다. 줄이 점점 줄어드는 동안 외할머니가 말했다. "산타를 만나면 크리스마스에 갖고 싶은 선물을 부탁해라." 내가 크리스마스에 받고 싶은 선물은 외할머니가 거짓말을 하고 있다는 증거뿐이었다.

산타에게 더욱 가까워지자 그의 목소리가 들렸다. "그런데 저 사람은 왜 계속 '호, 호, 호'라고 해요?"

"그게 산타 웃음소리니까." 거만하게 보라색 손톱을 번쩍이며 외할머니가 중얼거렸다.

외할머니는 거의 기진맥진해져서 나를 산타의 무릎에 앉히는 데 마침내 성공했고, 나와 산타를 지켜보기 위해 무대 옆으로 가서 섰다. 나는 산타에게서 뭔가 신비한 징표를 찾아내려고 찬찬히 관찰했다. 산타가 말했다. "호, 호, 호! 안녕, 마이클!" 나는 이 남자가 내 이름을 알고 있다는 사실에 깜짝 놀라 숨을 혁하고 내쉬었다. 이걸 설명할 방법은 마법뿐이라는 생각이 들었고 이 낯선 사람은 적어도 어떤 초능력을 갖고 있을지도 모른다는 쪽으로 마음이 조금 기울었다. 하지만 조금 더 시험해 보지 않고는 배길 수가 없었다.

"호, 호, 호! 마이클, 크리스마스에 뭘 받고 싶니?" 내 이름을 이용해 나를 또 놀라게 만들며 산타가 말했다.

나는 그의 반응을 세심히 살피며 말했다. "난 유대인이에요."

산타는 머리를 뒤로 젖히며 보통 사람의 웃음소리를 내며 웃었다. 그리고 내게 조용히 속삭였다. "나도 유대인이야, 꼬마야. 나도!"

나는 산타와 함께 배꼽을 잡고 웃어댔다. 발설이 금지된 진실을 공개하는 일보다 즐거운 일은 없었다. 이 쇼핑몰 산타의 솔직한 고백은 나만의 크리스마스 기적이 되었다.

산타의 무릎에서 내려오자 할머니는 아주 신이 나 있었다. "너 산타랑 같이 즐겁게 웃더라!" 외할머니가 말했다.

웃는 할머니를 보자 할머니의 생각이 틀렸음을 밝히려던 열의가 조금 약해졌다. 산타와 있었던 일을 얘기하면 할머니가 상처받을 것을 알고 있었기 때문이었다. 하지만 방금 경험한 그런 재밌는 일을 숨기는 건 너무 아깝다는 생각이 들었다.

나는 결국 외할머니에게 산타가 한 말을 해주었다. 외할머니는 몸을 숙이고 마구 웃어대기 시작했다. "어머나, 마이클! 그런 재미있는 얘기는 처음 들어본다!" 외할머니가 말했다.

"정말요? 난 거짓말이 들통나서 할머니가 창피해할 줄 알았어요."

외할머니가 갑자기 웃음을 멈추었다. "나는 거짓말한 게 아니야." 외할머니는 이렇게 말하고 다시 웃기 시작했다. "빨리 네 엄마한테 가서 네가 산타에게 한 말을 얘기해 줘야겠다."

집에 도착하자마자 외할머니는 거실의 갈색 소파에 걸터앉아 엄마에게 그 이야기를 들려주었다. 나는 엄마와 외할머니를 비교하며 번갈아 쳐다보았다. 외할머니가 공작새처럼 화려한 색감이라면 엄마는 부드러운 연회색의 분위기를 풍겼다. 두 사람이 모녀라는 게 믿기 어려웠다.

외할머니가 나를 산타에게 데려간 얘기를 하자 다정하던 엄마의 태도가 싸늘해졌다. 엄마가 말했다. "내가 싫어할 거 알면서 마이클을 산타한테 데려가셨어요?"

외할머니는 엄마의 질문을 무시한 채 얘기를 계속했다. 외할머니의 얘기에서 나는 산타를 만나게 되어서 신이 났던 것처럼 묘사되었다. 내가 의심스러워하며 물었던 질문들도 다 빼먹었다. 그리고 나와 산타가 나눴던 대화는 마치 외할머니가 바로 옆에서 들은 것처럼 꾸며 말했다. 나는 엄마가 할머니의 거짓말을 눈치챘는지 보기 위해서 엄마의 표정을 살폈다. 산타에게 내가 유대인이라고 말한 대목에서 엄마는 웃음을 터뜨렸다. 그리고 할머니는 내가 할머니를 거짓말쟁이라고 부른 부분을 빼고 이야기를 끝냈다. 나는 내가 바로 옆에서 듣고 있는데도 이야기를 왜곡하고 또 아무렇지 않게 넘어갈 수 있다고 생각하는 외할머니에게 충격을 받았다.

얘기가 끝난 후에도 엄마는 계속 웃음을 멈추지 못했다. 내가 끼어들어 말했다. "엄마, 할머니 얘기는 사실과 달라요."

외할머니는 모르는 척했지만 결국 나중에 엄마에게 내가 무안을 줬다며 흉을 보리라는 것은 너무 뻔했다. 입을 다문 채 미소 짓는 엄마의 표정으로 미루어 나는 엄마가 누구의 말을 믿어야 할지를 알고 있다는 것을, 자기를 낳은 사람보다 나를 더 신뢰하고 있음을 알 수 있었다. 그리고 나를 믿는 엄마가 옳다는 것도 알았다. 나는 신뢰받을 만한 사람이 된다는 것이 심지어 네 살짜리인 나에게도 이렇게 쉽다는 사실이 신기했고, 동시에 외할머니와 다른 사람들은 어른이면서도 그런 신뢰를 얻지 못한다는 게 또 너무 이상하게 느껴졌다.[19]

외할머니가 떠나자 엄마는 한숨을 쉬고 마음을 가다듬은 뒤, 쇼핑몰에 있던 부모들이 아이들에게 왜 거짓말을 했고 아이들은 또 왜 그런 거짓말에 그렇게 즐거워하는지 설명해 주었다. 엄마도 내 나이였을 때 산타에 관해 비슷한 의심을 가졌던 적이 있었다. 엄마가 산타에 관해 물어봤을 때 외할머니는 이렇게 대답했다. "당연히 산타 할아버지가 네 선물을 갖다주지! 정말 넌 고마워할 줄을 모르는구나! 엄마가 아무렴 너한테 거짓말을 하겠니? 그럼 네 친구의 부모들까지 다 거짓말을 하는 거네? 넌 어쩌면 그런 고약한 생각을 할 수

---

19 물론 신뢰란 단지 진실을 말해줄 거라고 믿는다는 것만을 의미하지는 않는다. 지지에 대한 확신, 누군가가 나를 든든히 지켜주고 옹호해 준다는 의미도 된다. 외할머니는 나를 신뢰하지 못했다. 나는 외할머니를 비판하고 거짓말을 폭로하곤 했으니까. 나는 외할머니에 대한 애착이 없었다. 오직 진실에 대한 애착만 있었다.

있니?" 몇 년 뒤, 산타가 없다는 것을 알게 된 엄마는 외할머니에게 왜 처음에 물어봤을 때 사실대로 말해주지 않았느냐고 물었다. "산타의 존재를 믿는 동안은 즐거울 테니까. 난 네가 즐거워하기를 바랐을 뿐이야." 외할머니는 대답했다.

그리고 엄마는 산타라는 존재가 있다는 것이 너무 빤한 거짓임에도 불구하고 아이들이 그렇게 믿는 이유에 대해 최선을 다해 설명해주었다. 엄마의 말로는 대부분의 사람은 진실보다는 재미와 소속감을 더 중요하게 생각하기 때문이라고 했다.

내가 대답했다. "하지만 우리는 이야기도 만들고 영화도 보고, 또 그게 사실이 아닌 걸 알아도 재미있어하잖아요!"

엄마가 큰 소리로 웃었다. "맞아, 마이클! 사람들은 왜 그냥 재미있는 이야기일 뿐이라고 인정하지 않는지 모르겠어. 아마 그런 방식이 싫어서가 아닐까." 그리고 평소와는 달리 엄마는 엄마의 원칙을 무시하고 나에게 다른 아이들한테는 산타에 대해 사실대로 말하지 말라고 당부했다. "내년에 유치원에서 누가 산타에 대해 물어보면, 넌 유대인이기 때문에 하누카에 대한 얘기만 한다고 해. 메노라(여러 갈래로 나뉜 큰 촛대_옮긴이) 얘기를 대신 해줘도 좋고."

나는 화들짝 놀라며 말했다. "그건 거짓말 아니에요?"

엄마는 갈등하는 듯 잠시 주저했지만 입장을 고수했다. "맞아. 그래도 이것만큼은 사실대로 말하지 않는 게 더 좋을 것 같아."

아빠라면 절대 이런 조언을 하지 않았을 것이다.

유치원의 위선자들

유치원에서 신이 나서 마구 뛰어다니는 아이들은 한 번도 녹음기 앞에서 혼자 시간을 보낸 적이 없었던 것처럼 한마디도 제대로 못하거나 자신의 의견을 명확히 전달하지 못했다. 내가 노래를 만들거나 농담을 하거나 이야기를 지어내는 놀이를 하자고 하면 대부분 겁먹은 눈을 가늘게 뜨고 쳐다보았다. 서로 질문을 하거나 각자 그린 그림에 대한 설명 문구를 만들며 놀자고 하면 남자아이들은 잠시도 가만히 있지 못하거나 놀이에 집중하지 못했고, 놀이 방법을 설명하는 중간에 벌떡 일어나 소리를 지르며 뛰어다니기 일쑤였다. 여자아이들은 주목도 곧잘 했고 이야기하는 부분에서는 훨씬 나은 편이었지만 나와 함께 놀거나 말하고 싶어 하지 않았다. 나는 친구를 사귀고 싶었지만 내가 원하는 조건으로 보면 유치원생 모두가 기준 미달이었다.

우리 반 스미스 선생님은 머리카락이 마구 엉키고 사방으로 뻗칠 정도로 헝클어진 올림머리에 금속 테 안경을 쓰고 다녔다. 우리 할머니 할아버지보다 훨씬 더 나이 들어 보였고 예의범절을 아주 중요시하는, 조용하면서도 엄격한 사람이었다.

하루는 다른 남자아이들이 주변에서 기관총에 대해 열심히 떠들고 있을 때 나는 책상에 앉아 그림을 그리고 있었다. 그때 스미스 선생님이 뒤쪽에서 다가와 내 어깨에 손을 올렸다. 내가 어깨를 움츠려 손을 피하자 버릇없다고 여기는 것 같았다. 하지만 나는 완벽히 정당한 행동을 했다고 생각했다. 엄마는 언제나, 누가 내 몸에 손을 대기 전에는 반드시 내 허락을 받아야 하고 내가 싫으면 언제든지 싫다고 말해도 된다고 했기 때문이다.

"마이클, 너는 왜 놀지 않니?" 스미스 선생님이 물었다.

"지금 놀고 있는데요. 그림 그리기 '놀이'를 하고 있잖아요." 내가 좋아하는 놀이를 놀이로 간주하지 않는 선생님의 질문을 비꼬려고 이렇게 말했지만 선생님은 오히려 내가 질문을 이해하지 못했다고 생각한 것 같았다.

선생님은 명확하게 다시 물었다. "왜 너는 가서 다른 아이들과 함께 놀지 않니?"[20]

"애들이랑 저는 좋아하는 놀이가 달라요." 내가 대답했다.

선생님은 나와 눈높이를 맞추기 위해 무릎을 구부리고 앉았다. "선생님이랑 가서 친구들한테 함께 놀아도 되는지 물어볼까?"

그러니까 상황을 정리해 보자면 나는 분명히 선생님에게 다른 아이들이 하는 놀이를 좋아하지 않는다고 말했는데, 그 말에 선생님은 다른 아이들에게 같이 놀아도 되는지 허락을 구하자는 식으로 답을 한 것이다. 나는 선생님에게 뭔가 문제가 있다고 확신했다. 나는 너무 단순한 사실을 어른들에게 설명해 줘야만 하는 소모적인 상황이 어이가 없었다. 하지만 바로 그 순간, 또 다른 가능성이 떠올랐다. 선

---

20 간접적인 표현이나 어떤 요구를 넌지시 암시하는 말에 익숙하지 않았던 나는 이 질문을 곧이 곧대로 받아들였다. 나는 선생님이 혼자 노는 것을 왜 더 좋아하는지 정말 알고 싶어서 묻는 말이라고 생각했다.

생님은 내가 아이들과 놀고 싶지만 성격이 소심해서 놀고 싶지 않다고 대답한 거라고 생각했을 수도 있었다. 말하자면 스미스 선생님은 내가 거짓말을 했다고 여기고 있을 가능성도 있었던 것이다.

나는 아주 천천히, 선생님이나 어른들이 아이들을 가르치려고 들 때 하는 말투로 말했다. "전 소심해서 이러는 게 아니에요. 애들 비명 때문에 귀가 아프고, 뛰면 피곤해지기 때문에 애들이 하는 놀이를 같이하고 싶지 않을 뿐이에요."

스미스 선생님은 내 팔을 잡고 의자에서 일으켜 세웠다. "아무래도 여기 혼자 앉아 있는 것보다는 다른 친구들과 노는 게 더 좋을 것 같다."

나는 선생님의 손에서 벗어나려고 노력하며 말했다. "전 혼자 노는 게 재미있어요." 하지만 선생님은 내 말을 무시하고 남자아이들 쪽으로 나를 데려갔다. 내가 말했다. "정말 어이가 없네."

그러자 선생님은 나를 끌어당기던 행동을 멈추고 인상을 쓰며 말했다. "뭐라고?"

"분명히 애들이랑 놀고 싶지 않다고 말씀드렸잖아요. 그런데 선생님은 내 말을 믿지 않고 있어요."

스미스 선생님은 내가 욕이라도 한 것처럼 경악하더니 언짢은 듯 입을 삐죽였다.[21] 그리고는 생각 의자에 앉아 있으라는 벌을 주었다. 그것은 내가 태어나 최초로 벌을 받은 사건이었다. 그 전까지는 부모님한테서도 한 번도 벌을 받은 적이 없었다. 나는 훌쩍거리며 물었다. "왜요?"

"버릇없이 굴었으니까." 선생님이 나를 끌고 교실을 가로지르며 말했다.

나는 선생님에게 아빠의 초콜릿 방어법을 응용해서 말했다. "다른 놀이를 좋아하는 게 버릇없는 건 아니잖아요. 선생님이야말로 다른 놀이를 더 좋아하실 것 같은데요? 선생님은 제가 하는 놀이를 안 하잖아요. 그렇다면 선생님도 버릇없는 거예요?" 스미스 선생님은 나의 이런 주장을 조용히 묵살해 버렸다. 이제까지 자신을 옹호하는 말을 하는 대신 이렇게 못 들은 척했던 사람은 외할머니뿐이었다. 나에게 스미스 선생님의 이런 반응은 내가 옳다는 것을 알고 있으며 그것을 인정하기가 너무 창피하다는 뜻으로 읽혔다. 선생님은 교실 구석에 놓인 생각 의자에 나를 앉혔다. 나는 벽을 향해 앉아 울었다. 그러다가 혼자 있고 싶어 했다는 이유로 혼자 앉아 있어야 하는 벌을 받는다는 건 너무 말이 안 된다는 생각이 들었다. 그러자 웃음이 났다. 방금 내가 너무나 영리한 생각을 해냈다고 느꼈기 때문이다.

그다음에 아빠랑 체스를 두게 되었을 때 나는 내가 깨달은 것을 자랑했다. 아빠가 큰 소리로 웃더니 말했다. "그런 걸 바로 모순이라고 한단다." 나는 그런 상황을 부르는 말이 이미 있다는 것이 무척 마음에 들었다. 왜냐하면 그건 내가 깨닫고 어이없어서 웃었던 점을

---

21 나는 그 이후로도 계속 주기적으로 이런 표정과 마주쳤다. 우선 이 표정은 놀라움을 의미한다. 선생님은 짓궂은 아이들과 잘 어울리지 못하는 소심한 아이로 날 잘못 판단하고 있었기 때문이다. 두 번째로, 이 표정은 화가 났음을 의미한다. 다른 남자애들을 무시해서가 아니라 선생님을 판단하고 모욕했기 때문이었다. 나는 아이들에게서 이런 비난을 받으면 어른들은 그냥 대수롭지 않게 넘길 거라고 생각했지만 오히려 그 정반대라는 것을 알게 되었다. 어른들은 오히려 어린아이들에게 창피를 당했을 때 특히 더 화를 낸다.

이미 누군가가 깨달았다는 의미이며, 비록 학교에서는 다들 내가 이상하다고 하지만 어딘가에 나와 같은 사람들이 더 존재한다는 의미였기 때문이다.

"대체 왜들 그러는지 모르겠다." 아빠도 나처럼 스미스 선생님의 행동에 어이없어하며 말했다. "싫어하는 놀이를 싫어하는 아이들과 같이해야 한다는 규칙 같은 건 유치원에 없어. 그건 그 선생님이 만들어 낸 거야. 그 선생님은 대체 네가 어떻게 하길 바란 거야? 재미없는 놀이를 억지로 해야 했던 건가?"[22]

"다른 애들이 좀 더 재미있는 놀이를 해야 하는 거죠." 내가 신이 나서 덧붙였다.

순간 아빠가 코웃음을 쳤고 나는 아빠의 비판 대상이 나로 바뀐 것을 깨달았다. "그 애들도 뭐든 자기네가 하고 싶은 걸 해야지. 너는 그 애들이 하는 놀이를 안 해도 되는데 그 애들은 왜 네가 하는 놀이를 해야 해?" 아빠의 말을 듣고 내가 울기 시작했는데도 아빠는 계속 이어서 말했다. "네가 하는 행동과 비슷한 행동을 하는 사람들을 비판하면 안 되지. 그러면 이중 잣대를 들이대는 위선자가 되는 거야." 나는 생전 처음 들은 이 단어가 아주 유용하게 쓰일 수 있음을 바로 깨달았다.

엄마는 유대인 산타 이야기를 웬만한 사람에게 전부 다 들려주었

---

22 그렇다. 그게 바로 선생님이 내게 기대했던 행동이었다.

다. 한번은 1950년대 분위기가 그대로 남아 있는 친할머니와 친할 아버지의 시골집에서 다 같이 유리로 된 테이블에 둘러앉아 있었는 데 엄마가 산타 애기를 꺼냈다. 친할아버지는 평소와 같이 꾸벅꾸벅 졸다가 말다가 하고 있었다. 심지어 깨어 있을 때도 친할아버지는 사소한 것들에 정신이 팔려 있었다. 반면 친할머니의 태도는 언젠가 TV에서 본, 여러 겹으로 이루어진 투명한 눈꺼풀을 통해 주변의 모 든 상황을 주시하던 악어를 연상시켰다. 엄마가 애기를 끝냈을 때, 나는 새로 알게 된 후 가장 좋아하게 된 단어를 기억해 내고 물었다. "엄마, 외할머니는 위선자예요?"

엄마는 즉각적으로 대답했다. "글쎄. 외할머니가 겉과 속이 다른 행동을 좀 많이 하시는 편이긴 하지."

그러자 친할머니가 몸을 앞으로 기울이고, 대공황 시대의 매사추세 츠주 유대인 특유의 거친 말투로 말했다. "애한테 그런 말 하면 못쓴 다! 마이클은 자기 할머니가 세상에서 가장 위대한 분이라고 생각해 야 해."

엄마는 씁쓸하게 웃었다. "제가 장담하는데요. 제가 가르쳐 주지 않아도 마이클은 저희 어머니가 세상에서 가장 위대한 분이 아니라 는 건 알 거예요."

친할머니의 얼굴은 매우 화나고 못마땅한 표정으로 바뀌었다. 그 리고 이런 대화의 원인을 내 탓으로 돌릴지 말지를 판단하려는 듯 내 쪽을 향해 몸을 돌렸다.

엄마가 계속 말을 이어갔다. "마이클이 외할머니가 위선자냐고 물었을 때 제가 아니라고 하면 마이클은 자기 자신이나 저를 더 이상 믿지 못하게 될 거예요. 전 그런 일이 생기길 바라지 않아요."

엄마는 편을 들어주기를 바라면서 아빠 쪽으로 몸을 돌렸으나 아빠는 그저 말없이 유리 테이블을 바라보고 있었다.

유치원에 들어가고 처음 몇 년 동안 나는 거의 매일 교실에서 울었다. 그래서 애들은 당연하게 나를 울보라고 불렀고, 나는 애들이 놀릴 때마다 울음을 참는 것은 웃음을 참는 것과 같고, 우는 것이 정상적인 행동으로 여겨져야 하는 이유와 자신의 감정을 솔직히 표현하는 것을 두려워하지 않는 사람들을 놀리거나 자기의 감정을 숨기는 행동이 더 부끄러운 일이라고 했던 아빠의 말을 반복해서 들려주었다. 하지만 이런 논리에 설득되는 아이는 단 한 명도 없었다.

하루는 항상 다른 애들을 울보라고 놀리던 아이가 운동장에서 놀다가 무릎을 다쳐서 아스팔트 바닥에 주저앉아 울었다. 이 아이는 자기가 드러내고 싶지 않은 감정을 다른 아이들이 드러낼 때마다 놀려대서 내가 반에서 제일 골칫거리라고 생각하는 아이였다. 하지만 이제 바닥에서 울고 있는 그 아이를 보니 겉과 속이 다른 위선자 같다는 생각마저 들었다. 그래도 나는 긍정적인 면을 보려고 노력했다. 적어도 이제 다른 아이들을 울보라고 부르면 안 되겠다는 것을 스스로 깨달았을 거라고 믿었기 때문이다.

하지만 그 아이는 얼마 후 또 다른 아이를 울보라고 놀려댔는데 무릎에는 아직도 반창고가 붙어 있었다. 반 친구 중 하나가 넘어져

울기 시작하자 그 아이는 그 옆에 서서 큰 소리로 외쳤다. "울보래
요! 울보래요!"

나는 그 아이에게 다가갔다. 그리고 질문을 곁들여서 설명하는 아
빠의 방법을 사용했다. "전에 무릎 다쳤을 때 너도 울었잖아. 그러면
너도 울보겠네?"

그러자 아이는 준비 운동을 하는 자세를 취했다. TV에서 남자들
이 화가 나서 싸우기 직전에 몸을 푸는 것과 비슷한 동작이었다. 이
렇게 어린아이가 그런 동작을 하는 것을 보자 웃음이 났다. "나는 울
보가 아니야!" 그 아이가 덤벼들 듯 소리쳤다.

"너 우는 거 모두가 다 봤어." 내가 어깨를 으쓱하며 말했다.

"거짓말 마! 난 절대 울보가 아니야!" 아이는 소리치며 다른 곳으
로 뛰어가다 말고 뒤를 돌아보며 말했다. "선생님께 이를 거야."

나는 그 아이를 쫓아가며 계속 말했다. "넌 다른 애들한테 고자질
쟁이라고 놀리잖아! 너도 고자질하면서 다른 사람을 그렇게 놀리면
안 돼!"

그 아이가 스미스 선생님에게 달려가 선생님의 다리를 팔로 감싸
안았다. "마이클이 나한테 울보라고 놀렸어요!"

눈물이 그렁그렁한 눈을 크게 뜨고 선생님의 다리를 끌어안은 채
자기는 울보가 아니라고 주장하는 아이를 본 선생님은 나를 꾸짖기
위해 몸을 숙였다. "친구를 놀리면 못써." 선생님이 말했다.

"전 울보라고 놀린 적 없어요!" 내가 말했다. "나는 우는 게 좋아
요. 나는 매일 울어요. 우는 건 좋은 거예요. 난 위선자라고 했을 뿐

이에요." 이 말을 들은 스미스 선생님이 잠시 멈칫했을 때 나는 혹시 선생님이 그 단어의 뜻을 모르는 건 아닐까 하는 걱정이 들었다. "쟤는 자기도 울면서 다른 애들을 울보라고 놀린단 말이에요. 그러니까 쟤는 위선자예요." 스미스 선생님은 여전히 뭐라고 말해야 할지 모르겠다는 듯이 눈을 가늘게 뜨고 나를 바라보았다. "난 단지 쟤를 도와주고 싶었어요. 다른 사람이 가르쳐 주기 전에는 사람들은 자기가 위선자인지 모르니까요. 마치 이 사이에 음식물이 낀 것을 말해주는 거랑 같은 거죠."

스미스 선생님은 마침내 할 말을 찾아냈다. "마이클, 다른 사람들이 널 위선자라고 부르면 어떨 것 같니?"

"내게 사실대로 말해줘서 기쁠 것 같아요." 내가 대답했다.

스미스 선생님은 이내 지친 얼굴로 고개를 저었다. "위선자라는 말은 정말 무례한 말이야."

나는 큰 소리로 웃었다. "아뇨, 그렇지 않아요! 우리 아빠는 항상 저를 위선자라고 부르는데요?"

스미스 선생님은 흠칫하며 몸을 움츠렸다가 다시 몸을 죽 펴며 일어섰다. 그리고 아무 말도 하지 않고 바짓가랑이 한쪽에 아이를 매단 채로 가버렸다. 나는 그렇게 떠나는 선생님의 행동을 이번에도 선생님이 내가 옳다는 것을 인정했다는 의미로 받아들였다.

체스를 두다가 아빠에게 유치원에서 있었던 일을 자랑하자 아빠는 웃으며 말했다. "그럼 네가 그때 어떻게 해야 했는데? 그 아이의 모순된 행동을 못 본 체해야 했나? 그냥 무시했어야 해? 그 애를 그냥 봐줬어야 했나? 그냥 가만히 있었어야 해?"[23]

나는 매일 유치원에서 집으로 돌아오는 차 안에서, 유치원에서 듣고 겪었던 모든 거짓되고 위선적인 행동을 엄마에게 들려주곤 했다.

"스미스 선생님은 킥볼이 끝나고 졌는데도 기분 좋은 척하면서 악수를 하라고 시켰어요. 그리고 전화놀이를 했는데 다른 애들이 자꾸만 일부러 놀이를 방해했어요! 그리고 운동장에서 내가 다쳤을 때는 스미스 선생님이 나보고 용감하다고 했어요. 용감한 일을 한 게 아무것도 없는데!"

엄마는 웃으면서 내 생각이 다 옳다고 말해주었다. "마이클, 너한테는 아무것도 못 속이겠다!"

"나한테는 아무것도 못 속여요." 나는 신이 나서 말했다.

나는 유치원에서 경험하고 관찰한 일들을 부모님에게 다 얘기할 수 있었기 때문에 매일 유치원에서 벌어지는 부당한 일들을 그나마 참을 수 있었고, 심지어 어떨 땐 재미있게 느껴지기도 했다. 선생님이나 다른 아이들과 대립해야 하는 긴장된 순간에도 나중에 이것이 얼마나 재미있는 이야깃거리가 될까 하는 생각에 웃음이 터져나오기도 했다.

엄마와 아빠는 대부분의 경우 다른 아이들이나 선생님보다는 내 편을 들어주었지만, 그건 단지 두 분이 내가 옳다고 생각했기 때문

---

23 그렇다. 이 중 어떤 반응을 했어도 적절한 행동이었을 것 같다.

이었다. 내가 부당하거나 편협하거나 위선적인 행동을 했다고 생각
했을 때는 그런 생각도 그대로 말해주었다. 오히려 그런 비판은 두
분이 내 말을 경청하고 있음을 믿게 만들었고, 내가 부모님에게 그
만큼 중요한 사람이라고 느끼게 했다. 우리 가족들에게 침묵은 고통
이었고, 고백은 소통이었고, 비판은 사랑이었다.[24]

그해 말, 나는 유치원에서 크리스마스를 처음 경험하게 되었다.
모든 아이들이 산타에 열광하는 동안 나는 알고 있는 사실에 대해
입을 다물어야 하는 '함구'라는 거짓말에 고통스럽게 입문하고 있었
다. 감정을 공유할 때 맥박이 빨라지고 뺨이 달아오른다는 얘기는
많이 들어봤지만 나는 오히려 마음속에 담아두는 것이 힘들어 병이
날 지경이었다. 아이들이 그동안 속아왔다는 사실을 깨닫게 되는 그
순간을 생각하면 너무 두려웠다. 게다가 나는 그 진실을 처음부터
알고 있었고 결국 나도 공모자였다고 고백하지 않고는 못 배길 것을
알았기 때문에 더욱 그랬다.

친구들은 그 후 몇 년 동안, 말하고 싶은 걸 참느라 나에겐 평생처
럼 길게 느껴지던 그 길고 긴 시간 동안 산타의 진실을 알아채지 못
했다. 하지만 마침내 진실이 밝혀졌을 때, 내 예상과는 달리 극적인
일은 일어나지 않았고 배신감에 치를 떨거나 화를 내는 아이도 없었
다. 나는 이미 진실을 알고 있었다고 고백했을 때, 다른 아이들은 자
기도 이미 알고 있었다고 주장했다. 아이들은 진실 자체보다 가족이

---

24 나는 이런 사고방식을 갖고 있었다.

나 친구들과 함께 나누었던 경험을 더 중요하게 여기는 것 같았다. "정말 어이가 없네." 나는 운동장을 서성거리며 혼잣말로 투덜거렸다. "진짜 어이가 없어서."

엉덩이 자랑쟁이

여덟 살 때였다. 나는 엄마, 아빠 그리고 막 태어난 동생 미리엄과 뒷마당에 앉아서 당시 네 살이었던 조시가 하는 농담을 듣고 있었다. 조시는 얘기를 하면서 여윈 팔다리를 각기 다른 방향으로 흐느적거리며 춤을 췄다. 때로는 자기 상체보다 두 배는 더 큰 고무공을 들어 올려 튀기고 때리고 머리로 받아내기도 했다. 조시의 농담이란 "그런 다음에…"에서 두서없이 연결되는 이야기였다. 그는 매번 "그런 다음에…"라고 하면서 다음에 할 이야기를 생각해 내느라 말의 속도를 늦추었다. 말하자면 이런 식이었다. "펭귄이 오리한테 다가가서 목마르다고 했어. 그런 다음에 오리가 물 한 컵을 줬어. 그런데 얼음이었어! 그런 다음에 펭귄이 얼음을 빨아 먹었어. 그런 다음에…." 그는 이렇게 사람들의 관심이 집중되는 것을 즐기며 우리가 이제 그만하라고 할 때까지 계속 이야기를 이어갔다.

조시가 이런 매번 똑같은 개그쇼를 할 때면, 엄마는 조시의 웃을 때마다 쏙 들어가는 보조개와 긴 속눈썹을 바라보며 함께 웃고 즐거워했다. 나도 같이 웃었지만, 대부분은 조시가 농담하는 방법을 모른다는 사실이 재미있어서 웃었다. 우리가 웃으면 조시는 용기를 얻어 목소리가 점점 더 커졌고 이야기의 속도도 빨라졌다. 그러다가 결국에는 숨 쉬는 것을 잊어버려서 이야기하는 동안 헐떡거리기도 했다.

아빠도 얘기를 들으며 웃고는 있었지만 그 웃음에는 뭔가 불편함이 느껴졌다. 결국 아빠는 더 이상 참지 못하고 끼어들었다. "조시." 아빠가 입을 열었다. "농담할 때 꼭 알아야 할 게 하나 있어. 대부분 농담에는 끝이 있다는 거야!" 아빠의 말은 기분 나쁘게 들리지는 않았다. 우리는 아빠의 말에 다 같이 웃었고 조시도 웃었다. 하지만 나는 조시가 잘못을 지적받았다는 사실을 알고 있는지 확신이 안 섰다. 아빠는 그 순간을 가르칠 기회로 삼고 말했다. "농담을 끝낼 때는 펀치 라인이 있어야 해…."

조시는 아빠의 말을 가로채서 "펀치 라인!"이라고 말하며 주먹으로 고무공을 쳤다. 조시는 뭐든 주먹으로 치는 걸 좋아했다. 그래서 가장 좋아하는 장난감도 때리며 놀 수 있는 풍선 인형이었다.

아빠는 조시가 말뜻을 다르게 해석한 것에 웃기는 했지만 하던 얘기를 계속 이어갔다. "펀치 라인이란 건 재미있으면서도 동시에 한 대 맞은 것처럼 느껴지는 뜻밖의 말이란 뜻이야."

조시는 아빠의 말이 끝나기도 전에 방금 쳐서 마당 건너편으로 가버린 고무공을 쫓아 뛰어갔다. 그러고는 안에 들어가서 풍선 인형을 갖고 놀아도 되는지 엄마에게 물어보았다. 방금 한 대화로 풍선 인형이 생각난 것 같았다.

"자 그럼 펀치 라인 만드는 연습을 해볼까." 아빠는 조시에게 재미

있는 놀이가 될 것 같다는 생각으로 제안을 했다. 하지만 조시는 금방이라도 화를 내거나 바닥에 털썩 주저앉아 울음을 터뜨릴 것 같은 불안한 표정을 지었다.

그래서 내가 끼어들어 조금 다르게 설명해 보려고 노력했다. "조시, 이렇게 하는 거야. 네가 농담을 끝내고 싶을 때마다 이렇게 말해. '어젯밤에 날아서 도착했어. 아유, 팔 아파 죽겠네.'" 조시를 포함해서 모두 다 같이 웃음을 터뜨렸지만, 나는 조시가 농담을 이해하지 못했다는 것을 느꼈다. "보통은 누가 날아서 도착했다고 하면 당연히 비행기를 타고 왔을 거라고 생각하잖아. 그런데 팔이 아파 죽겠다는 말을 했으니 비행기가 아니라 새처럼 날아서 왔다는 얘기가 되는 거야." 나는 팔을 위아래로 날개처럼 흔들며 말했다. "이 농담은 아무도 팔을 흔들어서 새처럼 날지 않기 때문에 웃긴 거야."

그러자 조시는 웃으면서 폴짝폴짝 뛰더니 내가 한 농담을 귀엽게 반복했고 다들 박수를 쳐주었다.[25]

그런 일이 있고 얼마 후 체스를 두던 중에 아빠가 조시에게 체스를 가르쳐 주려고 했던 이야기를 꺼냈다. "조시는 말들을 아무 데다 마구 놓더구나!" 아빠는 짜증이 난다는 듯이 말했다. "그리고 말을 넘어뜨리는 것만 좋아해." 그러고는 진심으로 괴로워하며 고개를 저었다. "그래서 그렇게 말을 자꾸 넘어뜨리면 같이 체스를 안 둘 거라고 말했는데도 막 웃으면서 더 심하게 장난을 치더라니까."

---

25 그 후 1~2년 동안 조시는 내 눈치를 보며 농담을 하곤 했다. 그리고 내 신호가 떨어지면 얼굴을 붉히며 방금 날아와서 팔이 아프다고 말했다.

이런 일이 왜 아빠를 불안하게 만드는지 나는 알고 있었다. 조시는 우리와는 좀 달랐다. 나도 그 점을 이미 눈치를 채고 있었다. 내 남동생이 가족과 조금 다르다는 사실이 정확히 어떤 의미인지는 잘 몰랐지만 막연히 좋지 않은 것으로 여겨졌다.[26]

조시는 유치원에 들어가서 다른 아이들과 잘 어울려 놀았는데 그게 오히려 더 걱정스러웠다. 조시의 친구들은 집에 놀러 오면 대부분의 보통 아이들처럼 요란하게 떠들고 고함을 질러대며 마당을 마구 뛰어다녔다.

1989년, 직장까지 1시간 이상 출퇴근 운전을 해야 했던 아빠를 위해서 우리는 클레어몬트를 떠나 샌페르난도 밸리로 이사했다. 다섯 살짜리 조시는 친구들과 헤어지게 되어 너무 슬퍼했고, 그래서 엄마는 조시가 앞으로 보고 싶어질 친구들의 이름을 하나하나 열거하며 슬퍼하는 동안 소파에 함께 앉아 안아주고 달래주었다. 나는 유치원을 고작 6개월 다니고 그렇게 많은 친구에게 정이 들었다는 게 놀라웠다. 그리고 그건 단순히 친구에 대한 조시의 기준이 낮기 때문이라고 여겼다.

조시와 나는 학기 중에 다른 학교와 유치원으로 전학을 가게 되었다. 새로운 유치원에 막 다니기 시작했을 때 조시가 훌쩍거리면서 집으로 돌아왔다. 카펫이 깔린 거실 바닥에 엎드리더니 친구들이 자기 엉덩이가 초록색이라고 놀렸다고 했다.

---

26 어린 시절 내내 아빠는 우리 가족을 다른 사람들에게 묘사할 때, "마이클은 글 쓰는 재주가 있고 조시는 눈과 손의 협응 능력(hand-eye coordination)이 뛰어나답니다"라고 말했다.

"내 엉덩이는 초록색이 아니야!" 조시는 카펫에 얼굴을 대고 엉엉 울며 말했다. "내 엉덩이는 초록색이 아니란 말이야!"

"나를 설득할 필요는 없지!" 나는 심각하게 말했다. "그런데 걔네는 왜 네 엉덩이가 초록색이라고 생각하는 거야? 혹시 네 바지에 초록색 딱지 같은 게 붙어 있는 걸 보고 착각한 거 아니야? 아무리 다섯 살이라고 해도 너무 어이가 없네."[27]

조시는 눈물이 가득한 눈으로 지혜로운 조언을 구하듯 나를 바라보았다. "무엇보다도 넌 전혀 창피해할 필요가 없어. 네 엉덩이가 초록색이라고 해도 그런 거로 놀리는 건 나쁜 거야. 남들하고 달라도 괜찮아."

내 말을 듣던 조시는 자기 엉덩이는 초록색이 아니라며 다시 울음을 터뜨렸다. 나는 조시를 달래려고 조언을 해주었다.[28] "애들을 화장실로 데려가서 네 엉덩이를 보여줘." 조시는 내 조언이 괜찮게 들렸는지 눈물을 쓱 닦았다.

다음 날 조시는 유치원에서 또 울면서 돌아왔다. "내가 애들한테 화장실로 오라고 말했어! 하지만 아무도 따라오려고 하지 않았어! 그러면서 내가 초록색 엉덩이를 보여주고 싶어 한다고 놀렸어. 나보고 '엉덩이 자랑쟁이'래!"

나는 인간 본성에 대한 실망감에 고개를 저었다. "네가 증거를 보

---

27 아홉 살에도 나는 여전히 순진하게 많은 것들을 액면 그대로 믿었다.
28 분명히 말해두지만, 나는 진심으로 도우려고 했을 뿐이다. 그 최악의 조언이 나로서는 최선이었다.

여주겠다고 했는데도 그걸 안 보겠다고 했단 말이야? 잘못된 걸 바로잡기를 원하지 않는 것 같잖아! 진실이 뭔지 전혀 상관없다는 거네!" 조시는 눈을 가늘게 뜨고 열심히 뭔가를 생각했다. 과연 자기 자신도 진실을 밝히는 것이 더 중요했는지를 돌이켜 보는 것 같았다. 나는 진실을 중요시한다는 것은 곧 친구를 사귀기 어렵다는 의미임을 조시가 알고 있을지 궁금했다.

조시는 부모님에게 유치원 친구들과 비슷한 취향의 옷, 신발, 머리 스타일을 하고 싶다고 조르기도 했다. 그리고 그 애는 우리 가족의 길고 장황하면서도 속사포 같은 말투와 전혀 다른, 뭔가 낯설고 느긋한 말투를 갖고 있었다. 엄마와 아빠는 조시가 친구들에게서 좋지 않은 영향을 받았다고 생각했고 친구들이 하는 거라면 뭐든지 따라 하고 싶어 하는 조시를 걱정했다.

한번은 아빠가 조시에게 이렇게 물어보았다. "네 친구들이 다 절벽에서 뛰어내리면 너도 그럴 거니?"

조금의 망설임도 없이 조시가 대답했다. "물론이죠!"

비록 그 대답을 할 때 조시는 절벽에서 호수로 뛰어드는 것을 상상한 것이긴 했지만, 그런 오해와는 상관없이 친구에 대한 조시의 충성심은 확고했다.

2장 　　　　　　**잘못된**
　　　　　　　　교육

　　　　　　　　샌페르난도 밸리에 살 때 아빠와 나는 주말에
할 만한 새로운 여가 활동을 찾아냈다. 그건 유대교회당까지 몇 킬
로미터의 거리를 산책 삼아 걸어서 오가는 일이었다. 그래서 토요일
아침에 아빠와 함께 검은색 정장에 야물커(유대인 남자들이 쓰는 작
고 동글납작한 모자_옮긴이)를 쓰고 개를 산책시키는 사람들 빼고는
주로 차로 통행하는 그래나다 힐스라고 하는 교외 동네를 지나 로스
앤젤레스의 뜨거운 태양 빛을 받으며 길고 힘든 순례를 나섰다. 오
래 걷는 데 익숙하지 않았기 때문에 걷다 보면 다리가 아파오고 화
끈거렸고 걸을수록 점점 더 힘들었지만 아빠와 하는 게임을 생각하
면 신체적인 불편함은 감수할 만했다.

　걷다가 옥외 광고판을 만나면 아빠는 그 광고가 우리에게 돈을 쓰
게 하려고 어떤 속임수를 썼는지 분석해 보자고 했다. 가게에서 물

건의 가격을 99센트로 끝나게 만드는 이유는 소비자가 돈을 적게 쓴다고 느끼게 하기 위해서라는 것도 이때 아빠에게서 들은 얘기였다. 내가 그런 속임수에 넘어가는 멍청한 사람이 누구냐고 하자 아빠가 대답했다. "대부분의 사람들."

우리는 또 여러 다양한 일들이 어떻게 맞물려 돌아가는지 추측해 본 다음 내 대답이 얼마나 정답에 근접한지 보는 게임도 했다. 한번은 아빠가 내가 가장 좋아하는 '프로스트 플레이크' 시리얼을 팔면 그 제품과 관련된 사람 중 누가 제일 돈을 많이 벌 것 같으냐고 물었다. 나는 그 시리얼을 개발한 요리사라고 대답했다. 하지만 아빠는 내가 한 번도 들어본 적이 없었던 투자자가 가장 많은 돈을 번다고 했다. 아무리 그 플레이크를 개발한 사람이 호랑이 그림도 그리고 광고 문구도 쓰고 호랑이의 목소리 흉내까지 다 혼자 했어도 언제나 투자자가 실제 일을 하는 사람보다 훨씬 많이 번다고 설명했다. 그 이후에는 광고에서 "맛이 아주 좋오오오오와요!"라고 말하는 호랑이의 목소리를 들어도 기분이 좋지 않았다.

길을 걷다가 사람들이 지나가면 그 사람들의 스타일이나 삶을 짐작해 보는 게임도 했다. 예를 들어 아빠가 사람들이 해골 모양의 문신을 새기는 이유가 뭐냐고 묻는다. 그럼 나는 무섭게 보이려고 그런 것 같다고 추측한다. 그럼 또 아빠는 해골 문신이 그 사람이 정말 무서운 사람임을 증명하는지 아니면 단지 무섭게 보이려는 의도만 나타내는지를 물어보는 식이었다. 모든 질문은 결국 같은 결론에 도달했다. 많은 사람들은 자기의 본모습과는 다른 모습으로 남에게 보이려고 노력하고 또 그런 행동에 많은 사람들이 속아 넘어간다고, 겉으로 보이는 외양과 진짜 모습과는 전혀 상관이 없다고 말이다.[1] 값비싼 차가 지나가면 언제나 아빠는 똑같은 비난을 했다. "비싼 차는 대부분 리스한 차라는 거 아니? 자기가 가진 것보다 더 많은 것을 가진 부자처럼 보이려고 돈을 꾸는 셈이지. 그리고 저 남자가 실제로 저런 차를 탈 만큼 돈이 많다고 해도 그런 데 돈을 쓰는 대신 기부를 할 수도 있었다는 점에 대해선 남들이 모르기를 바란단다. 의미 있는 일을 하는 대신 부자처럼 보이는 데 돈을 쓴다는 걸 말이야. 참 부끄러운 일이야. 그 차가 자기를 멋져 보이게 만들 거라고 생각하지만 그건 오히려 수치의 상징이나 다름없어."

아빠는 구독하는 신문 하나당 그 신문의 정체를 파헤치는 세 종류의 미디어 감시 단체 잡지도 함께 구독했다. 그래서 아빠는 뉴스 기사의 오류나 편견을 잡아내는 게임을 만들기도 했다. 한번은 아빠가 물었다. "신문에서 정정 기사를 내는 이유가 뭐라고 생각하니?"

"그들이 실수를 했고, 또 뉴스 기사는 틀리면 안 된다고 생각해서 아니에요?" 내가 대답했다.

"그건 그 사람들이 네가 그렇게 생각하기를 바라는 거고. 정정 기사를 내는 이유는 그걸 뺀 나머지는 다 맞는다고 느끼게 하려는 거야." 아빠가 말했다.

---

1 사람들의 실제 모습, 그들이 세상에 보여주는 모습 그리고 타인의 눈에 비치는 모습들의 차이에 대해 이렇게 많은 대화를 나누었는데도 불구하고, 이상하게도 내가 남에게 어떻게 보일까에 대한 생각은 한 번도 해본 적이 없었다.

그리고 정치적이거나 철학적인 주제를 가지고 역할을 정해서 토론하는 놀이도 했는데 주로 어떻게 쌍방의 주장이 오가고 왜 어떤 논쟁은 특히 더 논하기 까다롭거나 호도되기 쉬운지에 관해 알기 위해 논쟁을 해체하고 분석해 보게 했다. 사람들은 새로운 것을 만들어 낼 만큼 창의적이지 못하기 때문에 계속 반복해서 동일한 잘못된 논리를 편다고 설명하면서 뉴스나 정치, 역사 등에서 사례를 들기도 했다. 또 여러 다른 잘못된 주장과 거짓된 논리들을 구분하기 위해 고대 그리스에서 발견한 논리적 오류들을 가르쳐 주기도 했다. 우리가 이런 이야기를 나눌 때 아빠의 시선은 언제나 정면을 향해 있었고 나를 쳐다본 적이 없었다. 마치 한 곳에 시선을 집중하고 있는 줄타기 곡예사처럼 말이다. 그리고 이런 얘기를 할 때 아빠는 반은 굵고 낮은 목소리로 확신에 차서 말했고 나머지 반은 로스트Roast(유명인들을 초대해서 농담과 비판을 하는 미국의 코미디쇼_옮긴이)의 코미디언처럼 말했다.

나는 아빠가 이런 어른들의 주제를 같이 토론해도 될 만큼 나를 성숙하다고 생각해 주는 것이 자랑스러웠다. 학교에 있는 어떤 아이들도 뉴스의 편향성을 끄집어내거나 고대 그리스의 논리적 오류들을 열거할 수 없었다. 심지어 선생님들도 우리나라에서 채택하고 있는 자본주의, 민주주의 그리고 법률제도의 결함 등에 대해서 잘 알지 못하는 것 같았다. 학교란 곳은 내가 진지하게 받아들일 만큼 정직하지 않았다. 나에게는 아빠가 바로 학교였다.

이런 게임들을 통해 왜 학교나 사법제도가 엉터리이며 성공이란 것도, 초연함도, 젠더 규범도, 권위도, 백인우월주의도, 전통적 연애관도 그리고 우정도 모두 다 엉터리고 헛소리인지를 명확하고 구체적인 용어로 배웠다. 그러다 보니 조금이라도 석연치 않거나 부정직해 보이는 것들은 마치 빨간색으로 표시된 것처럼 눈에 띄었다.

학교에 있을 때는 사람들이 거짓말을 하는 이유를 골똘하게 생각하며 시간을 보내기도 했다. 거짓말이 조금이라도 유용하게 쓰일 수 있는 예를 한 가지라도 생각해 내는 데는 꽤 많은 시간이 걸렸다. 그러다가 드디어 그럴듯한 거짓말을 하나 고안해 냈다. TV에서 들은 재미있는 농담 한 가지를 다른 사람에게 들려준 다음 그 농담을 내가 만들었다고 주장하는 것이다. 하지만 금세 이 거짓말은 의미가 없다는 것을 깨달았다. 다른 사람의 농담을 내 것으로 만들어 그 공을 차지하는 유형의 사람이 되고 싶지 않았기 때문이었다. 나는 별로 재미가 없더라도 내 고유의 농담을 만드는 사람이 되거나 다른 사람의 농담을 들려주고 내가 만든 농담이 아니라고 인정하는 그런 사람이 되고 싶었다. 그래서 아무리 사람들을 속이는 데 성공하더라도 내가 농담을 훔친 사실을 아는 상태에서 하는 거짓말은 전혀 재미있을 것 같지가 않았다.

대부분의 부정직한 행동들이 내게는 코미디처럼 여겨졌다. 거짓말을 하는 사람들을 보면 "커튼 뒤의 남자는 신경 쓰지 마!"라고 당황해서 소리치던 오즈의 마법사가 생각났다. 사람들은 〈오즈의 마법사〉에 담긴 이 유머는 좋아하면서, 정작 자기들의 거짓말이 밝혀지는 건 끔찍하게 심각한 일로 받아들였다.

내가 토론에 갈수록 능숙해지자 내 의견에 대한 아빠의 비판은 점점 더 심해졌다. 내가 좀 더 나이를 먹자 아빠는 전형적인 윤리학적 문제들로 나를 공격하는 게임을 생각해 냈다. "병원에 장기 이식을 받지 않으면 곧 죽게 될 다섯 명의 사람이 있는데 그 다섯 명을 다 살릴 수 있는 장기를 가진 건강한 사람 한 명이 그 병원에 걸어 들어왔어. 너라면 그 다섯 사람을 살리기 위해 한 명을 희생시키겠니? 아니면 다섯 명을 모두 죽게 놔두겠니?" 내가 건강한 사람을 희생시켜야 한다고 대답하면 아빠는 "진심이야? 무고한 사람을 죽여서 장기를 꺼내겠다는 거야?"라고 말하고, 내가 반대로 대답하면 "한 명을 살리기 위해서 다섯 사람을 다 죽인다고?" 하는 식으로 공격해 왔다. 그리고 종종 문제를 더욱더 까다롭게 만들기 위해 새로운 조건을 추가하기도 했다. "그 건강한 장기를 가진 사람이 몹시 나쁜 사람이고 죽어가는 다섯 명은 정말 영웅적인 인물들이라면? 장기가 필요한 다섯 명은 10대들이고 건강한 장기를 가진 사람은 불치병에 걸린 75세 노인이라면?"과 같은 식으로 말이다. 윤리적 문제가 포함된 '차라리 게임'의 변형 같은 이 게임은 스릴이 넘치면서도 스트레스를 주었다. 아빠가 내 대답을 붙들고 늘어지면서 내가 내린 답을 스스로 해명하고 정당화하게 만들었기 때문이다. 지금까지도 이런 가정형 질문을 받으면 아드레날린이 솟구친다.

밤이 되면 아빠와 벌였던 논쟁이 머릿속에서 떠나지 않아서 침대에 누워 다시 추론해 보느라 잠을 설치기도 했다. 많이 생각할수록 생각이 명확해지고 정확해져서 견고하고 설득력 있게 논리를 펼칠 수 있게 되리라고 믿었다. 그래서 아빠와 대화를 할 때면 나중에 다시 생각해 보기 위해서 우리가 하는 모든 말들을 단어 하나까지 전부 암기하려고 최선을 다해 집중했다. 나중에 혹시나 아빠가 그런 말을 한 적이 없다거나 내가 잘못 들었다고 주장할 때를 대비해서 나는 내 기억에 의존할 수 있어야 했기 때문이다.

때로는 아빠가 틀렸다는 것이 확실하고, 내가 이유를 완벽하게 설명하고 있다고 확신할 때도 아빠는 내 주장이 타당하지 않다고 우겼다. 내가 아빠의 모순된 말을 지적하거나 내 질문을 회피한다고 하면 아빠는 비난조로, "말도 안 되는 소리 마라"라거나 "네가 지금 말하는 게 진짜 네 생각도 아니잖아"라고 말하기도 했다. 내가 특히 싫어했던 말은 "지금 넌 내 시간을 잡아먹고 있어"였다. 이런 말은 정말 신경에 거슬렸는데, 지금 생각해 보면 아마 비판적인 말이어서가 아니라 그런 말들이 바로 아빠가 내게 간파하도록 가르쳐 주었던 것과 같은 회피적 발언이었기 때문이었던 것 같다. 그래서 때로는 아빠의 말에서도 애매모호함이나 회피성 발언, 오류 들을 발견해야 하는 테스트를 받는 건 아닌가 하는 생각마저 들었다. 그럴 때면 나는 아빠가 차라리 나를 시험하고 있기를 바랐다.

한번은 집 안을 돌아다니는 아빠의 발걸음 소리에서 화가 난 듯한 느낌을 받았다. 그러다가 아빠가 실수로 문틀에 어깨를 부딪치는 것을 보고 물었다. "아빠, 왜 화가 나 있어요?"

"나 화 안 났는데." 아빠가 나직하고 으르렁거리는 듯한 목소리로 대답했다.

"화난 것 같은데요."

아빠가 나를 무섭게 노려보았다. "넌 네가 나보다 내 감정을 더 잘 안다고 생각하니?"

"아뇨." 내가 대답했다.

"내 기분이 어떤지 넘겨짚지 마." 아빠가 톡 쏘듯 말했다. "그냥 내가 하는 말을 믿어. 내 말을 못 믿는다면 그건 나에게 거짓말쟁이라고 하는 거나 마찬가지야." 아빠는 군인처럼 차렷 자세로 두 발을 딱 모아 붙이며 위협적인 자세를 취했다. "아무도 나만큼 내 기분에 대해 잘 아는 사람은 없어. 그래서 다른 사람의 마음을 읽으려고 노력하는 건 건방진 거야. 다른 사람의 기분이 어떤지 알고 싶으면 직접 물어봐. 그리고 그 사람이 말하는 대로 그냥 믿어."[2]

모든 사람이 비평가

나는 또래들과 어울려 놀지 않았기 때문에 주로 집에서 책을 읽거나 글을 쓰면서 놀았다. 나는 끊임없이 많은 이야기를 썼고 그중 가장 마음에 드는 이야기를 부모님께 보여주었다. 엄마는 내가 쓴 이야기를 아주 재미있어했다. 엄마는 거짓말을 하

---

2 이것이 내가 받았던 조언 중 가장 최악이라고 해도 과언이 아닐 것이다. 맞든 틀리든 이런 것들이 내가 받은 교육이고 교육 방식이었다. 그러니 나중에 내가 한 불쾌한 행동들에 대해서 용서하고 싶은 마음이 들 때 이 점을 염두에 두기 바란다.

지 않고도 좋았던 부분을 얘기하고, 그 전에 더 좋았던 이야기가 있을 때는 그 이야기가 더 좋았던 이유를 기분 좋게 설명해 주는 외교적 수완이 있었다. 하지만 나는 그 모든 말들이 진심이라는 것을 알수 있었고, 엄마는 괴짜 같은 여덟 살짜리의 입에서 나오는 얘기가 뭐든지 상관하지 않고 아주 구체적이고 진지하게 의견을 말해주었다. 아빠에게는 그런 수완이 없었다. 한번은 내가, 상대가 누구든지 모든 체스 게임에서 승리를 거두는 불가사의한 소년에 대한 이야기를 쓴 적이 있는데, 그 이야기에 대한 아빠의 의견이 아주 선명하게 기억난다. 이야기 안에서 사람들은 소년이 속임수를 쓴다고 생각하지만 어떤 속임수를 쓰는지는 밝히지 못한다. 이야기의 결말에 탐정 비슷한 어떤 소년이 이 불가사의한 체스 선수가 보통 말보다 무거운 말을 사용하고 있었다는 것을 밝혀낸다. 물론 나도 그 결말이 말이 안 된다는 것을 알고 있었다. 나는 이야기 설정에는 능숙했지만 결말을 잘 마무리하는 것에는 약했다. 여덟 살짜리가 제대로 된 결말을 만드는 건 쉬운 일이 아니라고 생각했지만 아빠는 나이가 변명이 될 수 있다고 인정하지 않았다.

함께 레코드 방에 앉아 있는데 아빠가 내 이야기의 교정본을 손에 들고 흔들며 물었다. "왜 무거운 말이 체스를 두는 데 유리하다고 생각하니?"

"아유, 아빠한테 딱 걸렸네요! 미스터리를 풀 만한 답을 생각해 내지 못했거든요." 내가 웃으면서 대답했다.

하지만 아빠는 웃지 않았다. 아빠의 이런 진지한 태도 때문에 나는 비평의 시간이 더욱더 재미있었다. 아빠는 내 원고에 자신의 의견을 메모한 내용을 자세히 살펴보았다. "결말이 말도 안 된다는 점을 읽는 사람이 눈치채지 못할 거로 생각했니?[3] 넌 글을 쓸 때 독자들이 바보라고 생각한 거야?"[4] 아빠가 물었다.

"아빠를 시험해 본 거예요! 아빤 시험에 통과했어요!" 내가 웃으면서 말했다.

아빠는 내 농담에 대꾸도 하지 않고 계속 말했다. "게다가 체스 대회에서는 체스 선수들이 개인 소유의 말을 사용할 수 없어. 조사도 안 해보고 쓴 거야?" 나는 이야기를 쓰기 전에 조사를 해야 한다는 생각을 해본 적이 없었다. 그래서 다음부터 이야기를 쓸 때는 도서관 사서에게 사실 여부를 확인하고 써야겠다고 결심했다.

"대체 어떻게 그 선수가 자기 말을 체스판에 몰래 올려놓을 수가 있었어? 교묘한 손재주가 있는 사람인가?" 아빠가 물었다.

나는 이 말을 일종의 제안으로 받아들였다. "와, 마지막에 마술사였다고 결말을 보면 되겠네요!"

"아빠 말은 그런 뜻이 아니잖아."

"잠깐만요, 더 좋은 생각이 났어요! 나중에 보니 특별한 능력을 갖추고 있었다는 걸로 하면 어때요? 상대방의 마음을 읽을 수 있는 능력이 있어서 이길 수 있었다면요?"

---

3 아빠는 항상 대답을 요구하는 질문을 하면서 자기도 모르게 마치 대답이 필요 없는 질문처럼 들리게 묻는 안 좋은 버릇이 있었다. 불행하게도 나는 이런 버릇을 물려받았다.
4 내 글의 독자는 엄마와 아빠뿐이었다.

"그게 차라리 낫겠다. 네가 이야기를 잘 풀어나간다면."

종종 이런 비평의 시간은 아빠에게 비슷한 내용의 이야기나 영화를 생각나게 했고 내게 영감을 주기 위해 〈환상특급The Twilight Zone〉이나 〈제3의 눈The Outer Limits〉(모두 미국의 SF 미스터리 드라마로 우리나라에서는 각각 1986년과 1995~98년에 방영되었다_옮긴이)과 같은 시리즈물의 에피소드를 예를 들어 설명하면서 끝이 났다. 때로는 래이 브래드버리Ray Bradbury(미국 소설가_옮긴이)의 이야기를 크게 읽어주기도 했다.

그러면 나는 "와, 그게 훨씬 좋은데요!"라고 말하며 신이 나서 재잘거리며 황급히 결말을 새로 고치거나 완전히 새로운 이야기를 쓰러갔다.

나는 내가 쓴 이야기 중 마음에 드는 것은 전부, 이를테면 대충 열 개를 쓰면 하나 정도를 아빠에게 보여주었다. 그러면 아빠는 무슨 이야기든 다 읽어본 뒤 의견을 적어주었다. 내 어린 시절을 통틀어 내가 쓴 이야기를 적어도 백 편 이상은 읽고 의견을 말해줬을 것이다. 아빠는 그중 어떤 이야기에도 긍정적인 의견을 나타낸 적이 없었다. 하지만 나는 내 이야기가 좋았고 그것으로 충분했기 때문에 별로 상관없었다. 이야기를 꼭 잘 써야 한다는 이유도, 목적도 없었다. 그리고 위대한 작가가 된다는 것이 쉽지 않다는 것도 알고 있었다. 아빠 역시 본인도 좋은 이야기를 써본 적이 없다고 솔직하게 인정했다. "나는 소설과 시를 좋아하지만 쓰는 재주는 없었어." 아빠가 말했다. 그래서 나는 더욱더 마음의 부담을 덜 수 있었다. 오직 즐기기 위해서 글을 쓸 수 있었다. 글에 대한 비평을 듣는 것도 그 즐거움 중 하나였다.

한번은 어떤 어른이 내게 '얼굴이 두껍다'고 하면서 그 말이 무슨 뜻인지를 설명해준 적이 있었다. 듣고 보니 그 표현은 나와는 맞지 않게 들렸다. 그렇게 무장하고 사는 사람들은 내가 아니라 다른 사람들이었다. 나는 아빠에게 들었던 고대 그리스의 스토아 철학자들처럼 누구 못지않게 세심하면서도 동시에 자신의 감정의 무게를 고스란히 감당할 수 있는 강인한 사람이 되고 싶었다. 그건 때로는 눈물을 흘릴 일도 있다는 것을 의미하기도 했지만 그보다는 더 자주 자신을 비판해야 한다는 걸 의미했다.

4학년 때 라신 선생님은 1980년대 유행하던 스타일로 머리를 바짝 세우고 다녔고, 그래서 항상 헤어스프레이 냄새가 났다. 어느 날 선생님이 글짓기 시간에 쓴 내 글에 B⁻ 점수를 주었다. 치즈 가게를 턴 쥐에 관한 누아르 영화 시나리오였다.

나는 학생들이 다 쳐다보는 수업시간에 손을 들고 라신 선생님에게 왜 B⁻를 주었느냐고 물었다. 사실 B⁻라는 점수 자체에는 이의가 없었다. 어차피 아빠에게 보여줄 만큼 만족스러운 글도 아니었으니까. 하지만 나는 라신 선생님이 아무런 근거 없이 그 점수를 주었고, 글에 대해 비평할 만한 능력도 없다고 여겼기 때문에 그런 내 판단이 맞는지 확인해 보고 싶었다. 어떻게 되든 누군가에게는 이득이 될 거라고 생각했다. 라신 선생님이 내 예상보다 훌륭한 선생님이라는 게 증명되면 그건 선생님으로선 아주 좋은 일이고, 반대로 점수에 대한 해명을 제대로 못 하면 선생님이 학생들에 대한 개인적인 감정과 일시적 기분에 따라 점수를 매겼을 거라는 내 추측이 맞게 되는 거니까 말이다. 그리고 라신 선생님의 평가가 공개적으로 문제가 있음이 알려지면 점수에 불만이 있던 우리 반의 다른 아이들도 선생님의 근거 없는 평가에서 자유로워질 수 있다고 판단했다.

라신 선생님이 대답했다. "마이클, 넌 비판을 받아들이는 자세를 배워야겠다."

나는 선생님이 나에 대해 너무 모른다는 생각에 큰 소리로 웃음을 터뜨리고 말았다. "전 비판을 아주 좋아해요. 그런데 문제는 이건 비판이 아니라는 거예요. 선생님은 설명도 없이 그냥 점수만 주셨잖아요."

라신 선생님은 내가 무슨 큰 잘못이라도 저지른 것처럼 복도로 나를 불러냈다. 나는 평소처럼 울기 시작했다. 메아리가 울리는 복도로 나가서 선생님은 나에게 비평을 받아들여야 한다는 말을 반복했다. 나는 울면서 대답했다. "하지만 구체적으로 말해주지 않으면, 선생님 의견이 들을 만한 가치가 있는지는 아무도 모르잖아요."

선생님이 내 말에 무시당한 느낌을 받을 거라고는 전혀 예상하지 못했다. 선생님들은 권위란 노력해서 얻어야 한다는 것을 분명 알고 있으리라고 짐작했기 때문이다. 하지만 라신 선생님은 얼굴을 붉히며 손을 허리춤에 얹었다. "여기서 선생님은 나야!"

다행스럽게도 나는 우는 와중에도 눈을 굴릴 수 있었다. "이렇게 생각해 보세요. 제가 선생님의 비평 수준에 점수를 매긴다면 몇 점을 받을 것 같으세요?" 선생님의 입이 떡 하고 벌어졌다. 내 말은 아직 끝나지도 않았는데 말이다. "그것보다 더 중요한 건 이거예요. 과연 선생님은 자신에게 몇 점을 주시겠어요?" 이 말에 선생님은 움찔하며 뒤로 물러났다.

나는 선생님이 나를 교장실로 보내거나 벌을 줄 거라고 생각하고 마음의 준비를 단단히 하고 있었지만, 뜻밖에 선생님은 다시 교실로 들어가야 한다는 변명을 중얼거리고는 나를 복도에 놔둔 채 황급히 돌아섰다. 나는 선생님을 따라 들어가면서 "라신 선생님, 선생님이 야말로 비판을 받아들이는 걸 배우셔야겠어요!"라고 소리쳤다. 울고 있지만 않았더라도 이 말대꾸는 조금 더 잘 전달되었을 것이다.[5]

선생님과 있었던 일에 관해 얘기하자 레코드 방에 있던 아빠는 소파 쿠션에 머리를 기대며 천장을 응시했다. "그 선생님은 어린 학생의 비판조차 받아들이지 못하면서 대체 인생은 어떻게 살아가려고 그러나?"

아빠 말대로, 선생님이 내가 한 질문 정도에 그렇게 기분이 상했다면 내가 아빠에게서 들었던 비판의 극히 일부만 들었다 해도 완전히 무너져 버렸을 것이다.

---

5 지금에서야 그때 라신 선생님은 일이 너무 많아서 구체적인 의견을 적어주지 못했을지도 모른다는 생각이 든다. 선생님은 어쩌면 학생 50명의 글을 다 읽느라 그중에 내 것을 기억하지 못한다는 사실을 인정하고 싶지 않았을지도 모른다. 하지만 그때 이런 가능성에 대해 누군가가 내게 알려주었다고 해도 나는 아무런 연민의 감정도 없이 "그럼 그렇다고 말하면 되잖아요?"라고 대꾸했을 것 같다.

랍비와 페티시즘

아빠와 유대교회당을 오가며 대화를 나눌 때는 대화가 끊어지는 일이 놀라울 정도로 거의 없었다. 하지만 아주 잠깐이라도 침묵이 찾아오면 나는 그동안 마음에 두고 있던 생각이나 문제를 꺼냈다. 하지만 아빠가 대답하지 못한 문제는 한 번도 생각해 낸 적이 없었다. 그런 문제는 결코 없을 거라고 막연히 짐작했다. 그래서 어느 토요일 아침에 아빠와 함께 정장을 입고 야물커를 쓰면서 다음과 같은 질문을 해도 전혀 문제가 없겠다고 판단했다. "아빠, 율법에서는 페티시에 대해 어떻게 나와 있어요?"

아빠는 재미있어하며 큰 소리로 웃었다. "그거 아주 좋은 질문인데!" 아빠의 목소리 톤이 높아졌다.

페티시는 그 주 초 엄마한테서 배운 단어였다. 비록 나는 아주 어릴 때부터 '페티시'적인 말들을 해오긴 했지만 말이다. 첫 번째 마이클 이야기 테이프를 들어보면 엄마가 나에게 좋아하는 TV 프로그램이 뭔지 물어보자 내가 대답한다. "〈가제트 형사〉예요. 왜냐하면 거기 보면 페니가 묶이거든요." 또 다른 좋아하는 프로그램이 있냐고 묻자 내가 대답한다. "〈히맨〉이요. 왜냐하면 가끔 틸라가 묶이잖아요. 그리고 〈베티붑〉도 좋아요. 왜냐하면 베티도 가끔 묶이니까요."

그다음에는 바로 무슨 뜻인지 다 안다는 듯한 엄마의 웃음소리가 들린다. 그리고 엄마가 말한다. "어머, 마이클, 네가 페미니스트라니 기분이 좋다."

나는 이런 것이 어떤 아이들은 군인이나 유니콘이 나오는 만화를 좋아하고 나는 여자들이 묶이는 만화를 좋아하는, 각자 다른 '취향'에 관한 문제라고 생각했기 때문에 종종 학교에서 이에 관한 얘기를 꺼내기도 했다. 어릴 때는 선생님들이 나의 이런 발언을 대수롭지 않게 여겼지만 아홉 살이 되자 이런 주제가 은근히 어른들을 불편하게 만든다는 것을 깨닫게 되었다. 그래서 어느 날 오후 엄마와 함께 있을 때 왜 그런지 이유를 물어보았다.

엄마는 이런 문제를 어떻게 설명해야 하는지 고민하거나 망설일 필요가 없었다. 사실을 있는 그대로 말할 때는 주저할 필요가 없었기 때문이다. "네가 여자들이 묶이는 장면을 좋아하는 건 네가 페티시적인 성향이 있기 때문이야. 다른 사람들은 전혀 생각해 보지도 않은 색다른 것을 좋아하는 걸 일컫는 말이란다." 엄마는 선생님들이 광합성이나 골드러시에 관해 설명할 때처럼 아무렇지도 않은 말투로 말했다. "페티시 성향을 가진 사람들은 아주 많아. 그중에서도 묶여 있는 여자를 좋아하는 게 가장 흔해. 그리고 묶이는 걸 좋아하는 여자들도 많고."

나는 그림 그리던 손을 멈추고 물었다. "정말요? 왜요?"

"넌 네가 좋아하는 걸 왜 좋아하니?" 엄마가 되물었다.

"잘 모르겠어요."

"그래, 맞아. 너처럼 아무도 자기가 좋아하는 것을 왜 좋아하는지 몰라. 하지만 어떤 사람들은 사람마다 취향이 다르다는 걸 일깨워 주면 화를 내기도 해."

엄마의 대답에는 뭔가 더 많은 이야기가 숨어 있는 것처럼 느껴졌지만 누구든 내 페티시적 성향에 당황하는 건 옳지 않다는 의미로 들렸기 때문에 그걸로 충분히 만족스러웠다.

무더운 날씨에 유대교회당으로 가는 길에 내가 페티시에 대한 얘기를 꺼냈을 때 아빠가 말했다. "탈무드에서는 모든 것을 다루고 있다고 알려져 있으니까 페티시에 대한 얘기도 있어야겠지." 그러더니 큰 소리로 웃었다. "그런데 탈무드에서 빼먹은 부분을 지금 네가 찾아낸 것 같은데?" 나는 뿌듯해서 얼굴이 붉어졌다.

"구체적으로 궁금한 게 뭐니?"

"그러니까 제가 궁금한 건⋯ 만일 학교에서 아는 어떤 여자애가 묶여 있는 모습을 상상해도 괜찮은 건지 율법에 나와 있어요?"

아빠는 무심코 대답했다. "유대교에서는 네가 원하면 무슨 생각이든 해도 돼. 가톨릭에서는 생각마저도 죄악시하지만."

나는 이에 대해 조금 더 생각해 본 뒤 덧붙여 말했다. "그리고요, 저는 여자가 묶여 있는 상상을 태어났을 때부터 해왔어요⋯."

"네가 기억할 수 있을 때부터겠지." 아빠가 내 말을 정정해 주었다. "기억력은 서너 살 때부터 발달하기 시작하니까."

"아, 그러네요. 그래서 신이 있다면 신이 저한테 페티시 성향을 준 거겠죠." 내가 대답했다.

"그것참 재미있는 논리네." 아빠가 말했다.

"신은 왜 어린아이한테 페티시 성향을 주는 걸까요? 신도 페티시를 좋아해서?"

"흠…." 뭐라고 대답할지 고민하는 아빠의 눈썹이 구부러졌다. 나는 문득, 아빠도 생각할 때 나처럼 머리가 아픈지 궁금해졌다. "잘 모르겠다. 랍비 선생님께 물어보렴."[6] 아빠가 대답했다.

다음 날 아침 유대교회당 안의 커다란 목재 테이블에 앉아서 히브리어 일대일 수업을 할 때 나는 랍비 선생님에게 물어보았다. "탈무드에는 페티시에 대해 뭐라고 나와 있어요?"

민스키 랍비 선생님은 마법사처럼 보이는 붉은 수염을 갖고 있고 니코틴으로 치아가 누렇게 된 60대였다. 선생님에게서는 항상 담배 냄새가 났다.

옅은 초록색 눈으로 지그시 나를 바라보는 선생님의 붉은색 눈썹이 위로 치켜 올라갔다. "페티시?"

"네. 묶여 있는 여자를 상상은 하지만 실제로 묶지는 않는 거 말이에요."

"묶는다고?" 선생님은 마치 만화 영화에 등장하는 캐릭터가 혼란스러움을 표현할 때처럼 머리를 흔들고 손을 내저으며 되물었는데, 아주 서툴지만 연기를 하고 있을 가능성이 높아 보였다. 엄마는 보통 사람들도 페티시즘에 대해 다 이해하고 있는 것처럼 설명했다. 그렇기 때문에 학식이 높은 랍비 선생님은 페티시즘에 대해 정말 들어보지 못했거나 아니면 그런 척을 하는 것이 분명했다.

내가 말했다. "전 항상 여자를 묶는 상상을 해요. 그건 분명 신이

---

6 농담처럼 들릴 수도 있지만 아빠는 농담을 한 것이 아니었다.

제가 그런 생각을 하기를 원해서인 거죠? 그렇죠?"

랍비 민스키 선생님이 대답했다. "너는 왜 그런 생각을 하니? 묻는 생각을?"

"자기가 좋아하는 것을 왜 좋아하는지는 아무도 몰라요." 사람들이 현명하다고 공인하는, 나이가 지긋한 랍비보다 아홉 살짜리 아이가 인생에 관해서 더 잘 알 수도 있다는 사실에 놀라며 내가 대답했다. "탈무드에 페티시에 대한 얘기가 없다면 왜 그런 거예요? 중요한 주제 아니에요? 신이 우리가 얘기하길 원하지 않는 것들이 있나요?" 랍비 선생님이 대답하기를 주저하자 내가 대신 간결하게 설명했다. "신이 우리가 모든 것에 관해서 얘기하기를 바란다면 우린 이것에 대해서도 꼭 얘기해야 한다고 생각해요. 아니면 신이 솔직하지 않거나 선생님이 솔직하지 않게 행동하는 거예요." 내가 말했다.

"이런, 이런. 말이 심하구나." 랍비 선생님이 말했다. 왜 언제나 솔직하지 않은 사람들에게 솔직하지 않다고 하면 기분 나빠하는지 나는 도저히 이해할 수가 없었다. 그렇게 솔직하지 않은 게 나쁘다고 생각하면 왜 자꾸 같은 행동을 계속하는 걸까? 선생님은 한숨을 쉬더니 말했다. "자, 그럼 수업을 시작해 볼까. 오늘은 배울 얘기가 아주 많으니까."

랍비 선생님은 페티시즘보다 훨씬 재미없는 주제들에 대해 설교를 늘어놓기 시작했다. 그렇게 주제를 전환하는 선생님의 태도가 처음에는 아주 짜증이 났다. 하지만 갑자기 짜증스러운 감정은 사라지고 오히려 재미있게 느껴졌다. 그래서 랍비 선생님이 눈에 띄게 긴장한 표정으로 계속 설교를 하는 동안 나는 계속 미소를 지었고 때로는 웃음을 터뜨리기도 했다. 결국 선생님은 그런 내 행동이 너무 거슬렸는지 하던 말을 멈추고 집중을 못 하고 있는 것 같다고 말했다. 나는 대답했다. "아무래도 제가 신보다 더 솔직한 것 같아서 자꾸 웃음이 나요!"

놀려도 되는 것들

전학 가게 된 학교는 걸어서 등하교할 수 있을 만큼 우리 집에서 가까웠지만 대부분의 학생들은 버스로 등교했다. 나는 버스로 통학하는 아이들이 좋았다. 그 이유는 학교에서 학생들을 세뇌하는 거짓말들, 말하자면 성적이나 암기력 그리고 선생님의 비위를 맞추는 태도 등이 지적 능력과 비례한다는 말들을 곧이곧대로 믿는 금발의 백인 아이들과는 달리 그 아이들은 비판적인 생각을 하는 것 같아서 호감이 갔기 때문이다. 이 친구들은 학교의 부조리와 부당함을 나만큼이나 혐오했다. 사적인 이야기들을 나누고 욕도 하고 말도 거칠게 하던 그 아이들의 대화에는 백인 아이들이라면 감당하지 못할 많은 말들과 정서가 담겨 있었다.

로버트와 매뉴얼은 내가 주로 좋아하는 아이들이 모인 무리의 대장 같은 존재였고 나는 그 아이들이 허락하는 선에서 되도록 그 무리와 자주 어울렸다. 그 애들은 나를 대할 때 조금 혼란스러워하면서도 내게 뭔가 흥미로운 구석이 있다고 여겼던 것 같다. 그 아이들은 비싼 운동화와 구단 이름이 적힌 야구 모자를 즐겨 착용했고, 아주 짧게 깎은 머리에 젤을 잔뜩 발라 빗으로 웨이브를 만들어 단단히 고정하고 다녔다. 나는 그런 스타일을 따라 하지는 않았다. 슈퍼컷츠Supercuts(미국의 프랜차이즈 미용실_옮긴이)에서 미용사가 내 머리를 어떻게 잘라주길 원하느냐고 아빠에게 물어보면 아빠는 언제나 "내가 머리에 대해 뭘 아나요. 그냥 알아서 보기 좋게 깎아주세요"라고 대답했다. 그 친구들 무리에서 안경을 쓴 건 나뿐이었다. 내가 쓰던 두꺼운 테의 안경은 당시에는 공붓벌레의 전형적인 특징이었고 엄마는 유치원 때부터 내게 줄곧 같은 스타일의 옷을 입혔다.

어느 날 나는 운동장 벽에 등을 기대고 아스팔트 바닥에 몸을 숙이고 앉아 아이들이 농구공을 가지고 노는 것을 지켜보면서, 지루한 공놀이를 그만두게 할 만한 재미있는 이야깃거리나 게임을 생각해 내느라고 머리를 쥐어짜고 있었다.

로버트는 공이 튈 때마다 잡지 못하고 쫓아다녔다. 그 아이는 무리 중에 덩치가 가장 컸고, 코미디언이 몸 개그를 하는 것처럼 우스꽝스럽게 움직였다. 커다란 머리는 위아래로 까딱거렸고, 동그란 얼굴은 항상 즐거워 보였다. 아이들 중에서 침묵을 깨고 대화를 시작하는 건 주로 로버트였다.

"마이클은 지저분해. 코를 후비는 걸 내가 봤어." 로버트의 말에 그의 친구들이 마구 웃어댔다. 그건 사실이었기 때문에 나는 별 불만이 없었다. 나에게는 정말 코를 후비는 버릇이 있었고 그런 모습을 로버트가 봤을 가능성은 충분했다. "마이클이 코를 후비더니 코딱지를 먹었어!" 로버트가 공을 따라 휙 하고 달려가면서 말했다.

"그리고 코딱지가 똥으로 나왔어!" 매뉴얼이 로버트의 말을 이어받아 말했다. 매뉴얼은 언제나 뭔가 분명히 할 말이 있을 때만 입을 열었다. 몸집은 작지만 운동신경이 좋고 굵고 잘 손질된 검은 머리에 보조개가 있는 잘생긴 아이였다.

"잠깐만. 그건 말도 안 돼." 내가 끼어들었다. 아이들이 떨떠름한 반응을 보이며 나를 쳐다보았다. 아이들은 내가 그 농담에 맞서 비슷한 종류의 농담을 던질 거라고 예상했다. "내가 코를 후비는 걸 봤다는 건 믿어." 아스팔트 바닥에서 일어나며 내가 말했다. "하지만 난 코딱지를 먹은 적은 없어. 코딱지를 먹는 사람이 어디 있어?" 아이들은 긴장된 표정으로 서로를 쳐다보았다. "내가 코딱지를 먹었다면 그게 내 똥으로 나오는 것도 분명한 사실이야. 그건 과학이니까." 나는 계속 말을 이어갔다. 나는 적어도 그 아이들이 맞게 말한 부분은 인정함으로써 나름 공정한 태도를 취하고 있다고 생각했다. 하지만 애들은 똥이란 말이 나오자 웃어댔고, 그로써 나는 그 애들이 내 말의 의미를 이해하지 못하고 있다는 것을 깨달았다. "다른 사람을 놀릴 때는 실제로 일어난 일만 가지고 놀려."[7] 나는 결론을 내리듯 말했다.

매뉴얼은 그 자리에서 날렵하고 가볍게 몸을 흔들어 춤을 추더니

---

7 웃으면서 쓸데없는 설교를 늘어놓거나 따져 묻기를 좋아하는 나 같은 아홉 살짜리 괴짜를 상대하는 일이 얼마나 황당한 일이었을지, 나로서는 겨우 상상만 할 수 있을 뿐이다.

"마이클이 코를 후빈대! 자기 입으로 인정했어!"라고 말했다. 아이들은 반쯤 웃긴 했지만, 별로 즐거워 보이지 않았고 어색한 분위기가 감돌았다.

"물론 내가 코를 후비기는 해! 다들 그러잖아. 너도 그러고….'' 내가 말했다.

"웃기지 마! 난 코 안 파!" 매뉴얼이 주먹을 불끈 쥐고 긴장한 표정으로 내 말을 막았다. "그 말 취소해!"

"왜 이래, 매뉴얼. 너 평생 한 번도 코를 판 적이 없단 말이야?" 나는 다른 아이들을 향해 돌아서서 말했다. "매뉴얼이 한 번도 코를 후빈 적이 없다는 말 믿는 사람 있어?"

"닥쳐!" 매뉴얼이 겁을 주려고 나에게 가까이 다가서며 소리쳤다. 나는 계속 다른 아이들을 향해 말했다. "지금 나 때리겠다고 협박하는 거 봐." 그리고 남성성을 과시하는 행동에 대해 아빠가 했던 말을 그대로 흉내 냈다. "얘는 자신의 부끄러움을 감추려고 강한 척하는 거야. 자기가 코를 파는 게 너무 창피해서 남이 그걸 지적하는 걸 받아들이지도 못하는 거라고."

"닥쳐!" 매뉴얼은 너무 화가 나서 받아칠 말이 생각나지 않는 듯 다시 소리쳤다.

"정말 강하다면 아무렇지도 않겠지. 오히려 코를 후빈다고 스스로 인정할 거야. 하지만 겁이 나서 자기 감정을 드러내지 못하고 있어. 그러니까 고작 '닥쳐'라는 말밖에 못 하는 거라고."

"닥쳐!" 매뉴얼이 식식대며 말했다.

나는 손가락으로 매뉴얼을 가리키며 웃었다. "봐. 저런 게 진짜 웃긴 거야." 나를 빼고는 아무도 웃지 않아서 다시 설명했지만 지금 상황을 웃긴다고 생각하는 건 나뿐이었다. 나는 한숨을 쉬었다. "사실만 가지고 놀려. 알았어? 그리고 그 사실이 너한테는 해당이 안 될 때만 놀리란 말이야. 예를 들어서, 내가 안경 쓴 건 놀려도 돼. 왜냐하면 나는 안경을 썼지만 너희는 안 썼으니까." 나는 또 다른 예를 생각했다. "아니면, 난 둔해서 운동할 때마다 잘 다치는데 너희는 나만큼 둔하지 않다는 걸 갖고 놀리든지." 나는 계속해서 다른 애들이 놀릴 만한 내 독특한 점을 더 생각했다. "그리고 난 아무 때나 울어. 그리고 난 여자애들을 좋아해. 또 여자애들한테 말을 걸려고 하면 다들 도망가." 아이들은 충격을 받은 멍한 표정으로 나를 바라보았다. 나는 기운이 펄펄 나서, 부자연스럽게 정신없이 사방으로 왔다 갔다 하며 말했다. "그리고 내 신발은 싸구려야. 난 주근깨가 많고 못생겼어. 나는 성적이 좋고 공붓벌레야. 그리고 다들 좋아하는 게임을 나는 싫어해." 내 단점을 고백하자 뜻밖의 강렬한 느낌이 속으로부터 차올랐다. 나의 불행한 진실들을 스스로 받아들일 수 있다면 아무도 그걸로 날 조롱하고 부끄럽게 만들 수 없을 것이다! 나는 마치 매우 고무적이고 중요한 연설을 하는 것처럼 말이 빨라졌고 목소리도 점점 커졌다. "그리고 나는 헤어젤 같은 거 안 써! 그리고 아무도 내가 하는 농담에 웃지 않아! 그리고 나는 친구도 없어! 그리고 나는 모자 쓰는 것도 싫어해!" 아무런 반응이 없는 외로운 침묵 속에서 갑자기 내게 아이디어가 하나 떠올랐다. "그렇지!" 나는 발가락 끝으로 폴짝폴짝 뛰며 말했다. "우리가 다 좋아할 만한 게임이 생각났어!" 매뉴얼은 오른쪽 다리에서 왼쪽 다리로 체중을 옮겼다가 다시 또 옮겼다. 한두 명의 아이들이 본능적으로 뒷걸음질을 쳤다. 나머지는 겁먹은 얼굴로 듣고 있었다. "우리 한 명씩 돌아가면서 놀림거리가 될 만한 자기 단점을 하나씩 얘기하는 거 어때?"

그 주말에 내가 학교에서 있었던 일과 내가 한 제안에 애들이 질겁해서 도망가 버린 이야기를 하자 아빠는 이렇게 말했다. "와, 그 친구들 정말 참 미성숙하구나!"8

체크메이트

샌페르난도 밸리로 이사한 후에도 우리는 아빠의 레코드 방에서 계속 체스를 두었다. 열 살이 될 때까지 나는 6년 내내 매주 수십 번씩 아빠에게 지고 있었다. 그렇게 수천 번을 지다 보니 체스에 대한 열정도 점점 식어가기 시작했다. 지는 것만큼 당연하고 진부한 것도 없었다.

그러다가 한번은 내 나이트로 아빠의 비숍과 퀸을 잡을 기회를 포착했다. 그런 기회를 잡은 적은 단 한 번도 없었기 때문에 내가 뭔가를 놓치고 있는 거라고, 나를 함정에 빠트리기 위한 아빠의 교묘한

---

8 아홉 살짜리들에게 미성숙하다고 말하는 것이 얼마나 어이없는 행동인지를 나는 아주 나중에야 깨달았다.

속임수일지도 모른다고 생각했다. 그런데 뭔가 문제가 될 만한 수가 혹시 있는지 체스판을 샅샅이 살펴보아도 아무것도 찾을 수 없었다. 아빠의 실수가 분명했다. 나이트를 옮기려고 하는데 손이 마구 떨렸다. 말을 옮기면서도 계속 체스판을 살펴보았다. 아빠의 얼굴에는 자신의 실수를 눈치챈 표정도, 내가 그 실수를 포착한 사실에 감명받은 표정도 떠올라 있지 않았다. 나는 비로소 나이트를 내려놓고 손을 뗐다.

"이런, 저것 보게. 곤란하게 됐네." 아빠는 이렇게 말하며 체스판을 살피더니 카펫 바닥을 손가락으로 톡톡 두드렸다. 그렇게 시간이 얼마간 흘렀다. "내가 어떻게 해도 지겠는데." 그리고 체스판을 조금 더 둘러보고는 어떤 말을 움직여도 결국 다른 말이 위험해진다는 결론에 도달한 것 같았다. 아빠는 포기하고 퀸을 옮겼고 나는 내 말을 하나도 희생시키지 않고 아빠의 비숍을 차지했다. 이때가 바로 내가 체스 게임에서 처음으로 유리한 입지에 있다는 것이 어떤 건지를 경험한 때였다.

게임이 계속될수록 아빠의 수는 변덕스럽고 경솔해졌다. 아빠는 필요 이상으로 말을 더 잃었고 결국 이렇게 말했다. "더 이상 만회할 방법이 없겠는데. 그래도 게임은 끝까지 하자."

내가 체크메이트를 했을 때, 아빠는 자신의 킹을 스스로 넘어뜨렸다. 나는 그동안 수천 번도 더 넘게 내 킹을 넘어뜨렸지만, 아빠가 자기 말을 넘어뜨리는 것을 보니 이상하게 화가 났다. 나는 언제나 그 말을 넘어뜨리는 부분이 싫었다. 이미 게임에서 우리 둘 다 누가 졌는지를 알고 있는데 대체 왜 굳이 마지막에 항복을 상징하는 그런 제스처까지 보태야 하는지 이해가 안 갔기 때문이다. 아빠가 자신의 킹을 넘어뜨리는 모습을 보자 내 킹을 넘어뜨렸을 때보다 기분이 안 좋았다.

킹이 넘어져 좌우로 구르는 속도가 점점 줄어드는 동안 나는 아빠가 무슨 말을 할지 긴장된 마음으로 기다렸다. "한 게임 더 할까?" 아빠는 평소와 전혀 다름없이 물었다.

"네." 나는 대답했다.

"좋아." 아빠는 벌써 말들을 판 위에 배열하면서 말했다.

나도 말들을 집어서 다시 놓기 시작했다. "제가 처음으로 이겨서 아빠가 뭐라고 한 말씀 하실 거라고 생각했어요."

아빠는 말을 놓던 손을 멈추지 않고 말했다. "내가 뭐라고 말할 거라고 생각했는데?"

"그동안 아빠가 져주지 않은 보람이 있었다고 말씀하실 거라고 생각했어요. 왜냐하면 그래서 제가 지금 진짜로 이겼다고 확신할 수 있으니까요."

"그건 이미 알고 있었잖니. 이미 네가 알고 있는 걸 내가 왜 굳이 말하겠니?"

나는 머리를 긁적였다. "아마 아빠가 저보고 대견하다는 의미의 말씀을 하실 거라고 기대했나 봐요."

아빠가 거북하게 웃었다. "나를 이기는 게 뭐 그리 대수라고. 난 체스를 그렇게 잘 두는 사람도 아닌데."

누명

　　　　　6학년이 시작되고 첫 번째 주였다. 겔먼 선생님과 존슨 선생님이 누군가가 잘못을 저질렀기 때문에 그 학생이 자백하기 전에는 수업을 하지 않겠다고 선언했다. 그래서 분홍빛 얼굴에 대머리이고 키가 엄청나게 큰 겔먼 선생님과 나이 많고 구부정하고 텅 빈 눈의 존슨 선생님이 반 친구들 앞에서 매뉴얼, 로버트 그리고 그 애들과 같이 어울리는 아이들에게 "그래, 매뉴얼, 선생님한테 할 말 없니?"와 같은 말을 하면서 추궁하는 동안 우리는 모두 잠자코 있어야 했다. 선생님이 말했다. "로버트, 너 왠지 아주 초조해 보이는구나."

　그때 내가 끼어들었다. "대체 무슨 일을 저질렀는데요?"

　존슨 선생님이 대답했다. "그건 애들이 알겠지."

　이 학교에 몇 년을 다니는 동안 나는 이미 백인 선생님들이 흑인과 멕시코인 아이들을 부당하게 차별한다는 사실을 알고 있었다. 나로서는 눈치채지 않는 게 불가능했다. 선생님들이 그 아이들에게는 언제나 더 가혹하고 냉정하며 의심스러운 목소리로 말했기 때문이다. 그 애들이 질문에 답하기 위해 손을 들면 선생님들은 거들먹거리거나 회의적인 태도로 대답했다. 선생님이 그 애들 중 하나의 이름을 부를 때는 언제나 비난하거나 질책하는 어조였고, 뭘 잘 모르거나 집중하지 않는다는 이유로 창피를 주기 위해서였다. 그중에서도 가장 피부색이 어두운 아이들이 가장 부당한 대우를 받았다. 그래서 나는 로버트나 매뉴얼 그리고 다른 친구들에게 이런 얘기를 해 보았지만 그 아이들은 듣고 싶어 하지 않았다.

사법제도, 미국 인종차별의 역사, 그리고 경찰이나 법조인 들이 결백한 사람들을 속여 죄를 억지로 자백하게 하거나 무고한 사람들을 죄가 있는 것처럼 보이게 하는 방법에 대해 아빠에게서 배워왔던 나는 인종차별적인 편파 재판이 어떤 식으로 진행되는지 알고 있었고, 그런 일이 지금 우리 6학년 교실에서 벌어지고 있음을 깨달았다.

"이유를 설명하셔야죠." 존슨 선생님의 말을 가로막으며 내가 말했다. "그리고 지금 자백을 받으려는 단 한 가지 이유는 선생님이 그 일을 누가 했는지 모르거나 증거가 없기 때문이잖아요." 나는 반 친구들이 이 말을 듣고 웃기를 바랐지만 다들 긴장한 탓인지 아무 반응이 없었다.

겔먼 선생님은 내 말을 무시하고 로버트에게 복도로 따라 나오라고 명령했다. 그리고 몇 분 후 선생님 혼자 들어와서 다 끝났으니 이제 수업을 다시 시작하겠다고 말했다. "잠깐만요. 로버트가 그랬다는 것을 어떻게 아셨어요?" 겔먼 선생님은 이제 다 끝난 일이라는 식으로 둘러대려고 했지만 나에겐 끝난 일이 아니었다. "선생님이 처음부터 로버트가 그랬다는 것을 아셨다면 굳이 교실을 다 돌아다니면서 애들한테 따져 묻지 않았을 거예요. 증거도 없이 로버트라고 짐작하신 거예요?" 선생님들은 씩씩대는 나를 내버려 둔 채 무시했다.

다음 날 로버트가 학교에 다시 왔을 때 내가 어떻게 된 건지 물었다. 선생님들이 화장실에 낙서했다는 이유로 로버트를 교장실에 보냈다고 했다. 운동장에서 로버트가 말했다. "나는 지금도 대체 그 낙서가 어떻게 생겼는지, 글씨인지 그림인지도 몰라!" 로버트는 자기가 한 일이 아닌데도 교장 선생님과 부모님조차도 그를 믿지 않았다고 했다.

"너희 엄마 아빠는 너보다 선생님을 더 믿은 거야?" 생각만 해도 너무 끔찍했다.

얼마 지나지 않아서 겔먼 선생님과 존슨 선생님은 또 다른 일로 아이들을 추궁하기 위해 수업을 중단시켰다. 누가 사탕을 훔쳤다는 이유였는데, 이번에도 역시 매뉴얼과 로버트 무리만 추궁했다.

나는 이유를 알면서도 "왜 만날 똑같은 애들만 몰아세우세요?"라고 물었다.

존슨 선생님은 나에게 복도로 나가서 얘기하자고 했다. 그러자 바로 울음이 터져 나왔다. 선생님은 내 눈물을 더 이상 선생님에게 따져 묻지 않겠다는 뜻으로 받아들였다. 물론 그렇게 오해할 만했지만, 그 대신 분노의 표현이자 더 공격적이고 무자비하게 굴 거라는 경고로 받아들였어야 했다.

"마이클 레비턴. 그런 식으로 말하면 못써." 선생님이 복도에서 말했다.

"여기는 학교잖아요. 그럼 학생들은 질문을 해도 되는 거잖아요. 그리고 선생님들은 대답을 해줘야 하고요."

존슨 선생님은 흔들리지 않고 태연했다. "저런 애들은 너에게 나쁜 영향을 미친단다. 저런 애들하고는 친하게 지내면 안 돼."

"선생님은 항상 백인이 아닌 애들만 혼내잖아요. 신문에 나오는 것처럼요." 내가 울면서 말했다.

몇 년 전의 라신 선생님처럼 존슨 선생님 역시 나에게 분명히 벌을 주고 싶어 하는 것 같았지만 이상하게도 그런 일은 이번에도 일어나지 않았다. 지난번에 라신 선생님이 나에게 벌을 주지 않았을 때는, 나를 교장 선생님한테 보내면 내가 말을 너무 잘해서 교장 선생님이 선생님 말보다 내 말을 더 믿을까 봐 보내지 않은 것이라고 생각했다. 그런데 그 순간 로버트도 이런 상황에서 충분히 자기 입장을 잘 설명할 수 있는 아이라는 사실과 동시에 선생님들은 아무도 로버트의 말을 믿지 않을 것을 알고 있다는 사실이 떠올랐다. 그러자 모든 것에 대한 답이 순식간에 물밀듯 밀어닥쳤다. 그동안 선생님들은 내 피부색 때문에 나에게 벌을 주지 않은 것이었다.

너무 화가 난 나는 존슨 선생님에게 방금 깨달은 사실을 말했다. 하지만 선생님은 계속 로버트와 매뉴얼이 나쁜 아이들이라는 말만 반복했다.

"어떻게 아세요? 증거가 뭐예요?" 내가 또 물었다.

"나는 저런 애들이 어떤 애들인지 잘 알아." 존슨 선생님은 나에게서 달아날 생각으로 교실 쪽을 쳐다보며 말했다.

"선생님이 알고 있는 건 쟤들이 백인이 아니라는 것뿐이잖아요."

전의 라신 선생님처럼 존슨 선생님도 우는 나를 복도에 남겨두고 서둘러 교실 안으로 도망쳐 버렸다. 교실로 따라 들어가 보니 선생님이 복도에서 나를 감당하는 동안 교실에서 벌어지던 심문은 미결 상태로 흐지부지 끝나버린 뒤였다. 나는 자리로 돌아가서 다음에 또 이런 일이 생기면 어떻게 더 잘 대응할지에 대한 계획을 세우기 시작했다.

이제 와서야, 그 선생님들은 자신의 비도덕적인 행동보다 창피당하는 것을 더 두려워했다는 것을 깨달았다. 의혹을 받거나 진실이 폭로되는 상황에 정신적으로 준비가 되어 있지 않아서 나약하고 쉽게 상처받는 사람이 돼버린 것이다. 존슨 선생님과 겔먼 선생님은 나를 교장 선생님에게 보낼 생각이 없다는 것을 확실히 보여주었다. 게다가 나는 이미 부모님에게 학교에서 목격한 인종차별적인 상황들을 얘기했고, 그런 행위를 중단시키기 위해서라면 어떤 일이든 두 분이 지지해 줄 것을 알고 있었다. 그래서 권위자에 대한 존경심도 없고 정면 대결을 전혀 두려워하지 않는 나를 겔먼 선생님이나 존슨 선생님이 막을 방법은 없었다.

하지만 내가 이런 이야기를 하자 로버트와 매뉴얼은 나를 상대하려고 하지 않았다.[9] 오히려 내가 어떤 짓을 해도 벌을 받지 않는 이유는 선생님의 애완동물이기 때문이라고 했다. 나는 로버트에게 내가 얼마나 그 선생님들을 싫어하는지, 선생님에게 어떻게 따졌는지 다 보지 않았느냐고 하면서 울었다. 하지만 아무리 최선을 다해 주장해도 반응이 없었다. 나는 눈물을 흘리면서 다음에 이런 일이 있으면 선생님들이 반드시 반 아이들 전체를 추궁할 테니 두고 보라고

---

9 나는 당시 이런 아이들이 겪고 있는 상황이나 그것에 대해 얘기하고 싶어 하지 않는 이유를 이해할 만한 폭넓은 시각을 갖고 있지 못했다.

했다.

얼마 지나지 않아서 선생님들이 또 다른 잘못을 대해 같은 아이들을 몰아세우는 일이 벌어졌다. 나는 즉시 존슨 선생님에게 왜 백인 아이들은 의심하지 않느냐고 물었다.[10] 존슨 선생님과 겔먼 선생님은 마치 아무 말도 못 들은 것처럼 행동했다. "왜 저한테는 낙서했는지 안 물어보세요?" 이 말에도 아무런 대꾸가 없었다. 나는 울고 있었지만 공격을 하는 데는 아무 문제가 없었다.[11] "제가 하는 질문에 답하기가 그렇게 어려우세요? 왜 대답을 못 하세요?"

결국 존슨 선생님이 마지못해 이렇게 말했다. "마이클, 정신없게 굴지 마라."

내가 말했다. "선생님이 정당하게 행동하면 저도 조용히 할게요."

---

10 이때 나는 내가 도우려고 했던 애들을 더 난처하게 하거나 괴롭히거나 위험에 빠뜨릴 수도 있다는 것을 생각하지 못했다. 나는 너무 무모하게 진실을 폭로했다. 나는 솔직함의 파괴력을 예측하지 못했다.

11 그때 나는 강력하게 맞서고 있다고 생각했지만 내 질문들은 고작 훌쩍이는 소리에 지나지 않았을 것이다.

3장

10대의
진실

내가 열세 살이 되자 아빠는 직장에서 받은 초대권으로 일주일에 몇 번씩 콘서트에 나를 데려갔다. 레이 데이비스, 닐 영, 엑스, 러퍼스 토머스, 조니 미첼, 올맨 브라더스, 브래드퍼드 마살리스, 미니스트리, 모스 앨리슨, 그레이트풀 데드 등 전에는 한 번도 들어본 적이 없는 가수들의 공연이 대부분이었다. 중학교 통학 버스에서 틀어주던 KROQ 방송(로스앤젤레스의 얼터너티브 록 음악 전문 라디오 방송_옮긴이)은 내 음악 취향을 발견하게 된 계기가 되었다. 아빠는 당시 새로 나오는 음악이란 음악은 모두 들었기 때문에 내가 새로 알게 된 밴드는 이미 모두 알고 있었다.

우리가 처음 같이 간 몇 개의 콘서트 중에 내가 실제로 들어본 적이 있는 밴드는 너바나가 처음이었다. 아빠는 히트곡만 듣던 나보다 훨씬 더 열광적인 팬이었다. 관객 중에 눈에 띄는 어른이라고는 아빠 빼고는 아무도 없었던 첫 번째 공연이기도 했다. 나는 공연이 시작되기를 기다리는 동안 플란넬 옷을 입은 백수건달들로 가득 찬, 개미 상자 같은 그런지 스타일 공연장을 못마땅하게 둘러보았다.[1]

공연은 코미디언 보브캣 골드스웨이트의 쇼로 시작되었다. 아빠와 나는 이런 식으로 기존의 틀을 깨는 엉뚱한 결정을 하는 너바나의 분위기가 마음에 들었다. 보브캣의 순전히 타고난, 거칠고 쉰 듯한 독특한 목소리도 너무 좋았다. 보브캣은 관객들에게 '갭'에서 그런지Grunge(1990년대 유행한 록 음악_옮긴이) 스타일의 옷을 사 입고 온 사람이 얼마나 되느냐고 묻는 식의 농담을 던지며 쇼를 시작했다. 관객들은 웃음을 터뜨렸다. 나는 뜻밖이라고 생각했다. 사람들이 이런 식으로 유행이나 좇는 부끄러운 자신의 행동을 스스로 놀릴 수 있는 유머 감각을 갖고 있을 거라는 기대를 하지 않았기 때문이었다.

너바나가 몇 곡을 부르는 동안 아빠는 왠지 기분이 좋지 않아 보였다. 아빠가 말했다. "이 밴드는 정말 훌륭해. 너무 진정성 있고 사적인 느낌이 들어." 나는 곧 '그런데'가 뒤따를 것을 감지했다. "그런데 무대 의상은 도저히 못 봐주겠어. 쟤네들이 바지를 일부러 가위로 자르고 머리를 마구 헝클인 다음 헤어스프레이로 고정하는 모습이 막 상상이 되거든. 그건 너무 펑크답지 않은 행동이잖아. 외모에

---

1 1993년도의 열세 살짜리들의 옷 취향을 전혀 몰랐던 엄마가 사다 주는 대로 입었던 내 스타일은 꽤 독특했다. 헐렁한 배기 바지에, 셔츠도 색이 화려한 1980년대 스타일 그대로였다. 무늬 있는 옷들을 섞어 입는 것도 꽤 비정상으로 보였을 것이다.

무신경한 것처럼 보이려고 오히려 더 많은 노력을 하다니 말이야." 아빠는 고개를 저었다. "물론 많은 위대한 뮤지션들이 의상에 공을 들이는 건 사실이야. 하지만 그런 사람들은 적어도 의상에 신경을 썼다는 건 인정하잖니. 그레이스 존스나 데이비드 보위는 방금 자고 일어난 듯한 모습처럼 꾸미지는 않잖아. 쟤네들은 말하자면 거짓말을 하는 거나 마찬가지야."

"완전 동감해요. 저건 가짜예요." 아빠의 통찰력에 감탄하며 내가 말했다.

"뭐, 아직 어려서 그런 거겠지. 더 나이가 들면 자기 진짜 모습이 조금 더 편하게 느껴질 거야." 아빠가 말했다.

통학 버스에서 아이들의 진부하고 과장된 대화를 엿듣다 보면 마치 형편없는 영화를 보는 듯한 느낌이 들었다. 아이들은 범죄나 성착취 등과 같이 절대 일어나지 않았을 게 너무 확실한 일들을 실제 자기 주변에서 일어난 일처럼 떠벌였다. 위험하고 과격한 행동을 서슴지 않는 형이나 누나 들에 관한 터무니없는 이야기나 다른 학교에서 벌어진 성 추문 사건에 대해 떠벌이다가도 정작 자기네가 지어낸 이름조차 제대로 기억하지 못했다. 하지만 이런 얘기를 듣고도 의심하는 아이들은 하나도 없었다.

그해 여름, 나는 일명 '공붓벌레 캠프'라고 불리는 교육 캠프에 갔다. 첫날 처음 만난 한 무리의 남자아이들과 다 함께 잔디밭에 모여 앉게 되었는데, 그 아이들이 돌아가면서 여자와 어디까지 가봤는지에 대해 얘기를 하자고 했다. 학교 버스에서도 이런 얘기를 들은 적은 있지만 그런 얘기를 하던 애들은 항상 나이도 더 많고 더 매력적인 남자애들이었다. 하지만 이 캠프의 아이들은 나보다도 더 왜소하고 신체적으로도 미성숙해 보였다. 이 공붓벌레들은 2루는 가슴, 3루는 구강성교, 홈런은 성관계를 해본 것으로 하자고 정했다. 열세 살이었던 나는, 키스는 고사하고 어떻게 여자애와 친구가 되는지도 상상조차 못 할 때였다. 남자아이들은 차례대로 2루나 3루까지 가봤다고 선언했다. 다들 거짓말을 하고 있음을 확신한 나는 그 아이들이 경험했다고 주장하는 구강성교에 대해 자세히 말해보라고 꼬치꼬치 캐물었다. 그러자 이 게임을 시작한 키 작은 금발 머리 남자애가 재빨리 끼어들어 나한테 방해하지 말고 조용히 하라고 화를 냈다. 그 아이는 자기 차례가 되자 어설프게 성인 남자 흉내를 내며 고개를 갸웃하고 실실 웃었다. "난 3루와 홈 사이에서 고전 중이야." 그 아이가 말하자 모두 감명받은 표정을 지었다.

　내 차례가 돌아왔을 때 내가 말했다. "나는 아무것도 안 해봤어." 그 금발 머리 남자아이는 내 말이 분위기를 망칠까 봐 곧바로 다음 아이를 가리켰고, 다음 아이는 3루까지 가봤다고 말했다. 나는 화를 삭이면서 아이들의 이야기를 들었다. 모두의 얘기가 끝난 다음 내가 말했다. "난 이게 '척'하는 게임인지 몰랐네."

　아이들은 어떻게 반응해야 할지를 몰라 서로를 휙 둘러보았다. 금발 머리 남자애가 일어나 침묵을 깨고 애들에게 음료수를 가지러 가자고 말하더니 다 같이 가버렸다.

나는 이 애들이 서로가 한 거짓말들을 정말 믿고 있는지, 아니면 그들이 결속하는 데는 진실 같은 건 상관이 없었던 건지 알 수 없었다. 하지만 나는 이 경험에서 가짜 이야기를 잡아내는 아주 좋은 방법을 얻게 되었다.

많은 사람들이 거짓말을 하는 이유는 자기가 원하는 이미지로 남에게 비치기를 바라기 때문인 듯했다. 이 캠프에서 만난 애들은 멋지고 어른스럽게 보이려고 가짜 성 경험을 자랑했다. 하지만 특별히 창의적이거나 영리하지도 않고, 상상력도 풍부하지 않아서 그럴듯한 세부적인 내용이나 독특한 이야기를 만들어 내지는 못했다. 그리고 아무도 자세하게 물어보지 않을 거라고 생각하고 명확하지 않게 대충 얼버무리며 어디선가 들은 이야기를 자기 것처럼 각색했다. 그래서 이런 거짓말들을 가려내기 위해서는 딱 두 가지 질문을 떠올려 보면 되었다. 하나는, 과연 이런 거짓말은 그들이 남에게 남기고 싶은 인상을 심어주는 데 도움이 될까였고 또 다른 하나는, 이런 인상을 심어주고 싶을 때 이런 식의 이야기를 사용하려고 할까였다. 내가 이 두 질문을 내 자유자재로 적용할 수 있게 된 다음부터는 남자애들이 하는 이야기들은 거의 다 거짓말로 들렸다.

여자애들은 분명히 달랐다. 대화 내용을 엿듣거나 멀리서 지켜봐온 결과로 보면 여자애들은 주로 자기들의 경험과 감정에 관해 대화를 나누었다. 잠금장치가 있는 일기장에 글을 쓰기도 했다. 나는 그렇게 비밀 유지가 필요한 생각이나 이야기란 과연 어떤 걸까에 대한 쓸데없는 공상을 하곤 했다. 여자애들은 자신을 표현하고 싶어 했다. 나는 그런 여자애들과 되도록 빨리 친구가 되는 방법을 알아내기 위한 계획에 착수했다.

드높은 자존감

열네 살 때 나는 또 공붓벌레 캠프에 갔고, 그곳에서 개인적인 질문을 하기 좋아하는 마야라는 여자애를 만났다. 처음 대화할 때부터 마야는 자기 엄마가 남편은 필요 없이 아이만 원했기 때문에 전 남자친구에게 책임질 필요는 없으니 아이만 갖게 해달라고 설득해서 자기가 태어났다는, 출생에 관한 이야기까지 했다. 마야는 또 자기가 사는 워싱턴에 있는 열여덟 살짜리 남자친구 얘기와 성관계에 대해 가진 생각도 공유했다. 그녀는 보편적으로 성관계를 잘하는 사람은 없으며 성적인 화학반응이란 두 사람의 취향이 운 좋게 잘 맞아야 가능하다는 주장을 펼치기도 했다. 홀치기염색 티셔츠와 반바지를 입은 마야에게 나는 우리 아빠와 옷을 비슷하게 입었다고 말했다. 그녀는 자기 엄마도 똑같은 스타일로 입는다고 했다. 가족 외에 대화하는 것이 재미있다고 느껴진 사람은 마야가 처음이었다.

다음 날 마야는 나 때문에 남자친구와 헤어져야겠다는 생각을 하게 되었다고 말했다. 그녀는 바로 남자친구에게 이별 통보 편지를 써서 그날 아침 우편으로 부쳤다. 그리고 이제 나와 키스하고 싶다고 했다. 우리는 외떨어진 장소의 나무 아래에 마야가 가져온 매트를 깔고 몸을 쭉 펴고 누워 하늘을 바라보았다. 마야가 가까이 다가와 내게 키스를 했다. 내가 키스에 응하자 그녀는 나에게서 몸을 떨어뜨렸다. "내가 어떻게 하는지 가르쳐줄게. 가만히 있어." 마야가 말했다. 전에 사람들이 입술을 다물고 서로 입술을 맞대거나 상대의 입에 혀를 넣어 키스하는 모습을 본 적이 있었지만 마야의 방식은 둘 다 아니었다. 그녀는 내 윗입술과 아랫입술을 한 번에 하나씩 따로 빨면서 키스했다. 똑같이 따라 해본 결과 내가 키스란 것에 막연하게 기대했던 느낌이 들었다. 키스도 사람들이 남들과 비슷하다는 것을 보여주기 위해 좋아하는 척하는 것 중 하나일지도 모른다고 두려워하던 나로서는 큰 안심이 되었다.

내가 말했다. "와, 사람들이 진짜로 좋기 때문에 좋아하는 것들도 있구나."

마야가 웃으면서 말했다. "키스는 진짜일수도 있고 가짜일수도 있어. 대화가 진짜일 수도 가짜일 수도 있는 것처럼." 그녀는 꿈꾸는 듯한 미소를 지으며 나를 내려다보았다. 키스하는 법을 가르쳐 줘서 고맙다고 하자 마야는 나에게 키스하는 법을 가르쳐 준 사람이 되어서 기쁘다고 했다.

내가 마야에게 그녀가 나를 좋아해 준 유일한 사람이라고 말하자 믿지 않는 눈치였다. 나중에 캠프의 다른 친구들과 얘기를 나눈 뒤 돌아온 마야는 나에게 보고하듯 말했다. "진짜였어! 대부분의 아이들이 정말 널 좋아하지 않더라! 그 이유를 듣고 나서 난 오히려 너란

애가 더 재미있고 흥미로운 사람처럼 느껴졌어."

"우리는 둘 다 솔직한 걸 좋아해. 그래서 우리 같은 사람들은 남들이 왜 안 그러는지 이해하기가 어렵지. 하지만 이건 진짜야. 다른 사람들은 솔직한 걸 싫어해. 아니면 적어도 '내가' 솔직하게 행동할 때는 싫어해." 내가 말했다.

마야가 고개를 끄덕였다. "사람들은 대부분 날 좋아해. 그런데 지금 생각해 보면 내가 뭔가 솔직한 말을 했기 때문에 나와 의절하지 않은 것 같아."

남은 캠프 기간 마야는 내 '여자친구'로 지냈다. 캠프가 끝나고 우리는 편지를 주고받았고 몇 달에 한 번씩 부모님이 허용하는 선에서 되도록 길게 장거리 통화를 했다.

나를 좋아해 주는 한 여자아이를 만나자, 내 솔직함을 감당할 수 있는 소수와의 관계만 지속하고 나머지는 다 신경 쓰지 않겠다고 결심한 내 계획이 더 정당화되는 느낌이 들었다.

1년쯤 후, 2학년 스페인어 수업에서 타마라는 한 여학생과 주기적으로 쪽지를 주고받게 되었다. 타마는 마야와는 달랐다. 내가 개인적인 질문을 하면 타마는 얼버무리며 회피했다. 비록 대답을 하진 않았지만 왠지 질문을 즐기는 것 같았고 나에게도 비슷한 개인적인 질문을 적은 쪽지를 보내 자꾸 이런저런 이야기를 하도록 부추겼다. 얼마 지나지 않아 나는 이런 쪽지에 내 페티시적인 환상에 관해 마구 털어놓기 시작했고, 수업 중에 쪽지를 읽는 타마의 큰 눈이 더 커지는 것을 바라보며 스릴을 느꼈다. 그녀는 그런 쪽지를 다 읽고 나면 입을 다문 채 소리 없이 웃으며 은밀한 눈빛으로 나를 쳐다보곤 했다. 나는 타마에 대한 내 감정과 내가 생각해 낼 수 있는 가장 야하고 로맨틱한 내용들을 적은 쪽지를 적어 보내기도 했다. 나를 어떻게 생각하는지 직접적으로 물었을 때 그녀는 내가 귀엽고 감정적이며 자기처럼 성적인 것에 관심이 많은 사람이라고 했다. 영국 밴드 펄프의 공연을 보고 자비스 코커Jarvis Cocker(싱어송라이터이자 펄프의 멤버_옮긴이)의 기다란 손가락이 그녀를 어루만지는 상상을 자꾸 하게 된다고도 털어놓았다.

우리는 이런 야한 대화를 직접 만나서 한 적은 없었다. 단둘이서 시간을 보낸 적도 없었다. 모든 대화는 비밀에 부쳐야 하는 일처럼 스페인어 시간에 쪽지로만 주고받았다. 어느 청소년 영화에서 선생님에게 쪽지를 들키고 반 아이들 앞에서 선생님이 쪽지를 큰 소리로 읽는 바람에 관련된 아이들이 창피를 당하는 장면들을 본 적이 있었다. 그래서 나는 타마에게 그런 일이 우리에게도 일어나면 좋겠다고, 그러면 난 우리의 쪽지를 자랑스럽게 생각할 것 같다고 썼다. 쪽지의 내용이 너무 야해서 선생님은 차마 큰 소리로 읽지 못할 거라고도 말했다. 쪽지가 반 아이들에게 공개되면 기분이 나쁠 것 같으냐고 묻자 타마는 대답을 회피했다.

어느 날 나는 타마에게 학교 밖에서 만나 함께 시간을 보내자고 청하는 쪽지를 보냈다. 타마는 느낌표와 함께 '좋아'라는 답을 적어 보냈다. 나는 그 느낌표를 아주 진지하게 받아들였다. 그리고 그날 밤 느낌표 꿈을 꾸었다.

운전면허 시험에 떨어져서(물론 이건 솔직해서가 아니라 순전히 내 운전 실력이 형편없었기 때문이었다) 운전을 할 수 없는 나를 위해 타마가 샌페르난도 밸리에 있는 우리 집까지 날 데리러 왔다. 우리는 빌리 홀리데이의 《뮤직 포 터칭》을 크게 틀어놓고 로스앤젤레스 주변을 드라이브했다. 그렇게 정직하고 꾸밈없는 목소리는 처음이었다.

밤이 돼서 타마가 우리 집 앞에 차를 세웠을 때 내가 타마에게 키스해도 되냐고 물었다. 타마는 어깨를 귀까지 쓰윽 하고 올렸다. "그걸 왜 물어봐?" 타마는 아주 많이 당혹해하며 물었다. "왜 그냥 하지 않고 물어봤어? 물어보면 분위기가 깨지잖아. 네게 키스했을 수도 있었지만 네가 물어보고 말았어." 그녀는 나를 다시 올려다보았다.

나는 어쩌면 그 말을 예의 바른 거절로 생각했어야 했는지도 모른다. 아니면 그때라도 묻지 않고 바로 키스를 해야 했던 건지도 모른다. 하지만 대신 나는 따지듯 물었다. "넌 그럼 물어보지 않는 사람하고만 키스하고 싶어? 모든 사람들이 다 네 마음을 읽어야 해? 난 나와 키스하고 싶지 않은 사람한테는 키스하고 싶지 않아."

"상대방한테 허락을 구하지 마. 그냥 네가 하고 싶으면 해." 그녀가 말했다.

나는 마야가 내게 키스하고 싶다고 미리 말했던 것이 기억났다. "그건 그냥 네 개인적인 취향 아니야?"

"미리 물어보는 걸 좋아하는 사람은 없어." 그녀가 주장했다. 나는 마야에게 보내는 다음 편지에 이 점에 대해 물어봐야겠다고 결심했다. "물어보는 건 섹시하지 않아. 좀 더 자신감을 가져. 자신이 있다면 굳이 물어보지 않아도 돼. 모두가 너와 키스하고 싶어 한다는 걸 넌 알고 있으니까." 그녀는 덧붙여 말했다. "자신감이 있으면 섹시하게 느껴져."

"한 가지 확실히 해두자. 그러니까 네 말은, 내가 어떻게든 모든 사람이 나와 키스하고 싶어 한다는 확신이 있으면, 그런 근거 없는 망상이 섹시한 걸로 인식된다는 말이야?"

타마가 차 문 쪽으로 몸을 기댔다. 나한테 차에서 내리라는 말을 어떻게 해야 무례하지 않을까를 고민하는 것 같았다. 나는 여전히 말로 그녀의 마음을 다시 돌려볼 희망을 품고 있었다. "나와 키스하고 싶어 하는 사람은 거의 없어. 이건 그냥 사실에 기반을 둔 정보야. 거짓이라는 게 입증 가능한 사실을 어떻게 믿으라는 거야?"

"넌 자존감이 낮구나." 타마가 말했다.

내가 큰 소리로 웃었다. "아니, 자존감이 낮다는 건 나에 대한 존중심이 작다는 거야. 나는 지금의 내가 아주 마음에 들어. 나는 오히려 다른 사람들을 낮게 평가해. 그러니 난 '타他존감'이 낮은 거지."

결국 타마는 나에게 키스하지 않았고 그 이후 우린 다시는 따로 만나지 않았다. 그래도 쪽지는 계속 주고받았다. 마야와도 계속 편지를 주고받았고 통화도 했다.

6개월 뒤, 조시가 바르 미츠바^{Bar Mitzvah}(유대인 소년이 13세가 되면 치르는 유대교의 성인식_옮긴이)를 치르게 되었고 부모님은 나에게도 친구들을 초대해도 좋다고 했다. 부모님은 주말 동안 캠핑카를 빌릴 예정이었다(그래서 안식일 기간에는 운전을 하지 않는 아빠는 금요일 밤에 유대교회당 근처에서 머물고 주말 산책은 쉬기로 했다). 캠핑카를 되돌려 주기 전날 밤 어차피 집 앞에 세워놓아야 했기 때문에 내 친구 중 한 명이 그곳에서 자도 좋다는 허락을 받았다.

나는 공붓벌레 캠프에서 만난 친구 중 집 근처에 사는 남자애 두 명과 마야를 초대했다. 마야는 이제 남자친구가 생겼기 때문에 나를 여전히 사랑하지만 키스는 할 수 없다고 말했다. 나는 마야의 명확한 태도와 솔직함이 마음에 들었고 그녀가 정한 선을 존중해 주기로 했다. 나는 마야를 타마에게 인사시키고 두 사람과 함께 동시에 대화를 나누는 새로운 공상에 빠져들었다.

토요일 바르 미츠바가 끝나고 나, 마야, 타마 그리고 캠프에서 만난 친구 두 명이 모두 모였다. 나를 제외한 나머지 친구들은 모두 어떤 방법을 써서든 술을 구해서 마시고 싶어 했다. 나는 한 번도 술을 마셔본 적이 없기 때문에 술 마시는 게 왜 그렇게 재미있는 일인지 이해가 안 갔다. 하지만 타마와 마야가 원했기 때문에 나도 동의했다. 그래서 슈퍼마켓의 주차장에서 타마와 마야가 성인 남자에게 보드카를 사달라고 부탁하는 동안 남자애들과 나는 멀찌감치 서서 지켜보았다.

우리는 집 앞에 주차된 캠핑카에서 오렌지 주스에 보드카를 섞어 마셨다. 너무 취해서 이때부터의 기억은 흐릿했지만 다음 날 아침에 일어나 무슨 일이 일어났는지를 조합해 볼 만큼 단편적인 기억들이 떠올랐다. 내가 친구들에게 다 같이 옷을 벗자고 제안했던 것이 기억났다.[2] 그 뒤로 오간 대화에 대해서는 전혀 기억나지 않지만 아마 모두 나의 제안을 좋아했던 것 같다. 왜냐하면 결국 우리 다섯 명은 캠핑카 침대에서 모두 벌거벗은 채로, 남자애들은 여자애 한 명과 그리고 나는 다른 한 명의 여자애와 누웠기 때문이다. 남자애 두 명은 나보다 나이가 많고 조금 더 성 경험이 있었다.[3] 나는 마야와 키스하고 셔츠 위를 더듬어본 게 전부였다. 타마와 침대에 벗은 채로 누워 있으려니 뭘 해야 할지를 알 수가 없었다. 난교 파티를 시작한 사람 중에 아마 내가 가장 성 경험이 없는 사람이었을 것이다.

타마와 껴안고 키스를 하게 되어 너무 설렜던 만큼, 금방 또 대화가 나누고 싶어졌다. "저기, 타마. 우리 오늘만 이러는 거야? 아니면 나중에 또 이런 시간을 보낼 수도 있어? 우리 단둘이서만?" 내가 말했다.

타마는 계속 눈을 감고 있었다. "닥치고 키스나 해." 그녀가 말했다. 나는 그 말이 마음에 들었다. 마치 영화에 나오는 대사 같았다. 나는 조금 더 키스를 나누다가 멈추고 또 물어보았다. "이제 내 여자친구가 되는 거야?"[4]

2　나는 내 몸에 만족하지 않았기 때문에 내가 이런 제안을 했던 건 정말 이상하다. 하지만 나는 결점을 숨기는 것은 비겁하고 자멸적인 행동이라고 판단했다. 그리고 남의 벗은 몸을 보려면 나도 벗어야 했다. 내 신체는 단지 노출할 가치가 있는 또 하나의 불편한 진실이었을 뿐이다.

3　10대 공붓벌레들도 어떻게든 용케 여자친구를 사귀기도 한다.

4　나는 마야와 두 남자아이가 있는 곳에서 고작 30센티미터도 안 되는 곳에 우리가 있었고, 내가 하는 말을 모두 들을 수 있다는 사실을 망각하고 있었다.

"닥치고 키스나 해." 타마가 다시 말했다. 그리고 그 대사는 또 목적을 달성했다.

얼마간 시간이 흐른 뒤 우리는 자리를 바꾸었다. 다른 남자애들이 타마와 눕고 나는 마야와 함께 누웠다. 나는 마야에게 말했다. "이제 남자친구가 생겨서 나랑 키스 못 한다고 했잖아."

마야가 타마의 대사를 따라 했다. "마이클, 닥치고 키스나 해."

"남자친구한테 말할 거야?" 내가 물었다.

"닥치고 키스나 하라니까." 마야가 같은 말을 반복했다.

그때 타마가 묘한 소리를 냈다. 타마가 한 남자애와 키스하는 동안 다른 남자애가 그녀의 다리 사이에서 뭔가를 하고 있었다. 그 행동이 뭔지 정확히는 몰랐지만 봐야겠다는 생각이 들었다. 하지만 고개를 돌리는 순간 보고 싶은 생각이 사라졌다. 내가 뭔가를 차마 보지 못하고 고개를 돌린 것은 이번이 처음이었다. 나는 이런 기분이 어쩌면 다른 사람들이 진실을 직시하지 못할 때 느끼는 감정이 아닐까 하는 생각이 들었다. 이런 소심한 나 자신에 대한 부끄러운 감정은, 타마가 나와 누워 있을 때는 그런 소리를 내게 만들지 못했다는 좌절감으로 바뀌었다.

다음 날 아침 일어나 보니 옆에는 마야와 다른 두 남자애들만 누워 있었다. 타마는 이미 옷을 다 입고 캠핑카의 반대쪽에 앉아 있었다. 나를 보더니 내가 좋아하던 그 수줍은 미소를 지었다. 나는 벌거벗은 채로 타마 쪽으로 걸어가 벗어놓았던 옷을 찾았다. 바닥에서 옷을 집으려고 몸을 구부렸을 때 타마가 내 머리카락을 쓸어 넘겼다. "난 그만 집에 가야겠어." 그녀가 말했다.

모두가 다 일어난 후 마야가 집에서 샤워를 하고 있을 때 남자애들이 전날 밤 있었던 일을 내 앞에서 시시콜콜히 분석하듯 말했다. 둘 중 키 큰 남자애가 말했다. "타마는 정말 소리를 많이 지르더라! 게다가 내 얼굴을 다 빨아들이는 줄 알았어!" 엄연히 사실이긴 했지만 듣고 있기가 너무 역겨웠다. 나는 그 즉시 그 애와 다시는 상종하지 않기로 했다. 그 공붓벌레들이 떠난 후 나는 워싱턴에 있는 집으로 돌아가는 마야를 공항에 데려다주었다.

다음 날 학교에서, 나는 내가 그때까지 겪었던 일 중 가장 파격적이었던 전날 밤의 일을 친구들에게 몇 번이고 반복해서 떠들고 다녔다. 나는 그 여자애들과 앞으로 또 키스할 가능성에 대한 불확실성과 그날 있었던 온갖 비참한 부분까지 다 포함해서 말했다. 스페인어 시간에 타마가 나를 보더니 또 그 수줍은 미소를 지어 보였다. 그래서 나는 밤에 만나 같이 놀자고 했다. 그녀는 좋다고 대답했다.

타마의 집에 갔을 때, 나는 그녀에게 어제와 같은 시간을 단둘이서 너무나 같이 보내고 싶었다고 말했다. 그리고 그렇게 하려면 내가 뭘 어떻게 해야 하는지 방법을 가르쳐줄 수 있는지 물었다. 하지만 타마는 움찔하더니 그날은 술에 취해서 그랬고 다시는 그럴 생각이 없으며 그 일은 비밀로 해달라고 부탁했다. "이런." 내가 말했다. "난 그 얘기를 비밀로 해야 하는 건지 몰랐어. 그래서 오늘 하루 종일 그 얘기만 하고 다녔단 말이야." 타마는 갑자기 조용해지더니 나를 다시 쳐다보려고 하지 않았다. 그때 그냥 그 집에서 나왔어야 했지만, 나는 대신 내가 그날 기분이 별로 좋지 않았던 이유와 남자애 중 한 명이 그날 타마가 너무 소리를 질러대고 자기 얼굴을 빨아들일 기세였다고 한 말까지 다 하고 말았다. 그러자 타마는 속이 좋지 않다며 그만 자야겠다고 말했다.

"거짓말할 필요 없어. 그냥 화가 났다고 해도 돼." 나는 어리석게도 그녀가 일말의 진심이라도 표출해 주기를 기대했다. 하지만 아무리 솔직하게 말하라고 해도 타마는 더욱 경직된 태도를 취할 뿐이었다. 그리고 갑자기 이상하게 몸이 안 좋아진 것 외에는 괜찮다는 말만 절박한 어조로 반복했다.

다음 날 학교에서 타마는 내 쪽지에 답장하지 않았다. 마야도 내 전화를 받지 않았다.

그날 저녁 식사 후 부모님과 나는 부엌에서 바르 미츠바 날 있었던 이런저런 일들에 관해 얘기했다. "친구들 만난 건 어땠니?" 엄마가 물었다.

"처음엔 좋았다가 나중에 너무 안 좋게 끝났어요. 토요일 날 다들 취했을 때 내가 캠핑카에서 다 같이 옷을 벗고 놀자고 했거든요. 그런데 그날 일 때문에 다들 날 미워해요." 내가 대답했다.

부엌 식탁에 앉은 부모님에게 나는 그날 있었던 일을 모두 들려주었다(10대의 내가 겪은 난교 파티 이야기를 부모님에게 들려주는 건 나에게는 조금도 특이한 일처럼 느껴지지 않았다). 타마가 다음 날 화를 냈다는 이야기를 했을 때 아빠는 마치 나의 분한 감정을 고대로 보여주듯 말했다. "그럼 네가 어떻게 해야 했다는 거야?" 아빠가 물었다. "비밀을 지켰어야 했나? 남자애들이 그 여자애에 대해 한 말을 숨겼어야 했나?"[5] 아빠는 내 행동을 수긍한다는 듯이 고개를 끄덕였다. "아빠 생각엔 네가 아주 잘 대처한 것 같은데."

---

5 그렇다. 그게 나는 그렇게 행동했어야 했다.

4장 가족 심리치료
캠프

내가 열여섯 살이었던 1997년, 부모님은 나를 식탁에 앉혀 놓고 가족 캠프를 가지 않겠느냐고 물었다.

나를 제외한 나머지 가족들은 지난 몇 년간 내가 공붓벌레 캠프에 가 있는 동안 가족 캠프에 참여해 오고 있었다. 엄마는 그 캠프가 유명한 가족 심리치료사가 설립한 실험적 공동체라고 설명했다. 10년 전에 설립자가 죽은 후부터는 후배들이 뒤를 이어 운영해 오고 있다고 했다. 엄마는 설립자의 후배 중 한 명에게 도움을 받아가며 심리치료사 공부를 몇 년째 하고 있었기 때문에 그 인연으로 캠프에 참가하게 된 것이었다. 엄마에 의하면 캠프의 문화와 여러 활동은 지금은 고인이 된 그 유명한 심리치료사의 방법이 더 나은 사회를 만드는 데 실제로 어떤 도움이 되는지 예시하기 위해 고안된 것들이라고 했다.

"거기 심리치료사들은 괜찮아요?"[1] 내가 물었다.

"나는 마음에 들어. 적어도 몇 명은." 엄마가 대답했다.

"심리치료사가 캠프의 전부는 아니야. 가족 캠프는 완전히 다른 문화공동체야." 아빠가 잠시 말하다 말고 눈물을 글썽였다. "설명하기가 쉽지 않네. 내가 아는 한 그곳은 솔직하다는 이유로 비난받지 않는 유일한 곳이야." 아빠는 울음 섞인 목소리로 말했다.

설명은 그 말이 전부였다. 나는 그렇게 설득되고 말았다.

그래서 우리 레비턴 가족은 모두 엄마의 미니밴을 타고 여섯 시간 거리의 베이 에어리어로 가게 되었다. 그때 나는 열일곱, 조시는 열넷, 그리고 미리엄은 열 살이었다.

그때까지만 해도 나는 미리엄과 시간을 많이 보낸 적이 없었다. 미리엄이 말을 잘할 수 있게 됐을 무렵에는 나는 열한두 살이었고 이미 아빠의 제자가 돼버린 후였다. 미리엄과 내가 같이 있게 될 때는 주로 아빠와 엄마도 함께 있을 때였고 그런 경우 내 관심의 대상은 당연히 엄마 아빠였다. 가족이 다 같이 저녁을 먹을 때면 아빠와 나는 무슨 주제든 생각나는 대로 대화를 했고 그렇게 되면 조시와 미리엄은 물론 때로는 엄마도 우리의 관심에서 벗어나기 일쑤였다.[2] 굵은 곱슬머리에 통통한 볼을 가진 미리엄은 끼가 많아서 노래하거나 춤을 추거나 혼자 여러 역할을 해가며 원맨쇼를 하곤 했다.

---

1 하필 하고많은 질문 중에서 이 질문이 생각났다.
2 다 같이 관심을 가질 만한 주제의 대화를 해야 한다는 사실을 그때는 깨닫지 못했다.

하지만 내가 아빠의 비판만 감당하면 됐던 것과는 달리, 미리엄은 머핏쇼The Muppet Show(미국의 TV 버라이어티 인형극_옮긴이)에서 높은 발코니 객석에 앉아 온갖 모욕적인 농담을 주고받는 스테이틀러와 월도프 같은 아빠와 나의 비판을 동시에 받아야 했다. 조시와 미리엄은 그런 식으로 종종 무시당하는 것이 화가 날 수도 있었을 텐데도 오히려 아빠의 빈틈없는 관찰의 눈길을 피할 수 있어서 다행이라고 여기는 것 같았다. 그런데도 힘든 어린 시절을 보내야 했기에 미리엄은 열 살 무렵부터 원통한 마음을 갖기 시작했고 그런 감정을 전혀 숨기려고 하지 않았다.

가족 캠프로 가는 길은 높은 절벽 꼭대기를 따라 아주 심한 커브와 위험하고 가파른 오르막과 내리막이 계속 반복되는 1.5차선 도로였다. 마치 앞으로 캠프에서 겪을 감정적인 구토에 대비하려면 진짜 구토라도 해야 한다는 것을 비유적으로 암시하는 것 같았다.

캠프장으로 들어가는 도로에서는 작고 아담한 다리가 있는 개울에서 바위 주변을 돌아다니며 아이들이 장난을 치거나 나무를 깎아만든 창으로 가재를 잡거나 병 안에 도롱뇽을 잡아넣는 모습이 바라다보였고 그 위쪽으로는 울창한 숲이 보였다. 우리는 주차장으로 사용되는 공터 잔디밭에 차를 세웠다. 그곳에 주차된 차들은 대부분 범퍼에 다음과 같은 스티커가 붙어 있었다. "나는 내 내면의 아이를 자랑스러워하는 부모다", "방황한다고 해서 모두 길을 잃은 것은 아니다", "아동 학대를 멈춥시다. 아이로 살아가는 일이 고통이 되어서는 안 됩니다", "무작위적 친절과 무의식적 미美를 실천하자"와 같은 종류의 스티커는 셀 수도 없이 많았다. 어떤 차들의 번호판에는 "차라리 서핑이나 하겠다"라거나 "나답게 사는 편이 낫다"라고도 적혀 있었다.

화장실 건물은 숲속에 대충 아무렇게나 던져 놓은 시멘트 덩어리처럼 보였다. 부엌이 있는 건물의 외벽은 구름이나 무지개, 꽃 그림 등의 배경에 캠프의 설립자가 한 말을 써놓은 포스터들로 도배되어 있었다. 나는 미술관에서 고상한 척하는 속물처럼 턱을 어루만지며 포스터를 천천히 훑어보았다.

"정상이란 일종의 기능 장애다."

"비록 거절당할 것이 확실해도 원하는 것을 요구하라."

"비난 없이 비평하라."

"가족의 실패는 품고 있는 비밀과 그 비밀의 심각한 정도에 비례한다."

식사 장소에서 우리 가족끼리 따로 피크닉 테이블에 앉아 밥을 먹고 있었는데 듬성듬성한 회색 머리카락이 사방으로 뻗친 머리에 금속 테 안경을 쓴, 초조해 보이는 한 남자가 말도 없이 우리 자리에 와서 앉았다. 엄마나 아빠와 아는 사이일 거라고 짐작했으나 서로 어색하게 인사하는 모습을 보고 아니라는 것을 깨달았다. 그는 자기소개를 하더니 곧바로 자기 이름은 기억할 필요가 없다고 말했다. "여기에서는 이름은 기억 안 해도 돼요." 그가 말했다. "여기서는 예의 같은 건 신경 쓰지 않거든요." 나는 그의 말이 믿어지지 않았다. 예의 같은 건 신경 쓰지 않고 일주일을 보낼 수 있다는 것이 너무나 이상적으로 여겨졌기 때문이다. 그런데 마치 그것을 실제로 증명해 보여주기라도 하듯 아빠가 그 남자에게 우리 테이블에 앉지 않았으면 좋겠다고 말했다. 그 남자는 전혀 기분 나쁘지 않은 표정으로 알았다고 하고는 다른 곳으로 가서 앉았다. 두 명의 성인이 각자가 원하는 바를 직설적으로 말하고, 또 각자의 영역을 그대로 존중해 주는 이런 대화는 바로 내가 상상하던 모습의 유토피아였다. 그때서야 나는 그동안 맞닥뜨렸던 모든 간접적인 표현들과 반감 때문에 얼마나 마음이 무거웠는지를, 그리고 모든 사소한 사회적 상호작용에서 눈총을 받지 않아도 된다는 게 얼마나 자유로운 기분인지를 깨달았다.

다음 날은 '마음의 온도'라는 오전 의식에 참여했다. 원형극장으로 사람들을 따라가니 150명 정도의 캠프 참가자들이 대부분 커피가 든 머그잔을 감싸 쥐고 오래된 나무 관람석에 앉아 있었다. 참석자들은 캠핑용 티셔츠나 트레이닝 바지를 입고 있었는데, 초록색의 가족 캠프 맞춤 후드티나 티셔츠가 주로 많았다.

의식은 캠프 참가자들이 무대로 나가 전날 있었던 일에 감사하는 마음을 공유하는 '두근두근'이라는 꼭지로 시작되었다. 많은 참가자들이 발표를 하기 위해 앉아 있던 자리에서 앞쪽으로 나왔다. 나는 참가자들 모두가 캠프와 서로에 대해 애정을 가진 모습에 감동했다. 전혀 겉치레처럼 보이지 않는 이런 집단적 긍정성은 이전에는 한 번도 경험해 본 적이 없었다. '두근두근'의 다음 순서는 '골칫거리들'이었다. 이번엔 '두근두근' 시간에 무대에 나간 사람들보다 세 배는 많아 보이는 참가자들이 잔뜩 찌푸린 표정을 한 채 줄지어 섰다. 어떤 사람은 캠프파이어 때 청소년들이 너무 시끄럽게 군다고 불평했다. 어떤 사람은 도착하기도 전에 자기가 가장 좋아하는 활동들이 다 마감됐다고 화를 냈다. 다섯 살쯤 된 한 여자아이는 캠프에서 쓸 땔감을 만들기 위해 나무를 베는 것에 반대했다. 또 어떤 사람은 다른 캠프 참가자가 끼친 민폐에 대한 불만을 제기했고 또 누군가가 그에 대해 반박을 했다. 그러자 다른 사람들이 자리에서 일어나 편을 들기 시작했다. 어떤 참가자들은 또 싸움이 벌어진 사실에 마음이 상해서 울기 시작했다. 그러자 이번에는 다른 참가자들이 갈등을 통해 문제를 해결하려는 용기 있는 행동을 부끄러워하지 않겠다면서 싸움에 반대하는 사람들에게 또 분노를 표출했다. 그러다 얼마 후 대부분은 애초에 그 다툼이 어떤 문제에서 시작됐는지조차 잊어버렸다.

나는 평생 타인의 검열을 받아왔던 사람들에게 갑자기 자기 입장을 설명할 기회가 생기면 이런 일이 벌어지는 것 같다는 내 나름의 이론을 세웠다. 그동안 이 사람들은 자신들이 말하고 싶은 게 무엇인지, 또 왜 그런지 스스로 파악하고 결정하는 데 익숙하지 않았던 것이다.

'회합의 장소'는 잎이 무성한 나무들이 하늘이 거의 안 보일 정도로 지붕처럼 덮고 있고 노랗고 붉은 잎들이 깔린 캠프장 가장자리의 공터에 마련되었다. 러그를 깔아 무대로 만들고 바퀴 달린 커다란 칠판을 그 뒤쪽에 놓아 무대의 배경으로 삼았다. 관객들은 접이식 야외 의자에 앉았고 주변에 군데군데 티슈 상자들을 배치해 놓았다. 숲속에 칠판이 덩그러니 놓인 광경은 비현실적으로 아름답게 느껴졌다.

캠프에서는 심리치료사들을 '조력자'라고 불렀고 심리치료는 '작업'이라고 했다. 나는 이렇게 캠프 안에서 자기들만의 독특한 은어를 만들어 사용하는 것이 아주 마음에 들었다. 이런 식으로 이름과 문구를 고안하는 일은 꽤 표현적이고 특별하게 느껴졌다. 아무 생각 없이 기존의 용어를 그대로 이어받아 쓰는 것은 전혀 흥미롭지 않았다.[3]

매부리코에 텁수룩한 턱수염, 모든 걸 다 아는 듯한 눈빛의 조력자 맥스가 앞으로 나왔다. 플리스 조끼를 입고 비니를 쓴 그는 쉬지 않고 계속 어깨를 으쓱거리는 버릇이 있었다. 그는 모기 퇴치용 스프레이를 자기 몸에 뿌리고는 전체 '체크인'부터 시작하겠다고 말했다.

"현재 여러분을 불편하게 만드는 문제들을 털어놓을 수도 있고 지난 캠프 이후로 여러분에게 있었던 일을 모두에게 들려줄 수도 있습니다."

참석자들은 한 명씩 최근에 있었던 일들, 주로 아주 충격적인 내용들을 요약해서 독백하듯 발표했다. 바로 앞에서 사람들이 너무나 비통한 얼굴로 자신의 인생에서 가장 중요한 이야기들을 들려주는 것을 보고 있자니 왠지 마음이 아팠다. 그들의 즉흥적인 고백에서

---

3 돌이켜 보면, 가족 캠프의 독특한 언어 사용은 어쩌면 법적인 이유 때문이 아니었나 싶다. 캠프의 조력자들은 모두 자격이 있는 공인된 심리치료사들이었지만 왠지 나에게는 아직도 미심쩍게 여겨진다.

느껴지는 결함의 미美가 좋았다.

어떤 여성이 얼굴을 찡그린 채 체크인을 했다. "이렇게 무대에 서서 자신의 지난 1년을 평가받는 이 자리가 어떤 참가자들에게는 불편할 거라는 생각을 한 적은 없나요?"

조력자 맥스가 자리에서 일어났다. "우린 이제 이 체크인이 당신에게는 불편한 일이란 것을 알게 됐어요. 체크인을 불편하게 느끼는 분들이 또 있나요?"

수십 명이 자리에서 우르르 일어났다. 나는 대체 이것이 왜 불편한지 알 수가 없었다. 참가자들은 돌아가며 죄책감과 수치심, 그들 '내면의 비판자', 남들이 들어줄 가치도 없는 자기의 경험들, 평생 잘 안 풀리는 인생사를 곁들여 체크인 자체에 대한 의견을 털어놓기 시작했다. 어떤 사람들은 캠프 안에서조차 평가나 비난을 받을까 봐 두렵다고 말했다. 나는 사람들이 이런 감정들을 흔히 느낀다는 사실을 이론상으로는 알고 있었지만 그런 속마음을 시인하는 모습을, 그것도 바로 내 앞에서 터놓고 고백하는 모습을 본 적은 한 번도 없었다.

다음 날 오후, 우리는 작업을 하기 위해 또 숲속 칠판 앞에 모였다. 조력자 맥스가 접이식 의자에 앉은 약 40여 명의 참석자들에게 작업할 사람이 없냐고 묻자, 어깨가 넓고 우리를 다 내려다볼 만큼 거인 같은 남자가 손을 들더니 잎들이 흩뿌려진 러그 쪽으로 느릿느릿 다가갔다. 맥스가 그에게 마음 깊이 스며드는 문제가 뭐냐고 묻자, 그는 아내가 임신하게 된 이야기를 꺼냈다. 하지만 몇 마디 하지도 못하고 갑자기 비명을 지르듯 심하게 울기 시작했다. 그는 격렬하게 흐느끼면서, 아내가 유산을 했는데 이제 다시 아이를 가질 수 있을지 모르겠다면서 모두 자기 탓이라고 말했다.

남자가 소가 음매 하고 우는 듯한 이상한 소리를 내자 맥스가 말했다. "그 소리를 따라가 봅시다!" 남자가 더 크게 음매 하는 소리를 내지르며 몸을 내맡기자 그 바람에 그의 몸은 둥그렇게 웅크려졌다. 맥스가 물었다. "당신의 고통에 목소리가 있다면 뭐라고 말할 것 같아요?"

그 거인이 대답했다. "넌 너를 사랑하는 모든 사람을 다치게 해!"

맥스는 거인에게 관객 중 한 명을 불러내서 그의 고통의 역할을 맡긴 뒤 방금 한 말을 계속 반복하게 했다. 내면의 목소리가 표면화되자 거인은 무너졌고 무릎이 꺾였다. 관객 중 몇 명이 그의 무거운 몸을 부축하려고 자리에서 벌떡 일어났다.

나는 자기혐오나 상실, 비탄이란 감정에 대해 전혀 알지 못했다. 이미 병원, 감옥, 법정, 장례식 등에 익숙한 10대 청소년이라 해도 이렇게 미친 듯이 울며 슬퍼하는 성인 남자를 본 적은 없을 거라는 생각이 들었다.

맥스는 거인이 마음껏 분노를 표출할 수 있게 옆에서 붙잡아 줄 자원자들을 더 요청했다. 아빠와 나를 포함해서 대부분의 사람들이 그를 잡아주려고 일어났다. 거인이 날뛰고 온몸을 비틀며 사람들의 통제하에서 마구 요동치는 동안 나도 그의 어깨를 움켜잡았다. 그러다가 아빠와 눈이 마주쳤다. 아빠는 이런 식으로 부자간의 결속을 다지

게 된 기이한 순간에 나에게 눈썹을 치켜올리며 미소를 지어 보였다.

그 이후 나는 참가할 수 있는 모든 회합에 참여했다. 상사에게 괴롭힘을 당한 의사, 남편이 좀 더 적극적인 성관계에 관심을 두기를 바라는 여성의 작업이나 어린 시절의 성적 학대, 수년간 지속된 실직, 80대 노인의 연애사 등에 관한 작업들을 지켜봤다. 정말 다양한 인생들과 다른 어떤 곳에서도 얻을 수 없는 시각을 경험하고 있다는 것이 느껴졌다. 한 사람의 과거를 안다는 것은 그 사람의 현재를 아는 데 정말 많은 도움이 되었다. 캠프 밖 세상에서는 사람들의 역사가 보이지 않았다. 대부분의 사람들은 자기가 왜 그런 사람이 됐는지 결코 털어놓으려고 하지 않았기 때문에 항상 나는 아무것도 보이지 않는 어둠에 남겨진 기분이었다.

정규 회합 외에도 아빠와 나는 '남자들 모임'에도 참석했다. 남자, 여자, 청소년, 10대, 노년층 또는 어린이들을 위한 각 부문의 모임은 캠프 참가자들이 자신의 배우자나 가족에 대한 얘기를 나눌 수 있는 비밀 회합의 역할을 했다. 예를 들어 어떤 사람은 여성 모임에서 자기가 바람을 피웠던 사실을 가족이 모르게 고백할 수도 있었다. 어떤 할아버지는 죽은 아내의 중독 사실을 자식이나 손주들의 좋은 기억을 손상시키지 않도록 은밀히 털어놓을 수도 있었다. 나는 비밀을 유지해야 하는 부분이 마음에 들지 않았다. 나에게 비밀이란 부정직한 것이었기 때문이다.

캠프에 처음 참가한 그해에 남자들 모임에서 나는 아빠가 할아버지에게 느끼는 분노에 대해 작업하는 것을 지켜보게 되었다. 참가자 중에서 할아버지 역할을 할 사람을 뽑은 뒤 맥스가 그 사람이 어떤 자세를 취하면 좋겠는지 물었다. 아빠가 대답했다. "아버지는 항상 자고 있었어요." 그래서 친할아버지 역할을 맡게 된 사람은 접이식 의자에 앉아 자는 척을 했다. 아빠가 계속 친할아버지를 '나약하다'라거나 '비겁하다'고 표현하자, 맥스는 이번에는 할아버지의 '나약함'을 대변할 사람을 선택하라고 했다. 아빠가 근육질의 젊은 남성을 고르자 모두가 웃음을 터뜨렸다. 아빠는 사람들이 웃자 당황했다. "제가 미처 그 모순점을 깨닫지 못했네요." 아빠가 말했다. "저는 아버지의 나약함이 아버지의 인생을 이끈 힘이라고 생각했거든요. 만약 그런 나약함이 없었다면 지쳐서 바닥에 늘어져 버렸을지도 모른다고요. 그래서 나약하기 위해서는 오히려 강해야 한다고 생각한 거예요."

아빠는 내가 본 다른 사람처럼 심하게 흥분하지는 않았다. 하지만 아주 많이 울었고, 절대 자기 아버지처럼 되고 싶지 않다는 말을 수없이 반복했다. 아빠가 마침내 안정을 되찾자 조력자는 내게 아빠와 할아버지가 비슷하다고 생각하는지를 아빠에게 직접 얘기해 주라고 말했다.

내가 대답했다. "그걸 말이라고 하세요? 아빠는 내가 본 사람 중에 가장 잠이 없는 사람이에요." 참가자들은 모두 감동을 한 듯했다. 나는 어깨를 으쓱하며 덧붙였다. "그게 좋을 때도 나쁠 때도 있고, 장점이 될 수도 있고 아닐 수도 있지만요." 이 말은 모두의 웃음을 자아냈다.

일주일도 안 되는 시간 동안, 나는 내 눈 앞에서 수십 명의 사람이 심리치료를 받는 것을 목격했다. 그뿐 아니라 캠프는 그 안에서 이루어지는 모든 대화를 심리치료처럼 변형시키는 묘한 마력을 갖고 있었다. 캠프에서는 왠지 모르게 아주 개인적인 이야기나 여러 가지 상호작용이나 소통의 방식에 대해 어떻게 느끼는지에 대한 대화를 많이 했다. 그러다 보니 대화 중에 현재 하는 대화 방식을 주제 삼아 또 다른 대화가 진행되는 경우도 아주 많았다. 하지만 그 모든 것이 나에게는 너무 당연하고 옳게 느껴졌다. 그러다가 그런 대화가 싫어지면 그냥 그 자리를 떠나면 되었고 아무도 그걸 기분 나쁘게 생각하지 않았다.

내게 유일한 불만이 있었다면 그건 심리치료를 할 때 거의 세 번에 한 번꼴로 관객 중 한 명이나 작업자 본인이 러그 위에 몸을 웅크리고 누운 채 어린아이의 모습을 연기하는 것이었다. 그리고 작업을 하는 사람은 그 어린 자신에게 사과를 하거나 약속을 하기도 했다. 어떤 사람은 어린 자신의 역할을 스스로 하기도 했는데, 그럴 때면 다른 참가자들은 '요람' 주변에 둘러서 있는 가족 역할을 했다. 성인이 무대 위에서 갓난아기인 척하고 있는 모습이 다른 사람에게는 어떻게 보였을지 모르지만 나는 불쾌할 정도로 신경이 쓰였다.

10대의 나이에 가족 심리치료 캠프에 참가하는 일은 여러 가지 예기치 못한 부작용을 야기했다. 캠프에 참가한 이후에는 낯선 사람을 볼 때마다 모두 내면에 고통과 두려움을 품고 있는 것처럼 보였다. 나는 사람들이 가진 그런 고통이 빛을 뿜어낸다면, 그래서 그들이 얼마나 심한 고통을 겪고 있는지 알게 된다면 세상은 어떤 모습일지 상상해 보기도 했다. 그렇게 되면 어떤 사람의 고통의 불빛은 작은 촛불 정도에 지나지 않고 누군가의 고통은 용광로처럼 보일 수도 있을 것이다. 또 어떤 사람은 그 빛이 너무 강렬해서 바라볼 수 없을 정도일지도 모른다.

나는 캠프에서 완전히 새로운 종류의 교묘한 속임수, 방어기제, 대처 유형, 새로운 범주의 왜곡된 사고와 망상 들에 대해 배우고 돌아왔다. 캠프에서 들은 온갖 학대 가해자, 나르시시스트, 심리 조종자들에 관한 이야기들은 내 머릿속의 '거짓말 개요서'에 추가되었다. 나는 점점 그 어떤 것에도 속기 어려운 사람이 되어가고 있었다.

진실 게임

고등학교 3학년 새 학기가 되자 모든 아이들이 전보다 더 얄팍하고 위선적으로 보였다. 한번은 우리 학교 밴드의 공연장 밖에서 담배를 피우고 있던 친구에게 다가가서 우리 근처에서 있던 매력적이고 멋진 남자애를 가리키며, 지금 우리가 지금 얼마나 거짓된 세상에 살고 있는지에 대해 두서없이 장황하게 늘어놓았던 기억도 있다. "저 남자애를 봐! 쟤가 숨기고 있는 것들이 얼마나 많을지 생각해 보라고! 가족은 어떤 사람들일까? 쟤는 자기 친구들이나 여자친구를 정말로 어떻게 생각할까? 우린 절대 모르겠지!

아무도 모를 거야! 정말 말도 안 돼! 쟤는 그런 건 절대 말하지 않을 거라고!"라면서 말이다.

내가 다니던 고등학교에서는 마음이 맞는 애들을 찾기가 어려웠지만 그래도 가장 관심이 가는 애들은 연극반 애들이었다. 그 애들은 카리스마와 재능을 겸비한 정말 재미있는 즉흥 연기자들이자 멋진 춤꾼들이었다. 나는 예술적인 사람들에게 더 친밀감을 느꼈다. 예술적인 감각이 있는 사람들은, 마치 어느 한 가지에 남다른 표현력을 갖고 있으면 다른 부분에도 더 열린 생각을 하게 되기라도 하는 것처럼 감정을 표현할 때 훨씬 솔직한 경향이 있었기 때문이다. 하지만 내가 연극반 애들을 동경했다고 해서 그 아이들도 나와 친해지고 싶어 했던 것은 아니다. 대부분의 인간관계에서 나를 좋아해 주는 친구는 고작 한두 명 정도였고 그 외의 사람들은 대체 왜 그렇게 나를 싫어하는지 도저히 알 수가 없었다. 하지만 나를 좋아하는 친구들도 결국에는 다른 친구들이 내 얘기만 하면 다들 화를 냈다거나, 내가 있으면 갑자기 전반적으로 불편한 분위기가 조성된다는 언급을 하게 마련이었다. 내가 동경했던 어떤 배우는 나를 볼 때마다 너무 사납게 노려보는 바람에 어떤 장소에서든 그가 있으면 나는 항상 자리를 피하곤 했다. 한 친구가 그 배우에게 내 얘기를 하자 그가 다음과 같이 대꾸했다고 얘기해 주었다. "마이클 레비턴한테 그나마 장점이 하나 있다면, 그는 내가 자기를 싫어하는 것을 알면서도 전혀 신경을 안 쓴다는 거야. 내가 싫어하는 걸 알고도 그렇게 아무렇지도 않은 사람은 본 적이 없는데 말이야."

"그렇게 알아봐 주니 정말 고마운데!" 나는 그 말을 칭찬으로 받아들이고 기분이 좋아서 이렇게 대답했다.

연극반에서 캠핑 여행을 갔을 때였다. 첫째 날 저녁에 내가 가장 좋아하는 친구들 모두와 함께 좁은 텐트 안에서 손전등을 켜고 다닥다닥 모여 앉아 진실 게임을 하게 되었다. 나는 진실 게임을 해본 적은 없었지만 어떤 질문을 해도 좋고 무조건 진실을 말해야 한다는 게임 규칙을 듣고 아주 이상적인 게임이라고 생각했다. 구경거리를 워낙 좋아하는 연극반 아이들은 벌칙도 아주 굴욕적인 것들로 정했기 때문에 대부분 벌칙 대신 진실을 선택했다. 나는 벌칙 따위에는 관심이 없었기 때문에 더 마음에 들었다. 그래서 나는 게임 중간에 벌칙 없이 오로지 '진실'만 말하는 게임을 하자고 제안했다.

"그러다 보면 진실을 얘기하는 게 얼마나 재미있는지 깨닫게 될 거고 결국 모든 질문에 솔직하게 대답하게 될 거야." 내가 말했다. 하지만 친구들은 내 제안에 아무런 반응을 보이지 않았다.

내 차례가 되어 연극반에서 가장 인기 많은 남자애에게 질문하게 되었다. 나는 그 남자애한테 뭐가 가장 궁금한지 생각해 보았다. 나는 모든 여자애들이 선망하는 남자애로 산다는 건 어떤 기분인지 아주 궁금했다. 그 애에게 여자애들과 데이트할 때도 원래 모습대로 자연스럽게 행동할 수 있는지 물어볼까 하는 생각도 했으나, 그렇지 않다는 것을 이미 알고 있었기 때문에 그 질문은 하지 않기로 했다. 내가 정말 모르는 사실이 있다면 그것은 그렇게 인기 많은 남자애라면 과연 성관계를 얼마나 많이 해봤을까 하는 것이었다. 정확한 횟

수를 알고 싶었던 것은 아니었다. 단지 그의 삶에서 어느 정도 정서적인 부분을 우리에게 털어놓을 수 있는, 조금은 사적인 질문을 하고 싶었다. 그래서 나는 그에게 몇 명의 여자와 관계를 했는지, 그중 누구와 가장 좋았는지, 또 그 이유는 뭔지 물었다.

텐트 안은 그런 질문은 곤란하다는 항의의 목소리로 가득 찼다. 나는 비웃었다. "이건 진실 게임이야! 이 게임의 요지는 어떤 질문에든 답해야 한다는 거잖아!" 하지만 아이들은 계속 다른 질문을 하라고 요구했다. "내 질문이 뭐가 어때서? 그리고 대체 언제부터 진실 게임에 하면 안 되는 질문이 있었어?"[4] 내가 말했다. 그 남자애가 괜찮다고 하면서 항의하는 애들을 진정시켰다. 그리고 같이 잔 여자애의 수를 머릿속으로 세는 듯한 포즈를 취하더니 스무 명이라고 말했다. 그 애의 말이 사실인지, 숫자를 부풀렸는지 축소했는지는 알 수가 없었다. 그리고 그 애는 또 현재 여자친구와의 경험이 제일 좋았다고 대답했고 나는 그 애로서는 그렇게 대답할 수밖에 없었을 거라고 짐작했다. "그 이유는···." 그가 생각을 하면서 말했다. "아마 걔가 똑똑해서? 재치 있어서?" 나는 아무 의미도 없는 이 회피적이고 타협적인 대답을 듣고 다른 아이들도 비웃을 거로 생각하고 웃음을 터뜨렸다. "왜 이러셔! 무슨 대답이 그래! 여자친구와 잔 게 좋았던 이유가 그렇게 없어? 넌 네 마음을 숨기고 있어. 진실 게임을 하면서도!"

친구들은 그 남자애가 이미 고약한 질문에 너그럽게 답을 해줬으

---

4 이 질문이 문제가 됐던 이유는 그 애가 그 게임을 같이 하던 여자애 중 두어 명과 같이 잔 적이 있고, 그 자리에 있는 모든 아이들이 그 애의 현재 여자친구를 알고 있었기 때문이었던 것 같다.

니 이제 그만 좀 하라며 또 나에게 소리를 지르기 시작했다. 그 후 진실 게임을 계속하는 동안 다들 내가 부적절한 질문을 하거나 거짓말을 한다고 비난할 수도 있다는 사실을 알고 있었기 때문에 텐트 안에는 계속 긴장감이 감돌았다. 그러다가 한 아이가 내게 질문을 했다. 정확하게는 떠오르지 않지만 꽤 하품 나는 질문이었던 걸로 기억한다. "정말 아무거나 물어봐도 돼!" 내가 말했다. "정말 네가 알고 싶은 게 고작 그런 거야?" 그러다가 이 여행에서 처음 만났고 거의 말도 안 해본 여자애에게 내가 질문을 할 차례가 되었다. 나는 그 애에 대한 아무런 사전 정보도 없는 상태였기 때문에 그냥 누구에게든 물어보고 싶은 질문을 했다. "네 성적 판타지는 어떤 거야?"

텐트 안의 친구들은 또다시 흥분했고 이번엔 훨씬 더 반발이 심했다. "넌 대체 왜 그래?" 질문받은 여자애의 친구 중 하나가 소리를 질렀다.

"완전 변태 같은 자식!"

"다른 질문 해!" 그 여자애의 또 다른 친구가 말했다.

"좋아. 그런데 대체 어떤 질문이 안 되는 건지 내가 어떻게 알아?" 나는 씁쓸하게 대답했다.

"그건 상식이지! 남에게 자기 눈을 찌르라는 벌칙을 주면 안 되는 것처럼 말이야." 그 여자애가 말했다.

"이런 걸 보니 우리 사회에서 성적 판타지에 대해 얘기하는 게 자기 눈을 찌르는 것에 비유될 만큼 성을 얼마나 금기시하는지 알겠다." 모두가 조용해졌다. "네 판타지는 그렇게 이상해? 혹시 너무 야

하거나 비도덕적인 거야?" 결국 이런저런 언쟁 끝에 내가 물러섰다. "알았어, 알았어. 성에 관한 질문은 더 하지 않을게. 그럼 이건 어때? 네가 가장 자신 없어 하는 것 세 가지는?" 텐트 안의 친구들은 그 질문 역시 마음에 들어 하지 않았다. "넌 정말 못됐어!" 누군가가 나에게 소리쳤다.

그 질문을 받은 여자애가 덤빌 듯이 소리쳤다. "난 자신 없는 거 없어!"

나는 그 말에 큰 소리로 웃었다. "거짓말 마. 사람들은 모두 자신 없는 부분이 있어! 넌 정말 사람들이 네가 자신 없어 하는 부분이 없다고 생각할 것 같아?"

"잘난 체 좀 그만해." 누군가가 소리쳤다.

"넌 이제 질문하지 마." 또 다른 누군가가 소리쳤다.

나는 이런 모든 상황이 웃기기도 했지만 더 이상 게임을 하고 싶지 않을 만큼 짜증이 나기도 했다. 그래서 나는 그곳에서 나가려고 일어섰다. 텐트 밖으로 나가려면 다닥다닥 붙어 앉아 있는 애들을 하나하나 넘어가야 했기 때문에 잠시 소란이 벌어졌고, 그러는 동안 모두에게서 '게임을 너무 심각하게 생각하고 어린아이처럼 삐져서 나간다'는 잔소리를 들어야 했다. 겨우 텐트 문에 다다른 나는 지퍼를 열고 나가면서 마지막 한마디를 던졌다. "게임 이름을 그냥 '진실 은폐 게임'으로 바꾸지 그래?"

거짓말을 하다

두 번째 가족 캠프에서 나는 어맨다라는 사람의 작업을 보게 되었다. 점심 식사 시간에 줄을 섰을 때 잠깐 만났던 게 전부였지만 그 여자가 마음의 온도 시간에 남들은 관심 없어 하는 사소한 것들에 대해 히스테리를 부리면서 얼마나 다른 사람들을 짜증 나게 했는지는 알고 있었다. 캠프 안에서 이렇게 행동한다면 캠프 밖 세상에서는 대체 어떤 모습일지 상상이 안 갈 정도였다.

어맨다는 작업을 하겠다고 자원하고는 다 녹슨 갑옷을 입은 사람처럼 터벅터벅 앞으로 걸어 나가 잔뜩 굳은 얼굴로 칠판 앞에 서서 관객들을 바라보았다. "너무 겁이 나요." 그녀가 말했다. 의자에 앉은 캠프 참가자들은 그녀와 눈을 마주치지 않으려고 다 고개를 숙이고 있었다.

"여기 모인 사람들은 당신을 지지하려고 모인 거지, 비판하려고 모인 게 아니에요." 맥스가 말했다. 당연히 관객들은 전부 그녀를 아주 싫어했고 비판하기 위해 모여 있었다. "자, 오늘 당신을 괴롭히는 문제는 뭐죠?" 맥스가 어맨다에게 말했다.

"난 너무 외로워요. 난 그냥 너무 외로워요. 난 데이트도 많이 해요. 하지만 제대로 끝난 적이 없어요. 남자들은 다 쓰레기예요. 하지만 나는 입 다물고 아무 감정이 없는 척하기 싫어요."

"그러니까 당신 말은, 당신이 속마음을 말하면 남자들이 싫어한다고 생각한다는 거군요." 맥스가 말했다.

"이를테면 난 성기 헤르페스 보균자예요." 어맨다가 말했다. 관객들은 순간적으로 움찔했다가 금세 안 그런 척 표정을 감추었다. "제가 정말 좋아했던 남자가 있었는데 세 번째 데이트에서 분위기가 무르익어 갈 때쯤 그 얘기를 털어놓았더니 남자가 끔찍해하며 뒤로 물러났어요. 정직하게 말했다는 이유로 나를 거부한 거예요."

맥스가 대답했다. "당신을 지지해 줄 사람을 불러볼까요?"

어맨다는 눈물 어린 눈으로 관객 쪽을 자세히 둘러보다가 돈한테서 멈추었다. 40년 전 고등학생 때 치어리더를 했었던 돈은 회합 때마다 거의 고정적으로 지지자 역할을 맡는 사람이었다. 돈은 어맨다와 함께 칠판 앞에 섰다.

맥스가 물었다. "돈이 어디에 서주면 좋겠어요?"

어맨다가 말했다. "내 뒤에요. 뒤에서 내 허리를 감싸 안아주면 좋겠어요."

돈이 뒤에서 어맨다를 감싸 안았다.

"자, 그럼 이번에는 당신이 사귀고 싶은 남자 역할을 골라봐요." 맥스가 말했다.

"어머, 정말요?" 어맨다가 웃음을 터뜨렸다. "그거 진짜 재미있겠네요! 원하는 사람 아무나 정해도 되죠?" 어맨다가 음탕한 여자 흉내를 내며 입술을 핥고 키득거리면서 남자 관객들을 위아래로 살폈다. "아, 이런, 잭이 없네!" 회합에 참여하는 대신 피크닉 테이블이 보이는 곳에서 웃통을 벗고 운동하는 쪽을 선택한 10대 미소년의 이름을 언급하며 어맨다가 말했다. 그리고 나를 쳐다보았다. "마이클 레비턴?"

나는 역할 선정을 할 때 피상담자의 어린 역할만 아니라면 어떤 역할이든 내가 선택되기를 거의 비이성적으로 간절히 바랐다. 그런 내가 너무 한심하다는 건 알았지만 그래도 어쩔 수 없었다. 그래서 나는 어맨다가 나를 선택했다는 사실에, 그것도 실제 인생에서든 심리치료에서든 한 번도 해본 적이 없는 매력적인 남성의 역할로 나를 선택했다는 사실에 감격했다.[5]

　맥스가 물었다. "마이클, 이 역할을 해도 불편하지 않겠어요?"

　"전혀요." 내가 말했다.

　무대로 간 나는, 어맨다로부터 고작 몇 미터 앞에 서서 그녀의 눈물이 주름을 타고 지그재그로 흘러내리다가 얇은 입술 위로 내려앉는 것을 바라보았다. 내가 서 있는 곳에서 바라보니 그녀의 눈 한쪽이 다른 쪽보다 빛을 더 반사해서 한쪽은 짙은 갈색으로, 다른 한쪽은 짙은 노란색으로 보였다.

　"지금 당신의 내면에서는 어떤 일이 벌어지고 있나요?" 맥스가 어맨다에게 물었다.

　어맨다는 거의 말을 제대로 하지 못했다. "그의 눈을 들여다보고 이런 생각이 들었어요. 저런 사람을 사귀고 싶어! 나도 저런 사람을 사귀고 싶어! 왜 난 안 돼? 나도 그럴 만한 가치가 있어. 나도 저런 사람을 사귈 만하다고!"

　그러자 돈이 따라 외쳤다. "너는 저런 사람을 사귈 만해! 넌 그럴

5　그 순간에는 너무 기분이 좋아서 50대 아줌마가 사귀고 싶은 남자 역할로 열여덟 살짜리를 뽑았다는 사실을 이상하다고 느끼지 못했다.

만한 가치가 있어!"

"맞아! 난 그럴 만해! 그럴 만하다는 걸 나는 알아!" 어맨다가 말했다.

"넌 저런 남자를 충분히 사귈 만해." 돈이 말했다. 관객들도 다 같이 구호를 외쳤다.

그때 나는 엄마가 무대 가까이에서 야외 의자에 앉아 어맨다를 그리고 있는 모습을 발견했다. 엄마는 종종 회합에서 벌어지는 광경을 스케치하곤 했다. 엄마는 손을 흔드는 어맨다의 모습을 그리고, 그 옆 말풍선에 "난 그럴 만한 가치가 있어!"라는 글씨를 써넣었다.

관객들은 한목소리로 어맨다도 사랑받을 만한 가치가 있다는 식의 구호를 외쳤고, 돈은 즉흥적으로 구호를 만들어 외쳤다. "넌 지금 이대로도 괜찮아! 넌 강해! 넌 옳아!"

어맨다의 다리가 꺾이자 돈이 옆에서 붙잡아 주었다. 이제 어맨다는 신체적인 지지까지 받아야 하는 입장이 되었다. "다른 분들의 지원을 좀 더 받아봅시다." 맥스가 말했다. 관객들이 그녀를 일으켜 세우기 위해 일어났다.

어맨다가 울부짖었다. "난 사랑받고 싶어! 사랑받고 싶단 말이야!"

비통하게 울부짖는 소리가 숲속에 울려 퍼졌다. "정말 너무 외로오오오오오워!"

어맨다는 얼마간 여러 사람들의 팔에 둘러싸여 훌쩍이다가 마침내 진정을 되찾고 혼자 힘으로 서더니, 그녀가 함께하고 싶은 남성상의 상징적 대리인인 나에게 관심의 눈길을 보냈다. 맥스는 어맨다에게 뭐든 원하는 것을 나에게 부탁하라고 지시했다.

어맨다는 30분 동안 울부짖느라 지쳐 있었다. 그녀는 나에게 소심하게 물었다. "내 진정한 짝이라면 나의 극히 사적인 진실을 이해해줄까?"

나는 그녀의 사적인 진실은 내 진실과 마찬가지로 이해하기 힘들기 때문에 혼자서 행복하게 살 방법을 배워야 할 것 같다고 말하고 싶었다. 그래도 조금 완곡하게 표현할 방법이 없을까를 고민하며 머리를 쥐어짰다. 그래서 '진정한 짝'이라든가 '극히 사적인 진실'이란 용어는 정의하기 어렵다고 말하기로 마음먹었다. 물론 이건 엄연히 사실이었으니까 말이다. 하지만 나는 현재 다른 사람이 하는 작업에서 하나의 역할을 맡고 있으며, 무대 위의 배우처럼 정해진 대사를 읊도록 부탁받았다는 사실이 떠올랐다. 진실이 아닌 말을 하는 것은 옳지 않게 여겨졌지만, 사실 어떻게 보면 나는 그런 행동이 요구되는 역할임을 알고 동의한 것이었다. 나는 갑자기 속이 울렁거렸고 혹시 토를 하면서 이 상황을 벗어날 순 없을까 하는 생각을 했다. 심리치료 회합 중에 토했다는 얘기는 들어본 적이 없었다. 어맨다의 눈썹이 초조한 감정을 드러내듯 씰룩거렸다. 내가 망설이고 있다는 것을 눈치챈 것 같았다. 나는 그때까지 유치원 친구들이 산타를 믿게 놔둔 것을 빼고는 거짓말이라고는 한 적이 없었다. 나는 생애 두 번째의 거짓말을 불분명하게 입 밖으로 밀어냈다. "진정한 짝인 나는 당신의 진실을 듣고 싶어…."

그때 어맨다가 내 말이 끝나기도 전에 맥스 쪽을 바라보며 말했다. "난 쟤 말 안 믿어요." 불안한 웃음이 내 얼굴에 퍼졌다. "저것 봐요!" 어맨다가 말했다. "웃고 있잖아요! 거짓말을 하고 있는 게 분명해요!"

맥스가 대답했다. "그러니까 당신은 지금 당신이 함께하고 싶어 하는 사람이 하려는 말을 믿지 못한다는 말이군요."

"아뇨." 어맨다가 말을 가로챘다. "난 지금 저 애에 대해서 말하고 있는 거예요." 그녀는 나를 가리켰다. "저기 있는 바로 저 애, 마이클 레비턴이 거짓말을 하고 있다고요."

관객들로부터 낮은 탄성이 들려왔다. 맥스는 이 난처한 상황을 어떻게든 무마해 보려고 노력했다. "잠깐만요, 너무 섣불리 단정 짓지 말아요." 그가 말했다. "마이클한테 직접 물어보는 게 어떨까요?" 그가 내 쪽으로 돌아섰다. "마이클, 지금 맡은 역할에 대해서는 잊어버리고 진짜 당신 생각을 말해봐요. 하지만 명심해요. 꼭 대답할 필요는 없어요. 누구든 질문할 권리가 있는 만큼 대답하지 않을 권리도 있으니까요." 그는 내게 답변을 회피할 기회를 주고 있었다. 난 심리치료사조차도 내게 거짓말을 권유하고 있다는 걸 믿을 수가 없었다.

어맨다가 증오에 찬 눈빛으로 나를 노려보았다. "좋아. 마이클 레비턴. 너는 정말로 내가 지금 이대로의 나로 살아가면서 내 진실을 계속 얘기한다고 해도 사랑받을 수 있을 거라고 생각해?"

내가 말했다. "제가 이 역할을 하고 있다는 게 참 신기해요. 왜냐하면 저는 아줌마랑 비슷한 입장이거든요. 다만 저는 다른 사람들을 필요로 하지 않고 살아가려고 노력해요. 아줌마가 지금 그대로의 모습으로 산다면 사실 누군가가 아줌마를 좋아할 확률은 희박해요. 그건 길에서 100달러짜리 지폐를 발견하는 거랑 비슷한 확률일 거예요."

뭔가 혼란스러운 표정으로 어맨다가 말했다. "넌 너를 좋아해 주는 사람을 만날 자격이 충분해."

이 말에 나는 완전히 이성을 잃고 말았다. "자꾸 다들 그렇게 말하는데, 대체 날 좋아해 주는 사람을 만날 자격이 충분하다는 게 무슨 말이에요?" 나도 모르게 의도한 것보다 더 화난 것 같은 말투가 터져 나왔다. 그래서 다시 억양을 누그러뜨리며 말했다. "사람들한테 사랑받는 대부분의 사람들은 단지 자기 포장을 잘하는 것뿐이에요. 남한테 잘 보이는 것이 그렇게 중요하면 남들이 좋아할 만한 인상을 주려고 최선을 다해봐요. 하지만 자기 모습대로 살고 싶다면 사람들이 좋아해 주기까지 바라진 말아요."

당황해서 뒤로 물러나는 어맨다를 바라보고 있다가 관객 쪽으로 돌아서자 모두가 훌쩍이거나 울고 있었다. 어맨다 때문이 아니라 나 때문이었다.

맥스가 말했다. "마이클, 당신은 자신을 사랑받을 자격이 없는 사람이라고 생각하나 보네요." 맥스가 질문의 대상을 나로 바꿨을 때, 나는 모두의 관심이 팔짱을 끼고 서 있는 어맨다로부터 나에게로 돌아섰다는 것을 깨닫고 거의 폭발할 것 같았다. 맥스가 말했다. "당신의 얘기를 들려줘서 고마워요, 마이클."

나중에 부모님에게 이 얘기를 들려주었더니 아빠가 기절할 듯 웃어대며 나를 안아주었다. "세상에, 정말 재미있다. 정말 완벽하게 잘 대답했어!"

"어맨다가 너무 안됐어. 본인이 얼마나 피곤한 사람인지를 전혀 모르고 있으니 말이야." 엄마가 말했다.

"제가 얘기해 줄 걸 그랬나 봐요." 내가 말했다. "제가 거짓말을 하다니 믿어지지 않아요." 하지만 어맨다를 정말 싫어하는 사람조차도 그 상황에서 사실 그대로 말하는 건 옳지 않다고 생각했을 것이다. 그렇게 생각해 보면 결국 가족 캠프도 정직한 곳은 아니었다.

대학 입학 서류를 위해 자기소개서를 써야 했을 때 나는 가족 캠프에 대한 얘기를 썼다. 나는 자기소개서에 정말 많은 사람들이 진실을 감추고 있다는 사실을 알게 되었다는 점과, 사람들의 겉모습에 감춰진 이면을 보고 싶은 나의 열망에 대해서 열변을 토했다.[6] 그렇게 썼는데도 불구하고 나는 대학에 합격했다. 나중에 들어 보니 자기소개서를 다 읽지는 않는 모양이었다.

불평불만을 노래하다

대학 1학년 때도 나는 전과 다름없는 방식으로 모두를 성가시게 했다. 말하자면 상대방은 하는지도 모르는 상태에서 나만 알고 있는 종류의 진실 게임을 하듯이 대화를 했다. 그렇게

---

6 나도 우리 부모님도 이런 자기소개서가 나를 얼마나 정신 나간 사람처럼 보이게 할지는 모르고 있었던 것 같다. 하지만 그때 그런 생각이 들었다 해도 우리는 다음과 같이 우리 가족의 전형적인 대사를 읊었을 게 뻔하다. "우리 가족 캠프에 대한 얘기를 쓴 자기소개서를 좋게 볼 줄 아는 학교가 아니면 다니고 싶지 않을 것 같아."

내가 맥락 없이 던지는 아주 사적인 질문은 그 자체만으로도 강요하는 것처럼 들렸을 것이다. 하지만 그런 질문을 자연스럽게 했다 하더라도, 나는 그런 질문에 왜 대답해야 하는지도 말해주지 않았다.

그러다가 어린 시절의 '마이클 이야기 테이프'에서 영감을 얻어서 녹음기를 가지고 다니면서 사람들에게 소위 인터뷰를 요청하기 시작했다. 나는 사람들이 인터뷰의 목적이 뭐냐고 물어볼지도 모른다고 예상했다.[7] 그래서 나는 사실대로 대답해 주기로 했다. 녹음기를 들이대면 사람들이 분명히 평소와는 달리, 인터뷰와 관련된 사람들을 위해서라도 대화를 좀 더 재미있고 흥미롭게 하지 않을까 생각했다고 말이다. 하지만 다행히도 사람들은 이유를 묻지 않았다. 놀랍게도 그들은 녹음기에 대고 말하게 된 것만으로도 즐거워했다. 내가 가장 좋았던 키스에 대해 말해달라고 하면 그들은 갑자기 감상적으로 변해서, 내가 캠프에서 듣고 좋아했던 것과 같은 즉흥적이고 완벽하지 않은 대답을 했다. 나는 이런 결과를, 사람들은 모두 자신이 그렇게 되도록 놔둔다면 충분히 흥미로운 사람들이 될 수 있다는 내 이론을 뒷받침하는 증거로 삼았다.

나는 누구를 만나든 길게 만나지 못했기 때문에, 나에게는 글쓰기와 음악으로 채울 수 있는 여가가 아주 많았다. 나는 고등학교 때부터 줄곧 내가 쓴 글 중 가장 마음에 드는 것을 아빠에게 보여준 뒤

---

7 이 때는 1998년이었다. 소셜미디어라는 형태가 등장하기 몇 년 전이었다.

그 글에 대한 평을 듣고, 또 계속 별로라는 의견을 들으면서 짧은 글들을 쓰고 있었다.

대학 신입생 때 한번은 아빠가 내가 쓴 글 중 하나가 마음에 든다고 했는데 그 이유에 대해서는 말해주지 않았다. 알고 보니 마음에 들었던 부분을 논하기에는 아빠의 어휘가 너무 제한적이었던 것이 이유였다. 나는 왜 이전의 글들보다 그 글이 아빠의 마음에 들었는지 확실한 이유를 알 수가 없었다. 내 생각에는 그 글이 다른 글보다 특별히 더 나은 점이 없었기 때문이었다. 그래서 혹시 그 글에 대한 아빠의 의견이 다른 사람들의 의견처럼 그냥 임의적인 것은 아닐까, 그 글을 읽을 때 단지 기분이 좋았기 때문은 아닐까 하는 궁금증이 생겼다.

우리는 전화로 그 글에 대한 이야기를 나누었다. 나는 아빠가 예전에 아빠의 의견에 따라 나를 정의하면 안 된다고 충고했던 일을 상기시켰다. "아빠가 좋아하지 않았던 이야기 중에도 저는 괜찮다고 생각한 것이 많았어요. 그러니까 단지 아빠가 이 이야기를 좋다고 했다는 이유만으로 이 이야기가 내가 쓴 것 중 가장 잘 쓴 거라고 한다면 그건 위선적인 거겠죠."

"그럴 수도 있겠네. 내 의견을 중요하게 여길 이유는 전혀 없어. 내 생각이 뭐 그렇게 중요하다고?" 아빠가 대답했다.

나는 불만의 감정을 음악으로 승화해 보려고 독학으로 기타, 우쿨렐레, 피아노를 배우고 작곡도 시도해 보았다. 불만사항을 가사로

쓴 곡을 우쿨렐레 반주로 노래하며 실제로 그 불만의 대상이 되는 사람들을 관객으로 불러놓고 학교 주변에서 공연을 했다. 노래는 이런 식이었다. "신비주의를 좋아하는 사람들도 있지만 나는 다 아는 편이 훨씬 좋아. 어떤 사람들은 보여주기보다 커튼으로 가리기를 더 좋아하지." 사람들은 내 노래를 재미있다고 생각했고, 그래서 나는 그들이 그 노래가 자기들을 향한 불평이라는 것을 모르고 있음을 깨달았다. 어쩌면 우쿨렐레라는 악기 자체의 특성상 노래가 덜 불쾌하게 들렸기 때문일 수도 있었다. 심지어 노래를 소개할 때, "이 노래는 여러분 모두에 관한 겁니다"라고 직접적으로 말했는데도 사람들은 농담으로 받아들이고 웃음을 터뜨렸다.

　나는 이제 곡을 쓰고 연주하고 노래하면서 자신을 격려할 수 있게 되었다. 그렇게 나를 격려하는 데 엄청난 시간과 노력을 들이다 보니 어느새 나는 꽤 괜찮은 뮤지션이 되어 있었다.

이야기의 이면

　　　　　　어느 해 여름, 집에 있는데 초등학교 비공식 동창회에 오라는 전화가 왔다. 나는 그런 모임이 있다는 얘기는 들어본 적이 없었다. 알고 보니 내가 기억하지 못하는 예전 반 친구 중 한 명이 자신의 집 뒷마당에서 동창회를 열기로 하고 6학년 때 학교 출석부와 졸업앨범에 적힌 전화번호로 연락을 돌리던 중이었다. 어릴 때 아이의 얼굴로 익숙했던 친구를 성인이 되어 만나게 되는 일은 마치 바람 빠진 풍선에 그린 얼굴이 훅 하고 부풀어 오른 것처럼 비현실적으로 느껴졌다.

나는 커다란 머리와 즐거워 보이는 동그란 얼굴이 완벽히 그대로인 로버트를 만나자마자 바로 알아볼 수 있었다. 로버트는 나를 만나서 기쁘다고 했다. 나는 그가 나를 기억한다는 사실에 놀랐다. 그는 동창회에 대한 얘기를 들었을 때 가장 만나고 싶었던 사람이 나였다고 말했다. 나를 만나면 어릴 때 있었던 일들을 자기 입장에서 얘기해 주고 싶었다고 했다.

"어떤 일에 대한 다른 사람의 입장을 듣는 건 언제든지 환영이야! 다들 절대 얘기해 주지 않으려고 하는 게 문제지만." 내가 말했다.

열아홉 살이 된 로버트는 어릴 때의 내가 얼마나 괴짜였는지 말하고 싶어 신이 나 있었다. 내가 항상 자기들이 하는 대화와 게임에 불평이 많았고, 자기들이 엄마들에 대한 농담을 하거나 모욕적인 말을 하면 울음을 터뜨렸다고 했다. "게다가 우는 걸 창피해하지도 않았어! 넌 막 우는 와중에도 우리는 계속 말을 해야 하는 것처럼 행동했어. 우리는 정말 어떻게 할지를 몰랐어. 그래서 그냥 피해버렸지!"

"맞아, 내가 그랬지." 내가 말했다.

"그리고 나중에 그 얘기를 다시 꺼내서 우리가 한 농담이 왜 너의 감정을 상하게 했는지 이유를 설명하려고 들었어. 그러면 우리는 또 자리를 피했고." 로버트는 이제 그때 일에 대해 웃을 수 있다는 듯 말했다. "너랑 친구가 되는 건 정말 쉽지 않았어. 그래도 노력은 했다!"

나는 그가 나더러 코를 후빈다고 놀렸던 얘기를 꺼냈다. 하지만 로버트는 그 얘기는 기억하지 못했다. 겔먼 선생님과 존슨 선생님 얘기를 꺼내자 그것이 바로 로버트가 나에게 하고 싶었던 이야기였음이 밝혀졌다.

로버트는 내가 7시 반쯤 일어나 천천히 걸어 등교할 때 자기네들은 아침 5시에 일어나 아주 멀리 떨어진 동네에서 학교까지 버스로 통학해야 했다고 말했다. 선생님들은 내가 3학년 때 그 학교로 전학가기 전, 로버트와 그의 친구들이 학교를 다니기 시작할 때부터 그 애들을 나쁜 아이들이라고 점찍어 둔 것 같았다. 그는 자신과 매뉴얼이 집에서 겪은 끔찍한 일들과 하지도 않은 일로 벌을 받았던 일들이 그들의 삶에 얼마나 잔인한 영향을 미쳤는지 얘기해 주었다. "너는 우리를 옹호하려고 했었지." 로버트가 말했다. "너는 공부벌레인 데다가 울보였지만 모두가 보는 앞에서 선생님들과 싸우는 걸 마다하지 않았어. 교실에서 선생님들이 우리를 괴롭히려고 하면 네가 울면서 막 대들었잖아. 정말 대단했어. 우린 사실 친구도 아니었는데 넌 우리 편을 들어줬어!"

"뭐, 어느 정도는 그런 셈이지." 나는 그가 오해하고 있는 점을 바로잡아야 한다는 생각에 난처해서 한숨을 내뱉었다. "그런데 만일 진짜 잘못을 저지른 게 너였으면 주저 없이 바로 일러바쳤을 거야."

로버트가 움찔했다. "진짜로?"

"그래. 난 너희에 대한 의리 때문에 그런 게 아니야. 진실에 대한 의리를 지켰을 뿐이지."

로버트는 어이가 없다는 듯 고개를 저으면서 돌아서서 가버렸다.
다시 어릴 때로 돌아간 기분이었다.

다 괜찮아질 거야

2000년 여름 방학을 맞아 대학에서 집으로 돌
아온 첫날, 가족 캠프에 참가하기 일주일 전 밤이었다. 아래층에서
피아노를 치고 있는데 위층에서 문을 쾅 닫는 소리가 들렸다. 우리
집에서 온갖 종류의 소리를 들으며 살았지만 문을 쾅 닫는 소리는
처음이었다. 미리엄이 방 안에서, 나를 빼고 집에 있던 유일한 사람
인 엄마에게 소리를 질러댔다. 엄마가 계단 맨 위쪽에서 나를 향해
달려 내려왔다.

"무슨 일이에요?" 내가 물었다.

"어… 실은…." 엄마가 대답했다. 나는 엄마가 이렇게 주저하는 것
을 본 적이 없었다. 우리는 앉아서 얘기하기 위해 소파 쪽으로 갔다.
엄마는 잠시 아무 말이 없었다. 그러고는 마침내 이야기를 꺼냈다.
"아빠랑 헤어질 생각이야. 우린 이혼하기로 했어."

"좋은 생각이에요." 나는 주저 없이 말했다. "두 분은 언제나 생각
이 너무 달라서 함께 살기가 어려워 보였어요."

엄마는 어리둥절해하며 나를 바라보았다. "뭐라고?"

"엄마는 사람들을 좋아하지만 아빠는 그렇지 않잖아요. 엄마는 언제나 한발 앞서서 희망을 품고 아빠는 미리부터 최악의 결과를 기대하죠. 아빠는 콘서트에 가는 걸 좋아하지만 엄마는 아니고, 아빠는 예술이나 정치, 윤리적 가치 등에 관한 대화를 즐기지만 엄마는 사람들에 대한 얘기를 좋아하잖아요. 엄마는 사람들한테 사랑받기를 바라고 아빠는 혼자 있기를 좋아해요." 엄마가 공허한 표정으로 고개를 숙였다. 나로서는 엄마를 이해한다는 마음을 전하고 싶어서 한 말이었지만 엄마에게는 전혀 위로가 되는 것 같지 않았다. "제가 어떤 말을 해드리면 좋겠어요?" 내 물음에 엄마는 고개를 저었다. "너라면 이혼하게 된 이유를 어떻게 설명하겠니?"

엄마는 한숨을 쉬며 소파의 팔걸이를 손바닥으로 쓰다듬었다. "사실 엄마한테 사랑하는 사람이 생겼단다."

나는 엄연히 비밀 유지에 대해 반감을 품는 사람임에도 불구하고, 그동안 엄마가 모두를 숨기며 연애를 해올 수 있었다는 사실에 감명을 받은 나머지 이상하게도 그 순간 엄마가 자랑스럽게 느껴졌다. 그동안 엄마가 혼자 외출하는 것도 눈치채지 못 했던 나는 직설적으로 물었다. "사랑에 빠질 만한 사람을 대체 어디서 만나셨어요?"

엄마가 또 당황하더니 한숨을 쉬며 대답했다. "가족 캠프에서."

그 순간 내 머리에 떠오를 만한 것들은 아주 많았다. 곧 퍼질 소문들, 가족 심리치료 캠프에서 만난 사람 때문에 남편을 떠난다는 모순적인 상황, 엄마의 말을 듣고 내가 느껴야 하는 감정, 그리고 왜 내가 그런 감정을 전혀 느끼지 않고 있는지 등등. 하지만 대신 나는 본능적으로 대체 엄마와 사랑에 빠진 남자가 누구인지 추측해 보려고 캠프의 모든 남자들을 머릿속에서 한 명씩 떠올리고 있었다. 내 생각을 눈치챈 엄마는 그 남자의 이름을 말했다. "조야." 엄마는 이름을 말할 때 모음을 음미하듯 '오'를 살짝 길게 발음했다. 나는 엄마가 사랑에 빠졌다는 것을 알 수 있었다.

나는 조 아저씨가 누군지는 알았지만 엄마가 그와 대화하는 모습조차 본 적이 없었다. 그는 약간 높은 음조의 목소리로 천천히 두서없이 말하는 특징이 있었고 두꺼운 안경 때문에 눈이 크게 확대되어 보였다. 생각지도 못한 사람과 엄마가 사귀고 있다는 사실을 상상하자 마음이 불안해졌다.

엄마는 숨을 크게 들이쉬더니 말했다. "엄마 아빠는 사실 개방적 관계를 갖고 있었어."

"그건 이해할 수 있어요." 나는 또 성급하게 대답했다.

"그래?" 엄마가 말했다.

난 여자친구를 사귄 적은 없지만 내가 좋아했던 여자애들은 언제나 여러 다른 사람과 자곤 했기 때문에 개방적 관계를 충분히 이해하고 있다고 생각했다.

게다가 엄마는 개방적 관계에 대해 처음 말하는 거라고 생각할지 모르지만 우리 부모님은 비밀을 지키는 재주가 영 없었기 때문에 나는 이미 눈치를 채고 있었다. 엄마와 아빠는 언제나 일부일처제라든지 개방적 관계에 대한 얘기를 자주 언급했고 그때마다 풍겼던 태평함이 두 사람이 이미 그런 관계라는 걸 암시하고 있었다. 엄마는 심지어 캠프에서 만난 친구 중 몇몇이 개방적 관계를 맺고 있다는 말을 하기도 했다. 그리고 아빠가 가끔 즉흥적으로 10대 남자아이가 여자한테 말 거는 방법을 조언해 주었을 때도, 아빠가 열네 살 때 처음 엄마한테 접근했을 때 사용했던 방법은 아니라고 느꼈다. 내가 한 번도 엄마와 아빠의 관계에 대해 물어보지 않은 이유는 두 분의 태도가 너무 무심해서 그런 질문을 하는 것이 고지식하게 느껴졌기 때문이다.

"아빠가 없는데 이런 얘기를 하니까 너무 비참해. 아빠 없을 때 이런 얘기 해서 정말 미안해. 사실 모두 다 같이 있을 때, 우리 모두를 지지해 줄 사람이 있는 캠프에 갈 때까지 기다리려고 했어. 그런데 이제 다 엉망이 돼버렸어." 엄마가 아주 길게 한숨을 내쉬었다. 그렇게 어쩔 줄 몰라 하며 비통해하는 엄마를 본 것은 처음이었다. 엄마는 계속 손수건으로 코를 닦았다. "애니카가 캠프에서 조하고 내가 사귄다는 것을 눈치채고 제인한테 말했고 또 제인이 몇 분 전에 미리엄한테 전화해서 다 말한 것 같더라."

"저런, 그러면 안 되는 거잖아요." 내가 말했다. 가족 캠프가 이렇게 실제 삶에 방해가 될 수도 있다는 생각은 그때까지 해본 적이 없었다.

"그래서 미리엄이 나에게 그 소문이 사실이냐고 묻더구나. 그 질문에 엄마는 거짓말을 할 수가 없었어." 엄마가 말했다.

나는 애정을 행동으로 표현하는 타입이 아니었지만, 엄마를 안아 줘야 한다는 생각이 들었다. "다 괜찮아질 거예요." 나는 대부분의 사람들이 가장 많이 쓰는 위로의 말을 나도 모르게 불쑥 내뱉었다.

우리는 잠깐 그렇게 안고 있었다. 엄마는 나를 어릴 때 이후로 가장 힘껏 안아주었다. 그때 미리엄이 잠옷 바람으로 방에서 뛰쳐나와 계단을 쿵쿵거리며 내려오다가 중간에 멈춰 서서 엄마에게 소리를 질렀다. 엄마는 벌떡 일어나 미리엄에게 달려갔으나 미리엄은 휙 돌아서서 방으로 돌아가 문을 쾅 하고 닫아버렸다. 닫힌 방문 때문에 소리는 어느 정도 줄어들었지만 고함은 여전히 들려왔다. 엄마는 미리엄을 따라 계단을 올라가다가 중간에 멈춰 섰다. 엄마는 한동안 그렇게 서 있었고 우리는 둘 다 아무 말도 하지 않았다. 드디어 우리를 침묵하게 만든 사건이 일어난 것이다.

그때 아빠는 캘리포니아주 북부에 있는 친구를 만나러 가 있었다. 엄마가 아빠에게 전화해서 미리엄과 내가 이혼에 대해 알게 되었다고 말하자 아빠는 곧바로 여섯 시간을 운전해서 로스앤젤레스로 돌아왔다. 친구와 여행 중이었던 조시도 돌아와 우리는 다 같이 거실에서 가족회의를 하게 되었다. 우리는 거실 유리테이블 주변에 있는 의자와 소파에 둘러앉았다. 조시는 어릴 때 그 테이블 밑에 기어들어 가서 카펫 바닥에 등을 대고 누워 멍하게 유리를 통해 천장을 바라보는 것을 좋아했다. 이제 조시는 팔근육이 드러나는 민소매 티셔츠를 즐겨 입고 부분 탈색한 머리를 뾰족하게 세우고 다니는 10대가 되었다. 부모님이 이혼에 대한 얘기를 하자 조시는 바로 물었다. "그럼 나는 어디에서 살아요? 아빠랑 살아요, 아님 엄마랑 살아요?" 그러자 부모님은 엄마가 혼자 살 집을 찾으면 조시와 미리엄이 두 집을 오가며 살게 될 거라고 설명했다. 조시가 말했다. "난 양쪽 집에 비디오 게임기랑 케이블 TV만 있으면 어떻게 되든 상관없어요."

엄마가 심리치료사와 같은 말투로 말했다. "조시, 엄마 아빠가 헤어진다니까 어떤 기분이 드니?"

조시가 어깨를 으쓱했다. "난 상관없어요. 나는 미리엄이 왜 저렇게 화를 내는지 모르겠어요."

미리엄이 발끈하며 말했다. "부모님이 이혼한다고 하면 화가 나는 게 정상이야!"

아빠가 한숨을 쉬며 말했다. "뭐, 그래도 가족 캠프 직전에 알게 돼서 다행이다. 캠프에 참여하는 것은 우리 감정을 정리할 좋은 기회가 될 거야."

푹 쳐져서 앉아 있던 미리엄이 몸을 똑바로 세워 앉았다. "지금 이 상황에 가족 캠프를 가고 싶어요?"

"가고 싶지 않을 이유는 또 뭐야?" 아빠가 물었다.

"엄마가 가족 캠프에서 만난 남자 때문에 아빠랑 헤어진다는 걸 다들 아니까요!" 미리엄이 자기 이마를 탁 치며 말했다. 그런 만화 같은 제스처를 실제로 본 건 처음이었다.

아빠가 쌀쌀맞게 어깨를 으쓱했다. "아빤 이미 일어난 사실을 숨길 이유는 없다고 본다. 우리가 지금 겪고 있는 일을 남에게 말할 수 있고, 또 각자 입장에서 얘기할 기회가 있으면 우리한테 도움이 될 거야. 조도 올 테니까 조의 입장도 들을 수 있겠지."

미리엄은 믿어지지 않는다는 듯이 말했다. "조 아저씨도 와요?"

엄마가 또 울기 시작했다. "엄마는 조가 필요해. 지금 너무 힘들 거든."

"이건 말도 안 돼." 미리엄이 말했다. "정말 완전 말도 안 돼."

미리엄은 울지 않았다. 단지 이 비정상적인 상황에 진절머리를 냈을 뿐이었다. 미리엄은 내가 큰오빠답게 뭔가 영향력 있고 정상적인 의견을 내주기를 기대하며 돌아보았다.

나는 어깨를 으쓱했다. "나는 이해가 가는데."[8]

결국 그렇게 엄마와 조 아저씨가 함께 한 차를 타고 조시, 미리엄과 나는 아빠가 운전하는 차를 타고 캠프 장소로 향했다. 미리엄은 가는 차 안에서 계속 울었고 나는 최선을 다해 달래보려고 노력했다. "많은 사람들이 헤어져." 내가 말했다. "이런 건 흔한 일이야. 그러니까 쉽게 받아들여야 해. 두 사람이 헤어지는 건 대체로 좋은 일이야. 행복하지도 않으면서 계속 같이 살면 오히려 더 불행해져. 사실 나는 결혼한 사람들은 대부분 이혼해야 한다고 생각해."

캠프 참가자 중 나를 아는 사람들은 인사를 건넬 때 긴 포옹과 위로를 해주면서, 얘기하고 싶을 때면 언제든지 들어주겠다는 격려의 말을 덧붙였다. 나는 계속 괜찮다고 말했지만, 괜찮다고 주장하는 짜증 섞인 목소리는 전혀 괜찮지 않게 들렸다. 게다가 부모님의 이혼에 "괜찮다"라고 말하는 것 자체가 괜찮은 게 아니었다. 나는 나

---

8 부모님의 이혼 과정은 대체로 이런 식으로 진행되었다. 미리엄은 나름 타당한 주장을 하려고 노력했지만 우리는 돌아가면서 어깨만 으쓱여 보였다.

에게 화가 나는 게 정상이라고 말하는 사람들 때문에 심리치료 공동체에서조차 이런 경우에는 다들 비슷하게 행동해야 한다고 여기는 것 같아서 오히려 더 화가 났다.[9]

캠프 기간 미리엄이 피크닉 테이블이나 나무 그루터기에 앉아 울거나, 엄마나 아빠 혹은 둘 모두에게 소리를 지르거나, 조력자 중 한 명과 포옹하는 모습이 자주 보였다. 나는 그냥 혼자 놔두는 게 최선이라고 생각했다. 그때의 나는 '다른 사람의 감정은 내가 상관할 바가 아니다'라는 캠프의 문구를 철석같이 믿고 있었다.[10]

화장실에서 식당으로 돌아가려는데 조 아저씨가 어디선가 매복하고 있다가 갑자기 내 앞에 나타났다. "안녕, 마이클." 아저씨는 특유의 지나치게 열의에 찬 콧소리로 말했다. "요즘 어떻게 지내?" 아저씨의 두꺼운 안경은 얼룩지고 구부러져 있었다. 아저씨는 마치 말할 내용을 몰래 적어놓기라도 한 것처럼 시계를 들여다보더니 내게 물었다. "나랑 잠깐 얘기 좀 할까?" 그 대화가 정말 끔찍하리라는 것을 알고 있었지만, 나는 가끔 내가 승객의 입장이 되어서라도 열차 사고를 직접 보고 싶다고 생각하곤 했다. 그래서 조 아저씨와 함께 개울의 다리 쪽으로 걸어갔다. 잎들이 바람에 흔들리고 개울물 흐르는 소리가 들렸다. "너희와 한 가족이 될 수 있어서 기쁘다고 말하고 싶

---

9   감정을 잘 억제하는 편은 아닌데도 이때 울지 않은 이유는 어릴 때 주사를 맞을 때 울지 않은 것과 같은 이유였다. 그때 나는 감정적으로 준비가 돼 있는 상태였다. 나는 자라면서 부모님이 평생 같이 살 거라고 생각하지 않았고, 그래서 준비가 되어 있을 뿐이다.

10   이 격려 문구는 타인의 시선이나 생각에 지나치게 신경 쓰는 사람들을 위한 것이었지, 내 여동생이 정신적인 충격을 받은 상황이나 부모님의 이혼에 대해 내가 신경을 꺼도 좋다는 의미의 문구는 아니었다.

었어." 아저씨가 말했다.

"그렇군요." 내가 대답했다.

"난 네 아빠를 아주 좋아해." 그가 계속 이어 말했다. "아주 좋은 사람이라고 생각해. 하지만 우리가 모두 알다시피 가끔은 사람을 힘들게 하기도 하지. 그러니까 그럴 때면 나한테 와서 털어놓아도 좋아. 내가 아빠 같은 역할을 해줄게."

이 말을 듣자 웃음이 터져 나올 것 같았다. 하지만 생판 남이 우리 아빠의 자리를 대신 차지하려고 한다는 생각이 들자 그 말은 웃기기보다는 오싹하게 느껴졌다.

"아저씨. 어떤 여자가 다른 남자가 생겨서 남편을 떠날 때는요, 그 여자의 자식들은 그 다른 남자를 좋아하지 않는 게 일반적이에요. 그렇지 않나요?"

"그렇지." 그가 어안이 벙벙한 얼굴을 한 채 대답했다.

"그러니까 이 점은 받아들이는 게 좋을 거예요. 우리 중에 아저씨를 가족으로 받아줄 사람은 아무도 없다는 거."

"알았다." 아저씨가 대답했다.

"그럼, 전 그만 가볼게요." 내가 말했다.

엄마가 조 아저씨를 사랑한다는 사실은 나를 힘들게 했지만 그래도 그만큼 엄마가 아빠의 감시와 판단 속에 살면서 오랫동안 필요로 했던 마음의 평안을 조 아저씨에게서 얻고 있을 거라고 이해했다. 하지만 여전히 엄마가 조 아저씨처럼 비판 의식도 없고, 느긋하고, 성격이 똑 부러지지도 않고, 무엇보다도 대부분의 사람들에게 일반적으로 통하는 가치들에 의해 규정되는 유형의 사람을 사귄다는 사실이 실망스러웠다.

마음의 온도 시간에 엄마는 원형극장의 무대로 내려와 서서 말했다. "사람들이 저에 대해 수군거리고 그 얘기가 제 딸한테까지 전해져서 지금 우리 모두에게 상황이 너무 안 좋아졌어요. 그래서 제가 하고 싶은 말은 제발 모두 남에 대해 수군거리기 전에 한 번 더 생각했으면 좋겠다는 거예요."

소문을 퍼뜨린 여자가 일어나서 말했다. "지금 저 사람은 내 얘기를 하는 거예요. 난 내가 잘못했다고 생각하지 않아요. 이 공동체는 비밀을 지켜주기 위해 존재하는 게 아니니까요."

이 말에 참가자들끼리 비밀 유지에 관한 공방이 오갔고 거의 한 시간 동안 결론 없이 계속되었다.

그날 오후 체크인 때, 아빠가 말했다. "캠프 일정이 정말 안 좋은 시기와 겹친 것 같네요. 여러분에게 부탁하고 싶은 게 있어요. 제 생각이 궁금하다면 직접 물어보세요. 대답해 주겠습니다. 그리고 제가 말하는 대로 믿으세요. 절대 거짓말은 하지 않을 겁니다. 내가 어떤 감정을 느끼고 있는지는 나 말고는 아무도 정확히 모르잖습니까. 그게 부탁하고 싶은 전부입니다."

엄마의 체크인은 훨씬 더 눈물겨웠다. "이제 다들 나를 미워할까 봐 너무 두려워요! 모두 내 얘기만 하는 것 같은데, 누군가가 규칙을 어기고 나에게 말해주지 않는 한 무슨 얘기들을 하는지 제대로 알 길도 없네요!"

나는 분명히 아빠와 조 아저씨에 대한 얘기가 오갈 것을 알면서도 남자들 모임에 참가했다. 아빠와 조 아저씨가 곤란한 상황을 피하고자 입을 다물고 가만히 있을 리는 만무했다.

나는 빈터에서 열두어 명의 다른 남자들과 두 사람을 기다렸다. 몇몇은 의자에 앉아 몸을 꼼지락거리고 있거나 어색하게 걸터앉아 있고, 또 몇몇은 나무를 깎고 있거나 모기를 때려잡고 있었고, 몇몇은 그냥 멍하니 땅을 노려보고 있었다. 남자들 모임과 여자들 모임은 같은 시간에 하기 때문에 여자들이 풍경 좋은 회합 장소에서 호사를 누리는 동안 우리는 퇴비 더미 바로 옆의 파리가 우글거리는 공터에 모여야 했다. 관리인이 기르는 농장의 동물들이 마치 자기들만의 고민거리를 갖고 회합을 하는 것처럼 킁킁거리고 꿱꿱거렸다. 나는 파리 떼에 둘러싸인 채 접이식 의자에 앉았다.

그때 내 뒤 수풀 속에서 뭔가 부스럭거리는 소리가 들려왔다. 버둥거리는 숲속의 동물일 거라고 짐작했지만 돌아보니 조 아저씨였다. 아저씨는 어깨를 위로 올리고 목은 움츠리고 두 손은 앞으로 맞잡고 있었다. 둘러앉아 있던 남자들이 조 아저씨의 모습을 발견하고 모두 눈을 굴렸다.

아빠가 여분의 접이식 의자를 양쪽 겨드랑이 밑에 끼고 나타났다. 아빠는 들고 온 의자들을 의자 더미 위에 던져 놓은 다음 조 아저씨는 본 척도 않고 초조한 기색도 없이 내 건너편에 자리를 잡고 앉았다.

남자들은 여느 때처럼 돌아가며 체크인을 했는데 다들 평소보다 서둘러 끝내려는 기색이 보였다. 그래서 체크인이 작업으로 넘어가는 경우도 없었다. 모두 자기 차례가 되기만 하면 눈물을 쏟아내던 예년과는 달리, 아무도 울지 않았고 감정에 북받쳐 우물대는 일도 없었다. 아무래도 모두 아빠와 조 아저씨에게 시간을 주기 위해 서두르느라 정작 본인들의 감정에는 집중하지 못하는 것 같았다.

차례가 되자 아빠가 말했다. "남자들 모임은 항상 제가 캠프에서 가장 좋아하는 시간이었습니다. 전체 모임에서는 아무래도 제 감정을 검열해야 하니까요. 그것도 아주 많이요. 하지만 이 모임은 항상 제 마음을 드러낼 수 있는 곳이라고 생각했습니다."

나는 감정을 검열해 왔다는 아빠의 말이 신경이 쓰였다. 아빠는 언제나 누구에게든 무슨 말이든 할 수 있는 사람이라고 생각했기 때문이다. 나는 이 말에 대해 생각하느라 멍해져서 아빠가 아주 길게 체크인을 하는 동안 제대로 집중하지 못했다. "작년에, 제가 그동안 이 모임에서 아내 얘기를 해왔다는 것을 조가 제 아내에게 말했다더군요. 나는 이 사실이 왜 아내를 화나게 했는지 모르겠지만 아내는 화를 아주 많이 냈습니다. 그리고 이제 제 아내는 조 때문에 저를 떠나려고 합니다. 명백하게 조는 우리 결혼생활을 깨고 자신이 그사이에 끼어들기 위해 비밀 유지 규정을 어긴 겁니다."

조 아저씨가 끼어들었다. "일이 그렇게 된 게 아닙니다."

"작년에 내가 아내에 대해 한 얘기를 내 아내한테 말한 건 맞죠?" 아빠가 물었다.

"그녀도 알 권리가 있었어요." 조 아저씨가 말했다. 그러자 참가자들의 반항적인 불평 소리로 모임은 아수라장이 되었고, 조 아저씨는 당황해서 어쩔 줄 몰라 했다. "나는 규정을 어기지 않았어요! 나는 아무한테도, 아무 말도 안 했어요!" 조 아저씨가 말했다.

사람들은 격분했으나 나는 큰 소리로 웃었다. 당황한 나머지 말을 바꾸는 것보다 더 웃기는 일은 없었기 때문이다.

누군가가 말했다. "제발, 조. 입 좀 다물어요."

조 아저씨는 칼에 배가 찔린 것처럼 몸을 푹 숙이더니 말했다. "입을 다물어야 할 사람은 내가 아니에요. 당신이나 입 닥쳐요!"

아빠의 눈이 희번덕거리고 핏발이 서고 촉촉해졌다. 그리고 의자에 앉은 채로 공격적이고, 심지어 폭력적으로 보일 정도로 몸을 앞으로 홱 기울였다. "이곳이 이 젠장맞을 세상에서 내 진심을 말할 수 있는 유일한 곳인데 나보고 입을 닥치라고? 믿을 가치도 없는 한심한 놈은 넌데 나보고 잠자코 있으라고? 그래야 네가 맘 놓고 밖에 나가서 나에 대해 고자질할 수 있으니까?"

그때 어떤 남자가 울면서 끼어들었다. "누군가가 이 모임 후에 내아내를 뺏어갈지도 모르는데 대체 이제 어떻게 이 모임에서 마음을 터놓고 얘기할 수가 있겠습니까?"

대화는 이런 식으로 남자들 모임이 끝날 때까지 지지부진하게 계속 오갔다.

다음 날 엄마는 전체 회합에서 아빠가 남자들 모임을 이용해 나를 포함해서 모든 남자 참가자들이 엄마와 조 아저씨를 미워하게 만들었다고 비난했다. 조 아저씨가 또 엄마에게 남자들 모임에서 있었던 일을 일러바친 게 분명했다. 엄마의 작업은 결혼생활의 문제점을 설명하는 단계까지 갔다. "남편은 항상 내 감정은 정당하지 않은 것처럼, 내 입장은 고려하지 않아도 되는 것처럼 행동했어요. 항상 그런 식이었어요. 어릴 때도 내 감정에 신경 쓰는 사람이 없었어요. 그리고 여전히 내 감정은 아무에게도 중요하지 않아요. 우리 애들에게 조를 가족으로 환영해 달라고 했지만 다들 그러려고 하지 않아요. 그러니 나라는 존재가 가족에게는 중요하지 않다는 생각이 드는 게 당연하지 않나요?"

다음 남자들 모임에서는 엄마의 작업에 대해 토론했다. 아빠는 엄마가 결혼생활에 대해 말한 내용은 언급하지 않았다. 대신 조가 비밀 유지 규정을 깬 것을 비난하는 데만 집중했다.

그다음 해 가족 캠프에서는 사람들이 우리 문제를 잊어버렸을 거라고 생각했지만 내 추측은 틀린 것으로 드러났다. 우리 부모님과 조 아저씨는 싸움을 멈추려고 하지 않았고, 캠프 참가자 모두는 어쩔 수 없이 그 내용을 다 들어야 했다. 남자들은 체크인을 하면서 아빠와 조의 얘기를 하는 데 지쳤다는 얘기를 주로 많이 했다. 하지만 이미 모임의 신뢰가 깨져버린 상태였기 때문에 아빠와 조에 대한 얘기를 하지 않더라도 자원해서 자기 얘기를 털어놓으려는 사람은 없었다.

그다음 해에도 캠프는 우리 가족 문제에서 벗어나지 못했다. 열다섯 살이 된 미리엄이 전체 회합에서 부모님의 이혼에 대한 내용으로 작업을 했기 때문이다. 캠프의 여성 참가자들은 농담으로 남자들 모임을 '발기부전'이라고 불렀다. 나는 우리 가족이 이 캠프를 망쳐버렸다는 생각이 들기 시작했다.

악마와의 거래

2001년 가족 캠프가 끝난 뒤, 대학 졸업반이 되기 전 여름 방학 때였다. 내 친구의 여자친구의 친구가 내 옷 입는 취향이 이상하다는 지적을 했다. 그 친구의 이름은 시라였는데 다른 사람을 바라볼 때는 크고 다정한 커다란 갈색 눈이 유독 나를 볼 때만 좁아졌다. 나는 그녀가 움직일 때 풍기는 분위기가 부러웠다. 물건을 들고 있을 때의 자태라든지, 마치 사진을 찍는 것 같은 포즈로 서 있는 모습은 우아하면서도 전혀 가식이 없어 보였기 때문이다. 그래도 무엇보다도 내가 가장 매력적이라고 생각한 부분은 잔인한 사실을 전달할 때의 그녀만의 독특한 스타일이었던 것 같다. 내가 아는 사람 중 누구도 그렇게 아무렇지도 않게 나를 놀리고 무시할 수 있는 사람은 없었다. 시라는 내가 있는데도 나에 대한 불평을 얘기하는 데 전혀 거리낌이 없었다. 내 운전 실력을 믿지 못한다며 내 차에 타는 것을 거절한 적도 있다. 볼링을 치러 가서 내 차례가 되면 폼이 어색해서 보기 힘들다고 눈을 가리는 행동을 취하기도 했다.

한번은 어떤 파티에 갔는데 많은 친구들과 지인들이 거실의 소파와 카펫에 모여 앉아 있을 때 내가 별 뜻 없이 여자들은 날 좋아하지 않는다고 얘기하자 시라가 불쑥, "네 옷 입는 꼴을 봐! 그렇게 입으면서 누가 너랑 데이트하고 싶어 하길 바라?"라고 말했다.

그런 말을 듣고 그냥 넘어갈 수 없었다. "여자들이 나를 안 좋아하는 이유가 내 옷차림 때문이라는 거야? 난 사람들한테 별로 큰 기대는 안 하는 편이지만, 그래도 사람들이 그렇게 얄팍하다고는 생각 안 해."

"그건 얄팍한 거랑은 달라. 넌 이제 스무 살이잖아. 너만의 스타일이 있어야 할 나이야. 그런데 넌 옷을 꼭 애들처럼 입어." 시라가 말했다.

나는 여전히 면 바지나 코듀로이 바지, 헐렁한 티셔츠를 즐겨 입었다. 누아르 영화에 나올 법한 긴 코트도 자주 입는 옷 중 하나였다.[11] 내가 말했다. "그렇게 옷차림에 신경을 쓰는 사람은 나도 싫어."

시라가 비웃었다. "네가 지금 조건을 따질 처지는 아니잖아. 너 빼고 다른 애들은 다 여자친구가 있는데 아무렇지도 않아? 너만 빼고 다 섹스를 하고 있는데도?"

"조금 신경은 쓰이지. 하지만 난 혼자서도 잘 놀아. 난 혼자서 공상을 즐길 수도 있고 음악도 하고 글도 쓰니까." 내 말에 시라가 지원이 필요하다는 눈빛으로 옆에 있는 다른 친구들을 바라보았지만 친구들은 그저 나를 안타깝게 생각할 뿐이었다.

"좋아. 네 말이 맞는다고 쳐. 내가 여자애들이 나를 좋아하게 만들

---

11 시라의 말이 크게 틀리진 않았던 것 같다.

만한 옷을 입고 싶어 한다고 쳐, 한심한 생각이지만. 그래서 사람들이 좋아할 만한 옷이라면 내가 뭐든 입기로 했다고 치자. 그럼 어떻게 입어야 하는데?" 내가 말했다.

"다른 사람들의 옷차림을 보고 그대로 따라 입어봐. 영화를 보고 배우들이 입는 대로 입어보기도 하고. 아니면 유명 밴드의 멤버들을 따라 입든지. 뭘 입어도 지금 네가 입는 것보다는 나을 거야." 그녀가 말했다.

"네가 옷을 좀 골라주는 건 어때? 내가 이것저것 입어볼 테니까 네가 좀 봐줘." 내가 부탁했다.

나는 시라가 대체 어떤 말도 안 되는 스타일을 권할지 지켜보는 것도 꽤 재밌을 거라는 생각이 들었다. 우리 대화를 듣고만 있던 친구들도 재미있겠다는 반응을 보였다. 다들 그동안 내 스타일이 못마땅했는데 입을 다물고 참고 있었던 게 분명했다. 모두 시라에게 제발 나와 쇼핑을 같이 가주라고 밀어붙였고 결국 시라는 동의하고 말았다.

우리는 시라 집 앞에서 만나 시라가 운전하는 차를 타고 빈티지 옷 가게로 갔다. 여전히 내 차는 타려고 하지 않았기 때문이었다. 가는 동안 시라는 왜 옷차림에 신경 쓰는 것이 천박한 행위가 아닌지 설명하려 들었다. "모든 사람이 자기 옷차림이나 다른 사람의 옷차림에 신경을 써. 모든 사람이 다 신경 쓰는 일이라면 그게 어떻게 허울뿐인 거겠어?" 시라가 말했다.

"지금 진심이야? 사람들은 거의 모든 것에 대해 잘못된 생각을 갖고 있어." 내가 말했다.

"네 사고방식은 정말 최악이야. 넌 세상에서 제일 잘난 것처럼 말하지만 사실은 너도 그저 불안정한 사람일 뿐이야. 내 말대로 옷을 좀 더 신경 써서 입으면 사람들이 정말 널 좋아할지도 몰라."

"하지만 그렇게 되면 내가 다른 사람들처럼 옷을 입기 때문에 사람들이 나를 좋아한다는 것을 알게 되었는데, 남이 좋아한들 무슨 의미가 있어."

시라가 핸들을 퍽 하고 내려쳤다. "사람들이 좋아하면 그냥 그걸로 만족해. 이유 따윈 생각하지 말고."

빈티지 옷가게에서 시라는 셔츠 코너를 샅샅이 뒤져서 나한테 어울릴 만한 몇 가지를 골라 건넸다. "가장 기본은 몸에 맞는 옷을 입는 거야. 네 옷은 다 너무 커. 혹시 제일 큰 사이즈를 사는 거야?"

"미디엄." 내가 말했다.

"넌 말랐으니까 스몰을 사. 어쩌면 엑스트라 스몰이 더 잘 맞을지도 모르겠다." 시라는 1960~70년대 스타일의 무늬 있는 셔츠와 청바지, 청재킷, 데님 셔츠를 건넸다.

"왜 다 청이야? 내가 무슨 카우보이도 아니고." 내가 물었다.

시라가 웃었다. "남들이 입고 다니는 건 전혀 안 보니? 사람들이 청바지를 얼마나 많이 입는데."

탈의실에서 옷을 입어 보니 다 너무 작았다. 청바지와 체크무늬 셔츠, 청재킷을 입고 거울을 보니 웃음이 났다. 어떻게 다들 이렇게 비슷하게 옷을 입고 다니는지 상상이 안 갔다. 나는 그 어처구니없어 보이는 옷으로 갈아입고 비웃음을 기대하며 탈의실 밖으로 나갔으나 시라는 아주 환한 미소를 지었다. "와, 솔직히 내 예상보다 훨씬 더 근사하다. 꼭 딴 사람 같아."

나는 옷을 몇 벌 더 입어봤고 탈의실에서 새로운 옷을 입고 나갈 때마다 시라는 놀랍다는 반응을 보였다. "정말 믿어지지 않는다. 난 지금 네 인생을 구하고 있는 거야."

"이런 옷차림을 하고 어떻게 돌아다녀? 핼러윈 복장 같잖아."

"오늘 공연이 있어. 이 옷들을 사서 입고 오늘 나랑 같이 공연장에 가서 반응을 보자." 시라가 눈을 반짝이며 내게 말했다.

지금 이 모든 것이 너무 어처구니없다고 생각하면서도, 시라가 날 어디로든 데려갈 생각을 했다는 자체가 기뻤고 집에 있는 것보다 실제 사람들의 반응을 시험해 보는 게 훨씬 재미있을 것 같았다. 그래서 체크무늬 셔츠와 청바지와 청재킷을 사 입고 함께 공연을 보러 갔다.

공연장에는 아는 사람이 아주 많았고, 고등학교 이후로 한 번도 본 적이 없는 애들, 방학 때 집에 다니러 갔을 때 간간이 본 친구들도 있었다. 내가 그곳에 들어서자마자 지인 한 명이 내게 다가와서 감탄을 했다. "마이클! 멋있는데! 이렇게 입은 건 처음 봐!"

"맞아. 지금 실험을 해보는 중이야. 시라가 이렇게 입으라고 했어. 옷을 좀 다르게 입으면 사람들이 날 좋아할 거라고 해서." 내가 말했다.

"분명 그럴 거야!" 지인이 말했다. 그녀로선 분명 긍정적인 의도로 한 말이었을 것이다.

만나는 사람마다 근사하다는 칭찬을 아끼지 않았다. 친구들의 친구들까지 다가와 다정하게 말을 걸었다. 평소 나를 대놓고 피하던 사람들도 아는 체를 하고 인사를 건넸다. 이렇게 입고 혼자 서 있으니 낯선 사람까지 나를 쳐다보았다. 복장 변화의 전후 차이는 충격적이었다. 사람들이 쉽게 속아 넘어간다는 건 알고 있었지만, 이 정도로 쉬울 줄은 상상도 하지 않았다.

그날 대화를 나눴던 모든 사람들이 계속 비슷하게 입고 다니라고 격려해 주어서 나는 그렇게 입으려고 노력했다. 그래서 스몰 사이즈의 티셔츠와 바지 그리고 청바지와 빈티지 셔츠를 몇 벌 더 샀다. 내가 딱 붙는 바지를 입은 것을 처음 본 아빠는 말했다. "너 어딘가 좀 이상해… 보인다."

"알아요. 어떤 친구가 이렇게 입으라고 해서 입었는데 정말 다들 저를 좋아하는 거예요. 제 생각엔 완전 핼러윈 복장 같은데 실제로 이게 효과가 있다는 게 정말 어이가 없다니까요. 그래도 가끔 이렇게 입어보려고요. 이렇게 제가 사람들한테 잘 보이려고 시도해 본 건 처음이에요." 내가 대답했다.

아빠가 턱수염을 긁적였다. "그렇게 바람직해 보이진 않는데. 있는 그대로의 너를 이해할 사람이 나타났는데 네 옷차림을 보고 네가 유행이나 좇는 사람이라고 치부하면 어떡할래? 그렇게 입고 너 자신과 마주친다고 생각해 보렴. 넌 어떻게 생각하겠니?"

"정말 쪽팔릴 것 같아요. 꼭 카우보이 같으니까요."

"그럼 안 되지."

"그런데 우리만 그렇게 생각하는 거면요?"

"그게 무슨 상관이야? 속물처럼 유행만 좇는 바보를 누가 좋아하는데?"

나는 딱히 대답할 말을 찾지 못했다. 하지만 나는 계속 그렇게 입었다. 그해 가을 학기에 대학으로 돌아갔을 때도 다들 훨씬 보기 좋다고 말했다.

"다른 사람들이 좋아한다면 그만한 가치가 있는 거 아닐까?" 어떤 친구가 나에게 이렇게 물었을 때 내가 대답했다. "잘 모르겠어. 억지로 강요당해서 하는 결정은 제대로 된 결정이 아닌 것 같아."

"옷을 어떻게 입느냐에 대한 결정이?" 그녀가 말했다.

"아니, 바보들의 인정을 얻을지, 아니면 다 포기하고 혼자로 남을지에 대한 결정이."

결국 어느 날 빈티지 옷가게에 쇼핑하러 갔다가 나는 원래 내가 좋아하던 스타일과 더 가깝다고 생각되는 옷들을 몇 벌 사고 말았다. 나는 누아르 영화를 좋아했고 재즈 뮤지션들을 찍은 사진을 너무 좋아했기 때문에 정장을 입어보면 어떨까 하는 생각이 들었다. 학교 근처의 빈티지 옷가게를 뒤지다가 내게 맞는 낡은 정장 한 벌과 코트, 그리고 흰 와이셔츠와 폭이 좁은 검은색 넥타이를 샀다. 남들이 좋아하는 스타일은 아니었지만 적어도 훨씬 나다운 모습으로 돌아간 것 같아 기분이 좋았다.

그래서 내가 대학을 졸업할 때, 한 번 더 가족 캠프에 가게 되었을 때 그리고 내가 살기로 한 뉴욕으로 떠났을 때도 나는 그렇게 입었다.

전부터 뉴욕에는 글을 쓰는 일이나 출판과 관련된 직업과 좋은 공연들이 많다는 얘기를 들었었다. 대학 때 알게 된 지인 중 몇 명도 뉴욕으로 이주했거나 뉴욕 출신이었기 때문에 내가 직장과 살 집을 구하는 동안 신세 질 곳들도 있었다. 나는 뉴욕의 낡은 건물들과 그곳의 사람들 그리고 그 혼돈의 분위기가 좋았다. 모든 게 동질적이고 거짓의 분위기가 만연한 곳으로 알려진 로스앤젤레스와는 달리 뉴욕은 별나고 직설적인 곳으로 유명했다. 나에게는 최선의 선택처럼 느껴졌다.

하지만 나는 미래에 대해 낙천적인 기대를 하지는 않았다. 사람들은 어린 시절로부터 멀어지면 멀어질수록 더 자주 거짓말을 하게 되고, 거짓말을 하는 이유도 점점 더 사소해진다. 내가 관찰한 바로는 어른스러워진다는 것은 더 많이 타협하고, 대립은 적게 하고, 남의 마음을 더 많이 짐작해야 하고, 덜 단순명쾌하고, 더 잘 순응하고, 덜 독특해진다는 의미였다. 내가 좋아하는 나의 부분들은 나이가 들어가면서 더더욱 미움을 살 게 뻔했다.

그래서 대부분의 젊은이가 큰 꿈을 품고 뉴욕으로 갈 때 나는 미움 받을 각오를 하고 뉴욕에 도착했다.

제2부

솔직했던 날들

5장

오픈마이크

뉴욕에 도착한 다음 날, 내가 신세를 지고 있던 친구의 룸메이트가 내게 이스트빌리지의 오픈마이크^{open mic}(술집이나 카페 같은 곳에서 누구든 초대된 사람이면 음악, 시, 코미디 등을 공연할 수 있게 무대가 꾸며져 있는 곳_옮긴이) 무대에서 공연해 보라면서 한 곳을 추천해 주었다. 나는 한 번도 오픈마이크 무대에 서본 적이 없었다. 그때까지 영화에서 본 오픈마이크는 항상 부정적으로 묘사되었기 때문에 별 기대 없이 찾아갔다.

친구가 추천해 준 클럽하우스는 칠이 다 벗겨진 검은 테이블들이 놓여 있고 무대 배경에는 유치한 네온사인으로 가게 이름이 장식된, 사람들로 꽉 찬 싸구려 술집이었다. 차례를 기다리며 시간을 보내던 중에 한쪽 구석에 앉아 껴안고 키스를 하거나 서로의 눈을 지그시 바라보고 있는 한 커플이 눈에 들어왔다. 여자는 하얀 셔츠, 검은 스커트, 검은 스타킹 차림이었다. 남자의 갈색 정장은 훨씬 고급스러운 분위기를 풍겼다. 붉은빛 도는 금발을 무심하게 쓸어 넘긴 남자는 내가 본 것 중 가장 멋진 턱 보조개를 갖고 있었다. 두 사람 옆에 기대어 놓은 기타 케이스도 눈에 들어왔다. 뉴욕의 판타지는 그렇게 기다릴 틈도 주지 않고 나에게 찾아왔다. 나는 순간 그 남자처럼 보이고 싶었고 그를 향한 여자의 저런 눈빛을 받는 기분이란 어떤 건지 느끼고 싶었다. 이미 오래전에 그런 일들은 나에게 전혀 일어나지 않을 일들이고, 또 그런 일들은 부정직한 삶에 대한 사회의 보상이라는 사실을 받아들이고 있었지만 그래도 먼 곳에서나마 그런 모습을 감탄하며 혼자 누릴 수 있는 방식을 스스로 터득한 상태였다. 어차피 그림도 소유하지 않고 즐길 수 있으니까.

내 미래의 모습이 될 수도 있을 것 같아 두려움을 주는, 꽤 나이 많고 성난 표정의 괴짜 같은 주최자가 그의 열성 팬이자 오픈마이크의 뮤지션들인 관객을 위해 자작곡을 연주하면서 공연이 시작되었다. 그 이후 45분 동안은 연주도 제대로 못하는 10대, 나이 많고 행동이 거친 펑크 록 가수, 환각 상태에 빠진 듯한 시인, 실력이 형편없는 래퍼, 유명해지고 싶어서 안달이 난 2인조 팝 가수 등 이스트 빌리지의 전형적인 뮤지션들의 공연이 이어졌는데 그런 형편없는 공연들까지도 다 재미있었다. 가끔 지루해지면 한쪽 구석에 앉은 그 커플을 유심히 관찰했다.

한 시간 정도 후 머리가 지저분하고 유대인처럼 보이는 내 또래의 남자가 기타를 치며 저음의 비브라토로 노래를 불렀는데 그 노래가 너무 아름다워서 그런 곡을 쓴 사람과 내가 한 장소에 있게 된 사실이 믿어지지 않을 정도였다. 며칠 후 그 사람이 클럽하우스에서 단독 공연을 한다는 말을 듣고 나중에 다시 들어보고 싶어서 이름을 냅킨에 적어두었다. 그 뒤 몇몇 한심한 가수들의 공연이 이어진 다음, 최소 몇 시간은 정성 들여 다듬은 듯한 곱슬머리의 여성이 피아노를 연주하며 자신이 작곡한 재즈곡을 불렀는데 아주 훌륭한 명곡처럼 들렸다. 이 공연 역시 내가 본 것 중 가장 훌륭한 공연 중 하나였다. 오픈마이크는 이런 식으로 형편없는 몇 차례의 공연 후 아주 훌륭한 가수가 한 번씩 나오는 패턴으로 계속되었다. 마치 그런지 스타일의 공연장에서 아마추어들이 천재 뮤지션들과 섞여 연주하는 우드스톡 페스티벌(1969년 8월 미국 뉴욕시 교외의 우드스톡에서 열린 록 페스티벌_옮긴이)을 바로 몇 미터 앞에서 바라보고 있는 느낌이 들었다. 냅킨은 곧 수많은 이름으로 가득 찼다.

내 마음에 들었던 뮤지션들은 서로 다 친하게 어울리는 듯했다. 또 누구든 마음에 드는 뮤지션이 있으면 다가가서 인사를 하고 연락처를 등록해 놓으면 나중에 그들의 공연 일정 전단지를 받거나 연주 녹음 CD를 살 수 있다는 것도 알게 되었다. 그래서 나는 가장 마음에 들었던 뮤지션들에게 한 명씩 다가가서 내 소개를 했다. 그들이 연주한 곡에서 마음에 들었던 특정 가사나 공연 중 특별하게 느꼈던 순간들에 대한 칭찬을 하기도 했다. 내가 칭찬을 하면 회피하던 다른 사람들과는 달리 이 뮤지션들은 내게 호기심을 보였다. 뉴욕에 온 지 이틀째라는 말을 했을 때는 모두 비슷하게 "제대로 잘 찾아왔어요"라거나 "준비 단단히 해요. 이제부터 시작이니까" 등의 말을 건넸다.

자정이 다 되어서, 구석에 앉아 있던 정장 커플의 차례가 되었다. 두 사람은 조화로운 겉모습과는 전혀 다른, 남자의 비음 섞인 목소리와 여자의 거친 목소리로 함께 포크송을 불렀다. 하지만 두 사람은 그런 결점이나 불완전함을 너무 매력적으로 보이게 만들어서 대부분의 사람들이 좋아하리라는 생각이 들었다.

내가 공연할 차례가 되었을 때는 새벽 3시여서 대부분의 사람들이 집에 돌아간 후였다. 나는 두 곡을 연주했는데 공연 주최자의 마음에 들었는지 언제 또 와서 공연을 해달라는 부탁을 받았다. 그곳에서 나오기 전에 클럽 공연 일정표에서 냅킨에 적어 두었던 이름을 다 찾아서 그들의 공연 날짜를 모두 내 수첩에 적어넣었다. 내 일정표가 그렇게 꽉 찬 것은 처음이었다.

기본적인 질문들

뉴욕에서의 처음 며칠은 습도와 공상으로 특징지어진다. 대학에서 알게 된 지인의 아파트에는 에어컨이 없었다. 첫 번째 취직 면접은 연예기획사 조수 자리였는데, 면접을 보러 가기 위해 엘리베이터가 없는 아파트 4층에서 걸어 내려와 무더운 지하철역 안에서 사람들과 다닥다닥 붙어 서서 기다려야 했고 쓰레기

냄새가 진동하는 길을 열두 블록이나 묵묵히 걸어야 했다. 면접 장소로 가는 길에 나는 취직을 못 하면 벌어질 일들을 초조한 마음으로 상상해 보았다. 취직은 도무지 쉽지 않을 것 같다. 플랫아이언 빌딩의 아름다움과 외경심이 들 만큼 높은 층으로 올라가는 엘리베이터에 마음을 분산시켜 보려고도 했다. 하지만 그런 공상도, 다른 곳에서처럼 이번 면접에서도 퇴짜를 맞을 거라는 확신과 입고 있던 정장이 푹 젖을 만큼 흐르는 땀으로 금세 얼룩져 버리고 말았다.

일명 인적자원부에서 나온 면접관은 머리를 아주 짧게 자른 백금발에 30대 후반에서 40대 초반 정도 돼 보이는 여성이었다. 동그란 얼굴형은 둥근 테의 안경과 어울렸고 가는 세로줄 무늬의 정장과 대조돼 보였다. 입을 다문 채 왼쪽 입꼬리만 올라가도록 웃는 게 특징이었는데 눈썹도 따라서 한쪽만 치켜 올라갔다. 자본주의 제도에서 사람은 하나의 톱니바퀴에 지나지 않는다고 인정하는 것 같은 '인적자원'이라는 말은 내게는 신선하게 느껴질 만큼 비인간적으로 들렸다. 하지만 내 앞에 앉아 있는 이 멋진 여성이 사람을 자원으로만 본다는 사실은 왠지 받아들이기가 힘들었다. 그래서 이 연예기획사에서 채용부서의 이름을 뭔가 더 창의적이고 개인 존중적인 이름으로 바꾸는 게 좋겠다는 생각이 들었다.

"자." 면접관이 의자에 몸을 기대며 말문을 열었다. 마치 테이블에 다리라도 얹어놓을 기세였다. "지원자님의 이력을 한번 볼까요." 나는 회사생활에서 필요한 전문 직업인으로서의 격식이나 의례에 대해서 전혀 아는 바가 없었지만, 이 면접관은 그런 모든 것을 무시하고 맘대로 행동하고 있는 게 확실했다. 나는 그런 점이 마음에 들었다.

"이게 제 생애 첫 면접입니다." 내가 말했다.

이 말을 들은 면접관의 이마에 오목한 자국들이 몇 개 생겼고, 내 말이 농담인지 확신이 안 서는지 또 입꼬리 한쪽만 올린 미소를 지어 보였다. "아, 괜찮습니다." 면접관은 내 말의 농담 여부와 상관없이 그 순간을 부드럽게 넘기기 위한 노력의 일환으로 손을 허공에 내저으며 말했다. 그녀의 사교적이고 우아한 태도에도 불구하고 한 번도 면접을 본 적이 없다는 내 말에 당황했다는 것을 알 수 있었다.

면접관은 무미건조하고 큰 감흥이 없는 목소리로 회사에 지원한 이유나 연예 관련 직종에서 일하고 싶은 이유 등의 질문을 했다. 그 면접관이 하루에도 여러 번, 싫어도 억지로 해야 했을 것 같은 질문들을 한차례 마친 후 약간의 틈이 생겼을 때 내가 말했다. "회사에서 면접관이 하고 싶은 질문을 하게 하면 좋을 텐데요." 이 말에 면접관의 표정에 생기가 돌았다. "면접관님이 하고 싶은 질문을 하면 훨씬 유익한 대화가 오갈 것 같아서요." 이 말에 면접관이 웃었고 나는 더 대담해져서 이렇게 물었다. "대부분의 면접자들이 다 비슷한 답을 하나요?"

그녀는 크게 웃더니 대답했다. "아무래도 그렇죠."

"그러면 너무 짜증 날 것 같아요. 물고문을 당하는 것 같은 기분일 것 같아요. 물 대신 대답으로 고문당하는 기분." 내가 말했다.

내 말이 재미있다고 느꼈는지 면접관이 미소와 함께 어깨를 으쓱하더니 말했다. "가끔 정말 지루할 때가 있긴 해요."

"면접자들에게 묻고 싶은데 하지 않는 질문이 혹시 있어요? 말하자면 개인적으로 꼭 알고 싶은 거라든지?"

면접관은 그 특유의 미소를 지으며 손가락 끝으로 이마를 살짝 튕겼다. "한번 생각해 봐야겠는데요." 그녀는 여전히 미소를 띤 채 한숨을 쉬었다. 그러고는 마치 뭔가가 적힌 쪽지를 읽기라도 하는 것처럼 테이블을 내려다보았다. "그래서, 앞으로 10년 뒤에 자신이 뭘 하고 있을 것 같은가요?"

방금 전 오간 진실한 대화를 고려했을 때 나는 면접관이 농담을 하는 줄 알았다. 하지만 조금 전에 느꼈던 동지애는 순식간에 사라진 상태였고 면접관은 내가 자기를 놀리고 있다고 생각했는지 신경이 곤두서 있었다. "어, 회사에서 하라고 시킨 질문으로 바로 돌아갈 거라고는 예상을 못 했네요." 내가 말했다.

면접관은 자세를 고쳐 똑바로 앉았다. "아무도 나한테 뭘 시키지 않았어요. 이건 그냥 기본적인 질문들일 뿐이에요."[1] 면접관은 내게 다시 앞으로 10년 뒤에 하고 있을 것 같은 일에 대해 물었고 나는 삶이란 너무 혼란스럽고 불확실하기 때문에 추측하기 어렵다고 대답했다. 그녀는 내 대답에 놀란 듯했다. 면접관은 계속 질문을 이어갔고 나는 그 면접관이 자기의 직업에 만족하지 못한다는 생각에 안타까운 심정이 들었다. 하지만 그러다가 갑자기 면접관이 내 마음에 쏙 드는

---

1 지금 생각하면 면접관은 면접 시간을 사적인 대화나 자기표현을 할 시간으로 여기지 않았다는 걸 너무나 쉽게 이해할 수 있다. 면접 시간이 뭔가 진술한 대화를 나누는 시간이 돼야 한다고 생각한 건 나뿐이었다.

질문을 했다. "자신의 최악의 단점이 뭐라고 생각하나요?" 이런 점이 바로 내가 다른 사람들에게 알고 싶은 이야기였기 때문이다. 그 질문은 나에게 자기 성찰과 고백을 요청한 것이자, 나의 솔직함을 뽐낼 기회였다.

나는 곧바로 아빠가 사람을 채용할 때 썼다는 방법이 생각났다. 지원자가 면접을 보러 오면 아빠는 주어진 열 개의 단어를 가지고 짧은 작문을 하라고 했다. 하지만 그 열 단어 중 세 단어는 아빠가 지어낸 것으로 실제로는 없는 단어였다. 그래서 그 세 단어를 모르는 단어라고 인정하는 지원자에게는 가산점을 주고, 어떻게든 그 단어를 이용하려고 한 지원자에게는 감점을 주었다.

나는 면접관에게 물었다. "남들이 나를 볼 때 느끼는 단점인가요, 아니면 저 자신이 느끼는 단점인가요? 제 최악의 단점을 남들한테 물어본다면 아마 저로서는 최고의 장점이라고 생각하는 점을 꼽을 겁니다." 면접관이 또 흥미를 보이며 자세를 고쳐 앉았다. "사람들은 대부분 제가 아주 일반적인 행동에 너무 비판적이고, 지나치게 생각을 많이 하고, 필요 이상으로 대립하려고 하고, 별일 아닌 것에 호들갑을 떤다고 말합니다…." 면접관의 눈가에 미소의 기미가 엿보였고 나는 그것을 내 솔직함이 마음에 든다는 의미로 받아들이고 의식의 흐름대로 주절거렸다. "제가 생각하는 제 약점은 다른 사람의 소심함, 비도덕성, 나약함에 관용을 베풀지 못한다는 점입니다." 나는 쉬지 않고 계속 이어갔다. "그런데 우리는 유전과 양육 환경의 결과물일 뿐이에요. 그러니까 남의 유전적 속성을 비판하는 제 행동은 비이성적이죠."

면접관이 웃음을 억누르려고 고개를 주억거렸다. "죄송한데요, 제 질문은…." 그녀는 테이블 위에 손바닥을 쫙 펴서 올려놓고 침착함을 되찾으려고 노력하며 말했다. "그런 식의 답변을 계속 듣고 있으면 안 될 것 같은 생각이 드네요. 보통은 자기 단점이 뭐냐는 질문을 받았을 때는 진짜 단점을 말하지 않죠. 저는 농담하시는 줄 알았습니다."

"사람들은 종종 제가 농담을 한다고 생각하더군요. 저는 농담을 거의 안 하는 편입니다." 내가 대답했다.

면접관은 나를 안타깝게 생각하는 것 같았다. "이럴 때는 단점처럼 들리지만 진짜 단점이 아니라 결국은 장점이 될 만한 걸 얘기해야죠. 이를테면 일중독이라든지."

"결국 그런 거짓말이 원하는 답이라면, 굳이 왜 물어보시나요?" 나는 면접관의 면접 방식이 진심으로 궁금해서 한 질문이었지만 나도 모르게 '왜'라는 단어가 내 입에서 채찍처럼 매섭게 튀어 나갔다. 나는 면접관이 나의 채찍에 어떻게 반응할지 궁금했다.

"그 질문에는 당연히 그런 식으로 대답해야 하는 거예요." 면접관이 말했다.

나는 재킷 주머니에서 천을 꺼내 안경을 닦으며 계속 말했다. "그러면 거기서 알게 되는 건 뭡니까? 이미 다 예상하는 통상적인 대답을 얼마나 그럴듯하게 말하는지를 테스트하는 건가요?"[2]

---

2 믿기 어렵겠지만, 이 무례한 질문은 정말 내 진심이었다.

그녀는 여전히 나를 가엾게 여기는 부드러운 어조로 말했다. "지금 당신이 하는 말들은 아무 의미가 없어요. 지금 저는 당신을 도와주려고 하는 거예요. 이 질문은 대부분의 면접에서 하는 질문이에요. 그런데 이런 식으로 대답하면 어디에서도 당신을 채용하려고 하지 않을 거예요." 면접관이 말했다.

그때 나는 이런 대화가 어쩌면 진짜로 날 시험하고 있는 것인지도 모른다는 생각이 들었다. 어쩌면 이런 상황에서도 내가 일관된 태도를 고수하는지를 보기 위한 진실성 테스트일지도 모른다고 말이다.[3] "어떤 면접관은 제 솔직함을 더 가치 있게 볼 거라고 믿습니다. 하지만 면접관님의 말이 맞는다면 전 채용되기 어려울 거고, 그럼 저는 제게 더 잘 맞는 일을 찾아야겠죠." 내가 말했다.

면접관의 우려 섞인 말투는 비꼬는 투로 냉랭하게 바뀌었다. "그러시든가요." 면접관은 나에 대한 기대를 접으며 대답했다. 그녀는 자리에서 일어나 억지로 환하게 웃으며 악수를 청하면서 마음에도 없는 말들을 늘어놓았다. "며칠 후에 결정이 되는 대로 알려드리겠습니다." 이미 자기 결정이 뭔지 뻔히 알고 있으면서 면접관이 말했다. "만나서 반가웠습니다." 그녀는 나를 다시 보지 않아도 된다는 사실에 안도하는 것 같았다.

---

3 이런 식으로 해석한 것이 정말 비정상적으로 들리겠지만, 당시 나에게는 취직을 하려면 완벽주의가 최악의 단점이라는 식으로 대답해야 한다는 면접관의 말보다도 이 생각이 더 그럴듯하게 느껴졌다.

진짜 유니콘의 가짜 뿔

　　　　　　모든 면접은 다 이런 식으로 끝났다. 나는 솔직하게 대답했고, 그에 대해 면접관들은 내가 농담을 한다고 생각하거나, 무례하고 제정신이 아니거나 우둔한 사람으로 받아들였다. 취업 알선소에서는 그곳에서 요구하는 기술이 하나도 없다고 선뜻 인정하는 나를 정신 나간 사람으로 취급했다.

　직장을 알아보는 동안 나는 거의 매일 저녁 클럽하우스에 가서 시간을 보냈다. 그러는 사이 좋아하는 뮤지션들 여럿과 친구가 되었고 나는 될 수 있는 한 많은 시간을 그곳에서 보내며 종종 밤을 새우기도 했다. 그들은 대부분 부모님 집에 얹혀살거나 친구 집의 소파에서 자면서 신세를 지거나 커피숍, 옷가게, 책방에서 일했기 때문에 아침에 일찍 일어날 필요가 없었다. 그중 한 명은 예술품을 옮기는 일을 했다. 또 어떤 사람은 백화점의 쇼윈도에 상품을 진열하는 일을 했다. 뮤지션 친구들에게 취업에 계속 실패하고 있다고 얘기하면 다음과 같은 말들을 했다. "정말 누구 밑에서 일을 할 작정이야? 별로 좋은 생각이 아닌 것 같은데."

　뉴욕에서 살기 시작한 지 몇 달쯤 지났을 때, 저작권 대리인의 조수 자리에 면접을 보게 되었다. 저작권 대리인인 찰리는 아빠와 비슷한 연령대였는데 맞춤 정장을 입고, 귀갑 테 안경을 쓰고 랫팩Rat Pack(1950~60년대 유명한 연예인들의 그룹. 그들은 그 당시의 유행어를 많이 섞어서 빠르고 재치 있는 말투로 얘기했다고 한다_옮긴이) 스타일로 옛날 유행어를 많이 섞어서 말했다. 나는 그의 한량 같은 미소와 자유분방한 태도가 마음에 들었다. 그래서인지 매우 핸섬하게 느껴졌다. 그에게는 시종일관 팔을 흔들어대거나 머리가 벗겨진 앞머리 부분을 손수건으로 톡톡 두드린다거나 하는, 뭔가 열정적인 제스처가 몸에 배어 있었다. 면접은 미드 센추리 모던 스타일로 꾸며진 힙한 사무실에서 진행됐는데 찰리는 본인이 알고 싶은 질문만 골라 물어보았다. 나는 대학생 때 내가 편집을 맡았던 문학잡지를 보여주었고, 그는 내게 작가들과 어떤 식으로 일했는지, 표지는 어떻게 선정했는지 물었다. 그리고 뉴욕에서 산 지 얼마나 됐고 지금까지의 감상은 어떤지도 물어보았다. 나는 오픈마이크에 대한 얘기를 들려주고 그곳의 뮤지션들처럼 멋지고 나를 좋아해 주는 사람들은 처음 봤다는 말도 했다. 내가 좋아하는 뮤지션들을 다양하게 만난다는 얘기는 찰리에게 그가 저작권 대리인으로서 일을 시작하게 된 계기를 떠올리게 했다. 수십 년 전 찰리는 아직 데뷔하지 않은 시인 친구에게 그의 시를 자기가 출판사에 보내봐도 좋겠냐고 물었다. 이 친구는 결국 미국에서 가장 유명한 현대시인이 되었다. 나는 그에게 그 유명한 시인에 대해 처음 들어봤다고 고백했고 그는 그렇게 솔직하게 인정하는 나에게 호감을 느끼고 웃었다. 그는 재능과 아름다움을 알아볼 수 있는 능력에 대한 자신감이 훌륭한 대리인의 자질이라고 했다. 나는 자신의 생각에는 확신이 없으면서 오히려 남의 의견은 쉽게 받아들이는 사람들이 너무 많다는 사실에 놀랐다고 말했다. 그리고 애니메이션으로 나온 어린이 소설 《마지막 유니콘》에서 내가 가장 좋아하는 부분에 대한 애기를 꺼냈다. "유니콘의 뿔은 대부분의 사람들에게는 보이지 않았습니다. 신비한 능력이 있는 사람들만 유니콘과 보통 말들을 구별할 수 있었죠. 그러던 어느 날, 한 마녀가 유니콘을 발견하고 유랑 동물원의 우리에 가둡니다. 하지만 동물원의 관객들은 신비한 사람들이 아닌 보통 사람들이었어요. 그래서 그들 눈에는 유니콘은 단지 평범한 말로 보였죠. 그래서 마녀는 유니콘의 진짜 뿔 옆에 가짜 뿔을 갖다 붙입니다. 사람들은 그냥 보통 말에 붙였을 수도 있는 그 가짜 뿔을 보고 경탄하죠. 가짜 뿔이 진짜 뿔보다 사람들을 더 놀라게 만든 것입니다." 찰리는 이 이야기를 듣더니 자기가 듣고 싶은 이야기는 다 들은 것 같다며 나에게 채용되었다고 말했다.

출근 첫날, 내 자리를 정리할 틈도 없이 찰리가 나에게 와서 문제가 하나 생겼다고 말했다. 유명 작가의 이름으로 베스트셀러 스릴러 소설을 쓰는 대필 작가가 자신의 이름으로 책을 내고 싶다는 의사를 비쳤는데 그가 보낸 초고가 너무 엉성했던 것이다. "내 의견을 반영하려고 하질 않아. 자아도취 상태야. 내가 그 원고 그대로 전부 수용하지 않으면 나와 더 이상 일하지 않겠대." 이렇게 말한 찰리는 나에게 원고를 읽고 생각을 말해달라고 했다.

찰리의 말대로 초고는 조잡했다. 하지만 나는 그 이유에 대해 먼저 고민해 보았다. 대필 작가의 스릴러는 1970년대 작가가 자란 마을을 배경으로 하고 있었고, 핵심 줄거리인 스릴러보다는 고향 마을과 그곳의 10대들에 대한 묘사에 더 많은 부분을 할애하고 있었다.

나는 찰리의 사무실 문턱에 서서 내 견해를 피력했다.

"제 생각에 아무래도 이 작가는 본인에게 중요한 부분이 혹평을 받을까 봐 두려워하는 것 같습니다." 찰리는 약간 회의적이지만 호기심을 갖고 내 이야기를 경청했다. "이 작가는 유령 작가로 일하면서 한 번도 자기 이야기를 쓰거나 자기 목소리를 낼 기회가 없었습니다. 이 사람은 자기가 청소년이었을 때의 이야기를 쓰고 싶은데 남들이 용납하지 않을까 봐 두려워하고 있어요. 그리고 그의 글에서 조잡한 부분은 아마도 억지로라도 꼭 끼워 넣어야 한다고 생각했던 부분들인 것 같습니다. 만일 우리가 그런 부분만 편집하고 나머지 부분은 다 칭찬하고 수용하면 우리가 그를 그 자체로 존중한다는 것을 느끼고 감동할 거라고 생각합니다."

찰리는 마치 내가 재미있는 내기라도 하자고 한 것처럼 활짝 웃으며 말했다. "자네가 직접 말해보는 건 어때?" 찰리는 장난스럽게 폴짝 뛰듯이 자리에서 일어났다. "내가 그 작가한테 나도 아직 잘 모르는 새 조수를 고용했는데, 이 친구가 소설의 초고를 읽고 마음에 들어서 얘기를 나누고 싶어 한다고 말해볼게. 그 조수가 뭐라고 할지는 나도 모르니까 원하면 대화를 하지 않아도 좋고 중간에 끊어도 난 상관하지 않겠다고 말이야. 두고 봐. 그 작가는 분명 궁금해서 통화하겠다고 할 거야. 행여 자네 의견이 마음에 안 든다 해도 어차피 내 탓을 하진 못할 테니까." 찰리는 내 표정을 살폈다. "그 작가하고 직접 통화하는 거 불편하지 않겠어?"

"전혀요. 불편할 게 뭐가 있겠어요?"[4] 내가 말했다.

찰리는 입을 꼭 다물고 터져 나오는 웃음을 억누르며 고개를 끄덕였다.

내 자리는 찰리 사무실의 유리 벽을 마주하고 있어서 우리는 각자의 책상에서 서로의 얼굴을 볼 수는 있었지만 소리는 들을 수 없었다. 나는 찰리가 회전의자에 앉아 몸을 이리저리 돌리며 그 작가와 통화하는 것을 지켜보았다. 잠시 후 그는 내게 엄지를 치켜들어 보이고는 내 쪽으로 전화를 돌린 후, 자신의 사무실에 그대로 앉은 채로 활짝 웃는 얼굴로 나를 바라보았다.

나는 그 작가에게 원고를 읽어보았고 그가 지난 5년간 썼던 어떤 글보다도 훨씬 더 독특하고 개인적인 내용에 놀라서 감명을 받았다고 했다. 그리고 그의 글에서 그동안 그가 자신을 표현하는 데 익숙하지 않았던 것이 느껴졌던 부분들도 언급했다. 또 그가 쓰고 싶지 않았던 것처럼 느껴지는 부분은 모두 삭제하거나 수정하기를 제안했다.

그의 작품에서 수정이 필요하다고 생각되는 부분을 전부 설명하는 동안 작가는 말없이 듣고만 있었다. 나는 그가 어떤 반응을 보이고 있는지 전혀 알 수가 없었다. 찰리는 여전히 기대하는 눈빛으로 나를 바라보고 있었다. 의견을 다 말하고 나자 작가는 감사의 인사를 하고는 다시 찰리를 바꿔 달라고 했다.

작가와 통화를 하는 찰리의 웃는 얼굴에 눈가 주름이 만개했다.

---

4 이 부분에서 왜 내가 건방지고 오만하게 들리는지 충분히 이해한다. 하지만 내가 한 말의 뜻은 말 그대로였다. 나는 진심으로 왜 이런 상황에서 작가와 통화하는 것이 불편할 수 있는지 전혀 이해하지 못하고 있었다.

그러고는 그의 입이 떡 하고 벌어졌다. 전화를 끊고 찰리가 내게 황급히 다가왔다.

"대체 작가한테 뭐라고 말한 거야?" 찰리가 웃음기 가득한 목소리로 말했다. "작가가 자네 의견을 전부 다 반영하겠대. '이 조수를 대체 어디에서 어떻게 찾아냈는지 모르겠지만, 내가 같이 일했던 편집자 중 최고인 것 같아'라고 하던데."

내가 수정한 내용을 읽고 난 찰리는 사무실에서 달려 나왔다. "나도 내가 이런 말을 하는 게 믿어지지 않지만, 이건 정말 훌륭해." 그는 언제나 흥미를 느낄 때 짓는, 내가 좋아하기 시작한 표정을 지어 보였다. "그런데 진짜 궁금한 게 있는데, 그 작가가 자네 말을 들을 거라는 건 어떻게 알았어?"

"몰랐어요. 저는 그냥 모든 사람들에게 솔직해도 좋다는 허락을 해주고 그런 내 제안을 따라주기를 바랄 뿐입니다." 내가 대답했다.

말도 안 될 만큼 엄청난 성취를 이룬 나는 들뜬 기분으로 점심을 먹고 사무실로 돌아왔다. 그때 다른 저작권 대리인 한 명이 내게 다가왔다. "오늘 자네가 한 일, 찰리한테 들었어. 정말 대단해! 그것도 출근한 지 이틀 만에!" 그날 내 자리를 지나친 저작권 대리인들은 모두 멈춰 서서 내게 축하의 말을 전했다. 하지만 불행하게도 이날이 그 회사에서의 내 정점이었다.

그 이후로 몇 주 동안 나는 아주 형편없는 조수라는 것을 여실히 증명했다. 나는 주어진 일마다 하나하나 설명을 해줘야 이해했고 내가 쓰는 글마다 철자 오류가 발견되었다. 결국 찰리가 나를 사무실로 불러서 내가 실수를 너무 자주 하고 내 글을 일일이 검토해 줄 수 없기 때문에 계속 이런 식이라면 더 이상 일을 믿고 맡기기가 어려울 것 같다고 말하기에 이르렀다. 나는 다음과 비슷한 대답을 했다. "전 이미 최선을 다하고 있어요. 아무래도 전 이 일에 소질이 없는 것 같습니다."

찰리는 내가 나를 해고하는 것 같은 이 이상한 말이 재미있었는지 킥킥거렸다. 하지만 그는 곧 경직되고 걱정스러운 표정을 지으며 말했다. "아무래도 여기서 일하는 건 무리겠어. 자넨 조수감은 아니야. 게다가 저작권 대리인이란 직업도 자네에겐 안 어울려. 영업에도 소질이 없고. 작가나 편집자 같은 직업이 어울리는 창의적인 사람이야. 자네가 출근 이틀째에 한 일은 아직도 잊지 못해. 분명 그쪽으로 재능이 있어. 혹시 창의적인 일자리에 면접할 기회가 생기면 추천인으로 나를 써도 좋아. 그럼 내가 그날 일을 언급하면서 채용이 되도록 도와주지. 하지만 조수로 일하는 꼴은 못 봐. 그런 일로 취직하려고 하면 내가 사실대로 다 말해버릴 거야."

"저도 사실대로 말하는 게 좋아요." 내가 말했다.

온갖 퇴짜와 거절에 이력이 나 있던 나도 찰리한테 해고당한 사실에는 충격을 받지 않을 수 없었다. 우선은 그와 더는 같이 시간을 보낼 수가 없다는 점이 너무 슬펐고, 또 어딘가에 취직을 할 수 있을지도 확신이 서지 않았다. 이곳에 취직되었던 것도 거의 기적에 가까운 일이었는데 이제는 내가 좋아하고 존경했던 이 별난 상사조차도 나를 해고하고 말았기 때문이다.

취직한 지 3개월 만에 잘렸다는 말을 대학 동창에게 말했을 때, 친구는 놀라는 기색이 전혀 없었다. 그 친구는 내가 취직한 순간부터 오래 버티지 못할 거라고 예상했다고 했다. 그리고 내게 해고당한 사실을 비밀로 하라고 충고했다. "능력 있는 사람처럼 보이는 게 중요해. 설사 네가 능력이 없더라도." 내가 다른 일자리를 찾고 있을 때도 친구는 그 경력을 이력서에 쓰지 말라고 했다. 그래서 나는 찰리가 내 추천인이 돼주고 내가 작가가 되는 데 도움이 돼주겠다고 했다는 말을 했다. "그 말을 진짜로 믿었어?" 그 친구가 물었다. "그냥 널 빨리 내보내고 싶어서 좋게 말한 거야! 절대 널 해고한 사람을 추천인으로 쓸 생각은 하지 마. 그건 정말 바보 같은 짓이야." 찰리마저 거짓말을 했을 수도 있다는 생각은 나를 정말 우울하게 만들었다.

월요일에 해고를 당하고 나서 나는 기운을 내보려고 오픈마이크에 갔다. 클럽하우스는 지저분하고 광란적인 분위기의 이스트빌리지의 한 모퉁이에 있었는데 그곳에 가면 항상 클럽 정문 밖에서 뭔가 흥미로운 상황을 맞닥뜨리곤 했다. 한번은 어떤 나이 많은 비트족(1950년대 물질 중심 체제에 순응하는 사회 분위기에 반기를 들고 보헤미안적 삶을 추구하던 젊은이들을 지칭하는 용어_옮긴이)이 내게 다가오더니, 한때 자기는 '재즈 정오jazz noon'(아주 밤늦은 시간에 공연했던 재즈 뮤지션들에게는 자정이 정오나 마찬가지라는 의미로 자정을 '재즈 정오'라고 불렀다고 한다_옮긴이)까지 침대에서 빈둥대던 "진짜 동성애자"라고 말했다. 그는 "자기의 뇌를 인터뷰하면서" "현명"해졌다면서 "1960년대 그랬던 것처럼" 공원으로 자기를 따라오라고 했다. 또 한번은 아주 잘 차려입은 한 젊은 여성이 나이가 훨씬 많은 노숙자의 쇼핑 카트 안에 몸을 웅크리고 있는 것을 본 적도 있었다. 노숙자는 카트 쪽으로 몸을 기울이고 그 여성은 노숙자의 얼굴에 화장을 해주고 있었다. 나는 그 여성이 카트가 밀리지 않도록 꽉 잡은 채로 조심스럽게 노숙자의 아이라인을 그려주는 모습을 지켜보았다. 난 그 모퉁이가 정말 좋았다.

해고를 당했던 날에는 내가 좋아하는 오픈마이크 뮤지션들이 입구 밖에서 담배를 피우고 있었다. 그중에서 내가 가장 좋아하던, 카무플라주 티셔츠를 입은 내 또래의 매력적인 여성 뮤지션이 나에게 인사를 건넸다.

"안녕, 마이클. 어떻게 지내?" 그녀가 내게 말을 걸어주면 나는 너무나 황송해서[5] 항상 얼굴을 붉혔다.

"실은 오늘 아침 직장에서 잘렸어." 내가 그곳에 있는 친구들에게 말했다.

그러자 곧바로 모두 일제히 박수갈채를 보냈다. "정말 축하해!" 그녀가 말했다.

"그런 일은 우리 중 가장 최고인 사람한테도 일어나는 일이야." 누군가가 말했다. "그리고 가장 최악인 사람에게도." 덧붙인 말에 모두 폭소를 터뜨렸다.

---

5 심지어 언제는 나한테까지 인사를 해줘서 고맙다고 말했다가 모두를 불편하게 만든 적도 있다.

"친구, 해고당한다는 건 정말 멋진 일이야. 내가 음악을 시작할 수 있었던 것도 직장에서 잘리는 바람에 시간이 나서 가능했던 일이거든." 할렘에 있는 부모님 댁의 지하실에서 오픈마이크 뮤지션들의 곡을 모두 녹음해 주던 친구가 말했다.

"나는 내가 다녔던 모든 직장에서 해고당했어." 내가 가장 좋아하고, 가장 훌륭하다고 생각하던 친구가 말했다. "난 가장 최고의 직업이라고 여겼던 흥신소 일자리에서도 잘렸는데 뭐. 어떤 사람을 미행했어야 했는데 넋 놓고 있다가 놓쳐버렸거든."

우리는 그렇게 그곳에 서서 각자의 실패담을 나누며 한동안 서 있었다. 그리고 다 같이 안으로 들어갔다. 나는 그들이 보통 사람들은 감히 인정하지 못할 정서가 담긴 가사들로 가득한 자작곡을 연주하는 모습을 지켜보았다.

나는 인맥을 총동원해서 글을 쓰는 것과 관련된 일이지만 '조수'라는 이름이 붙지 않는 모든 일자리를 샅샅이 찾아 지원했다. 직장 경험이라고는 고작 3개월간 누군가의 조수로 일했던 것이 전부인 이력서를 수십 군데도 넘게 보낸 후, 딱 한 군데에서 연락이 왔다. 한 문학 교육 관련 회사에서 글을 쓰고 편집하는 일이었다. 면접관은 전문직 여성으로 보이도록 정장을 입긴 했지만 내 눈에는 아주 독특한 괴짜처럼 보였다. 그 여성은 면접 내내 호감 어린 웃음을 자제하고 있었다. 내가 그 회사에서 하는 일에 대해 묻자 독서 능력의 수준이 낮은 독자들에게 도움이 되는 교과용 도서를 만드는 일이라고 했다. 책에 들어가는 문장들은 가장 낮은 읽기 수준에 맞춰 단순해야 하고, 내용은 열 살 이상 혹은 청소년이 읽기 적절한 주제여야 한다고 했다. 흥미가 생긴 나는 그곳의 교육 기술에 대해 많은 것을 물어보았다. 그 여성이 얘기해 준 모든 내용은 매우 인상적이었다. 면접관은 나에게 이제까지 만난 사람 중 가장 열성적이고 호기심이 많은 지원자라고 했다.

마침내 그 면접관이 3개월 만에 직장을 그만둔 이력을 언급했다. "그건 사실 정말 놀랄 만한 얘깁니다." 나는 그전에 봤던 모든 면접에서 퇴짜를 맞던 일부터 나를 고용할 만큼 독특한 사람이었던 찰리에 대해서, 또 내가 얼마나 형편없는 조수였는지까지 이야기하기 시작했다. "찰리는 내가 이런 창의적인 일에 지원하게 되면 추천인이 돼주겠지만 남의 조수로 일하게는 놔두지 않을 거라고 말했죠."

면접관은 이 말에 드디어 그동안 참아오던 웃음을 터뜨리고 말았다. "제가 그분한테 꼭 전화해 봐야겠네요." 그녀가 말했다.

나는 그렇게 채용되었고, 출근 첫날 그 면접관은 내게 찰리와 통화한 이야기를 해주었다. "그 찰리라는 사람한테 들은 얘기는 당신한테 들은 것보다 훨씬 재미있던데요? 그 사람이 당신은 정말 꼴통이지만 고용하지 않으면 후회할 거라더군요."

"틀린 말은 아니네요." 내가 대답했다.

6장

이건 정상이
아니야

클럽하우스에 처음 갔던 날 나는 정장을 입고 있던 여성의 이름도 적어놓았었다. 그녀의 이름은 이브였다. 이브가 다시 연주하는 날, 나는 당연히 그녀의 공연을 보러갔다. 그녀는 검은 후드티를 입고 후드까지 뒤집어쓴 채, 찢어진 회색 청바지에 검은색 카우보이 부츠 차림으로 무대에 섰다. 나는 나중에 이것이 이브의 평소 복장이고 처음에 봤을 때는 함께 공연한 남자와 의상을 맞추기 위해서 정장을 입었다는 사실을 알게 되었다. 나는 그 정장 남자를 찾기 위해 내부를 둘러보았으나 보이지 않았다. 그래서 두 사람이 헤어진 건 아닐까 궁금했다. 저런 끝내주는 여자친구의 공연에 남자친구라면 당연히 매번 보러 와야 한다고 생각했기 때문이다.

그녀는 내가 한 번도 본 적이 없던 얇은 세 줄짜리 나무 현악기인 덜시머dulcimer(무릎 위에 올려놓고 손가락으로 연주하는 현악기_옮긴이)

를 어깨에 메고 기타처럼 연주했다. 우리는 둘 다 작은 악기를 연주하고 있었다. 연주할 때 관객석의 약간 위쪽을 바라보는 이브의 모습에서 절제되고 진지한 감성이 느껴졌다. 그녀는 곡과 곡 사이에는 아무 멘트도 하지 않았다.

이브는 주간 오픈마이크에서 자주 연주했고 나는 그녀가 하는 공연이란 공연은 전부 보러 갔다. 그녀는 내 존재를 전혀 눈치채지 못했다. 나는 보통 만나고 싶었던 사람이 있으면 다가가서 말을 걸었지만 이브한테는 너무 떨려서 다가갈 수가 없었다. 그래서 우리를 둘 다 아는 친구 중 하나가 우리를 소개해 줄 날만을 기다렸다.

뉴욕에서의 처음 6개월 동안 나는 클럽하우스에서 자작곡을 혼자서 몇 번 공연하곤 했는데 그러다가 새로 알게 된 친구들 몇 명이 다른 장소들에서 함께 공연하자고 제안했다. 그래서 얼마 안 가 한 달에 두어 번 내가 좋아하는 뮤지션들과 함께 일정에 따라 공연을 하게 되었다. 하지만 여전히 이브는 만나지 못했다.

그러던 어느 날 내 공연에 관객으로 앉아 있는 그녀를 발견했다. 나는 그날 내가 오프닝 공연을 해준 다른 친구를 보러온 거라고 생각했다. 무대 위에서 연주에 집중해야 함에도 불구하고 이브의 존재만 머릿속에 떠올랐다. 조명의 열기 때문에 땀으로 범벅된 내 모습이 너무 불쾌하게 보일까 봐 집중을 못 하고 자꾸 가사를 잊어버리고 음을 틀렸다.

무대에서 내려와 자리에 앉자 이브가 내 옆 빈 의자에 와서 앉았다. 그 행동에 나도 모르게 와락 눈물을 쏟을 뻔했다. "안녕하세요,

노래가 너무 좋았어요. 나는 이브예요." 그녀가 말했다.

"당신이 누군지 알아요. 나도 당신의 음악이 좋아요. 당신 공연은 전부 다 가서 봐요." 그녀는 내가 농담을 한다고 생각했는지 눈살을 찌푸렸다. "농담 아니에요. 사람들은 농담이 아닌데 제가 농담을 한다고 생각하더군요." 그녀는 내 말에 어떻게 반응해야 할지 모르겠다는 듯 나를 물끄러미 바라보았다. "정말로 당신의 공연은 전부 다 보러 가요. 단지 내 소개를 하지 않았을 뿐이죠."

그녀는 내 솔직한 태도에 대해서는 어느 정도 파악한 듯했으나 그 것에 대한 판단은 일단 보류하려는 것 같았다. 그녀는 언제 한번 같이 공연을 하자고 재빨리 말하며 전화번호를 주고는 만나서 반가웠다고 말한 뒤 친구들이 있는 테이블로 돌아갔다.

다음 날 나는 그녀에게 연락해서 내 이름과 전화번호 그리고 짧은 메시지를 남겼다. 그리고 그녀가 내 이름을 기억하지 못하는 경우를 대비해 메시지에 내가 누군지 설명을 남기지 않은 것을 하루 종일 후회했다. 그날 밤 아파트에서 혼자 피아노를 치고 있는데 그녀에게서 30분 뒤에 브루클린에 있는 바에서 만나 한잔하자는 전화가 왔다. "나중에 같이 공연하자는 거 아니었어요?" 나는 이렇게 말하자마자 그런 바보 같은 질문을 한 것을 곧바로 후회했다. 그녀가 대답을 하기도 전에 내가 말했다. "아니에요, 좋아요. 곧 갈게요."

이브가 만나자고 한 술집은 창문이나 의자, 벽 등에 연철을 빙빙 두르거나 교차시켜놓은 실내장식 때문에 마치 새장 안에서 술을 마시는 느낌이 드는 곳이었다. 찢어진 청바지에 검은색 후드티를 입고 후드까지 뒤집어쓴 이브와, 중고품 가게에서 산 진회색의 낡은 정장을 입고 검고 두꺼운 테의 안경을 쓴 내가 같이 있는 모습은 매우 묘하게 보였을 것이다.

이브는 나에게 어디서 왔고 뉴욕에 얼마나 살았으며 형제는 몇 명이냐는 식의 아주 기본적인 질문부터 하기 시작했다. 그리고 우리 부모님이 어떤 분들이었는지를 물었고, 나는 처음 만난 사람에게 하는 질문으로는 이상하다는 생각이 들었다. "우리 부모님은 아주 솔직한 분들이에요." 내가 그녀에게 말했다. "우리 가족 전부가 그래요. 특히 우리 아버지는 모든 걸 꿰뚫어 봐요. 사기나 위선을 아주 잘 가려내는 능력이 있어요."

"흠…." 이브가 내 이상한 답변에 약간 놀라면서도 호기심을 보이며 말했다. "두 분은 아직도 같이 사시나요?"

"사실, 이건 정말 웃기는 이야기인데요!" 나는 재미있고 흥미롭다고 생각하는 부모님의 이혼 과정에 대한 이야기를 해줄 생각에 신이 나서 말했다. "우리 가족은 가족 심리치료 캠프라고 하는 곳에 여름마다 가는데…." 이브는 미간을 완전히 찡그린 채로 가족 캠프 얘기를 들었다. 엄마가 가족 캠프에서 만난 남자 때문에 아빠와 헤어졌다는 대목을 말하자, 그녀는 입술을 한쪽으로 일그러뜨렸다. "그런데 그 후에도 우리는 다 같이 그 캠프에 갔어요. 엄마와 아빠 그리고 우리 엄마의 남자친구까지!"

"잠깐만요." 이브의 표정은 충격에서 다급한 호기심으로 바뀌었다. "부모님이 이혼하고도 계속 같이 시간을 보낸단 말이에요?"

"네." 내가 말했다.

이브는 계속 꼼지락거리던 작은 손을 후드티의 주머니에 넣더니 볼펜을 꺼냈다. 그러고는 냅킨 위로 고개를 숙이고 뭔가 그리기 시작했는데, 단지 후드로 얼굴을 가리기 위한 핑계 같았다. "우리 부모님은 한 방에도 같이 있으려고 하지 않아요. 서로의 이름을 듣는 걸 참기 힘들어할 정도니까요." 그녀가 말했다.

"두 분이 아직도 서로 사랑해서요, 아니면 서로를 싫어해서요?"

"두 분은 아직도 서로를 사랑해요. 아니면 어쩌면 내가 그렇게 믿고 싶은 건지도 모르죠." 이브가 대답했다.

이렇게 몇 마디를 나누는 동안 이브가 볼펜으로 그리던 그림이 형태를 갖추었다. 음영을 넣어 그린, 볼이 통통한 아이 같은 젊은 여성의 얼굴이었다. 나는 하던 대화를 멈추고 그 그림이 무척 마음에 들고, 그림을 그리고 있는지도 몰랐는데 어떻게 그렇게 빠르고 쉽게 그런 그림을 그릴 수 있는지 놀라울 지경이라고 호들갑을 떨었다. 내가 횡설수설하는 동안 그녀는 그 젊은 여성의 머리에서 뻐드렁니에 촉수가 달린 괴물이 기생충처럼 기어 나오는 만화 같은 그림을 덧붙여 그렸다. 그리고 괴물의 입 옆에 말풍선을 그렸지만 말은 채워 넣지 않았다.

칭찬에 당황한 것 같은 이브에게 내가 말했다. "당신도 누군가가 당신 그림을 보고 법석을 떨며 칭찬하면 불편해하는 사람인가 봐요?" 그녀가 대답을 하기도 전에 내가 다시 말했다. "내가 남들에게 사람들은 솔직한 걸 싫어한다고 말하면 대부분은 그 솔직한 것이 부정적인 말, 말하자면 비판 같은 거라고 생각해요. 그런데 알고 보면 사람들은 긍정적인 말이나 칭찬, 좋아한다는 말을 하는 걸 더 불편해하는 것 같아요."

이브는 나의 이 말에 불안해 보이면서도 기분 좋은 듯한 웃음을 터뜨렸다. "당신은 정말로 솔직하네요."

"맞아요. 내가 솔직하다고 하면 사람들은 절대 안 믿지만요."

"당연하죠! 그것보다 의심스러운 말도 없을 테니까요!" 이브가 웃으면서 말했다.

나도 함께 웃었지만 그것이 너무나 뼈아픈 진실임을 알기 때문에 마음 한구석이 따끔거렸다. 그녀가 계속 말을 이어갔다. "자기 자신을 표현하는 말은 언제나 의심스럽게 들려요. 어떤 사람이 자기가 좋은 사람이라고 자꾸만 강조하면 정신병자 같잖아요. 그건 마치 밑도 끝도 없이, '나는 절대 사람을 죽이지 않을 거예요. 난 결코 누구를 죽일 사람이 아니에요'라고 말하는 거나 마찬가지니까요." 조금 전까지 이브는 매우 진지한 사람처럼 보였지만 이 농담을 던진 타이밍은 아주 적절했다.

"당신은 솔직한 편이에요?" 내가 물었다.

그녀가 웃음을 터뜨렸다. "이제까지 한 대화에서 대체 뭘 배운 거예요?" 우리는 함께 웃었지만 이브는 이내 고개를 숙이더니 자신의 그림을 바라보았다. "솔직하려고 노력은 하지만 쉽지가 않아요."

"쉽지 않다고 느끼는 부분이 어떤 건데요?"

"잘 모르겠어요."

"어떻게 모를 수가 있어요?" 내가 물었다. 그리고 나는 바로 깨달았다. "아, 나한테 말하고 싶지 않다는 말이군요." 이 말에 이브는 또 웃었지만 대답은 하지 않았다. 그리고 거머리 괴물의 말풍선에 다음과 같이 적어넣었다. "아마 난 거짓말쟁이일지도 몰라."

그날 밤 나는 이브가 내게 이성으로서 관심을 가질 거란 기대는 감히 하지도 않았고 그녀에게 키스할 생각도 못 했지만 편지를 보내고 싶다면서 주소를 받아냈다.

나는 수정한 흔적이 전혀 없이 깨끗하게 쓴 손편지를 보내면서, 수도 없이 망친 편지들 끝에 이런 결과를 얻어냈다고 고백했다. 이브와 나는 1킬로미터가량 떨어진 곳에 살았지만 주소는 둘 다 그랜드 스트리트였기 때문에 나는 다음과 같은 말로 편지를 끝맺었다. "우리는 마치 그랜드 스트리트라는 실로 연결된 컵 전화기를 들고 있는 것 같아요."

이브의 답장에는 어릴 때 맨날 선생님들한테 자꾸 공책에 낙서를 한다고 혼이 나곤 했는데, 그런 낙서를 모아 만든 책을 여러 군데의 코믹북 출판사에 보냈다는 얘기가 적혀 있었다. 나는 이브가 자신의 그림을 '낙서'로 표현한 것이 너무 재미있었다. 피카소의 스케치북에도 이브가 내 앞에서 그렸던 그림보다도 훨씬 못 그린 그림들이 많았지만 피카소는 한 번도 자신의 그림을 낙서라고 표현한 적이 없었다. 나는 그녀의 그림이 과연 책으로 출판될지 궁금했다. 그래도 나는 출판사들의 안목보다 이브의 그림이 지니고 있는 아름다움을 믿었다.

이브는 맨 아래쪽에 맥락 없이 다음과 같은 짤막한 문장 하나만 달랑 써놓고 편지를 끝맺었다. "이건 정상이 아니야." 만일 마이클 레비턴을 황홀하게 만들었던 단 하나의 문장이 있었다면 그건 바로 이 문장이었을 것이다.

이브는 자기 아파트에 나를 처음으로 초대한 날, 줄 처진 공책에 볼펜으로 그린 그림들로 가득 찬 '낙서' 공책을 보여주었다. 나는 그녀가 보는 앞에서 그 공책을 훑어보았다. 그녀가 그린 캐릭터들은 대부분 들쭉날쭉한 치아를 드러내며 활짝 웃고 있거나 입술을 깨물고 있거나, 초췌하고 어색한 표정이나 불안한 눈빛을 하거나, 이마에서 땀이 솟아 나오는 모습들이었다. 캐릭터들의 생각이나 대화는 그 주변에 있는 말풍선으로 표현되어 있었는데 어떨 때는 너무 많은 말풍선들이 마구 겹쳐져 있어서, 마치 그 캐릭터들이 자신의 감정과 말에 질식당하고 있는 것처럼 보였다. 그런 그림 중에는 이브 자신을 표현한 모습도 많이 보였는데 즐거워 보이는 그림에서도 다크서클과 주름으로 둘러싸인 눈은 수많은 작은 점들로 슬프게 표현되어 있었다.

실제로 본 이브의 초록빛 큰 눈은 그림에서 묘사된 것과는 전혀 달랐다. 그림에서처럼 뚜렷한 다크서클도 없었지만 이브의 얼굴은 내가 다크서클이 있는 사람의 특징으로 여기는, 아주 많은 생각을 하고 많은 것을 느껴온 것 같은 지혜롭고 경험이 많아 보이는 얼굴이었다.

이브가 그린 자화상은 그래도 흰 종이같이 창백한 안색과 볼펜처럼 검은 머리색을 잘 전달하고 있었다.

이미 나를 만나기 한참 전부터 그려온 이브의 낙서에는 솔직하지 못한 자신에 대한 강박이 나타나 있음을 무시할 수 없었다. 어떤 캐릭터들은 말풍선에 직설적으로 자신들이 '거짓말쟁이'라거나 '진실을 말하는 사람'이라고 말하고 있었다. 또 다른 캐릭터들은 "내가 '입 닥쳐'라고 말하면, '네가 최고'라는 뜻이야"라는 식으로 서로가 하는 말의 의미를 명확히 전달하려고 애쓰고 있었다. 가장 마음에 들었던 그림에서는 예쁘지 않게 그려진 이브가, 뻐드렁니를 드러내며 웃는 남자의 품에 안겨 황홀해하며 "우리는 아무도 네게 말해주지 않을 진실을 알고 있어"라고 말하고 있었다.

나는 이브의 그림들에 감정이 동요되어 울기 시작했다. 그러면서 이브에게 울고 싶을 때마다 아주 많이 운다고 말했다. 이브는 자기도 아주 잘 우는 편이라고 말하고는 여덟 살 때 가족과 함께 그랜드캐니언에 갔던 얘기를 해주었다. 그곳에서 이브는 엄마와 함께 절벽 위쪽에 서 있다가 훌쩍거리기 시작했다. 엄마가 우는 이유를 묻자 여덟 살짜리 이브는 대답했다. "이렇게 그랜드캐니언에 온 것 중에 가장 좋은 부분이 바로 엄마와 함께 있다는 사실이라는 생각이 드니까 너무 행복해서 눈물이 나요." 이브는 이 이야기를 하면서 다시 그때의 감정에 사로잡혔고 그에 따라 나도 눈물이 나왔다. 우리는 그렇게 알게 된 지 얼마 안 된 때부터 함께 울었다.

그러다가 우리는 함께 와인을 마셨고 이브가 음반을 틀고 내게 느린 춤을 추자고 했다. 춤을 추다가 이브의 입술이 내게 가까이 다가왔지만 나는 뒤로 물러났다. "나도 물론 너와 키스하고 싶어." 내가 말했다. "하지만 이건 너무 비현실적이야. 네가 내 여자친구가 될 것도 아니잖아. 난 그냥 네가 내 친구인 것만으로도, 내 삶에 네가 있다는 것만으로도 만족해." 이브는 내 말을 무시하고 가까이 다가왔고 우리는 키스를 나누었다.

그날 밤 나는 이브와 함께 밤을 보냈다. 이브가 먼저 잠든 후에, 나는 그녀 옆에서 어차피 오래 지속되지 않을 시간 동안이라도 행복해하자며 자신을 다독이며 깨어 있었다.

아침이 되자 나는 이브에게 이 관계가 언제 끝나더라도 이미 마음의 준비가 되어 있으니 결국 나를 차더라도 너무 가책을 느낄 필요가 없다고 말했다. 나는 단지 나를 차버리고 싶어지면 제발 내 감정을 다치지 않게 하려고 노력하지 말고 단도직입적으로 끝내 달라고 말하고 싶었을 뿐이다. 이브는 내 말을 웃어넘기고는 농담을 하며 다시 내게 키스했다. 그리고 다시 대화를 하다가 나의 페티시 성향과 마이클 이야기 테이프에 그런 성향에 관해 녹음을 했던 일, 아빠가 랍비에게 물어보라고 한 이야기 등을 들려주었다. 이브는 이 이야기가 정말 웃긴다고 생각하면서도 한편으로는 매우 감동을 받은 것 같았다. "페티시 성향을 가지고 있다는 건 이상하면서도 아름답게 들려. 네가 그런 걸 창피해해야 한다는 식의 교육을 받지 않아서 너무 다행이야." 그녀가 말했다.

그 이후로 몇 주 동안 나는 계속 이브에게 나를 어떻게 생각하느냐고 직접적으로 물어보았다. 이브가 그 질문을 회피할 때마다 나는 이브에 대한 내 감정을 표현하려고 했다. 그러면 내가 첫 문장을 다 말하기도 전에 이브가 내 말을 막고, "우리 이제 만난 지 겨우 한 달밖에 안 됐어"라거나 "넌 나를 잘 모르잖아"라는 식으로 둘러댔다. 그러면 나는 하려던 말을 중단할 수밖에 없었다.

우리는 클럽하우스에서 함께 시간을 보내거나 공연이나 영화를 보러 가거나 함께 연주하거나 레코드를 듣거나 주말 아침에는 브루클린 구석구석에 있는 중고품 가게를 돌며 옷이나 가구를 보러 다녔다. 내 물건의 대부분은 이런 중고품 가게에서 산 것이었고 그중에서도 가장 특징적인 것은 내 아파트에서 가장 중요한 포인트가 되었던 빅토리아 양식을 흉내 낸 3인용 청록색 벨벳 소파였다.

그렇게 지낸 지 3개월쯤 지났을 때 이브가 내가 일하는 회사로 전화해서 함께 저녁을 먹자고 했다. 이브가 말한 장소와 시간에 도착했지만 이브는 그곳에 없었다. 20분 정도 기다리다가 이브에게 전화를 했다. 전화를 받지 않자 나는 이브가 전철에 갇혀 전화를 받지 못한다고 생각했다. 30분을 더 기다린 후에도 이브는 오지 않았다. 레스토랑은 점점 사람들로 붐비기 시작했고 웨이터들은 나를 혼자 앉힌 것을 후회하는 것 같았다. 나는 결국 자리를 포기하고 밖으로 나가서 기다렸다. 다시 전화를 걸어봤지만 이브는 계속 전화를 받지 않았다. 한 시간도 넘게 기다린 데다 전화도 받지 않자 나는 뭔가 안 좋은 일이 생긴 게 아닌가 하는 걱정이 들기 시작했다.

나는 혹시 이브의 룸메이트가 뭔가 알고 있지 않을까 하는 생각에 이브의 아파트로 달려갔다. 아파트 건물의 초인종이 고장 나서 들어가는 사람이 올 때까지 기다렸다가 따라 들어가야 했다. 이브의 집 문을 두드리자 문이 열렸고 이브가 서 있었다. 그녀의 코는 뭔가 썩은 냄새라도 맡는 것처럼 심하게 벌렁거렸다. "여기서 뭐 하는 거야?" 이브가 물었다.

"네가 약속 장소에 나오지도 않고 전화를 안 받아서."

"그래서 내 아파트까지 온 거야?"

"너무 걱정돼서 왔어."

이브는 나를 봐서 기뻐하는 것 같지도 않았고, 들어오라는 말도 하지 않았기 때문에 내가 물었다. "무슨 일 있어?"

이브는 한숨을 쉬며 내게 들어오라고 손짓했다.

"나는 오늘 널 볼 생각이 없었어." 이브가 내게 말했다.

"네가 먼저 저녁 먹자고 했잖아." 내가 말했다.

이브는 뻣뻣하게 뒤로 물러섰다. "확실하게 약속한 건 아니지."

"약속 시간하고 장소까지 정확히 말해줬잖아."

이브는 한 번에 한 걸음씩 방을 가로질러 나로부터 점점 더 멀리 물러났다. "네가 그렇게 생각했으면 여기엔 왜 왔어? 내가 널 그렇게 바람맞혔으면 나한테 다시는 말도 하지 말아야지."

"다시는"이란 말은 너무 슬프게 들렸다. 이 말에 '다시는'이라고 명명된 새로운 시기, 상상 속의 미래가 떠올랐다. 이제 이 대화가 끝나면 나는 이브의 아파트에서 나가야 하고 그다음에는 내가 이브 없이 살아나가야 할 '다시는'이라는 미래가 시작될지도 모를 일이었다.

내가 말했다. "네가 무슨 짓을 해도 내가 너에게 '다시는' 말도 하지 않을 만한 일은 없을 거야." 이 말은 내가 그때까지 한 말 중 가장 로맨틱한 말처럼 느껴졌지만 이브는 전혀 그렇게 느낀 것 같지 않았다.

이브는 침대에 앉아 손깍지를 꼈다가 풀었다가를 반복했다. "난 너하고 저녁을 먹고 싶지 않았어. 네게 미안한 마음이 들었거든."

"왜 거짓말해?" 내가 물었다.

"제발 그만해. 혼자 있고 싶어." 갑자기 울음을 터뜨리며 그녀가 말했다.

나는 아무 생각 없이 침대에 앉아 이브를 감싸 안고 말했다. "거짓말 안 해도 돼."

"아니, 해야 돼." 이브가 훌쩍이며 말했다.

그 순간 나는 가족 캠프의 분위기를 만들어보았다. "솔직히 말했을 때 일어날까 봐 두려운 일이 뭐야?"

이브가 내 눈을 들여다보며 마구 울면서 말했다. "내가 정말 끔찍한 사람이라는 사실을 네가 알게 되는 거."

"그렇게 끔찍한 일이 뭔데?"

"차마 입도 못 떼겠어." 그녀가 말했다.

"그래도 말해봐."

이브는 마음을 가다듬기 위해 심호흡을 했다. "아깐 너무 외로워져서 널 만나면 기분이 나아질 거라고 생각했어. 그러다 마음이 바뀌었고 너를 보고 싶지 않아졌어. 오늘이든 언제든." 나는 여전히 팔로 이브를 감싸 안고 있었고 어쩌면 지금이 마지막으로 이브를 만질 수 있는 순간인지도 모른다는 생각이 들었다. 그래서 오래도록 기억할 수 있도록 이브를 안고 있는 느낌에 집중했다. 이브가 계속 이어 말했다. "그런데 네가 무슨 정신 나간 스토커처럼 나를 찾아온 거야." 이브가 눈물을 닦고 웃으며 말했다. "내가 널 차려고 한다는 생각은 조금도 눈치 못 채고 말이야."

이브가 더 이상 내 여자친구가 아니라는 사실을 받아들여야 한다는 각성의 스위치가 내 안에서 켜졌고, 나는 친구로라도 남아야겠다는 쪽으로 희망의 방향을 바꾸었다. "누군가를 더 이상 보고 싶지 않다고 생각하는 건 전혀 잘못된 일이 아니야." 내가 말했다.

"난 너를 바람맞혔어!" 이브가 다시 울면서 말했다. "난 괴물이야! 그런데 넌 왜 아직도 여기 있어?"

"널 사랑하니까." 내가 말했다.

그러자 이브는 트윈침대 위의 베개 하나에 몸을 눕혔다. 나도 옆에 몸을 펴고 누워 코앞에 있는 이브의 얼굴을 마주 보았다. 그녀의 눈이 내 양쪽 눈을 번갈아 보느라 왔다 갔다 했다. 나는 그렇게 움직이는 이브의 눈을 바라보는 게 너무 좋았다. 이브는 웃으며 눈에서 눈물을 닦아냈다. 그렇게 이브와 나는 키스를 했고 이별은 없던 일이 돼버렸다.

그날 이후 우리는 거의 매일 만났다. 나는 이브의 밴드와 같이 공연했고 이브도 내 공연에서 함께 연주했다. 이브의 친구들이나 쌍둥이 자매와도 함께 자주 어울렸다. 그렇게 몇 달이 지난 후 이브는 마침내 내 여자친구가 되는 데 동의했다.

어떤 주말 오후 이브와 함께 내 아파트에 있을 때 모르는 번호로 이브에게 전화가 왔다. 전화 내용을 듣던 이브가 깜짝 놀란 표정을 지었다. "어머! 와, 정말 감사합니다. 정말로요." 이브는 상대방이 하는 말을 조금 더 듣다가, 또 고맙다는 말을 하고 전화를 끊었다. "내 낙서를 책으로 내고 싶대. 그 상태 그대로." 그녀가 말했다. 그리고 그제야 우리가 만나기 시작한 이후로 계속 여러 출판사에서 거절 편지를 받아왔던 사실도 털어놓았다. 그동안 원고를 보낸 모든 출판사에서 거절을 당했고, 그중 자기가 가장 좋아하는 출판사에서 여태 소식이 없다가 방금 그곳에 원고를 보낸 지 여덟 달 만에 책을 내고 싶다는 연락이 왔다는 얘기였다. 나는 너무나 기뻤다. "그래도 이 세상에는 내가 생각했던 것보다 안목 있는 사람들이 있는 것 같아 너무 기쁘다." 내가 말했다.

2004년 1월 고교 졸업반이 된 미리엄이 나를 만나러 뉴욕에 왔다. 미리엄은 어릴 때처럼 여전히 부푼 갈색 곱슬머리를 고수하고 있었다. 그리고 청바지, 티셔츠와 함께 플란넬 셔츠를 즐겨 입었다.

이브는 옷 입는 스타일이 주기적으로 바뀌었는데 이때는 검은색 후드티를 청산하고 빨강과 파랑의 체크무늬 겨울 재킷을 자주 입고 테가 얇은 안경을 쓰던 시기였다.

미리엄은 함께 여행하던 친구를 데리고 공항에서 바로 우리 집으로 왔다. 나는 문을 열어준 뒤 내가 수집한 아름답고 예스러운 소품들과 빅토리아 스타일 소파에 앉은 이브를 처음으로 보게 된 미리엄의 반응을 지켜보았다. 이브는 벌떡 일어나 "안녕!" 하고 평소보다 훨씬 높은 목소리로 인사했다. "난 이브야. 널 만날 생각에 마구 설레던 중이었어!"

미리엄은 이브를 본 뒤 다시 내 쪽을 바라보았다. 미리엄은 내가 아주 형편없는 삶을 살고 있을 거라고 짐작했던 게 분명했다. 미리엄은 이브와 포옹을 하면서 혹시 내가 여자친구 역할을 할 사람을 돈 주고 고용한 건 아닌가 하는 의심스러운 눈초리로 나를 바라보았다. 미리엄의 친구는 평범하게 행동했다. 그 친구에게는 친구의 오빠가 여자친구와 살고 있다는 사실은 그다지 놀랄 만한 일은 아니었을 테니까. 하지만 우리 가족에게는 충분히 걱정할 만한 문제였다.

내가 회사에 가 있는 동안에는 미리엄에게 친구와 둘이서 하루를 보내라고 할 생각이었지만 이브가 선뜻 나서서 뉴욕을 구경시켜 주겠다고 했다. 그 후 이브는 두 사람과 매일 오후를 함께 보냈는데 나는 그게 너무 부담스러워서 정말 그럴 필요 없다고 해도 이브는 그냥 자신이 좋아서 그러는 거라고 말했다.

우리는 집에서 미리엄의 열일곱 번째 생일파티를 열고 친구들을 모두 초대했다. 1950년대와 60년대 두왑과 소울 음악 모음을 만들고 침대를 벽 쪽으로 밀어서 작은 침실을 댄스 플로어로 꾸몄다. 미리엄은 이브가 내 어깨에 머리를 기대고 우리 두 사람이 흔들흔들 춤을 추는 모습을 즉석카메라로 찍기도 했다.

미리엄이 떠나기 전날 우리는 둘이서 점심을 먹었다. "난 이브 언니가 너무 좋아. 너무 예쁘고 다정하고 재미있고 스타일도 좋고 재능도 있고 멋져. 완전히 언니한테 중독된 거 같아. 나 집에 가면 언니랑 똑같은 재킷을 살 거야. 이브 언니가 오빠 여자친구라는 게 믿어지지 않아." 미리엄이 말했다.

"나도 그래." 내가 말했다.

미리엄이 포테이토칩을 먹으며 말했다. "이브 언니랑 오래 사귈 것 같아?"

"아마 그러긴 힘들겠지. 하지만 사귀는 동안은 최대한 즐겁게 지내려고 해."

내 말에 미리엄은 안심했다는 듯이 말했다. "난 그냥 오빠가 너무 큰 기대를 하는 건 아닌지 확인하고 싶었어."

천장 높은 집

내가 일하던 문학 교육 관련 회사는 프리랜서를 고용할 때 보통 1년 반 정도의 한정된 기간으로 계약했다. 내 계약 기간이 끝났을 때 이브와 나는 사귄 지 1년 정도가 되었다. 나는 한동안 생활할 수 있을 만한 프리랜서 일을 구했고 그런 비슷한 일을 더 찾을 수 있기를 바랐지만, 그래도 정규직이 아니고서는 혼자 월세를 감당하기 어려울 것 같았다. 게다가 그런 일을 또 구할 수 있을지도 확신이 서지 않았다. 그래서 가족 캠프에서 '거절을 당할 것을 안다 해도 원하는 것을 구하려고 노력하라'는 교훈을 배웠던 나는 이브에게 이사를 가야 하는데 함께 살 아파트를 같이 구하지 않겠느냐고 물어보았다. 예상대로 이브는 싫다고 대답했다. 우선 나와 독점적인 관계를 맺는 데 망설이는 것이 주된 이유였고(내 여자친구라는 것을 인정하기까지 6개월이나 걸렸으니까), 독립적인 성격인 데다 그동안 많은 시간을 혼자 보냈고, 자신만의 공간을 가지기를 원했기 때문이기도 했다. 나 역시 생활 공간을 공유하는 것을 싫어하는 사람이긴 했지만 무엇보다 내가 가장 원했던 건 이브와 함께 사는 것이었다. 하지만 이브의 생각은 나와 다르다는 사실도 알고 있었다. 이브가 나를 사랑하는 것보다 내가 이브를 더 사랑한다는 점은 이미 오래전부터 받아들였던 사실이었다. 그래서 나는 혼자 아파트를 구하러 다니면서 다른 친구들이나 지인들에게 함께 살 의향이 있는지 물어보았다.

2002년에서 2004년 사이 브루클린의 윌리엄스버그에서 부동산 중개업소를 통해 월세 아파트를 구하는 과정에서 많은 변화가 있었다. 내가 첫 아파트를 구했을 당시에는 수십 년 동안 계속 그곳에 있었던 것 같은 지저분한 부동산 중개업소의 나이 지긋한 중개인과 함께 집을 찾으러 다녔다. 하지만 그 사무실은 문을 닫았고 내가 새로 찾아낸 부동산 중개업소들은 사방이 유리창으로 된 수족관 같은 깔끔한 사무실에서 말끔히 면도한 얼굴과 젤을 발라 넘긴 머리에 비싸 보이는 정장을 입고 말만 번지르르하게 하는 젊은 백인 직원들이 근무하는 곳들이 대부분이었다.

나는 집을 보여주는 사람에게 제일 중요한 조건 하나만 요구했다. 내 키가 너무 컸기 때문에 천장이 낮은 곳만 아니었으면 좋겠다는 것이었다. 하지만 중개인들은 매번 천장이 낮은 아파트만 보여주었다. 내가 천장이 너무 낮다고 말하면 그들은 이렇게 대답했다. "이 정도면 천장이 높은 거예요."

맨 처음 이런 반응을 접했을 때는 웃으면서 말했다. "무슨 소리예요! 지금 내가 이렇게 내 눈으로 보고 있는데! 내가 눈으로 보는 것보다 당신 말을 믿을 것 같아요? 그렇게 말하면 사람들이 믿어요?" 중개인은 나를 무례하다는 듯이 바라보았다.

두 번째로 다른 중개인이 또 천장이 낮은 곳으로 데려가 천장이 높다고 말했을 때, 나는 처음처럼 재미있지도 않았고 그저 그 상황을 빨리 넘기고 싶어서 이렇게 말했다. "그런데 나는 이것보다 더 천장이 높은 데를 보고 싶어요."

중개인은 이 말에 이미 정해져 있는 두 번째 대사를 읊었다. "고객님 예산으로는 여기보다 천장이 높은 곳은 찾기 어렵습니다."

나는 웃음을 터뜨리며 거짓말쟁이들이 가장 싫어하는 행동 중 한 가지를 시도했다. 그건 거짓말을 그대로 받아들이는 것이었다. "아, 그렇군요. 그럼 이 아파트가 매물 중에 가장 천장이 높은 거니까 이제 다른 아파트는 굳이 볼 필요도 없겠네요."

이 말에 중개인은 곧바로 말을 바꾸었다. "아, 생각해 보니 이곳보다 천장이 높은 아파트가 몇 개 더 있는 것 같아요!"

"미안하지만 나는 면전에서 거짓말하는 사람하고는 거래 안 합니다." 내가 말했다.

나는 이런 식으로 몇 차례 아파트를 둘러본 후에야 이 사람들이 모두 나에게 거짓말을 하고 있다는 사실을 깨달았다. 가장 별로인 아파트들을 먼저 보여주면서 고객에게 더 좋은 매물이 없을 것 같다고 생각하게 만드는 비열한 수법을 쓰고 있다는 것을 말이다. 그래서 나는 아예 처음 만날 때부터 중개업자에게 이렇게 말하기 시작했다. "저기요, 가장 안 좋은 아파트부터 보여주려는 속셈인 거 다 압니다. 나한테는 안 통해요." 중개업자는 이런 말에 나보고 영리하다는 식으로 칭찬을 하며 웃어넘기려 했다. 하지만 천장이 낮은 아파트를 높다고 우기며 가장 별로인 아파트를 보여주는 데는 변함이 없었다.

이런 식으로 몇 주가 지난 후 또 한 중개인이 같은 문제로 나를 화나게 했고, 그래서 나는 항의를 하고 다른 아파트를 보여달라고 요구했다. 그가 보여준 다음 아파트는 예상대로 내 예산으로는 구하기 어렵다고 주장했던 천장이 높은 아파트였다. "와 여긴 천장이 높네요! 이상하지 않아요? 나한테 천장이 높은 곳은 내 예산에 안 맞는다고 했는데, 여기 봐요. 정말 이상하네! 꼭 당신이 거짓말을 한 것 같잖아요!" 내가 소리쳤다.

중개인은 화가 난 것 같았지만 꾹 눌러 참으며 내 시선을 피했다. 그는 못마땅하다는 듯이 중얼거렸다. "그냥 높아 보일 뿐이에요. 착시현상이죠."[1]

---

1 지금에야 단지 벌어 먹고살기 위해 열심히 일한 죄밖에 없는 중개인들을 내가 얼마나 고문하고 있었는지를 깨달았다. 고객의 심리를 이용하는 것은 그들이 하는 일의 일부일 뿐이다. 그 사람들도 그런 일이 즐겁지는 않았을 것이다.

그러던 중에 이브한테서 내가 잘 모르는 근처 카페에서 30분 후에 만나자는 연락이 왔다. 나는 뭔가 의심스러웠다. 우리에겐 자주 가는 단골 카페들이 따로 있기도 했고, 그렇게 즉흥적으로 갑자기 만나자고 한 것도 이상했다. 그리고 이브가 바로 전날 우리 집에서 자고 갔기 때문에 사실 우린 그날 아침에도 만난 셈이었다. 그때 나는 몇 주 동안 가망 없는 아파트 찾기에 지쳐 있었고 이브는 나와 함께 살지 않겠다는 말을 반복적으로 하고 있던 시기였다. 그래서 나는 이브가 만나서 헤어지자는 말을 하려는 거라고 생각했다. 우리가 특별히 다투거나 한 일도 없었지만 나는 그냥 이브가 별 고심 없이 혼자서 그런 결론을 내렸을 거라고 짐작했다. 굳이 이브가 헤어지려는 이유를 내게 구구절절 말해주지 않아도 나는 알아서 당연히 그럴 만한 이유들을 생각해 낼 수 있었다.

약속 장소에 도착하니 이브가 카페 앞에서 정장 차림의 나이 많은 여성과 서 있었다. 이브는 미소를 짓고 내게 키스를 하더니 보여주고 싶은 것이 있다고 말했다. 함께 서 있던 낯선 여성은 커피숍 옆 건물로 들어가는 문을 열쇠로 열고 두어 개의 층계참을 올라간 뒤 어느 집으로 우리를 안내했다. 이브와 나는 아파트 안으로 들어서서 햇빛이 쏟아져 들어오는 부엌에 단둘이 남게 되었다. 이브는 나를 껴안고 미소를 지으며 물었다. "마이클, 여기에서 나랑 같이 살지 않을래?" 우리는 동시에 울기 시작했고 나는 아파트를 둘러보지도, 천장이 얼마나 높은지도 보지 않고 단숨에 같이 살겠다고 대답했다.

하지만 순간적인 분위기에서 벗어나자, 나를 놀라게 해주기 위해서 이브도 혼자서 나처럼 아파트를 찾아다녔을 거라는 데 생각이 미쳤다. 이브는 내가 아파트를 찾아다니면서 겪은 짜증 나는 이야기를 들으면서도, 내가 계속 시간을 낭비하며 아파트를 찾아다니게 놔두었던 것이다. 게다가 이브가 나랑 같이 살고 싶어 하지 않고 더 이상 나를 사랑하지 않는다는 생각까지 하게 만들었다. 나는 그렇게 인생에서 가장 로맨틱한 순간에도 그녀가 나를 위해 준비한 선물이 고맙다는 생각을 하기는커녕 나에게 솔직하지 않았던 점에 화가 났다.

이브와 나는 이 낡은 침실 하나짜리 레일로드 아파트(방들이 한 줄로 늘어서 있는 형태의 아파트_옮긴이)를 중고품 가게에서 산 물건들로 꾸며나갔다. 거실에는 빛바랜 빅토리아풍 소파와 크레이그리스트Craigslist(미국의 중고 거래 사이트_옮긴이)에서 공짜로 얻은 다 낡은 피아노를 놓았다. 기타 앰프는 꽃병을 올려놓는 작은 탁자로 사용하고, 여러 개의 빈티지 여행 가방을 쌓아 올려 커피 테이블 대신 사용했다. 아파트 가운데 있는 침실은 침대도 겨우 들어갈 만큼 작아서 부엌에 책상과 이젤, 작품들을 놓고 이브의 아틀리에 겸용으로 썼고 악기들은 한쪽 구석에 쌓아 두었다. 아파트 안의 모든 물건에는 먼지가 쉽게 쌓였지만 우리는 굳이 빨리 털어내려고 전전긍긍하지 않았다. 이브는 상자 하나에 우리 연필들을 다 모아놓고 상자 겉에 예쁜 글씨체로 '연필들'이라고 적었다. 이브가 글씨를 쓰거나 그림을 그려넣으면 무슨 물건이든 예쁘게 변했다. 포스트잇에 사야 할 물건을 적어 컴퓨터에 붙여놓은 것만 봐도 예뻐서 넋이 나갈 지경이었다. 가끔 이브가 집에 없을 때면, 나는 문가에 서서 부엌 한쪽에 마련한 이브의 작업 공간을 하나의 예술작품처럼 감상하곤 했다.

우리는 아파트 밖에서 끊임없이 들려오는 소음(보행자들의 대화 소리, 자동차에서 들리는 음악 소리, 트럭의 엔진 소리 등)에 불평하기도 했지만 그땐 그런 소음들조차도 로맨틱하게 들렸다. 그리고 가끔 보이지 않는 곳에서 동네 아이가 우리 집 근처의 어떤 창문을 향해 이브라는 친구를 부를 때가 있었다. 그 아이는 친구의 이름을 부를 때, 사랑에 빠진 사람들이 상대의 이름을 부를 때 모음을 길게 늘여 발음하는 것처럼 "이이이이이이이이브! 이이이이이이이이이브!" 하고 불렀다. 우리는 친구를 부르는 이 여자아이를 한 번도 보지 못했고 소리가 어느 방향에서 들려오는지도 알아내지 못했다. 나는 그 아이가 이브라는 이름을 부를 때마다 그 이름을 부르는 사람이 마치 나인 것 같다는 생각이 들었고 눈에 보이지 않는 이 아이가 연장된 내 감정의 일부처럼 느껴졌다.

이브와 나는 대부분의 시간을 각자 일을 하면서 혼자 보내는 데 익숙해져 있었는데, 이사한 뒤에도 아파트의 양 끝에 떨어져 있었던 것만을 빼고는 놀라울 만큼 원래 살던 것과 다름없이 살았다. 이브가 부엌에서 그림을 그리거나 글을 쓰거나 연주를 하는 동안 나는 거실에서 글을 쓰거나 연주를 했다. 둘 중 하나가 연주 연습이나 작곡을 해야 하면 번갈아 가며 조용히 해주었다. 그리고 함께 식사를 하기 위해 쉬는 시간을 정했다. 밤에는 함께 밴드 연습을 하거나 친구들의 공연을 보러 갔다.

새 아파트에서 몇 달을 지내던 우리는 동네 어귀에서 독특한 비디오 가게를 발견했다. 그곳에서는 수천 개의 DVD와 비디오들이 제대로 정리되어 있지 않고 아무렇게나 선반에 꽂혀 있었는데 대부분은 작품성이 전혀 없는 홈비디오용 B급 영화나 저예산 아마추어 작품들이었다. 이브와 나는 그곳에서 가장 한심해 보이는 비디오를 골라 케이스를 서로 보여주기도 하고 가장 재미있어 보이는 영화를 찾으면서 한 시간씩 시간을 보내곤 했다. 이브는 이 영화들을 '스릴라'라고 불렀는데, 그 이유는 비디오 케이스 겉표지의 요약 설명에 오타가 많았기 때문이다. 심지어 정말 스릴라라고 적혀 있는 비디오도 있었다. 이브는 로맨틱한 미소를 지으며 말하곤 했다. "오늘은 스릴라를 빌려 보자." 우리는 조잡한 특수효과로 가득한 우스꽝스러운 괴물 영화를 빌려서 웃기는 장면이 나올 때마다 하나하나 해설을 하면서 보곤 했다. 간혹 이런 스릴라 영화에도 인상적인 순간이 연출되곤 했다. 예를 들어 고무로 된 장난감 악어가 마치 거대한 괴물인 것처럼 나오는 영화를 보는데 등장인물이 갑자기 뜬금없이 감동적인 독백을 하는 장면이 나오면 이브는 이런 식으로 반응했다. "지금 내가 〈살인 악어 3〉를 보면서 울고 있다니! 어쩌다 내가 이 지경이된 거지?"

이브가 소위 최루성 영화라고 부르던 괜찮은 영화들이 가끔 보고 싶어지면 우리는 조금 먼 곳에 있는 평범한 비디오 가게까지 걸어갔다. 하지만 우리가 어떤 영화를 빌리든 내가 영화를 보는 목적은 주로 이브의 해설을 듣기 위해서였다. 우리는 영화를 보는 중간에 자꾸 멈추고 얘기를 하느라 영화 하나를 다 보는 데 몇 시간씩 걸리기도 했다. 어떨 때는 영화 보는 것을 아예 관두고 얘기를 한 적도 많았다. 그만큼 대화가 잘 통했다.

때때로 재미 삼아 우리가 좋아하는 곡들을, 심지어 앨범 전체를 연주해 보기도 했다. 어떤 때는 번갈아 가며 각자가 발견한 음악들을 서로에게 알려주기도 했다. 얼마 지나지 않아 우리 관계와 연관된 곡들이 수백 곡이 넘게 되었고 그래서 보통 커플이라면 벌써 '우리 노래'가 뭔지 결정하고도 남았을 거라고 농담을 했다. 한번은 약국에서 내가 이브를 껴안으며 "라디오에서 우리 노래가 나온다!"라고 말했다. 그때 나오던 노래는 마이클 셈벨로^{Michael Sembello}의 1980년대 히트곡으로, 그가 아는 어떤 여자가 미치광이라는 말을 계속 반복하는 내용의 노래였다. 이때부터 우리는 전혀 어울리지도 않는 노래들을 '우리 노래'로 하자고 제안하는 농담을 하기 시작했다. 어느 날 밤에는 함께 레코드를 듣고 있을 때 이브가 몽크스^{The Monks}(미국 록밴드_옮긴이)의 〈닥쳐〉라는 곡을 우리 노래로 하자고 한 적도 있다.

이브에게는 몇 시간에 한 번씩 통화를 하는 라일라라는 쌍둥이 자매가 있었는데, 우리는 셋이서 꽤 자주 어울렸다. 이브와 라일라는 보고 있으면 놀라울 정도로 친밀했다. 한번은 라일라가 없을 때, 나는 이브에게 두 사람이 이렇게 가까운 이유가 서로에 대해서 모르는 게 없는, 보통 사람들은 겪지 못하는 흔치 않은 경험을 공유하기 때문이냐고 물었다. "라일라는 네 인생의 대부분을 봐왔을 테니까. 사람들은 남들의 지나온 역사를 볼 수 없잖아. 아무리 가능한 한 많은 것을 공유하려고 해도 쌍둥이처럼 서로에 대해 많이 알 만큼 가까워 지진 못하잖아."

이브가 대답했다. "난 쌍둥이 자매가 없는 인생은 상상할 수도 없어. 쌍둥이 자매를 잃는 즉시 미쳐버릴 것 같아. 너라면 또 다른 네가 없이 살 수 있어? 너를 이해하기 위해 태어난 사람 없이?"

"난 어릴 때부터 나를 이해할 사람은 없다는 사실을 받아들이면서 살았어." 내가 이브에게 말했다.

"난 널 이해해." 이브가 나를 따뜻한 눈으로 응시하면서, 나를 이해하는 유일한 사람이라는 것을 자랑스러워하며 말했다.

"난 너를 이해한다고 '생각'해. 적어도 어떤 면에서는. 하지만 나는 여전히 너를 더 많이 이해하고 싶어." 내가 말했다. 이브가 미소를 지었지만 내 말에 반신반의하고 있음을 느꼈다. "그러니까 내 말은, 우리는 1년이나 함께 살았지만 너는 네 과거에 대해서 말하지 않은 것들이 많잖아. 네 전 남자친구들에 대해서도 아는 게 하나도 없고…."

이브가 얼굴을 붉히며 웃었다. "아, 그건 몰라도 돼. 별로 재미도 없고."

"재미가 없다니! 나는 네가 재미없는 척하는 거라도 보고 싶어!"

이브는 웃지 않았다. "재미없다니까." 이브는 내가 더 이상 조르지 않을 때까지 같은 말을 반복했다.

어느 날 밤, 어떤 영화에서 내털리 우드가 로버트 레드퍼드에게 화를 내며 그를 미워한다고 말하는 장면을 보던 중이었다. 그러자 로버트 레드퍼드는 키스로 말을 막았고 내털리 우드는 행복해하며 그의 팔에 안겼다.

"나는 내가 어떤 여자한테 싫어한다고 말했는데 그 여자가 나한테 키스하려고 하면 너무 끔찍할 것 같은데." 내가 영화를 정지시키고 불평을 했다. "그 여자가 나를 싫어한다고 했으면 절대 그 여자한테 키스할 생각은 안 해! 그냥 가버리지. 그 여자가 거짓말한다고 짐작하는 건 너무 무례한 행동이야. 게다가 화가 났다고 해서 자기 마음에도 없는 말을 하는 사람하고는 나는 사귀고 싶지 않을 것 같아."

이브가 한숨을 쉬었다. "왜 이래, 저 여자가 남자를 사랑한다는 건 너무 빤히 보이는데. 저 남자는 굳이 묻거나 대답을 듣지 않아도 여자가 원하는 게 뭔지를 아는 거야."

"난 저런 게 전혀 로맨틱하게 느껴지지 않아."

"나도 알아. 너도 로맨틱해. 네 나름대로." 이브는 손으로 내 머리를 넘기며 말했다. "영화에 나오는 거랑은 다르지만 너도 로맨틱해."

우주에서는 당신의 거짓말이 들리지 않는다

그맘때쯤 친구 시드니가 전화해서 놀라운 제안을 했다. 시드니는 대학 동창 중 나를 좋아하는 얼마 안 되는 친구 중 하나였다. 풋볼 선수였고 큰 키에 어깨도 넓고 잘생긴 데다 어떻게 보면 정상적인 사람으로 보이기도 하는 친구였다. 그런 그가 최근 로스앤젤레스의 한 스튜디오에 취직하는 데 성공했고, 그 스튜디오의 보관소에 있는 오래된 영화들을 현대적으로 리메이크하는 과정에서 패키지Package(옛날 영화를 현대적인 영화로 리메이크하려고 할 때 극본가, 감독, 프로듀서 등을 섭외하는 것부터 투자를 유치하는 일까지 모든 필요한 일들을 하나로 묶어 영화가 완성되게 만드는 작업을 의미하는 할리우드 은어_옮긴이)하는 일을 맡게 되었다고 했다. 그리고 그 말은 지금 진행 중인 1930년대 공포 영화의 대본을 다시 쓰는 데 나를 고용할 수 있다는 의미라고 했다. 그런 종류의 일은 정말 내가 절실하게 원했던 꿈과 같은 직업이었다.

하지만 일을 시작하자마자 스튜디오에서 시드니를 그 프로젝트에서 제외한 후 뉴욕에 기반을 두고 있던 훨씬 경험 많은 프로듀서로 대체하기로 했다면서 나에게 그의 사무실로 찾아가 만나보라고 했다. 새로 영입된 프로듀서의 이름을 찾아보니 내가 본 영화 몇 편을 제작한 사람이었다. 나는 그 영화들이 별로였지만 내가 아는 모든 사람들은 꽤 좋아했다. 안내 직원이 프로듀서의 사무실로 안내했을 때 나는 그의 외모를 보고 매우 놀랐다. 서핑을 즐기는 사람 같은 근육질의 몸에 삐죽삐죽한 금발 머리의 그는 40대답지 않게 아주 젊어 보였다. 그는 영화사에서 일하기 위해 고등학교를 자퇴했던 자신의 경력을 거만하게 자랑했다. 그는 자신을 신동이라고 칭했다. 나는 그가 왜 그렇게 나에게 잘 보이려고 하는지 이해할 수가 없었다. 어쩌면 내 친구의 자리를 빼앗았다는 사실 때문에 나와의 관계가 거북해질까 봐 그럴 수도 있겠다는 생각이 들었다. 혹은 스물네 살인 나에 비해 자신이 너무 나이 들게 느껴져서, 이미 자신은 나보다 훨씬 어릴 때 성공했다는 걸 밝히고 싶었던 건지도 모른다. 또는 그는 누구를 만나든 비슷한 태도를 보이는 사람이었을 수도 있다. 이 마지막 추측이 제일 나를 짜증 나게 했다. 모든 사람들에게 멋진 인상을 심어주고 싶어 한다는 건 정말 너무 성가시고 괴로울 것 같았다.

그 프로듀서는 계속 자랑을 늘어놓던 중 할리우드에서 일하기 시작한 첫 주에 참석하게 된 영화 〈에일리언〉의 마케팅 회의에서 있었던 얘기를 꺼냈다. "그러니까, 선셋 대로에 있는 한 회의실에서 고작 고등학교 중퇴자였던 내가 홍보 포스터 문구에 관한 회의를 듣고 있었어요. 늘 똑같은 공포 영화나 공상과학 영화에 나올 법한 비명이나 우주에 관한 얘기들만 오가던 중이었는데 누가 우주에서 비명을 지르는 것에 대한 얘기를 꺼냈어요. 그때 그 영화 프로듀서의 부인이 그 말을 우연히 듣고 우리가 하는 대화에 끼어들어 이렇게 놀리더군요. '다들 한심하네! 우주에는 공기가 없어서 소리도 나지 않기 때문에 소리를 질러봤자 소용없어요!'라고 말이에요." 그리고 그는 의기양양해하며 잠시 뜸을 들이더니 결국 가장 하고 싶었던 자랑을 했다. 그건 그가 10대의 나이에, 그것도 출근하기 시작한 지 일주일 만에 그 유명한 "우주에서는 아무도 당신의 비명을 들을 수 없다!"라는 헤드라인 카피를 썼다는 얘기였다.

"잠깐만요. 프로듀서의 부인이 거기 왜 있었어요? 그리고 그 부인이 회의실에서 얘기하는 걸 어떻게 엿들을 수 있었어요? 문이 열려 있었나요? 아니면 회의실 밖에서 엿듣다가 사람들 생각이 틀렸다는 걸 알려주려고 갑자기 들어간 건가요? 그리고 그 전에 회의실에 있던 사람 중에 우주에서는 소리가 안 들린다는 사실을 아는 사람이 한 명도 없었다고요? 그 회의실에 몇 명이나 있었는데요?" 내가 말했다.

그 프로듀서는 어안이 벙벙해서 회전의자를 빙글빙글 돌렸다. 나는 그 정도의 말에 놀라지 말았어야 했다. 할리우드란 곳은 거짓말쟁이들로 가득 찬 곳이니까. 하지만 나는 영화 산업에서 살아남는 데에는 그런 거짓말들이 도움이 되었을 거라고 생각해서 되도록 긍정적인 태도를 보이려고 노력했다. 그래서 뭔가 칭찬할 거리를 찾아 화제를 바꾸었다.

"실은요, 여기 오기 전에 프로듀서님에 대해서 좀 찾아봤습니다. 내 친구들이 정말 좋아하는 영화 몇 편을 제작하셨더라고요." 내가 말했다.

"아, 그래요? 그런 칭찬은 언제 들어도 좋네요."

"그런데 저는 개인적으로 별로였습니다. 하지만 그래도 우리가 함께 일을 할 수 있게 된 것은 좋게 생각합니다."

그는 최선을 다해 상황을 좋게 넘기려고 하면서, 내 말이 전혀 기분 나쁘지 않은 것처럼 고맙다고 말했다.

그와 만난 후 얼마 지나지 않아 내가 정말 좋아하는 영화를 찍었던 재능 있는 촬영감독이 프로젝트에 합류하게 되었다. 나는 아직 대본도 없는 애들 학예회 같은 영화 프로젝트에 대체 어쩌다가 그런 사람이 합류하게 되었는지 알 수가 없었다.

하루는 프로듀서, 촬영감독, 시드니가 모두 같은 때에 뉴욕에 올 일이 있어서 다 같이 만나 회의를 하기로 했다. 시드니, 프로듀서와 함께 촬영감독을 만나러 회의실에 들어가기 직전에 내가 농담을 했다. "내가 저 회의실에 들어가서 캐리커처 만화처럼 과장된 표정을 지으면서 '감독님! 감독님의 작품은 정말 훌륭해요! 완전 팬입니다! 같이 언제 식사나 합시다. 제가 우리 직원 시켜서 당신 직원한테 전화하라고 할게요' 같은 다들 맨날 하는 식상한 말을 늘어놓으면 얼마나 이상하게 들릴까요?"

프로듀서는 불편한 표정을 지었다. 시드니 역시 불편하고 어색한 미소를 지으며 말했다. "마이클, 그건 이상한 게 아니야. 그런 게 정상적인 인사지."

나는 웃었다. "그렇다면 내가 정말로 하려고 하는 말이 이상하게 들리겠네." 그러자 내 친구는 웃었고 프로듀서는 어깨를 으쓱해 보였다. 그리고 우리는 같이 안으로 들어갔다.

그렇게 만난 프로듀서와 훌륭한 촬영감독은 아직 존재하지도 않는 영화를 가지고 온갖 찬사를 늘어놓았다. 이 영화와 비견될 만한 다른 대작들을 열거하거나 대히트를 예상하면서 벌써 자축하는 분위기가 이어졌다. 그들은 실현 가망이 없는 공상을 마치 확정된 일인 것처럼 말하면서 미리부터 성공을 축하하고 있었다. 나는 아직 대본도 없는 상태에서 너무 지나친 기대는 자제하는 것이 좋겠다면서 진정시켜 보려고 했지만 그들의 흥분은 가라앉을 줄을 몰랐다.

물고기 장례식

이브는 동물을 너무나 좋아해서 반려동물을 기르고 싶어 했다. 나는 자라면서 반려동물을 기른 적도 없는 데다 고양이 알레르기가 있었고 우리에겐 개를 키울 공간도 없었다. 그래서 이브는 파란색 버들붕어를 사서 어항에 넣고 우리 아파트 현관 안쪽 옆에 놓았다. 이브는 물고기 이름을 조시라고 지었다. 내 남동생의 이름을 딴 게 아니라 그냥 우연의 일치였다. 이브는 조시에게 밥을 주거나 조시가 헤엄치는 모습을 보는 것을 좋아했다.

하루는 옆구리가 부풀어 오르고 헤엄칠 때 뒤뚱거리는 조시를 이브가 발견했다. 온라인에서 증상을 찾아본 이브는 조시가 아주 많이 아프고 곧 죽게 될 거라는 사실을 알아냈다. 인터넷에서 약을 주문해 어항에 뿌려주기도 했지만 조시는 곧 터질 것처럼 점점 더 기괴하게 부풀기만 했다. 그래도 조시는 열심히 지그재그로 헤엄쳐 다녔다. 이브는 속상해서 어쩔 줄 몰랐다. 나는 조시가 고통을 받지 않도록 안락사를 시키는 게 어떻겠냐고 이브에게 물었다. 하지만 이브는 약을 먹으면 나을 거라고 우겼다.

이브가 주말에 가족을 만나러 보스턴에 가 있는 동안 어항 바닥에서 죽어 있는 조시를 발견했다. 이브가 슬퍼할 모습이 머릿속에 그려졌다. 나는 조시를 변기에 넣어 물을 내려 버리고 수의처럼 검은색 베개 커버를 찾아 어항을 덮은 뒤 이브가 돌아오기를 기다렸다. 이브는 현관문을 열고 들어오자마자 베개 커버가 씌워진 어항을 발견했다. "네가 간 다음에 바로 죽고 말았어. 꼭 네가 자기를 너무 사랑하는 걸 알고 네가 없을 때를 기다렸던 것처럼." 내가 말했다.

빈 어항이 그렇게 놓여 있는 모습에 우리 둘은 우울해졌다. 그래서 다른 물고기를 데려오기로 했다. 나는 심지어 다음과 같이 소리 내어 말했다. "조시도 그걸 원할 거야." 내가 심각하게 말하자 이브가 웃음을 터뜨렸고 나도 순간 정신을 차리고 이브를 따라 웃었다.

이번에는 작고 빨간 금붕어를 사서 이브가 바나나라고 부르자고 했는데 이름을 처음으로 선언할 때 이상한 억양으로 발음하는 바람에 '바난나'처럼 돼버렸다. 바난나는 어항 속에 있는 작은 초록색 플라스틱 나무에서 휴식을 취하기를 좋아했다. 헤엄도 거의 치지 않았다. 나는 물고기도 저런 독특한 개성을 가질 수 있다는 점에 감동했다. 전에는 사람들이 물고기를 좋아하는 이유를 전혀 이해하지 못했는데, 이제는 동물들이 인간은 할 수 없는 방식으로 실제 자기의 모습을 어떻게 받아들이는지를 알게 되었다. 동물들은 거짓된 행동을 하지 않고 다른 존재의 감정을 보호하려고 하지도 않으며 사랑을 가장하지도 않았다. 그래서 믿을 수 있었다. 나는 동물들이 모든 기쁨이나 고통, 슬픔을 드러내고, 주저하지도 부끄러워하지도 않고 마음껏 사랑하는 무의식적인 판타지를 구현하고 있다는 생각마저 들었다.

이브와 나는 또 행복한 감정에 눈물을 흘리면서 어항을 들여다보았다. 얼마 후 바난나의 나무에 녹조가 끼어서 이브가 청소를 해주려고 밖으로 꺼냈다. 청소를 했는데도 여전히 너무 지저분해서 나중에 나무를 새로 사 오기로 했다. 그다음 날 거실에서 글을 쓰고 있는

데 부엌 쪽에서 이브의 비명이 들렸다. 방을 가로질러 달려가 보니 이브가 부엌 바닥에 놓인 바난나 옆에 엎드려 있었다.

"바난나가 어항 밖으로 튀어나왔어!" 이브가 훌쩍이면서 나를 바라보며 말했다. "내가 나무를 꺼내서 그랬나 봐! 그 나무가 얘가 살아가는 유일한 이유였는데!" 바난나는 여전히 바닥에 있었다.

"넌 그냥 잘해주려고 그런 거잖아! 넌 이런 일이 생길 줄 몰랐고 알았다면 나무를 꺼내기 전에 새 나무를 사다 놓았을 거야. 그러니까 네 잘못이 아니야. 그냥 바난나를 행복하게 해주려고 그랬을 뿐이지."

"난 정말 바난나가 행복하기만을 바랐어." 이브가 흐느끼며 말했다.

"나도 그랬어. 나도." 내가 말했다.

현실 세계에 오신 것을 환영합니다

이브의 쌍둥이 자매 라일라도 뮤지션이었기 때문에 어느 날 우리는 연습실에서 다 함께 연주를 해보면 좋겠다고 의견을 모았다. 내가 쓰던 연습실은 열두어 명쯤 되는 친한 다른 뮤지션들과 함께 임대하고 공유하는 곳이었기 때문에 나는 연습 일정을 확인해 본 후, 그 주에는 예약되지 않은 시간이 토요일 저녁밖에 없다고 쌍둥이들에게 알려주었다. 그래서 우리는 토요일 밤에 같이 연주를 하기로 했다. 예약 시간이 다 되어갈 때쯤 우리는 벨벳 소파에 라일라와 같이 앉아 있었다. 이브가 말했다. "오늘은 왠지 연주하기가 싫어. 내일 하자."

"내일은 다른 사람이 하기로 예약이 돼 있어. 연습실이 비는 날은 오늘밖에 없어." 내가 이브에게 다시 확인시켜 주었다.

"괜찮아. 그냥 내일 하자." 이브가 말했다.

나는 이 이상한 반응을 라일라도 눈치챘나 싶어서 쳐다보았지만, 라일라는 이상하다고 생각하는 것 같지 않았다.

"지금 이게 무슨 상황이야? 내가 방금 오늘밖에 시간이 없다고 말했잖아."

내 말에 이브는 나를 노려보더니 똑같은 말을 반복했다. "오늘은 하기 싫다니까. 그러니까 내일 하잔 말이야."

"난 이 상황이 도대체 이해가 안 가. 지금 내가 하는 말을 이해하지 못하는 척하는 거야?" 내가 집요하게 물고 늘어졌다.

"그냥 어디 가서 술이나 한잔 하자. 같이 연주하는 건 내일 하고." 이브가 다시 말했다.

그쯤에서 그냥 넘어갔으면 좋았겠지만 그날 밤 내내 그 대화가 머릿속을 떠나지 않았다. 그래서 이브와 단둘이만 남게 되었을 때 내가 도대체 무슨 일이냐고 물었다. 이브는 내가 그 얘기를 또 꺼내서 짜증이 나는 것 같았다.

"라일라가 오늘 연주하고 싶지 않다고 했어. 그런데 나는 네가 왜 그렇게 큰일이라도 난 것처럼 그러는지 모르겠어."

"자꾸 내일 하자고 하니까 그렇지."

"그냥 라일라가 나중에라도 우리와 같이 연주하고 싶어졌으면 해서 그랬어."

"그럼 왜 그냥 그렇게 말하지 않았어? 아니면 좀 더 이해되게 말을 하든지. 그리고 라일라가 직접 말하면 되지, 왜 마치 네가 연주하고 싶지 않은 것처럼 말했어?"

"대체 그게 뭐 그렇게 중요해? 왜 그렇게 신경 써?"

"그렇게 이상한 거짓말을 할 정도로 신경 쓰는 건 너잖아! 큰일이라도 난 것처럼 군 건 바로 너야!"

이브는 자꾸만 나를 자기 가족을 이상하게 공격하고 있는 사람처럼 만들었고, 그런 나에게 맞서서 라일라를 옹호하는 것 같은 태도를 취해서 결국 말다툼을 하고 말았다. 나는 도저히 이브의 논리를 따라갈 수가 없었고 결국 말다툼은 아무 해결점을 찾지 못하고 흐지부지 끝나버렸다.

그리고 얼마 지나지 않아서, 이브는 크리스마스 때 보스턴에 있는 그녀의 어머니의 집으로 나를 초대했다. 간 김에 같은 지역에 살고 있던 그녀의 아버지도 만나기로 했다. 이브가 가족을 얼마나 사랑하는지 알고 있었기 때문에 내가 그녀의 가족 마음에 들어야 이브가 계속 나와 잘 지낼 것이라고 확신했다. 살아오면서 어떤 특정인들이 나를 좋아해 주기를 바랐던 것은 그때가 처음이었다. 그전에는 한 번도 남의 맘에 들려고 했던 적이 없었던 나는 어떻게 행동해야 그들이 나를 좋아할지 알 수가 없었다.

"너희 가족이 날 안 좋아할까 봐 걱정돼. 사람들이 나를 좋아하게 하려면 어떻게 해야 하는지 전혀 모르겠어."

"내가 널 좋아하게 만들었잖아." 이브가 말했다.

"그건 다르지! 난 그냥 나답게 행동했고 그런 나를 네가 좋아한 거지. 보통은 그런 식으로는 잘 안 통하는데."

이브는 걱정을 해야 하는 상황임에도 그저 웃기만 했다.

이브의 어머니는 처음부터 나를 좋아하려고 마음먹고 따뜻한 미소로 맞아주었다. 나는 그런 식의 환대를 받기 전에 당연히 내가 어떤 사람인지를 먼저 증명해 보여야 한다고만 생각했었다. 이브의 집은 트리와 장식 등으로 크리스마스를 완벽하게 보낼 준비가 되어 있었다. 나는 크리스마스를 기념하는 일이 나에게는 얼마나 색다른 경험이며 선물을 주고받는다는 게 어떤 기분인지 정말 모르겠다는 이야기들을 잔뜩 늘어놓았다. 그리고 어릴 때 산타의 진실을 밝히려고 했던 일이나 친할머니가 선물을 마음에 안 들어 했던 이야기 등을 이브의 어머니와 라일라에게 들려주었다. 이브의 어머니는 내 말에 웃어주었지만 그렇게 친절한 태도의 이면에는 문제 있는 가족들에 대한 얘기를 이렇게 만나자마자 털어놓거나 할머니를 흉보는 나를 어떻게 봐야 할지를 판단하고 관찰하고 있다는 것도 느껴졌다.

선물을 교환할 때 이브 가족에게는 여러 가지 전통과 의식이 있었다. 그들은 수십 년 동안 계속 그렇게 같은 방식으로 크리스마스를 기념해 오고 있었다.[2] 나는 그런 과정들에 대한 의견을 말하거나 질문을 해대면서, 내가 그 과정들을 함께 즐기는 것이 아니라 단지 손님으로서 참석하고 있다는 사실을 자꾸 불편하게 상기시켰다. "우리 가족은 이런 전통이 없어요. 그리고 우리는 대다수의 사람들이 하는 것들은 뭐든 하고 싶어 하지 않았어요." 내가 말했다.

이브의 어머니, 여동생 그리고 여동생의 남자친구는 서로를 아주 잘 알아서 다들 모두가 좋아할 선물을 많이 알아보고 준비한 것 같았다. 이브는 선물을 살 돈이 없어서 가족 한 명 한 명에게 특별한 의미의 그림과 만화를 그려 선물로 주었다. 선물을 교환하기 시작하자마자 나는 울기 시작했다. 나는 왜 감동을 했는지 설명하려고 했지만 결국 모두에게 내가 겪은 경험들을 억지로 주입시키며 나 혼자 대화를 독차지하고 말았다. 그래도 상황을 고려하면 그럭저럭 괜찮게 넘어갔다.

다음 날 아침에는 이브의 아버지를 만나러 갔다. 그는 딸을 가진 보통의 아버지들이 딸의 남자친구를 대할 때 그러듯이 장난 섞인 협박을 하며 즐거워했다. 나는 남자다운 타입의 사람이 아닌 데다가 아버지들이 딸의 남자친구감으로 흡족해할 만한 부류에 속하지도 않았기 때문에 더더욱 놀리기 좋은 대상이었다. 이브의 아버지가 '남자라면 기본적인 목공 기술은 알고 있어야 한다'는 식의 농담을 했을 때 나는 그 말을 너무 진지하게 받아들였다. "어떤 사람이 그런 식으로 모두 뭔가를 할 줄 알아야 한다고 주장할 때, 보통 그건 그 주장을 하는 사람들이 할 줄 아는 일이라는 거 아세요? 정말 대단한

---

2 이런 전통은 결코 이 가족만의 유난한 전통이 아니라 대부분의 가정에서 크리스마스를 기념하는 방식이라는 것을 이제는 알고 있다.

우연의 일치 아닌가요?" 이브와 이브의 아버지가 웃지 않아서 나는 더 분명히 말했다. "진짜 남자라면 피아노를 쳐야 한다고 주장하면 어떻겠어요? 아니면 글을 잘 써야 한다거나, 걸핏하면 울어야 한다고 하면요? 대체 누가 뭔가를 할 수 있어야 한다는 건 누가 정하는 건가요?"

이브의 아버지가 어떤 반응을 기대하고 이런 악의 없는 농담을 던졌는지는 모르겠지만 적어도 나 같은 반응을 기대한 건 아니었을 것이다. 나는 이브의 아버지가 웃어넘길지, 모욕감을 느끼고 화를 낼지, 아니면 같이 논쟁을 벌일지, 대체 어떻게 받아들여야 할지를 고심하는 모습을 바라보았다. 그는 결국 점잖게 웃어넘겼다.

이브가 주제를 바꿔서 스물네 살이라는 나이에 프리랜서로 일하는 고충을 털어놓자 이브의 아버지가 말했다. "현실 세계에 온 것을 환영한다."

나는 또 불평을 쏟아냈다. "사람들이 '현실 세계'라고 말할 때는 왜 언제나 부정적인 뜻으로 말할까요? 저는 앞으로 좋은 일이 있을 때만 그렇게 말할 겁니다. 예를 들면 누가 복권에 당첨되면 '현실 세계에 온 것을 환영합니다'라고 할 거고, '사랑에 빠졌다고요? 현실 세계에 온 것을 환영합니다!'라고 할 겁니다." 이브의 아버지는 내가 아까 한 말보다는 차라리 이 말이 재미있다고 생각하는 듯했지만, 그래도 어디로 튈지 모르는 나와의 대화에 무방비 상태로 노출된 데 대한 불안함이 엿보였다.

나중에 우리가 차로 걸어갈 때 이브가 내 손을 잡으며 말했다. "아빠는 분명 너를 좋아하게 될 거야. 시간이 좀 걸리겠지만."

　나는 여자친구의 부모님이 나를 좋아하도록 만들기 위한 과정에 착수했다는 의미에서 비로소 남들과 다름없는 평범한 경험에 동참하고 있다는 생각이 들었다. 누가 나를 좋아하게 만들려는 일은 항상 너무 가망 없게 느껴져서, 내가 자존감이라는 감정을 조금도 결부시키려고 하지 않았던 일이었다. 그리고 누군가가 나를 좋아하지 않을 때 그 속상한 마음을 기꺼이 받아들이지 못하면서 그 사람이 나를 좋아할 때는 자랑스러워하는 것도 위선처럼 느껴졌다. 내 감정에 대한 통제력을 포기하는 것은 너무 암울한 도박 같았다. 나는 꼬리에 꼬리를 물고 달려드는 이런 모든 생각들을 이브의 엄마 집으로 돌아가는 차 안에서 이브에게 다 털어놓았다. 차 앞 유리창을 응시하며 이브가 말했다. "남을 신경 쓴다는 게 바로 그런 거야."

　"나는 다른 사람의 임의적인 의견에 따라 너 자신을 정의하는 건 좋지 않다고 생각해." 내가 말했다.

　이브는 왠지 기분이 훨씬 나빠진 듯 보였다. "그냥 나는 네가 날 배려해 줄 때 내 기분이 좋아진다는 건 알아."

　이브의 어머니 집에 도착해 보니 다들 부엌 식탁에 모여 앉아 영화를 보러 갈 계획을 세우고 있었다. 나는 보고 싶은 영화를 고르는 데 까다로운 편이었지만 이브의 가족들이 보고 싶어 하는 영화를 같이 본다면 가족들이 나를 더 좋아할 것이라고 생각했다. 이브의 어머니가 신문에 나와 있는 영화들을 훑어보더니 말했다. "마이클은 멜로는 안 좋아한대. 코미디 영화를 보자."

이 말에 나는 당황하지 않을 수 없었다. "저 멜로 좋아해요. 다들 보고 싶은 걸로 봐요." 이브는 내가 큰 실수라도 하고 있다는 듯이 나에게 싸늘한 눈길을 보냈지만 나는 무슨 실수를 하고 있는지 전혀 짐작조차 할 수 없었다.

"괜찮아. 그냥 코미디 보자. 네가 코미디 좋아하는 거 다 알아." 이브의 어머니가 말했다.

"제가 멜로를 왜 안 좋아한다고 생각하세요?" 내가 물었다.

"코미디가 재미있겠네." 이브가 테이블 밑으로 내 손을 꼭 쥐며 제발 조용히 하라는 표정으로 나를 쳐다보며 말했다. 나는 내가 멜로를 좋아하지 않는다는 이브의 어머니 말에 동의했어야 한다고 짐작은 했지만 선뜻 나서서 그렇게 말하지 못했다. 나는 그냥 말없이 그들이 영화를 선택하게 놔두었다. 이브의 어머니가 영화를 하나 골랐다. "마이클, 이 영화 어때?"

"저는 어머니가 보고 싶으신 거면 뭐든지 좋아요." 내가 말했다. 이브는 도저히 이해하지 못할 이유로 얼굴을 찡그렸다.

"그래." 이브의 어머니는 내가 마치 자신의 제안을 거부한 것 같은 뉘앙스로 말했다. 그러고는 또 다른 영화가 어떤지 물었다.

"모두가 다 원하는 거면 저도 다 좋아요." 나는 또 똑같이 말했다. 이제 이브는 몹시 화가 난 것처럼 보였다. 나는 너무 혼란스러운 나머지 웃음을 터뜨리고 말았다. "죄송한데요, 지금 오가는 대화에 어떻게든 따라가려고 노력 중인데 정말 어떻게 해야 할지를 전혀 모르겠어요! 누가 설명 좀 해주시면 안 돼요? 지금 코미디를 보고 싶어서 자꾸 저한테 멜로를 안 좋아하냐고 묻는 거예요? 그리고 제가 여러분이 보고 싶은 거면 뭐든 보겠다고 했는데 마치 제가 그 영화를 안 보겠다고 한 것처럼 받아들이셨어요. 정말 솔직히 말씀드려서 저는 영화를 고르는 데 의견을 낼 생각이 없어요. 저는 나름대로 예의를 지키려고 하는데 이브는 마치 제가 무례하게 구는 것처럼 자꾸 절 노려보니까 정말 어떻게 해야 할지 모르겠어요!"

나는 웃으며 말했는데 이브의 어머니와 여동생은 모멸감을 느낀 것처럼 시선을 아래로 떨구었다. 그러더니 몇 초 뒤에 갑자기 나를 위로하기 시작했다. "우리는 영화 꼭 안 보러 가도 돼. 괜찮아. 그냥 집에서 다른 거 하면 돼."

이브가 일어서더니 "아, 마이클, 내가 보여주고 싶은 게 생각났어"라며 우리가 묵고 있던 침실로 나를 끌고 갔다. "걱정하지 마. 여기에 잠깐만 있자. 그리고 내가 가서 다 알아서 수습할게. 그리고 너는 이 문제에 대해서는 더 이상 아무 말도 하지 마."

"지금 다들 내가 사과하기를 바라는 거야?" 내가 물었다. 사람들은 언제나 내가 사과하기를 바랐다.

"아무 일도 없었던 것처럼 행동하면 사과하는 것이나 다름없는 거야." 이브가 말했다.

다시 가족들이 있는 곳으로 돌아가 보니 이미 어떤 영화를 볼지 결정한 뒤였고 다들 다시 기분이 좋아져 있었다.

그날 밤 늦게 손님방에서 단둘이만 남게 됐을 때 아까의 상황에 대해 이브에게 물었다. 이브는 잠시 약간 어리둥절한 표정을 짓더니 민감한 군사 기밀을 털어놓듯이 속삭였다. "엄마는 그저 모두가 불편하지 않게 하려고 노력해. 우리 가족은 항상 모든 사람을 편하게 하려고 노력해."

"내가 멜로를 좋아하지 않는다고 주장하는 게 어떻게 나를 편하게 하는 거야?"

나는 그때 이브가 자기 가족이 소통하는 방법에 대해서 다른 사람에게 설명한 적이 없다는 것을 깨달았고 우리 가족의 소통 방식을 남에게 설명하는 것이 일상적인 일이었던 나는 놀라지 않을 수 없었다. "네가 뭘 원한다고 해서 그냥 직접적으로 그걸 원한다고 말할 수는 없는 거야." 이브가 말했다.

나는 약간 불쾌한 어조로 그녀의 말을 막았다. "사람들은 항상 그러더라. '네가 원하는 걸 모두 다 말할 순 없어!' 혹은 '네 감정을 곧이곧대로 말할 순 없어!'라고 말이야. 대체 왜 '말할 수 없다'는 거야? 그냥 입을 열고 혀와 성대를 이용해서 말하면 되는 건데!"

"문자 그대로 '말할 수 없다'는 의미가 아니잖아." 이브가 비웃듯이 말했다. "그렇게 하면 무례하다는 뜻인 거지."

"좋아, 그럼 원하는 것이 있으면 어떻게 해야 돼?" 내가 물었다.

이브는 이번엔 바로 대답했지만 여전히 속삭이듯 말했다. "네가 원하는 것이 있으면 힌트를 줘서 상대방이 그걸 눈치채고 네가 원하는 걸 자기가 원하는 거라고 말함으로써 너를 편하게 해주는 거지." 이브는 나한테 소통의 방법을 그렇게 명확하게 통역해서 전달할 수 있는 자신에게 감명을 받았는지 잠시 말을 멈추었다. "그러니까, 우리 엄마가 네가 멜로 영화를 좋아하지 않는다고 말한 건 자신이 멜로를 보고 싶지 않아서 그렇게 말한 거야. 그리고 어떤 특정 영화를 너한테 보고 싶으냐고 물어본 건 엄마가 그 영화를 보고 싶어서였어. 그러니까 엄마가 너한테 영화를 보여주면서 그게 보고 싶으냐고 물어봤을 때 너는 신이 나서 좋다고 말했어야 해. 네가 '아무거나 어머니께서 보고 싶은 거'라고 말했을 때 엄마는 네가 그 영화를 보고 싶지 않다는 거로 받아들인 거야."

"정말 내가 들어본 것 중에 가장 복잡한 얘기다." 내가 말했다.

이브는 내 말에 웃었고 한층 누그러져서는 나를 안아주려고 침대로 올라앉았다. "너한테는 복잡하겠지. 하지만 네가 너희 가족을 이해하듯이 우리 가족들도 서로 그냥 그렇게 이해하는 거야." 그녀가 말했다.

이브는 다시 다정해졌지만 나는 여전히 속이 후련하지가 않았다. "그런데 대체 그게 어떻게 누굴 편하게 만든다는 거야? 자기가 바라는 걸 솔직히 인정하지 못하는데? 네가 좋아하는 걸 남들이 좋아하는 척해주는 게 마음이 편해? 더 불편하지 않아?"

"아니! 왜 불편해? 다들 날 생각해 주는 건데! 물론, 때로는 오해의 소지가 있을 수도 있는데, 그래도 난 그럴 만한 가치가 있는 것 같아."

"왜?" 내가 물었다.

이 질문 역시 이브가 미처 생각해 보지 않았던 것 중 하나였다.[3]

---

3 우리는 우리만의 방식대로 소통하며 사는 데 너무 익숙한 나머지 우리가 왜 그런 방식을 선호하는지 알기 어렵다. 심지어 이유가 있다 하더라도.

그녀는 잠시 생각하더니 대답했다. "왜냐하면 우리는 언제나 다른 사람을 배려하는 마음을 표현하고 남들에게는 그들이 우리를 배려하는 마음을 표현할 기회를 주니까."

"그냥 모두가 다 서로를 배려한다고 짐작하면 안 돼? 그냥 '사랑해'라는 말을 직접 하면 안 돼?" 내가 투덜거렸다.

"안 되지!" 이브가 웃음을 터뜨렸다. "여러 번 되풀이해서 사랑하는 마음을 보여주는 게 얼마나 기분 좋은 건데!"

"마치 고장 난 레코드처럼 말이지." 나는 처음에는 비꼬는 투로 말했지만, 내가 말하고서도 가슴이 뭉클해지는 표현이라고 생각했다. "사실은 나도 널 사랑한다는 걸 계속 되풀이해서 보여주고 싶기는 해. 물론 이 모든 회피적이고 우회적인 방식은 이해가 안 가지만, 그래도…."

"무슨 말인지 알아."

"네가 통역을 정말 잘해줘서 너무 좋아." 내가 말했다. 이 문장을 마치는 순간 나는 갑자기 머릿속이 복잡해졌다. 나는 이전에는 때와 장소에 따라 가면을 바꾸어 쓰는 사람들을 볼 때마다 눈을 굴리곤 했다. 그리고 나에겐 한 가지 얼굴밖에 없다는 것을 자랑스러워했다. 그렇게 살 수 있는 사람은 많지 않았다. 대부분의 사람들에게 페르소나를 바꾸는 것은 기호의 문제가 아니라 생존의 문제였다. 그뿐 아니라 나는 오직 한 언어밖에 구사하지 못해서 남들에게 내 말을 통역해야 하는 부담을 주었다. 그동안 대체 내가 눈치도 못 채는 사이 얼마나 많은 사람들이 나를 밀어내거나, 상황을 수습하려고 노력했을까? 나는 내 여자친구가 된다는 건 결국 내 전담 통역사가 되어야 한다는 점을 받아들이며 내 말을 곰곰이 생각하는 이브를 바라보았다.

이브의 가족을 만난 다음부터 이브는 우리 가족은 언제 만날 거냐고 자꾸 물어보았다. 우리 가족은 절대 뉴욕에 오는 일이 없었고, 한 장소에 다 같이 모이는 일이라고는 가족 캠프뿐이었기 때문에 나는 농담처럼 말했다. "가족 심리치료 캠프에 너도 같이 가면 되겠네!"

"나도 가도 돼? 나 거기 정말 가고 싶어!" 이브가 말했다.

우리가 함께 지낸 1년 반 동안 나는 이브에게 가족 캠프에 대한 얘기를 정말 많이 했다. 가족 캠프를 떠올리게 하는 영화가 아주 많아서 그럴 때마다 영화를 멈추고 얘기를 해주었기 때문이다.

"정말로 거기 가고 싶어? 왜?"

"네가 좋아하잖아. 그러니 내가 왜 안 좋아하겠어? 게다가 너희 가족들과 시간을 같이 보낼 수도 있잖아. 그리고 너랑 캠프를 간다니 너무 재미있을 것 같아."

나는 이브의 해명을 곧이곧대로 받아들였다. 어쨌든 이브는 전반적으로 '가족'에 대해 정말 관심이 많았다. 그리고 사람들은 다들 캠핑을 좋아했다. 그뿐 아니라 이브의 해설을 곁들인 가족 캠프는 분명히 두 배로 재미있을 것 같았다. 그래서 나는 더 이상 물어보지 않았다. 그때는 가족 캠프에 내 여자친구를 데려가는 것이 좋지 않은 생각일 수도 있다는 것을 미처 깨닫지 못했다.

상냥하게 대하는 것은
즐거운 일이다

　　　　　　　우리는 캠프에 참가하기 전에 일주일 동안 로스앤젤레스에 있는 엄마의 집에서 지내기로 했다. 엄마에게 전화를 걸어 우리 계획을 말하자 엄마는 너무 행복해했다. "이브를 만날 생각을 하니까 너무 설레!" 계속 들뜬 어조로 엄마는 덧붙였다. "난 정말 이브가 나를 좋아하기만 하면 좋겠어!"

　이브가 집 안에 들어서자 엄마는 엄마 특유의 폭력에 가까운 포옹을 했다. "만나서 너무 반갑다! 네가 날 좋아했으면 좋겠어!"

　이브는 놀랍게도 전혀 당황하지 않고 엄마 품에 안겨서 웃으며 "저도 어머니가 저를 좋아해 주시면 좋겠어요!"라고 말했다.

　우리는 침대가 있고 손님방 겸 엄마의 사무실로 쓰는 방에 짐을 풀었다. 이브는 방을 둘러보다가 엄마가 "어떤 전화를 하더라도 프로답고 자신감 있게 말할 것"이라든지, "너는 충분히 자격이 있다"라든지, "너는 본모습 그대로 사랑받아 마땅하다"와 같은 용기를 주는 문구들이 적힌 포스트잇을 거울이나 벽에 붙여놓은 것을 발견했다. 나는 이브가 포스트잇을 하나하나 읽을 때마다 그녀의 표정이 불편함, 즐거움 그리고 슬픔 등의 감정으로 계속 바뀌는 것을 옆에 서서 바라보았다. 이브가 그중 하나 앞에 멈춰 서서 뭔가 감상에 젖은 미소를 지으며 머뭇거리다가 말했던 것이 기억난다. "넌 좋은 사람이야." 그리고 이브는 포스트잇에 대해서는 아무런 언급 없이 단지 엄마가 사용하는 조명이 갓이나 조광기가 없고 눈이 멀 정도로 밝은 에너지 절감 형광등이라는 말을 했다. "조명이 모습을 너무 적나라하게 보여줄 정도로 밝아!"

"흠. 항상 내가 못생겼다고 생각한 이유를 이제 알았네." 내가 말했다.

이브가 다른 방에서 라일라와 통화를 하는 동안, 나는 엄마에게 이브가 조명에 대해 한 말을 전하자 엄마는 이렇게 말했다. "허, 그거 재밌네. 그런데 난 우리가 실제 생긴 대로 확실히 보는 게 좋다고 생각해."

"하지만 그 전구 때문에 다른 장소에 있을 때보다 우리가 훨씬 못생겨 보이잖아요." 내가 주장했다. 엄마는 그래도 내 말에 동의하지 않았고 전구도 바꾸지 않았다.

엄마는 이브와 조 아저씨, 외할머니, 외할아버지가 다 같이 만날 수 있도록 집에서 아침 식사를 준비했다. 내게 여자친구가 있다는 사실은 엄마에겐 그만큼이나 대단한 일이었다.

조 아저씨는 집으로 들어오자마자 곧바로 이브에게로 향했다. "와, 네가 이브구나! 만나서 정말 반갑다!" 조 아저씨는 이브를 안아주면서 말했다. "마이클이 여자친구를 만나기 쉽지 않을 거라는 건 알았지만 그래도 마이클을 이해해 줄 사람이 나타날 거라는 믿음은 버리지 않고 있었어!"

이브가 눈을 크게 떴다. "어머, 너무 자상하시네요." 이브는 어떻게든 대화를 이끌어가기 위해 무심하게 대답했다.

내가 외할머니와 외할아버지에 대해 미리 경고를 해두었는데도 이브는 짜증이나 불쾌함을 전혀 느끼지 않는 것 같았다. 이브는 외할머니가 무례한 사람들(식당 종업원들부터 의사들과 길거리에서 만난 행인들까지)에 대한 온갖 이야기를 늘어놓아도 미소를 짓거나 큰 소리로 웃어주었다. 그래서 외할머니는 이브의 관심이라는 조명 아래서 외할머니 생각에 '불쾌한 것들'에 대한 얘기를 신이 나서 끝도 없이 늘어놓았다.

그러다 듣고 있던 엄마가 더 이상 참지 못하고 말했다. "엄마! 아직도 그것 때문에 화가 나 있어요? 그거 내가 10대 때 일어난 일이잖아요!"

이브가 끼어들었다. "그래도 정말 재미있는 얘기긴 해요!" 엄마와 나는 제발 이브가 연기를 하고 있기를 바라는 눈빛을 교환했다.

이브의 외모에 대해 야한 농담과 소름 끼치는 발언을 하는 외할아버지를 끝까지 참고 견디는 이브를 구해주려고 끼어들기도 했지만 이브는 외할머니와 외할아버지를 편하게 해주기 위해서 자꾸 나를 밀어냈다. 결국 할 말이 다 떨어진 외할머니 외할아버지는 이브의 다정한 성격을 반복해서 칭찬하는 단계로 넘어갔다.

그날 저녁 나는 하루 종일 겪고 본 것에 대한 이브의 진심을 듣고 싶어서 둘만 있게 될 시간을 기다렸지만 이브의 반응은 내 기대와는 달랐다.

"너희 조부모님 그렇게 이상하시지 않던데? 네 얘기만으로는 완전히 괴물 같을 거라고 상상했거든." 이브는 주장했다.

나는 흥분해서 식식거렸다. "난 네가 그냥 괜찮은 척하는 줄 알았어! 어떻게 넌 두 분이랑 얘기하는 게 즐거울 수가 있어?"

"네 가족이잖아! 물론, 두 분이 화술에 능하신 분들은 아니야. 하지만 그래도 네 가족한테 상냥하게 대하는 일도 즐거웠어."

"상냥하게 대하는 게 어떻게 즐거울 수 있어?" 나는 깜짝 놀라서 물었다. "상냥하게 대하는 건 너무 괴로운 일이야!" 너무 흥분한 나를 보고 이브가 웃음을 터뜨려서 나는 흥분을 가라앉혔다. "뭐, 그래도 그만한 가치가 있었다면, 그건 두 분이 너만큼 누굴 좋아하는 걸 본 적이 없다는 거야. 아마 가족 말고 두 분의 말을 귀담아들은 사람은 너뿐일걸." 내가 말했다.

이브가 한숨을 쉬었다. "너라면 아무도 네 말을 듣지 않으려고 하면 속상하지 않겠어?" 이브는 마치 평소에 많은 사람들이 내 말을 귀담아듣는 것처럼, 그래서 내가 전혀 속상함을 느끼지 않는 것처럼 말했다.

내가 로스앤젤레스에 있다고 하자 시드니는 아직 아이디어에 불과한 공포 영화를 감독과 만나서 작업하라고 고집을 부렸다.[4] 나는 안 된다고 하면 해고당할까 봐 걱정이 되었다.

이브는 내가 처한 곤경에 전혀 공감해 주지 않았다. "지금 어머니

---

4 내가 그때 시드니에게 로스앤젤레스에 있다는 얘기를 하지 말았어야 했다. 그 말을 한 다음에라도 일할 수 없다는 핑계를 댔어야 했는데 정보를 숨기거나 변명거리를 만드는 건 나에겐 불가능한 일이었다.

랑 나만 남겨 놓고 일하러 가겠다는 거야?"

"몇 시간만 일하면 돼. 혹시 네가 어디 가고 싶어질지도 모르니까 차는 두고 갈게. 그리고 오후에는 꼭 돌아올게." 내가 말했다.

오후에 돌아와 보니 이브의 기분은 아주 나빠져 있었다. "어머니한테 전구가 너무 밝다고 내가 얘기한 거 말씀드렸어? 대체 그런 얘기는 왜 한 거야?"

"좋은 조언이라고 생각했으니까. 그리고 네가 관찰한 의견을 내가 해낸 생각처럼 가로채고 싶지 않았어."

"정말 너무 힘들었단 말이야. 내가 한 말이 아니라고 말씀드려도 믿질 않으시더라고."

"우리 엄마한테 거짓말하지 마." 내가 말했다.

나는 그렇게 화가 난 이브를 본 적이 없었다. "네가 나가 있는 동안에 어머니가 몇 시간이나 날 붙잡고 얘기하시고 쇼핑에 데려가려고 하셨어. 어머닌 가끔 너무 지나치다는 걸 전혀 모르시는 것 같아. 내가 가기 싫다는 의사를 표시했지만 전혀 이해를 못 하시더라고."

이브가 말하는 '싫다는 의사 표시'란 우리 가족으로서는 전혀 알아차리지 못할 힌트였을 게 뻔했다. "너는 다른 걸 하고 싶다고 솔직하게 말해 봤어?" 내가 물었다.

"아니! 어떻게 그렇게 말해! 어머니께서 날 좋아하시길 바라는데!"

"우리 가족한테는 분명히 선을 그어도 괜찮아. 그래도 기분 나빠하시지 않아. 그리고 심지어 기분이 상한다 해도 괜찮아."

"아니, 괜찮지 않아!" 이브가 말했다.

아침에 대본 작업을 계속하다가 일이 끝나고 이브를 다시 만나면 이브는 같이 즐거운 시간을 보내려고 하기보다는 싸우고 싶어 하는 분위기를 내뿜고 있었다. 나와 헤어지고 싶어 하는 것 같은 느낌이 들었지만 그런 상황에서는 어떻게 해야 할지 알 수 없었다. 우리는 엄마 집에 묵고 있었고 곧 가족 캠프로 떠날 예정이었기 때문이다. 그래서 나는 말하지 않고 놔두는 것보다 차라리 문제를 맞닥뜨리는 게 낫다고 판단했다. "내 생각엔 네가 나랑 헤어지고 싶어 하는 것 같아." 내가 말했다. "그래서 네가 아무 문제도 없는 것처럼, 헤어지고 싶은 마음도 부인하면서 가족 캠프에서 일주일을 보낼 생각을 하니 너무 끔찍해. 그러니 얘기를 한번 해보자. 혹시 네가 캠프를 가고 싶지 않을 수도 있으니까. 아니면 일단은 헤어지고 캠프는 친구로서 함께 갈 수도 있겠지. 나는 잘 모르겠어. 넌 어떻게 하고 싶어?"

이브가 나를 노려보았다. "지금 날 차려는 거야?"

"아니! 나는 널 사랑해. 난 단지 네가 나를 차더라도 너무 가책을 느끼지 않게 하려는 거야. 네가 나랑 헤어지고 싶다면 그것 때문에 너무 속상해하지 않았으면 좋겠어."

이브가 고개를 저었다. "내 말 믿어도 좋아. 내가 너랑 헤어지려고 하면, 넌 바로 알 수 있을 거야."

"알았어." 내가 울기 시작하면서 말했다. "제발 부탁인데 네가 정말 나를 좋아하는 것보다 더 좋아하는 척하지도 말고, 행복하지 않은데 행복한 척도 하지 말아줘. 네가 그러는 척하는 걸 알게 되면 너무 슬플 것 같아. 그리고 내가 그런 행동에 속아서 네가 나를 좋아하지도 않는데 여전히 날 사랑한다고 믿는다면 그건 정말 더 끔찍할 거야."

이브는 이 말에 감동해서 나를 끌어안았다. "절대 안 그럴게. 솔직하겠다고 약속할게." 나는 그래도 이브를 믿을 수가 없었다,

다음 날 우리는 가족 심리치료 캠프로 로맨틱한 휴가를 떠났다.

상처의 근원

가족 캠프로 가는 구불구불한 산길은 이번에 특히 더 걱정되었다. 영화를 보다가 알게 되었는데 이브에게는 스스로 진단하고 병명을 붙인, 일명 '구토 공포증'이 있었기 때문이었다. 구토하는 장면은 코미디, 드라마, 공포, 로맨스 등 분야에 상관없이 내가 상상할 수 있는 정도보다 훨씬 많이, 그리고 정말 많은 영화에 등장했다. 등장인물이 구토를 할 때마다 이브는 입을 두 손으로 가리며 울부짖듯 말했다. "왜 대체 모든 영화마다 토하는 장면이 나오는지 모르겠어. 누가 토하는 장면을 좋아한다고? 왜 토하는 장면을 넣고 싶어 하지?"

내가 가족 심리치료 캠프를 테마로 해서 '크레이지'란 단어가 들어간 노래만 모아 만든 CD를 들으며 산길을 서서히 운전해서 올라가던 중에 이브가 안전벨트를 풀고 의자에 무릎을 꿇더니 창문 밖으로 머리를 완전히 내밀고 토를 하고 말았다. 나는 곧바로 차를 세웠다. "내가 토를 하는 장본인이 되니까 더 끔찍하네." 이브가 토하는 사

이사이에 숨을 들썩거리며 투덜거렸다. "나 자신이 너무 싫다." 토를 다 하고 난 뒤 이브는 다시 자기 좌석에 앉더니 말했다. "오늘 얘기는 앞으로 절대 언급하지 마." 나는 토하는 사람에게 그렇게 매력을 느끼게 될 줄은 전혀 상상도 못 했다.

우리는 아무것도 하지 않고 잠시 음악을 들었다. 보스웰 시스터스 Boswell Sisters(미국의 3인조 재즈 그룹_옮긴이)의 〈크레이지 피플〉이 흘러나오자 내가 말했다. "이걸 우리 노래로 해야 하나?"

이브가 화제를 돌렸다. "그래서 올해 심리치료 때는 어떤 내용을 작업할 거야?"

"아, 나는 작업 안 해. 난 그냥 구경만 해."

"그냥 구경만 한다고?"

"원래 하고 싶은 사람만 하는 거야. 참여하고 싶지 않으면 그냥 보기만 해도 돼."

이브는 한쪽 입꼬리를 삐쭉 올렸다. 뭔가 아주 마음에 안 들 때 하는 행동이었다. "그러니까 매년 가족 심리치료 캠프에 가서 심리치료를 전혀 안 받는다는 거야?"

"내가 작업할 게 뭐가 있어?" 나는 말 그대로 그녀의 의견을 듣고 싶어서 한 질문이었지만 이브는 그렇게 받아들이지 않았다.

이브가 비웃듯 말했다. "맞다, 내가 잊고 있었네. 너한테는 전혀 문제가 없지."

"내 문제는 사람이나 사회적인 행동 양식과 관련된 거지, 나 자신의 감정에는 문제가 전혀 없어." 나는 죽을 위험을 무릅쓰고 이브의 표정을 확인하기 위해 도로에서 시선을 옮겼다. 앞 유리창을 쏘아 보고 있는 이브를 보고 분위기를 회복해 보려고 노력했다. "게다가 심리치료 하는 걸 너무 많이 봐서 나한텐 통하지도 않아. 면역이 생겼어."

"그래도 네가 자신에게 문제가 전혀 없다고 생각하는 건 신경 쓰여." 이브가 말했다.

"내 말이 그런 말이 아니라는 건 너도 알잖아."

"네 말뜻은 그거였어."

"어차피 심리치료만으로는 아무 효과가 없어. 사람은 뇌가 재구성될 만큼 엄청난 일이 일어나지 않는 한 절대 변하지 않아. 스크루지도 유령이 나타났기 때문에 변한 거야. 도로시도 토네이도 때문에 무지개 너머로 날아간 다음에야 집이 제일 좋다는 것을 알게 된 거고. 심리치료를 그냥 해서는 소용없어. 뭔가 정신적으로 큰 충격을 받아야 해."

내가 다시 이브를 돌아보니 그녀의 생각이 표정에 고스란히 드러나 있었다. 나를 사랑하는 유일한 사람이 내가 정신적인 충격을 받기를 바라고 있었다.

캠프에 도착해서 내가 차를 길 중간에 세우자 아이들이 차로 몰려와 폴짝폴짝 뛰며, "가족 캠프! 가족 캠프!"라고 소리를 질렀다,

"와, 너무 귀여운 거 아냐?" 이브가 말했다.

아이들 사이로 주위를 둘러보니 아빠가 오래전부터 입었던 홀치

기염색 티셔츠와 반바지를 입고 길옆에서 접이식 의자에 앉아 책을 읽고 있었다. 우리를 발견한 아빠는 책을 덮고 의자에서 벌떡 일어나 달려왔다.

아빠는 우리를 들여다보며 웃고 있는 아이들 사이를 밀고 들어오며 이브에게 손을 흔들었다. "왔구나!"

"만나 뵙게 돼서 반갑습니다." 이브가 순식간에 웃는 얼굴로 바꾸고 한 번도 들어 본 적이 없는 높은 목소리로 말했다. 좋지 않은 기분을 숨기고 억지로 상냥한 연기를 하는 이브의 모습에 나는 마음이 불안해졌다.

아빠 역시 우리 사이의 묘한 분위기를 눈치채고 마음이 불편해졌는지 주위를 환기하려고 말을 돌렸다. "마이클, 수염 길렀네. 보기 좋다. 나처럼 보이려고 길렀구나?"

내가 아니라고 대답하기 전에 이브가 내게 기대며 말했다. "제가 기르라고 했어요. 수염 있는 게 좋아서요."

아빠가 한쪽 눈썹을 위로 올리며 히죽 웃었다. "내가 경계해야겠는데? 마이클이 워낙 날 따라 하는 걸 좋아하니 말이야." 이브는 마치 내가 뭐라고 한마디 해야 할 것처럼 나를 바라보았다. 아빠가 갑자기 말을 바꾸었다. "나도 마이클을 많이 따라 해. 우리는 서로 따라 해." 이브는 아빠가 내 어깨를 슬쩍 부딪친다든가 하는 보통 부자간이 하는 친밀한 행동을 기대하는 눈으로 쳐다봤지만 그런 일은 벌어지지 않았다. "가서 텐트나 설치하렴." 아빠가 말했다.

"우리, 텐트에서 자는 거야?" 이브가 물었다. "난 무슨 오두막 같은 데서 자는 줄 알았는데."

"아니. 여기선 다들 대충 지내. 적어도 우리 중 몇몇은 그래. 마이클은 항상 저런 정장을 입고 다니지만 말이야." 아빠가 빙그레 웃으며 말했다. "그나저나 이브 너라도 텐트 치는 법을 잘 알아야 할 텐데."[5]

이런 식의 공격은 나를 혼란스럽게 했다. 왜냐하면 지난 9년 동안 나는 텐트를 아무 문제 없이 혼자 잘 설치해 왔고, 그런 사실을 알면서도 이런 농담을 하는 건 아빠답지 않은 행동이었기 때문이다.

"지금 제가 텐트를 잘 못 친다는 뜻이에요?" 내가 물었다.

아빠가 놀리듯 말했다. "그럼 네가 잘 친다는 말이냐?"

이브가 끼어들었다. "마이클은 분명히 텐트를 잘 칠 거예요."

차를 타고 캠프장 안쪽으로 가면서 나는 아빠가 한 말에 대해 머릿속에 떠오르는 대로 주절거렸다. "내가 텐트 치는 걸 아빠가 본 적이 한 번도 없었나? 그래서 저렇게 짐작하는 건가? 그럼 대체 누가 내 텐트를 쳐줬다고 생각하는 거지? 엄마가? 조시가?" 이브는 아무 말도 하지 않았다. 이브는 아까처럼 화가 난 상태로 돌아가 있었다. 우리는 차에서 내려 숲속으로 향했다. "좋아, 네가 보는 동안 내가 텐트를 칠 테니까 네가 아빠한테 봤다고 말해."

이브가 내 어깨를 잡고 흔들었다. "너희 아버지는 네가 텐트를 칠 줄 안다는 걸 알고 계셔! 그냥 농담하신 거야!"

"아니야. 아빠는 언제나 진심만 말해." 내가 말했다.

---

5 이건 중의적인 표현이 아니라 아빠는 정말 텐트에 대해 말한 것이었다.

이브는 시선을 돌려 숲 쪽을 바라보았다. 나는 할 말이 더 남아 있었지만 이브가 말을 돌렸다. "숲이 정말 아름답다."

내가 어깨를 으쓱했다. "난 풍경 같은 거로는 큰 감흥을 못 느껴서…."

이브는 짜증 난 상태를 과장되게 표현하려고 만화에서처럼 이빨을 악문 상태에서 말했다. "숲은 조용할 때 가장 아름다운 거야."

엄마는 우리가 별로 대면하고 싶지 않은 조 아저씨와 주로 함께 있었기 때문에, 이브가 캠프에서 처음 맞는 저녁 식사에도 함께하지 않았다. 아빠, 미리엄, 조시와 나는 피크닉 테이블에 둘러앉아 우울해 보이는 캐릭터들을 재빨리 그려내는 이브를 지켜보았다. 2년 동안 같이 지냈으면서도 이브가 그림을 그리는 모습은 여전히 새로웠다. 이브의 캐릭터가 하나씩 탄생할 때마다 우리는 다 같이 놀라 웃음을 터뜨리거나 감탄을 연발했다.

"이브는 정말 그림을 잘 그리는구나!" 아빠가 말했다. 그리고 모두에게 다 들리는 귓속말로, "대체 왜 마이클이랑 사귀는 거야?"라고 물었다.

이브가 그림을 그리던 손을 멈추었다. 때때로 나에게 향하던 분노가 지금 아빠에게 향하고 있음을 깨달았다.

"농담이야." 아빠가 말했다. 하지만 여전히 불편한 분위기가 사라지지 않자 아빠가 눈을 크게 떴다. "미안하다. 내 농담 때문에 마이클이 힘들 때가 있지. 내가 생각해도 가끔은 내가 너무 지나치긴

해." 아빠가 내 쪽으로 몸을 돌리더니 말했다. "마이클, 아빠가 종종 과하게 행동한 거 미안하다. 네가 아빠를 용서해 줬으면 좋겠다."

나는 아빠의 사소한 농담에, 그것도 사실이나 다름없는 농담에 내가 화를 낼 거라고 생각하는 상황이 이해가 가지 않았다. "그런 농담은 나도 스스로 하는데요, 뭐. 이브가 내 여자친구라는 사실이 나도 믿기지 않아요."

다들 웃을 거라고 예상했지만 아무도 웃지 않았다. 우리 중에 그런 어색함을 피하는 데 조금이라도 경험이 있는 사람은 이브뿐이었다. 이브가 미리엄을 돌아보며 말했다. "캠프는 재미있어?"

미리엄이 어깨를 으쓱해 보였다. "난 캠프가 너무 싫어."

아빠가 말했다. "미리엄은 신경 쓰지 마. 미리엄은 투덜대는 게 일이야. 아무도 캠프에 오라고 강요한 적 없어. 자기가 오고 싶어 오는 거지."

미리엄과 이브는 시선을 주고받더니 식사를 계속했다. 속으로 투덜거리는 미리엄의 눈썹이 찡그려졌다가 펴졌다가를 반복했다.

이브가 말했다. "미리엄이 캠프는 오기 싫은데 그래도 가족과 함께 시간을 보내려고 오는 건지도 모르잖아요."

"미리엄이 정말 그렇게 생각한다면 그렇게 말해야지." 아빠가 말했다.

"난 분명 그렇게 말했거든요." 미리엄이 말했다.

하지만 아빠는 계속 말했다. "미리엄은 매년 여기에 자기가 오겠다고 해놓고 계속 자기가 한 선택에 불평을 해."

이브는 방금 한 아빠의 말이 너무 심했다는 표정으로 나와 미리엄을 쳐다보았지만, 곧 이것이 우리들의 일상적인 대화 방식이라는 것을 깨달은 것 같았다.

저녁 식사 후 이브와 나는 따뜻한 옷으로 갈아입고 손전등을 가지러 텐트로 돌아갔다. 황혼 녘의 숲은 흐릿하고 잿빛으로 보였다.

"정말 화가 나서 혼났어." 이브가 말했다.

"어? 네가 내 여자친구가 되기엔 너무 아깝다는 농담 때문에?"

"그것도 그렇고." 이브가 말했다. "그런데 그것보다 너희 아버지가 미리엄한테 말하는 방식 말이야. 미리엄은 아직도 부모님에게 화가 나 있으면서도 매년 여기까지 같이 오는데 너희 아버지는 그런 미리엄을 놀렸잖아."

"아빠는 그냥 미리엄이 자기가 오겠다고 결정하고는 자꾸 그것에 대해 불평을 한다는 얘기를 한 것뿐이야. 틀린 말은 아닌데."

"그렇지만 미리엄은 화가 나 있는 상태잖아!"

"사람은 누구든 상대방에 대해서 자기가 원하는 대로 느끼고 말할 권리가 있어."

이브는 눈치 없는 나에게 점점 지쳐가고 있었다. "하지만 아무도 미리엄의 기분을 풀어주려고 하지 않잖아!"

"만일 너희 가족이 우리 입장이었다면 미리엄은 캠프가 즐거운 척하고 부모님 마음을 편하게 하려고 했을 거야. 모두가 다 거짓말을 했을 거고. 넌 그런 게 더 나아?"

이브는 나를 쳐다보려고 하지 않았다. "이건 거짓말에 대한 게 아니야! 네가 얼마나 가족을 사랑하는지를 표현하는 데 관한 문제지."

이브는 갑자기 설명할 방법이 떠오른 듯 말했다. "너희 가족이 그렇게 솔직하다면, 왜 서로 함께 있게 돼서 정말 행복하다거나 미리엄이 힘들어서 속상하다거나 아들이 사랑에 빠져서 기쁘다거나 하는 말을 하지 않아?" 나는 대답할 말이 없었다. 말문이 막힌 나를 진정시키듯 이브가 말했다. "솔직하다는 게 꼭 걱정하지 않는다는 의미는 아니야."

"아니, 맞아!" 내가 다시 정신을 차려서 대답했다. "진실은 사람들 마음에 상처를 줘. 그래서 내가 상처를 줄까 봐 걱정을 했다면 난 솔직할 수 없었을 거야." 이브의 입이 떡 하고 벌어졌지만 나는 계속 말했다. "그리고 내가 만일 다른 사람들이 나를 어떻게 생각하는지 신경 쓰고 걱정했다면 그 사람들이 감정을 솔직하게 말했을 때 상처를 받았을 거야. 네가 정말 솔직해지고 싶으면 상대방의 감정을 신경 써서는 안 돼."

이브의 창백한 얼굴이 붉어졌다. "마이클." 이브가 아주 천천히 말했다. "너희 가족이 서로에게 말하는 방식은 충분히 화가 날 만해."

"넌 네가 요구하는 대로 내가 그냥 화를 낼 수 있다고 생각해? 네가 원하면 나는 그대로 믿어야 하는 거야?" 나는 울기 시작하면서 말했다. "너는 마치 네가 그냥 보통 사람인 것처럼 주장하고 있어! 하지만 난 보통 사람 의견을 무시하듯 네 의견을 무시할 수 없어. 왜냐하면 난 널 사랑하니까!"

이브도 울기 시작하면서 나를 껴안았다. "너는 지금 네 가족을 두

둔하고 있어. 너희 가족은 서로에게 상처를 주고 있는데도 너는 너희 가족을 두둔할 만큼 그들을 사랑해. 어쩌면 그게 네가 가족을 생각하고 있다는 걸 보여주는 방법인지도 모르겠다."

"난 우리 가족을 생각해서가 아니라 옳기 때문에 두둔하는 거야." 내가 이브의 말이 틀렸다고 주장하는 와중에도 이브는 무시하고 계속 나를 껴안고 있었다. 우리는 가족 심리치료 캠프에 참가한 전형적인 커플처럼 숲속에서 서로 안아주고 울면서 한동안 조용히 그렇게 있었다.

그날 밤 이브와 나는 조시와 미리엄 그리고 열두어 명의 10대 캠프 참가자들과 모닥불 주변에서 둘러앉아 시간을 보냈다. 그중 유일한 어른이었던 아빠는 우리의 말소리가 들리지 않을 만큼 멀리 떨어진 건너편에 앉아 있었다.

나는 손발이 쉽게 차가워지는 이브의 손가락을 내 손으로 감싸 따뜻하게 해주고 있었다. 그러다가 아빠가 어릴 때 춥다고 불평을 했을 때 친할머니가 한 말을 이브에게 들려주었다. "아니, 넌 춥지 않아. 이 정도는 추운 게 아니야."

"그건 정말 너무했다." 이브가 말했다.

"이런 게 바로 누군가가 자기가 느끼는 감정을 우리도 다 똑같이 느껴야 한다고 주장할 때 화가 나는 이유 중 하나인 것 같아." 나는 이렇게 말하고 난 다음에야 본의 아니게 우리가 아까 했던 말다툼을 다시 떠올리게 했다는 것을 깨달았다. 이브는 눈치채지 못한 척하며 모닥불 쪽으로 몸을 돌렸다.

어떤 청소년이 물었다. "참, 조시 형. 대학 생활은 어때요?"

"다닐 만해. 이제 분자생물학이랑 화학 학위를 따려면 조금 더 공부해야 해." 조시가 대답했다.

"분자생물학이랑 화학?" 내가 말했다. 조시는 언제나 학교를 싫어했기 때문에 조시가 과학에 흥미를 가지고 있다는 사실은 금시초문이었다. 조시가 화학 연구실에 있는 모습은 상상하기 어려웠다.

"검시관이 되고 싶어서 인턴십을 했었어. 그런데 거기서 형사정책학 학위만으로는 충분하지 않고 분자생물학하고 화학 학위도 있어야 한다고 하더라고." 조시와 나는 대화를 거의 하지 않았고 부모님과 대화할 때도 조시 얘기는 거의 하지 않았기 때문에 나는 조시가 법의학 연구실에서 일하고 싶어 한다는 얘기를 들어본 적이 없었다.

아빠가 우리 쪽으로 와서 옆에 있는 접이식 의자에 앉았다. "그래 미리엄, 캠프는 재미있니?"

"아빠는 왜 아직 안 자요?" 미리엄이 물었다. "아빠는 항상 어린 사람들이랑 놀려고 하더라."

조시가 미리엄에게 말했다. "너는 왜 아빠한테 항상 그렇게 버릇없게 굴어?"

"고맙다. 조시. 그런데 미리엄은 그냥 자기가 느끼는 대로 얘기하는 것뿐이야." 아빠가 미리엄을 바라보았다. "네 마음에 안 들게 아빠가 여기 있어서 미안하구나."

미리엄이 이브에게 흉을 보듯 말했다. "아빠는 항상 저런 식으로 사과를 해." 그리고 미리엄은 갑자기 훨씬 재미있는 얘기가 생각난 듯 얼굴이 밝아졌다. "내가 정말 속상했던 얘기 하나 해줄까? 내가 열 살 때 아빠가 브로드웨이에서 하는 〈시카고〉 공연에 데려간 적이 있었어. 공연이 끝나고 내가 아빠한테 나도 나중에 크면 브로드웨이 무대에 서고 싶다고 했더니 아빠가 이렇게 말했어. '무슨 소리야, 미리엄. 네가 어떻게 브로드웨이 무대에 서? 넌 연기를 해본 적도 없고 춤도 못 추고 노래도 못하잖아!' 그 말에 내가 울기 시작했는데도 아빠는 그냥 눈을 굴리는 게 다였어."

아빠의 어깨가 갑자기 풀썩 내려앉았다. 학교에서 벌칙을 받고 있는 학습부진아의 모습이 연상됐다. "미리엄, 그때 아빠 말 때문에 속상했다면 아빠가 미안하다."

그러자 미리엄은 아빠의 잘못된 사과 방법이 바로 저런 식이라는 듯이 이브에게 고개를 까딱했다.

모닥불에 비친 아빠의 얼굴은 지치고 피곤해 보였다. "아빠가 너한테 해줬으면 하는 말이 있니?"

미리엄은 계속 모닥불에 시선을 고정하고 있었다. "그렇게 해서 해결될 일이 아니에요. 내가 아빠한테 듣고 싶지만 가르쳐 주고 싶어 하지 않는, 그런 비밀스럽고 완벽한 사과의 말 같은 건 존재하지 않아요. 내가 왜 아빠가 할 사과를 대신 말해줘야 해요?" 미리엄이 말했다.

아빠는 우리 옆에서 조용히 흐느끼기 시작했다. 모닥불의 장작이 마구 쪼개지고 타닥거리며 타올랐다. 잠시 후 아빠가 일어섰다. "그

럼 잘 자라, 얘들아." 아빠는 이렇게 말하고 어둠 속으로 터덜거리며
사라졌다.

"그냥 저렇게 가버리게 두면 어떡해!" 조시가 미리엄에게 말했다.

미리엄은 냉정하게 가만히 있었다. "아빠를 위로하는 건 내 일이
아니야."

"넌 정말 못됐어." 조시가 말했다.

"남의 비열한 행동을 일깨워 주는 건 못된 게 아니야." 미리엄이
말했다.

"하지만 이미 지난 일이잖아. 이제 그만 잊어버려."

미리엄이 모닥불에 나뭇가지를 던졌다. "아빠와의 관계를 억지로
라도 견딜 수 있는 이유는 적어도 내가 얼마나 견디기 힘든지 말할
수 있기 때문이야."

이브가 처음으로 참석한 회합에서 작업을 하던 남자가 자기 엄마
의 젊었을 때 역할을 이브에게 부탁했다. 그의 엄마는 남자친구와
결혼을 하려고 피임 기구에 몰래 구멍을 뚫었다. 하지만 임신을 하
자 그 남자친구는 떠나버렸다. 절망에 빠진 그의 엄마는 아이를 같
이 키우기 위해 다른 남자와 결혼을 했다. 이 '작업남'은 계부와, 자
신을 지켜주거나 자기편에 서주지 않았던 엄마를 증오했다. 듣다
보니 독일인이었던 그의 계부는 나치 신봉자였고 그래서 작업남은
"내가 나치를 아버지로 갖게 건 다 당신 때문이야! 혼자 살기를 두려
워했던 당신 때문이라고!"라고 이브에게 계속 소리쳤다.

체크무늬 재킷을 입은 이브는 관객들 앞에서 초조한 듯 두 손을

앞으로 모아 깍지를 끼고 눈을 크게 뜬 채 자기에게 소리를 지르는 덩치 큰 남자를 노려보며 서 있었다.

회합이 끝나고 사람들의 역할도 다 끝나자, 조력자가 이브에게 엄마 역할을 맡았을 때 기분이 어땠는지 물었다. "난 아들의 삶을 좀 더 낫게 만들어보려고, 아들을 위해서 형편없는 남자와 인생을 보낸 기분이 들었어요. 하지만 아무 도움이 되지 않았죠. 결국 얻은 건 하나도 없이 인생을 낭비한 느낌이었어요." 이브는 울면서 말했다. 그녀는 배역으로서가 아니라 자신을 생각하며 울고 있었다. "그렇게 하기는 너무 쉬워요. 다른 사람의 행복만 생각하게 되는 거 말이에요. 하지만 사실은 그 모든 시간 동안 나 자신도 행복하게 살면서 다른 모든 사람들까지 더 행복하게 만들 수도 있었어요." 주변에 있던 사람들이 티슈를 뽑는 소리가 여기저기서 들려왔다.

세 번째 날 이브가 여자들 모임에 가 있는 동안 나는 아직도 아빠와 조 아저씨의 싸움에 시간을 허비하고 있는 남자들 모임에 갔다. 모임이 끝난 후, 아빠와 나는 식사 장소로 걸어가면서 조시에 대한 얘기를 꺼냈다. "조시가 과학 쪽으로 학위를 두 개나 따려고 한다는 얘길 듣고 너무 놀랐어요. 개는 학교를 엄청 싫어했잖아요. 그런데 학위를 여러 개 받으려고 한다니 도저히 믿어지지 않아요!"

"맞아. 조시는 눈과 손의 협응 능력이 뛰어나잖니." 아빠가 몽롱하게 말했다.

나는 그때 아빠가 과거의 자신을 빗대서 농담을 하는 줄 알고 웃음을 터뜨렸다. 조시가 어릴 때 아빠가 다음과 같이 무시하듯 즐겼던 말을 스스로 풍자하고 있다는 느낌이 들어서였다. "마이클은 글 쓰는 재주가 있고, 조시는 눈과 손의 협응 능력이 뛰어나." 하지만 농담이 아니라는 것을 깨닫고 내가 말했다. "잠깐만요. 지금 농담하신 거 아니었어요?"

아빠는 여전히 정신이 딴 데 가 있는 사람처럼 멍해 보였다. "내 말이 농담처럼 들린 이유가 뭐니?"

"조시가 과학 쪽 학위를 따려고 한대서 놀랐다고 하니까 아빠가 눈과 손의 협응 능력이 뛰어나다고 했으니까요."

아빠가 어깨를 으쓱이며 말했다. "내 말이 무슨 뜻인지 알지 않니."

"모르겠는데요. 대체 눈과 손의 협응 능력이 뛰어난 것하고 과학이랑 무슨 상관이 있어요?" 내가 말했다.

아빠는 저글링을 하는 것 같은 손동작을 취하며 말했다. "그거 있잖아, 실험실에서 하는 일들."

"그러니까 조시가 비커로 저글링할 줄 알아서 과학 쪽 학위를 딸 수 있다는 거예요?"

"난 그저 조시가 눈과 손의 협응 능력이 좋다고 한 것뿐이야. 그런 재주가 과학에 필요한 능력이라고는 안 했다. 그렇게 해석한 건 바로 너지."

"저는 단지 눈과 손의 협응 능력이 화학 공부랑 무슨 상관이냐고 물었고 그 말에 아빠가 손으로 저글링하는 흉내를 내면서 실험 같은 것에 도움이 될 거라는 식으로 대답하셨잖아요! 왜 인정을 안 하세요?"

"미안하다. 뭐라고 해야 할지 모르겠다. 네가 무슨 말을 하는지 모르겠어. 그리고 지금 네가 주장하는 게 뭔지는 모르겠지만 어차피 별일도 아니잖아. 쓸데없는 데 시간 낭비하지 말자."

나는 나무를 올려다보다가 잎이 별로 많지 않은 가지에 난 이파리 하나가 뱅글뱅글 돌고 있는 걸 발견했다. 그 잎을 뺀 나머지 잎들은 완전히 정지된 상태로 있었다. 그 하나의 이파리는 세상에서 지극히 소규모로 집중된 바람에 의해 혼자 회전하고 있었다. 나는 그것을 재빨리 손가락으로 가리키며 아빠에게 보여주고 싶었지만 그 순간 잎은 가지에서 휙 떨어져 날아가 버리고 말았다.

"그래, 이브는 캠프를 잘 보내고 있니?" 내가 방금 겪은 내면의 공황 상태를 전혀 느끼지 못한 아빠가 물었다.

"아직도 적응 중인 거 같아요."

"너희 둘 사이 꽤 진지해진 것 같더라."

'진지하다'는 말은 너무 따분한, 우리에겐 전혀 맞지 않는 말처럼 들렸다. 하지만 동시에 우리 관계를 지나치게 과소평가하는 것처럼 들리기도 했다. 나는 우리보다 더 진지한 관계란 어떤 건지 상상이 가지 않았다. 나는 "네, 우리는 서로 사랑해요"와 비슷한 말을 우물거렸다.

"그런데 지금 정착하기에는 너무 어린 것 같지 않니?"[6]

---

6 이 말을 여러 가지 의미로 해석했을 수도 있었다. 예를 들면 아빠가 이브를 싫어한다거나 나를 화나게 하려고 했다든지 말이다. 하지만 모든 걸 순진하게 곧이곧대로 받아들이던 나에게는, 단지 스물다섯이라는 나이가 심각한 사랑에 빠지기에는 너무 어리다고 주장하는 것으로 받아들였고 상상의 비커를 저글링하던 것보다 더 답답하게 느껴졌다.

"저 스물다섯이에요. 여자친구를 진지하게 사귈 수 있는 적절한 나이가 몇 살인데요?" 내가 물었다.

"난 그저 네가 너무 어리다는 얘기야." 아빠가 말했다.

나는 순간 어릴 때 유대교회당을 오가는 길에 아빠가 나에게 말했던 방식을 나도 모르게 흉내 냈다. "어떤 사람한테 정착하기에 너무 어리다는 의견을 말하려면, 정착하기에 적절한 나이가 몇 살인지 분명히 밝혀 주셔야죠." 아빠는 적절한 나이가 몇 살인지 얘기해 주지 않았고 우리는 그냥 그 상태로 대화를 계속 이어갔다.

나는 즉시 이브를 찾아 나섰다. 이브는 식사 장소에서 피크닉 테이블에 앉아 그림을 그리고 있었다.

나를 발견하자 이브의 표정이 어두워졌다. "왜 그래? 무슨 일 있었어?" 그녀가 물었다. 나는 내가 그렇게까지 지친 얼굴을 하고 있는지 깨닫지 못하고 있었다.

"아, 아무것도 아니야. 그냥 아빠랑 얘기를 좀 했어." 내가 말했다.

내가 조시의 눈과 손의 협응 능력에 대한 얘기를 하자 이브는 웃음을 터뜨렸다. "부모님들은 다 그래. 우리 엄마는 아직도 라일라를 작가라고 불러. 걔가 열 살 이후로는 글이라고는 쓴 적도 없는데 말이야."

"그렇구나." 내가 멍하니 대답했다.

이브가 입술을 안쪽으로 말아 물었다. "그것 말고 무슨 다른 일은 없었어?"

나는 어깨를 으쓱해 보였다. "여자친구를 심각하게 사귀기에는 내가 너무 어리대."

이브가 순간 경직되더니 볼펜을 내려놓았다. "정말 그렇게 말씀하셨어?"

그때부터 우리는 아빠의 말이 의미하는 바를 추론해 보기 시작했다. 나의 첫 번째 해석은 아빠가 이브를 싫어한다는 거였는데, 이브는 너무 괜찮고 매력적인 데다 그런 행동은 아빠답지 않다는 두 가지 이유로 틀린 것으로 간주했다. 왜냐하면 아빠가 그렇게 생각했다면 그렇게 말했을 테니까 말이다. 이브의 해석은 나에 대한 이브의 영향력이 아빠의 영향력보다 더 커질까 봐 아빠가 우려하고 있다는 것이었다. 우리가 그렇게 한 가지씩 추측할 때마다 이브는 나에게 괜찮으냐고 물었다. "지금 네가 말하지 않는 생각이 있는 거 같아."

"아닌데." 내가 말했다. "왠지는 모르겠는데 난 지금 아무 생각도 안 나."

캠프가 끝나고, 산에서 차를 타고 내려오는 내내 이브는 아빠에 대한 불만을 털어놓았다. "사려 깊다는 게 뭔지 전혀 모르시는 분 같아. 다른 사람에게 맞춰주려고 하지 않고 본인이 원하는 대로 행동하는 게 무슨 대단한 행동이라고 생각하시는 것 같다니까."

"난 다른 사람이 나한테 맞춰주는 거 싫은데. 사람들은 누구나 자기다워야 하고 원하는 대로 행동해야 된다고 생각해." 내가 말했다.

이브가 눈을 굴렸다. "너 바보 아니야? 모든 사람들은 언제나 너한테 맞춰주려고 노력해! 네가 눈치채지 못하고 있을 뿐이지."

이 말에 나는 당황했다. "대체 누가 나한테 맞춰주려고 하는데?"

"모두가." 이브가 말했다. "사람들은 누구나 네가 싫어할 만한 말을 하지 않으려고 살얼음판을 걷듯이 조심해. 사람들이 네가 하는 말에는 웬만하면 동의하려고 하는 거 모르겠어?"

나는 정말 믿을 수가 없었다. "그럼, 사람들이 전부 나한테 거짓말을 한다는 거야? 왜?"

"네가 사람들한테 선택의 여지를 주지 않으니까! 네가 원하는 대로 하지 않으면 네가 좋아하지 않을 테니까." 이브가 말했다.

"지금 네가 하는 말은 너무나 끔찍하게 들려." 내가 말했다.

이브가 싸늘하게 말했다. "있잖아. 네가 날 행복하기 위해서 양보를 하는 사람이 아니라는 건 나도 알아. 그런 건 견딜 수 있어. 하지만 너를 위해 내가 양보하고 있다는 걸 몰라주면 화가 나."

"예를 들면 어떤 거?" 나는 그녀의 마음을 몰라준다는 것을 증명이라도 하듯 물었다.

"예를 들면 네가 에어컨을 좋아하니까 난 지금 추울 지경인데도 참고 있어."

"말도 안 돼!" 내가 에어컨을 끄면서 말했다. "그런 걸 왜 참아?"

"널 생각하니까."

"나를 위해서 몰래 불편함을 감수하는 것만큼 로맨틱한 것도 없을 거야. 또 이런 거랑 비슷한 다른 배려도 해?"

"물론이지! 셀 수도 없어."

"나는 그런 거 하나도 안 하는데. 단 한 가지도."

"나도 물론 알지!" 이브가 말했다.

"네가 나 모르게 나를 배려하기 위해 하는 행동을 전부 다 말해줘."

이브는 우리가 어딜 가든 미리 그곳에 에어컨이 설치돼 있는지 확인하고, 모임에서 나와 의견 충돌을 일으킬 만한 사람이 없도록 하고, 이런 계획에 자기 가족도 많이 동원했고, 레스토랑에 미리 전화해서 에어컨이 있는지 주로 어떤 음악을 트는지를 미리 전화해서 알아봤다는 등의 얘기를 하기 시작했다. 내가 집에 없을 때면, 우리가 전혀 신경 쓰지 않는다고 생각했던 먼지들을 치우는 일을 포함해서 집을 깨끗하게 청소한다고도 했다.

"나 몰래 청소하지 마! 나도 도울 테니까!" 내가 말했다.

"하지만 널 귀찮게 하긴 싫어!"

"우리가 이런 걸로 싸우는 게 정말 웃기다. 난 네가 몰래 날 도우려고 한다고 화내고, 넌 또 내가 그걸 고마워하지 않는다고 화내고."

"그러니까!" 이브가 말했다.

그리고 이브는 내 의견에 동의하지 않았지만 동의하는 척했던 때와, 내가 들려준 이야기에 화가 났는데도 좋아하는 척했던 일도 하나하나 열거했다.

"왜 그땐 말하지 않았어?" 내가 물었다.

"그럼 네가 화를 낼 거고 그렇게 되면 우린 그것에 대해서 더 많은 얘기를 하게 될 거고, 그러다 보면 내가 화날 테니까."

나는 그 말에 너무 충격을 받아서 1차선 산길 중간에서 차를 멈출 뻔했다. "나한테 언제나 솔직하게 말하겠다고 약속했잖아."

"알아. 그런데 그런 걸 약속할 수 있는 사람이 어디 있어?"

"나는 약속할 수 있어."

"하지만 내가 화날 때마다 솔직하게 말하면 넌 나를 싫어하게 될 거야."

"네가 어떤 감정을 어떻게 표현해야 내가 널 싫어하게 만들 수 있을까?"

이브는 생각을 해보더니 적절한 예가 생각나지 않자 웃음을 터뜨렸다. "분명히 찾아내고 말 거야."

7장 　　　　# 그녀를 아는 것은
그녀를 사랑하는 것

　　　　　　　　　　이브가 처음으로 가족 캠프에 갔다 온 후 1년
동안 참 많은 일이 일어났다. 탁상공론만 하던 공포 영화는 지루하
게 끌어가다가 별로 놀랍지도 않게 흐지부지 무산되었고 이브의 낙
서 책은 출판되어 당연히 받아 마땅한 호평을 받았고, 내가 낸 우쿨
렐레 앨범은 전혀 기대하지 않았던 것에 비하면 반응이 아예 없지는
않았다. 이브와 나는 국내 전역을 돌아다니며 함께 연주 여행을 했
다. 이브는 삽화 그리는 일을 점점 더 많이 하게 되었고 나는 유명인
의 이름으로 나오는 어린이 그림책의 대필 작가로 일했다. 이브의
어머니가 바이올린을 연주하고 여동생이 노래를 부른 이브 가족의
밴드 앨범을 만드는 일도 도와주었다. 이제 나에게 익숙해진 이브의
가족은 내 솔직함을 종종 매력으로 느낄 정도가 되었다. 이브는 내
가 자기 가족을 변화시키는 것 같다고 말했다. 그들이 슬프거나 애

기하고 싶을 때나 아주 중요한 문제가 있을 때 그런 모든 것들을 점점 더 편하게 인정하기 시작한 것 같다고 말이다. 이브는 다음에 낼 그래픽 노블을 위해 삽화를 넣은 짧은 이야기들을 썼다. 사랑하는 사람들에게 오랫동안 하고 싶었던 개인적인 메시지들을 담기 위한 책이었다. 이브는 그 책을 내게 헌정했다.

나와 친구들은 더 이상 클럽하우스에 가지 않게 되었다. 예전의 오픈마이크가 그리워진 우리는 매달 우리 집에서 파티를 열고 뮤지션 친구들을 초대해서 각자 한두 곡을 연주하는 우리만의 공연을 새로 시작했다. 이브와 나는 하루하루 점점 더 깊이 사랑에 빠지고 있었다. 나는 사랑하는 친구들이 생기거나 정말 멋진 연애를 하게 될 거라는 상상을 해본 적이 없었기 때문에 내 인생은 스물여섯에 이미 내가 기대할 수 있는 정점을 넘어섰다고 볼 수 있었다.

캠프에 참가해서 우리 가족과 시간을 보낸 후 이브는 내게 있는 안 좋은 기질의 근원에 대해 더 잘 알게 되었다. 우리는 우리 가족에 대해 많은 이야기를 나누었고 그녀는 내 과거에 대한 의견을 피력하곤 했다. 이브는 마치 내가 받은 저주를 본인이 서서히 풀 수 있기를 바라는 것 같았다. 가끔 내가 아빠의 논쟁 방식을 그대로 흉내 내거나 아빠의 잘못들을 인정하려고 하지 않을 때 이브는 매우 좌절감을 느꼈다. 우리가 다툴 때면 내가 아니라 아빠와 싸우는 것 같은 기분이 든다고도 했다.

몰래 나를 배려하는 일을 하지 말아 달라고 신신당부해도 이브는 계속 그렇게 행동했다. 이브는 배려 있는 행동을 그만두기를 거부했다. 나는 이브가 그렇게 함으로써 나와 연결된 느낌을 받고 있다는 것, 그런 이브의 행동을 알아주고 감사를 표하는 일이 내가 그녀를 배려하는 방법이라는 것을 깨닫기 시작했다. 하지만 나는 미리 말하지 않은 것들에 대해 알아서 눈치를 채는 데는 영 재주가 없었다.

나는 이브가 나에게 화가 난 것을 인정할 때마다, 그렇게 인정하는 것 자체가 그녀에게 얼마나 어려운 일인지 알았기 때문에 매번 고맙다고 말했다. 나는 정말 이브가 나에게 감정을 솔직하게 전하고 있다고 믿고 싶었다.

영화를 보다가 멈추고 대화하는 일은 여전히 우리의 일상 중 하나였다. 이브는 자신의 과거에 대해 점점 더 많이 털어놓기 시작했다. 우리가 서로에 대해서 가장 많이 알게 된 시간은 영화를 정지시켜놓고 대화했던 시간이었다고 생각한다.

우리는 어릴 때 봤던 어린이 영화를 같이 다시 보면서 그 영화를 어린 나이에 처음 봤을 때 들었던 생각에 대해서도 많은 이야기를 나누었다. 〈판타지아〉에서 사티로스들이 춤을 출 때 각각의 사티로스에게 운명의 짝처럼 거의 동일한 모습의 파트너가 있는 것을 보고, 이브는 자기가 로맨스에 갖고 있던 환상이 그대로 표현됐다고 느꼈었다고 말했다. 또 나는 〈머펫쇼〉, 〈가위손〉, 〈누가 로저래빗을 죽였는가〉를 정말 좋아했는데, 그 이유는 그 영화들에서는 연인들이 서로 전혀 닮지 않았다는 점과 연애의 과정이 예측 불가능하고 설명하기 어려웠던 점이 마음에 들었기 때문이라고 말했다. 이브는 〈오클라호마〉를 보다가 화면을 정지시키고, 글로리아 그레이엄이 맡은 배역이 부끄러움 없이 남자를 너무 좋아하는 본인의 성향에 대해 〈나는 그냥 거절을 못 하는 여자일 뿐이야〉라는 노래를 하는 장면이 너무 좋았었다고 했다.

우리는 서로 배우의 섹시함이나 설정의 자극성만 따져서 영화를 고르는 얄팍한 취향을 가졌다고 농담을 하곤 했지만 사실 어느 정도는 실제로 그랬다. 이브는 로버트 레드퍼드, 위노나 라이더, 폴 뉴먼이나 샘 로크웰이 나오는 영화를 모두 볼 때까지 그 배우들이 나오는 것만 빌리자고 우겼다. 이 영화들은 온갖 유혹과 추파로 가득해서 결국 이브는 영화를 보다가 자신이 전에 사귀었던 남자들, 그들이 했던 야한 행동이나 말들, 나라면 결코 말하거나 하지 않을 것 같은 영화에서 바로 튀어나온 것 같은 대사나 행동에 관해 털어놓았다. 나는 이브에게 그 남자들의 사진을 갖고 있느냐고 물었다. 이브는 처음에는 주저하다가 내가 감당할 수 있을 거라고 판단했는지 추억의 상자들을 뒤져서 나보다 훨씬 잘생긴 전 남자친구의 사진들을 꺼내서 보여주었다. 이브가 나에게 왜 질투하지 않느냐고 물었을 때 나는 뭐라고 대답할 말이 없었다. "나는 질투라는 감정이 뭔지 모르겠어. 네가 예전에 아주 매력적인 사람들과 로맨틱하고 섹시한 추억이 있다는 사실 때문에 내가 왜 기분 나빠야 하는지 모르겠어. 내가 너를 만나기 전에 아주 섹시하고 멋진 사람을 사귀었었다면 넌 나를 생각해서 기분이 좋지 않겠어?"

"기분 좋지." 이브는 거짓말임이 너무나 확연한 대답을 했다.

어느 날 밤 이브는 〈뜨거운 양철 지붕 위의 고양이〉를 보다가 정지시키고, 폴 뉴먼의 배역처럼 강박적으로 느껴질 만큼 회피적이고 무례했던 남자와 데이트를 한 적이 있었다는 얘기를 꺼냈다. 이브는 그 남자의 오랜 지인에게서 그 남자의 약혼녀가 1년 전에 사고로 죽었다는 사실을 전해 듣게 되었다. 이브가 그 얘기를 남자에게 꺼내자 그 남자는 사실을 완강히 부인하며 이브에게 제정신이 아니라고 몰아붙이고 상관도 없는 이브의 성격 문제를 비난하다가, 결국 버티지 못하고 사실을 인정했다. 그리고 남자는 말도 없이 사라졌고 다시는 이브의 전화를 받지 않았다.

"자신에 대해 알게 되는 것이 두려웠나 보다." 내가 말했다.

"그건 나도 알지!" 이브는 내게 너무 당연한 말을 한다는 듯이 대답했는데 아마 실제로 그랬는지도 모르겠다.

"한번 상상해 봐." 내가 말했다. "여자친구가 죽었는데 아무도 그 사실을 모르기를, 자기의 가장 마음 아픈 경험을 남에게 들키지 않기를 바라는 마음을 말이야."

이브의 초록색 눈은 슬퍼 보이면서도 동시에 화가 난 것 같았다. "상상해 보지 않아도 알아. 바로 내가 그러니까. 넌 전혀 눈치도 못 채고 있지만."

이런 대화를 나눈 뒤에 우리는 함께 내가 좋아하는 두왑과 슬로 댄스 음악을 섞어서 만든 모음집을 같이 들었는데 테디 베어스The Teddy Bears(1950년대에 활동한 미국의 3인조 팝 그룹_옮긴이)의 〈그를 아는 것은 그를 사랑하는 것〉이 흘러나왔다. 이브는 그 곡을 듣기 위해 말하던 것을 멈추었다. 그 곡은 우리가 함께 우는 내내 흘러나왔다. 우리는 둘 다 이것이 어떤 의미인지 깨달았다. 방금 이브가 내게 뭐라고 말했든 이브는 내가 자기를 정말 잘 알아주기를 바라고 있었다. 음악이 다 끝나자 굳이 말이 필요 없는 깨달음의 순간이 찾아왔는데, 내가 눈치 없이 "드디어 우리 노래를 찾았다!"라고 선언하는 바람에 분위기를 망치고 말았다.

이유 없이 절망감을 심어주다

얼마 안 가서 우리의 형편은 더욱 어려워졌고 프리랜서로 하던 일도 생계를 유지하기에는 너무 간헐적으로 들어왔다. 이브는 나에게 정규직을 구하라고 했지만 나는 면접도 통과하기 어려운 데다 취직하더라도 사람들과 잘 지내지 못해서 계속 다니기 어려울 거라고 확신했다. "네가 좀 다정하게 굴면 충분히 취직될 수 있어. 너도 충분히 호감을 줄 수 있어." 이브가 말했다.

"고용인들은 나에게 호감을 느끼지 않아." 내가 말했다.

이브는 반복되는 내 말에 지쳤다는 듯 말했다. "어떻게든 해봐!"

그래서 나는 뉴욕에 정착한 지 4년 만에 처음으로 정규직을 찾아나서기 시작했다.

나는 아이들과 관련된 일을 한 경험이 좀 있었다. 초등학교 교실에서 아이들과 함께 우쿨렐레로 즉흥곡을 만드는 일을 한 적도 있었다. 이런 경험은 문학 교육 프로그램을 통해 젊은 사람들을 위한 책을 내거나 대필 작업, 다른 프리랜서 일을 하는 데에도 많은 도움이 되었다. 그래서 학교에서 일하는 친구들에게 혹시 아이들과 함께 곡을 연주하거나 작곡을 하는 종류의 일이 있으면 소개해 달라고 졸랐다.

그러던 중 선생님으로 일하던 한 친구가 유치원에서 며칠간 보조교사 일을 해본 뒤에 정식으로 지원하라며 연락을 해왔다. 나는 서너 살짜리 아이들의 사회 활동을 관찰하는 일이 너무 즐거웠다. 두 남자아이가 싸움을 하자 선생님인 내 친구가 "무슨 일이니?"라고 간단한 질문을 하며 개입했고 나는 두 아이가 나름대로 자기 입장을 설명하는 것을 지켜보았다. 어른들도 이런 경우에 자신의 감정을 조리 있게 설명하지 못하는 경우가 많을 것이다. 자기의 감정을 설명하게 하자 아이들의 흥분은 금방 가라앉았다. 아이들은 할 말이 별로 없을 때라도 누군가가 자신의 말을 들어주는 것을 좋아했다. 음악 시간은 매우 실망스러웠다. 한 선생님이 드럼, 실로폰, 장난감 피아노 등을 나누어 주자 아이들은 화음을 맞추어 음을 연주할 줄 몰랐기 때문에 그냥 시끄럽게 쿵쾅거리기만 했다. 그 선생님은 그 불협화음 속에서 음에 맞지 않는 노래를 불러댔다. 전혀 음악으로 들어줄 수 없는 소리였다.

그곳에서 며칠을 보낸 후 학교 주임 선생님들과 면접을 보게 되었을 때 나는 음악 시간의 문제점을 포함해서 그동안 관찰한 것들을 얘기했다. "서로 음이 어울리는, 음역이 비슷해서 불협화음을 이루지 않는 악기들을 나누어 주면 해결됩니다." 내가 말했다. "그렇게 하면 아이들이 연주하는 건 모두 자연적으로 음악처럼 들릴 수밖에 없어요. 계획만 잘 세우면 아주 아름답게 들릴 수 있어요."

면접관이 말했다. "오, 그거참 흥미롭군요." 면접관은 흥미가 없다는 것을 표현하기 위해 '흥미롭다'는 말을 사용했다.

"저를 고용하시는 것과는 상관없이 그렇게 하시는 게 좋을 겁니다." 내가 말했다.

"고려해 보겠습니다." 그 면접관은 고려해 보지 않을 생각이니 나보고 그만 가보라는 뉘앙스로 대답했다.

하지만 나는 그 면접관이 왜 내 의견에 동의하지 않는지를 알고 싶었다. "악기 구입 비용 때문인가요? 아주 싸게 살 방법이 있을 텐데요."

"예산은 아주 넉넉합니다." 면접관이 말했다.

"제 의견에 특별히 반대하시는 이유라도 있나요?" 내가 물었다.[1] 면접관은 이제 내가 아주 무례하게 굴고 있다는 눈빛으로 나를 쳐다보았다. "이건 저랑은 상관없는 문제입니다. 이건 어떻게 하면 아이들에게 좀 더 긍정적인 첫 음악 경험을 갖게 해주느냐에 관한 문제예요. 지금처럼 계속하면 아이들은 자기들이 연주하는 곡은 무조건 끔찍한 소리가 난다고 생각하게 될 겁니다. 그건 결국 아무런 이유도 없이 절망만 심어주게 되는 거죠."

물론 나는 그 학교에 채용되지 않았다.

---

1 면접관은 단지 정신 나간 낯선 사람이 부탁하지도 않은 조언을 하면 무시하라는 방침을 따르고 있었던 게 아닌가 싶다.

내가 두 번째로 지원한 학교의 면접관은 웃는 얼굴에 상기된 뺨, 백발에 정장을 입은 여성이었다. 각 교실에서는 좋은 옷을 입은 아이들이 노래를 부르거나 즉흥적인 놀이들을 하고 있었다. 젊고 멋진 선생님들이 이야기를 읽어주면 아이들은 서로 귀엽게 부둥켜안거나 놀라거나 웃으며 들었다. 복도 벽에는 아이들이 그린 아름다운 그림과 만화들이 전시돼 있었다. 이 학교에서 딱 한 가지 마음에 안 드는 점이 있었다면 부유한 가정의 아이들만을 위한 학교라는 것이었다. "학교들이 다 이 학교 같았으면 좋겠군요." 내가 면접관에게 말했다.

"감사합니다." 내 말을 잘 이해하지 못하고 면접관이 말했다.

"제 말은 공립학교도 여기 같았으면 좋겠다는 뜻입니다. 사립학교만 이렇지 않고요." 내가 말했다.

"감사합니다." 여전히 내 말의 의미를 이해하지 못한 면접관이 말했다.

이브의 스트레스를 덜어주려고 정규직이 필요해서 지원했지만 그 학교에서 아이들과 음악을 만들며 오후를 보낼 미래를 생각하니 꿈만 같았다. 나는 정말 그 학교에서 일하고 싶었다.

천창으로부터 햇빛이 숭엄하게 내리비치는 회의실로 따라 들어가니 값비싸 보이는 정장을 입은 면접관 세 명이 화려한 원목 책상을 앞에 두고 앉아 있었다. 그들의 눈길은 내 우쿨렐레 케이스에 머물렀다.

"제가 아이들과 함께 만든 노래를 들려드리려고 우쿨렐레를 가져왔습니다." 내가 말했다.

면접관들은 당황해서 서로를 쳐다보았다. 한 명이 말했다. "그건 안 들어도 될 것 같습니다."

나는 케이스를 원목 바닥에 내려놓고 의자에 앉았다. 나는 연주를 들어보지도 않고 어떻게 음악 선생을 고용하려는 거냐고 물어보고 싶은 욕구를 힘들게 참았다. "알겠습니다." 내가 말했다. 면접관들은 내가 그들을 판단하고 있음을 눈치챈 것 같았다. "저는 애들과 같이 정말 많은 곡을 만들었고 그 노래들이 다 재미있고 좋아서 그 곡들을 들려드리면 저를 고용하고 싶어 하시지 않을까 생각했을 뿐입니다." 면접관들은 대답이 없었다. 다들 어떻게 대답해야 할지 고민하고 싶은 생각조차 없어 보였다.

면접은 이미 끝났다는 것을 충분히 알 수 있었다. 나는 일어나서 바닥에 있는 우쿨렐레를 집어 들었다. "아무래도 잘될 분위기가 아니네요."

나에게 학교를 구경시켜 준 여성이 얼굴을 찡그리며 물었다. "무슨 뜻이죠?"

"다 아시면서 뭘 그러세요. 이미 결정이 났지 않습니까? 그냥 형식적으로 남은 면접 시간을 소비하면서 굳이 감정을 숨기고 앉아 있을 필요가 없다고 생각합니다."

"이런, 그러시군요." 면접관 중 한 명이 말했다.

"진심이세요?" 또 다른 면접관이 말했다. 이 질문은 내게 아주 괴상하고 아무 의미도 없이 들렸다. 이 사람은 정말로 내가 이렇게 기분 나쁜 감정을 내보인 다음에 다시 자리에 앉아 면접을 계속할 거라고 기대한 것일까?

내가 말했다. "다음 면접 때는 음악 선생 지원자에게 연주를 시키세요. 그럼 최소한 아주 작은 연주회를 본 것 같은 경험은 남지 않겠어요? 음악을 좋아하신다면 뜻밖에 좋은 음악을 접하게 될 수도 있겠지만 아마 음악을 좋아하지 않으시겠죠? 음악을 좋아하신다면 지원자가 연주하는 걸 분명 듣고 싶어 하셨을 거라고 생각합니다만."

면접관들은 마치 내가 핀잔을 주고 있는 것처럼 노려보았는데 나는 그런 반응을 대체 이해할 수가 없었다. 내가 아이들을 위한 음악을 들어보면 아주 좋은 경험이 될 거라고 제안하면서 '빌어먹을'과 같은 욕을 섞어 쓴 것도 아닌데 말이다.

내가 이브에게 이 면접 얘기를 했더니 그 사람들이 웃긴다고 했다가, 내가 면접에서 제기했던 이의에 모두 동의했다가, 나에게 화를 내기도 하는 등 오락가락한 반응을 보였다.

얼마 후, 나는 면접관들에게 호감을 줄 수도 있다는 가능성에 목매지 않기로 했다. 대신 우리 집에서 우쿨렐레 개인 강습을 하는 방법을 고안해 냈다. 이브는 내가 곳곳에 붙일 포스터를 디자인해 주었고 나는 내 우쿨렐레 앨범 팬들에게 강습을 한다는 광고를 이메일로 보냈다. 몇 명이 바로 답장을 보내왔다. 그리고 아주 유명한 브루클린 지역 관련 블로그에서 내 우쿨렐레 강습에 대한 내용을 올린 덕분에 열두어 명에게서 더 답장을 받았다. 하루하루 내 강습에 대한 문의 메일이 늘어났다. 알고 보니 사람들이 '우쿨렐레 강습'을 '뉴욕'이나 '브루클린'과 함께 검색하면 나에 대한 포스트가 제일 먼저 떴기 때문이었다. 그렇게 해서 일주일 만에 스무 명의 수강생을 받게 되었고 이전의 어떤 직장에서 받은 것보다 많은 수입을 벌게 되었다. 수강생들은 연주 실력을 향상하는 방법을 알고 싶어 했고 적어도 이 부분에서는 내 솔직함이 도움이 되었다.

이별의 가장 좋은 점

2006년 두 번째로 우리 가족과 함께 캠프에 참가한 후, 이브가 우리 가족에서 차지하는 부분은 더 커졌다. 그곳에서 만난 사람들이 나에게 하는 모든 말에 이브의 이름이 들어갈 만큼 다들 이브를 아주 좋아했다. 아빠는 심지어 사람들에게 이브를 자기 손자들의 엄마라고 소개하기도 했다. 한번은 이렇게 지나치게 칭찬하는 게 혹시 불편하진 않은지 아빠가 이브에게 직접 물어본 적도 있다.

이브가 우리 가족을 점점 더 알게 될수록, 이브는 끊임없는 통찰과 해석으로 나를 지치게 했다. 두 번째 캠프 이후, 이브는 우리를 이해할 수 있는 충분한 친밀감과 객관적으로 볼 수 있는 적당한 거리감을 겸비한 유일한 사람, 말하자면 우리 가족의 진정한 전문가가 되었다.

하지만 내가 이브를 화나게 하면 이제 이브는 마치 화난 심리치료사처럼 우리 가족과 심리적인 이유를 들어가며 자기 생각을 말했다.

"네가 어린아이였을 때 너희 아빠는 네 감정을 고려하지 않고 네가 화를 내도록 놔두지 않았어. 그래서 이제 너는 다른 모든 사람들의 감정은 다 한심하고 불필요한 거라고 생각하게 된 거야. 하지만 그런 감정들은 결코 한심하거나 불필요한 게 아니야."

"네가 화난 상태에서는 내 심리치료사가 될 수 없어! 심리치료를 할 때는 그 반대여야지." 내가 말했다.

이브의 말을 도저히 납득할 수 없을 때는[2] 의견의 일치를 볼 수 없어서 미안하다고 말하곤 했다.

"네가 사과하는 방식은 정말 최악이야." 이브는 이런 식으로 말했다.

"의견이 다른 건 나쁜 게 아니야! 우리가 항상 모든 것에 동의할 필요는 없어." 나는 이렇게 말하곤 했다. "이건 마치 내가 코코넛을 싫어한다고 네가 화를 내는 거랑 똑같아." 시간이 지남에 따라, 초콜릿 방어법은 점점 개인적으로 변형되었다. "내가 만일 네가 좋아하지 않는 것을 좋아해서 사과해야 한다면, 그러는 너는 내가 좋아하는 걸 네가 안 좋아할 때 왜 사과를 안 해도 돼?"

이브의 주장이 내 생각을 바꾸게 만들 때는 나는 이렇게 말했다. "이제 알겠어. 네 말이 맞아. 네가 내 생각을 바꿨어. 나한테 설명하느라 시간과 에너지를 써줘서 정말 고마워. 그렇게 만들어서 정말 미안해. 다시는 똑같은 실수를 저지르지 않을게."

하지만 사과를 해도 끝나는 것은 아무것도 없었다. "네가 하는 사

---

2 이브가 아무리 전반적인 부분에 걸쳐 옳았다고 해도 내가 꼭 그런 생각들을 다 받아들일 준비가 되어 있었다는 의미는 아니다.

과는 진심일 때 더욱더 최악이야. 마치 틀린 정보를 사무적으로 정정하는 것 같단 말이야."

우리가 싸우면 싸울수록 나는 이런 상황을 '철학적 양립불가능'의 문제라고 묘사했다.

"넌 너를 기쁘게 하기 위해서 내 본질적인 특성을 바꾸라고 요구하는 게 괜찮다는 거네. 그 말은 나도 너보고 바꾸라고 해도 된다는 의미야? 그럼 네게 좀 더 포용력을 갖추라고 요구해도 돼?" 내가 말했다.

이브가 잠시 눈을 가늘게 뜨더니 약간 누그러졌다. "넌 어릴 때 아버지가 절대 바뀌지 않을 거라는 사실을 알았기 때문에 남들에게도 바뀌기를 요구하면 안 된다고 생각하는 거야."

"글쎄, 적어도 아빠가 나를 비판할 때는 본인 생각을 말하고 결정은 내가 하게 했어. 너는 아빠랑 비판하는 건 똑같은데 뭐든 네가 원하는 쪽으로 내가 바뀌어야 한다고 생각해. 그건 아빠보다 더 잔인한 거야." 나는 전혀 수그러들지 않고 말했다.

"'나는' 너희 아빠랑 똑같지 않아!" 이브가 갑자기 장난하는 말투로 말하기 시작했다. "'네'가 너희 아빠랑 똑같지!"

나는 그 장난에 맞장구를 쳐주었다. "아니야, 우리 아빠랑 똑같은 건 '너'야!"

이브랑 있을 때는 싸움이 언제 장난으로 바뀌고, 또 장난이 언제 싸움으로 바뀔지 예측하기가 어려웠다. 그 결정은 이브의 마음대로였다. 하지만 대부분의 말다툼은 웃음으로 끝났다.

한번은 둘이 언쟁을 벌이다가 이브가 갑자기 멈추더니 말했다. "아, 이런. 그 말은 이제 '샐러드 데이'가 끝났다는 말이야?" 우리는 같이 마구 웃기 시작했다. "그나저나 대체 샐러드 데이라는 말은 누가 만든 거야?" 이브가 물었다.

"그냥 그 사람이 정신 나간 거라고 생각하면 안 돼?"(샐러드 데이란 셰익스피어가 '청춘의 시대'를 표현한 말이다_옮긴이)

한번은 한차례의 말다툼을 끝내고 같이 웃다가, 이브가 자기에게 정말 필요한 것이 무엇인지를 정확히 말함으로써 드디어 자기의 감정을 솔직히 전달하는 놀라운 위업을 이루었다. "네가 날 배려한다는 거 잘 알아. 그리고 넌 그런 마음을 네 방식대로 표현해. 하지만 가끔은 내 방식대로 그 마음을 보여주면 정말 좋을 것 같아."

그리고 얼마 후 집에 돌아온 나는 이브가 더 이상 나와 함께하고 싶지 않다는 내용의 편지를 침대 위에 올려둔 것을 발견했다. 비록 우리가 처음 만나기 시작했던 3년 반 전부터 이런 날이 오리라고 예상은 하고 있었지만 나는 침대에 앉아 울면서 편지를 열 번도 넘게 읽었다. 이브의 편지에는 우리가 함께했던 모든 추억, 이제 막 끝난 우리의 지난날들을 벌써부터 그리워하는 마음이 아주 감상적으로 담겨 있었다. 그래도 이브가 다른 전 여자친구들과는 달리 나를 미워하지 않는다는 점이 기뻤다. 나는 우리가 계속 친구로 지내기를, 그녀를 내 삶 안에 두기를 소망했다. 나는 그녀의 결정을 받아들였지만 그래도 그녀를 탓하지 않고 내 잘못이 뭔지를 알며, 실수로부터 뭔가 배웠기를 바라는 내 마음을 표현하면서 작별 인사를 하고 싶었다.

그리고 이브가 자기식대로 내 마음을 보여주기를 원한다고 말했던 것이 생각났다. 나는 꽃이나 촛불같이 쉽게 돈으로 살 수 있고 진심 없이도 줄 수 있는, 게다가 개인의 성향을 표현하지도 않고 두 사람 사이의 특별함이 표현되지도 않는 물건에 사회가 독단적으로 로맨틱한 의미를 부여하는 건 터무니없다고 비난하면서 투덜거렸던 아빠의 말을 흉내 내곤 했었다. 그러면 이브는 이런 말로 응수했다. "아, 그래? 그럼 너희 아빠가 너희 엄마한테 꽃 대신에 개인적으로 준 특별한 선물이 있으면 다 말해봐." 나는 아빠가 엄마에게 로맨틱한 일을 해줬다는 얘기를 들은 적이 없다고 시인할 수밖에 없었다. "내 반론은 거기까지야." 이브는 그렇게 반응하곤 했다. 그래서 나는 이브가 받았을 때 확실하게 의미를 알 수 있는 꽃을 사기로 했다.

꽃가게에 들어서서 냉장고의 축축한 냉기에 오싹함을 느끼고 걸음을 옮길 때마다 바뀌는 꽃냄새를 맡으면서 그제야 나는 이브가 좋아하는 꽃이 뭔지 모른다는 것을 깨달았다. 지난 몇 년간 이브가 꽃을 사 와 집에 두어도 나는 그 꽃을 눈여겨보거나 언급한 적이 없었다. 이브의 사적인 이야기와 의견들을 듣거나 어떤 영화나 음악을 좋아하는지 알고 있다는 이유만으로 그녀를 잘 안다고 생각했으나, 사실 나는 알고 싶었던 것만 알았던 것이다. 이브가 내게 알아주기를 바랐던 다른 부분들도 분명 있었을 텐데 말이다. 나는 엉엉 울면서 수국을 샀다. 꽃가게 주인은 걱정하는 눈으로 나를 바라보았다. "제 걱정은 마세요." 내가 주인에게 말했다. "다 제가 자초한 일이거든요."

이브는 며칠간 라일라의 집에서 지낼 계획이라고 편지에 적었다. 그래서 이브가 언제든 돌아왔을 때 발견할 수 있도록 부엌 조리대 위에 쪽지와 함께 수국을 올려놓으려고 했다. 하지만 꽃가게에서 돌아왔을 때 이브는 이미 소파에 앉아 있었다. 꽃을 본 이브는 자리에서 벌떡 일어났다.

"나 주려고 수국을 사 온 거야?" 그녀가 물었다. 이브는 나를 껴안으며 나를 사랑하고 절대 떠나지 못할 것 같아서 다시 돌아왔다고 말했다. 그리고 꽃을 사 온 걸 보고 생각보다 내가 자기에게 관심을 두고 있었다는 점에 감동했다고도 했다. 알고 보니 수국은 이브가 가장 좋아하는 꽃 중 하나였다. 나는 짐작한 게 다행히 맞았다고 씁쓸하게 털어놓았다. 하지만 꽃가게에서 울었던 일을 얘기하자 이브가 감동했고 우리는 다시 함께 지내게 되었다.

몇 달 지나지 않아서 말다툼은 다시 시작됐고, 우리는 점점 더 변덕스럽게 그리고 더 자주 싸웠다. 내가 물었다. "그러니까 너는 지금 내가 점점 더 심해진다고 나를 점점 더 비판하는 거야? 아니면 이제 우리가 사귄 지가 너무 오래돼서 전에는 괜찮던 것들이 이제는 신경 쓰이는 거야? 아니면 이제 너도 네 감정을 표현하는 데에 더 편해져서 이러는 거야?"

"상황에 따라 네가 말한 이유가 각각 맞을 때가 있지. 그 모든 이유가 한꺼번에 다 해당하는 경우도 있고." 그녀가 말했다.

어느 날 집에 돌아오니 전과 거의 동일한 내용의 편지가 놓여 있었다. 그리고 이브는 전처럼 하루도 안 돼서 다시 돌아왔고 나를 사랑하며 다시는 떠나지 않겠다고 말했다.

2007년 봄, 이브는 거의 두 달에 한 번, 어떨 때는 더 자주 나를 떠났다. 언젠가 사이가 좋을 때 내가 '이별에서 가장 좋은 부분은 화해할 때'라는 가사가 있는 곡으로 우리 노래를 바꿔야 하는 게 아니냐고 농담을 했다.

이브는 웃지도 않고 나를 슬픈 눈으로 바라보며 말했다. "정말 난 화해하는 게 너무 좋아."

이브는 어릴 때부터 건강염려증이 있었다. 이브는 유치원에 다닐 때 어른들이 에이즈에 관해 말하는 것을 듣게 되었다. 에이즈가 뭔지 몰랐지만 왠지 자기나 부모님이 그 병을 앓고 있거나 곧 걸릴 거라는 확신이 들었다. 그래서 밤에 잠도 못 자고 에이즈에 대해 걱정을 하기 시작했다. 그러다가 학교에서 곯아떨어지고 말았다. 그녀의 어머니가 무슨 걱정이 있냐고 묻자 이브는 엉엉 울음을 터뜨리고 에이즈에 걸렸을까 봐 걱정돼서 잠이 안 온다고 털어놓았다. 그로부터 20년이 지난 후에도 이브의 건강염려증은 별로 나아지지 않았다. 왜냐하면 암에 걸릴 것을 걱정하거나, 인터넷이나 다른 곳에서 어떤 질병을 알게 될 때마다 공포심을 느끼는 건 여전했기 때문이다.

한번은 소파에 함께 누워 이브가 내 어깨에 머리를 기대고 있다가, 혹시 자기가 암에 걸리면 떠날 거냐고 물었다. 어릴 때 아빠에게서 시작됐던 이런 가상의 질문은 언제나 스트레스였는데 이브의 질문은 훨씬 더 위험했다. 내가 답을 제대로 못 하면 일어나지도 않은 상황에서 내가 가상으로 한 일에 실망을 했기 때문이다. 그럼에도 불구하고 이브는 내게 어떤 질문이라도 물어볼 자격이 있으며 나는 그것에 답해야 한다고 믿었다.

"네가 암에 걸렸을 때 우리가 어떻게 느끼고 행동할지 우리 둘 다 어떻게 알아?" 벌써부터 체념한 듯한 목소리로 내가 대답했다. 이브가 갑자기 기대고 있던 머리를 들었다. 내가 말했다. "비극적인 상황에서 어떻게 행동하게 될지는 아무도 몰라! 어쩌면 네가 심리적으로 공황 상태에 빠질지도 모르지. 아니면 또 나를 떠날지도 모르고."

이브는 다시 내게 기대며 말했다. "그건 나도 알아. 하지만 그래도 나는 네가 날 절대로 떠나지 않을 거라고 말해주길 원해." 그때 이브는 이미 내가 해야 할 말을 노골적으로 요구할 수 있게 된 상태였다.

"넌 나한테 약속이 불가능한 걸 약속해 달라고 하고 있어." 내가 말했다.

"그런 약속은 거짓말이 아니야. 네가 바라는 일이 반드시 진실이 될 거라고 말하는 거지."

"그럼 이렇게 물어볼게. 암에 걸렸다는 가정도 필요 없어. 넌 내가 암에 안 걸렸는데도 언젠가는 나를 떠날 거지?" 이브는 죄지은 사람처럼 눈을 아래로 내리깔았다. "사실 이미 넌 나를 수도 없이 떠났었어. 그럴 땐 암 같은 변명도 필요 없었고." 내가 말했다.

"오, 마이클." 이브가 한숨을 쉬었다. 이브의 눈물이 내 셔츠 칼라를 적셨다. "나는 가끔 혼란스러워. 하지만 결코 너를 떠나지 않을 거야." 이브의 말은 너무 진실처럼 들려서 마치 내 생각이 틀렸다는 게 증명된 느낌이 들었다. 나는 머리를 뒤로 기대고 양철로 된 천장을 응시했다. 이브는 이어서 말했다. "난 너를 사랑해. 그리고 항상 널 사랑할 거야." 나도 울기 시작했다. 나는 결국 거짓이 될 약속이라는 것을 알면서도 믿으며 이브를 안아주었다. 이브가 나를 향해 미소를 지었다. "봤지? 내가 할 수 있는 말 중 가장 쉬운 말이었어."

정직한 강도

새벽 3시쯤 지저분하고 조용한 바워리역 승강장에서 J선을 기다리고 있는데 어떤 남자가 오렌지색 얼룩이 묻은 회색 티셔츠를 입고 한 손을 등 뒤로 감춘 채 내 쪽을 향해 빠른 속도로 걸어왔다. 그는 나를 위협하기 위해 입술을 부풀려 내밀고 턱의 근육을 과장되게 푸는 시늉을 하며 말했다. "같이 좀 갑시다." 거칠게 보이려는 노력에도 불구하고 그는 오히려 아주 긴장한 것처럼 보였다. 나는 그에게 속이 빤히 들여다보이는 남자다운 겉모습보다 차라리 초조하고 복잡한 심경을 솔직하게 인정하는 쪽이 적어도 나에게는 존중과 연민을 불러일으킬 것 같다고 말하려고 했지만 내가 그런 말을 꺼내기도 전에 그는 내 어깨를 밀쳐서 승강장 끝 쪽을 향하게 돌려세운 다음 앞으로 가도록 밀쳤다.

나는 수중에 돈이 하나도 없었다. 어떤 강도는 돈이 없으면 상대를 찌르거나 총을 쏴버리기도 한다는 얘기를 들은 적이 있었지만 나는 이 상황에서 손해를 볼 사람은 결국 헛수고만 하고 감옥에 가게 될 강도 쪽이라고 판단했다. 나는 될 수 있는 한 우리 두 사람의 불행을 미연에 방지해야겠다는 책임을 느꼈다.

"무슨 일이 일어나기 전에 미리 얘기하자면 난 돈이 없어요." 내가 말했다.

"닥치고 걷기나 해." 강도가 말했다.

난 강도가 시키는 대로 걷기는 했지만 입을 닥치기는 어려웠다. "사람들이 너무 거짓말에 익숙해져 있죠." 나는 손을 마구 휘저으면서 말했고 목소리의 톤도 높아졌다. "우리 가족은 아주 솔직해요. 그래서 나는 평생 거짓말을 딱 두 번밖에 안 했는데도 사람들은 여전히 내 말을 믿지 못하더군요." 강도는 승강장 끝으로 나를 계속 밀어붙였다. 내 불평의 절규는 점점 더 거세졌다. "다들 하나같이 돈이 없다고 그러죠, 그렇죠? 그래서 내 말도 자연히 거짓말로 들리죠? 모두 다 쓸데없는 거짓말을 해서 그런 겁니다. 강도당하는 사람들은 강도가 안 믿을 것을 알면서도 거짓말을 하고, 강도들은 또 강도대로 상대방의 말을 안 믿다가 결국 빈 지갑 때문에 감옥에 가게 되죠." 감옥이라는 말에 나를 밀치던 강도의 몸이 긴장하는 것이 느껴졌다. "그게 바로 거짓말쟁이들이 세상을 망쳐놔서 정작 진실을 믿고 말하는 사람들이 살아가기 힘들다는 걸 보여주는 좋은 예예요."

그때 남이 믿는 대로 강도처럼 행동한다는 게 어떤 건지 가르쳐주기라도 하듯 강도는 뒤로 숨긴 손을 내밀어 쥐고 있던 칼을 보여주었다. 그가 내민 삼각형의 칼은 작은 모형 검을 연상시켰다. 이 강도는 다른 모든 이들처럼, 어떤 정보를 언제 어떻게 노출해야 할지에 대해 매우 신중하게 행동했다. 나는 그가 법적인 이유 때문에, 만일 내가 그 칼을 보지 못했다면 나중에 칼을 갖고 있지 않았다고 주장할 수 있기 때문에 무기를 숨기고 있었다는 것을 깨달았다. 그 강도가 처음부터 칼을 보여주었다면 그런 솔직한 행동 때문에 오히려 벌을 받았을지도 모를 일이었다.

승강장 끝에 다다랐을 때 그가 말했다. "주머니에 있는 거 다 꺼내."

내 초라한 지갑을 본 강도는 내가 지갑을 여는 것을 차마 보지 못하고 시선을 피했다. 그래도 나는 지갑을 열어서 그의 눈앞에 들이밀었다. 나는 그가 아무리 화가 났어도 직접 눈으로 그 지갑을 확인할 강단은 있어야 한다고 생각했다. 그는 뒤로 물러나며 더러운 승강장 바닥을 내려다보았다. "젠장!" 그의 목소리가 훨씬 높아졌다. 나는 그의 진짜 목소리를 듣게 되어 속이 시원했다. "젠장!" 그가 자신의 본모습을 숨기려고 쓸데없는 노력만 하지 않았다면 금방이라도 울음을 터뜨릴 분위기였다.

"그래서 내가 미리 말했잖아요. 그리고 지하철역 승강장은 강도짓하기에는 최악의 장소예요. 사방에 카메라가 있으니까요." 내가 말했다. 강도는 화가 치미는 듯 눈을 치떴다. 나는 객관적인 사실에 감정적으로 반응하는 그의 태도가 영 마음에 안 들었다. 그는 강한 척 행동하면서도 낯선 사람의 비판조차 제대로 감당하지 못하고 있었다. 나는 어깨를 으쓱해 보이며 말했다. "난 그냥 솔직하게 말하고 있을 뿐이에요."

그는 나에게 달려들어 칼을 쥔 손을 쳐들었다가 내 목 가까이에서 멈추었다. 그리고 다른 한 손은 내 목덜미를 쥐고는 내 목에 칼끝을 갖다 댔다.

"나도 너한테 충고 하나 하지. 제발 입 좀 닥쳐."

나는 즉시 집으로 가서 이브에게 솔직하게 행동했다는 이유로 강도한테 거의 찔릴 뻔했다는 이야기를 했다. 나는 정말 재미있는 이야기라고 생각했지만 이브는 전혀 웃지 않았다. 그녀는 걱정스러운 눈으로 나를 쳐다보았다. "마이클, 제발 다시는 그러지 마. 네가 살해당하면 나는 정말 너무 슬플 거야."

두려움 게임

2007년 세 번째 가족 캠프를 가기 몇 달 전 이브와 나의 관계는 마치 연중 내내 가족 캠프에 참가하고 있는 분위기를 형성했다. 캠프에서의 경험은 우리 관계에 서서히 영향을 미쳤고 우리를 종종 심리치료사와 환자의 관계처럼 만들었다.

그즈음 우리는 시청에 공식적으로 불만사항을 접수했음에도 불구하고 집주인이 자꾸 우리가 낼 필요도 없는 비용을 내야 한다고 주장하면서 가스나 전기를 켜주지 않아서 골치를 앓던 중이었다. 우리는 다른 곳으로 이사 갈 돈도 없었고 정성 들여 꾸민 집을 너무 사랑했지만, 집주인은 자꾸 밖에서 문을 쾅쾅 두드리거나 논리에 어긋나는 말을 되풀이하며 소리를 질러댔다. 나도 물론 화가 났지만 이브는 훨씬 더 화를 냈다. 그래서 나는 이브에게 '두려움 게임'을 하자고 했다.

우리는 몇 개월 전에 이 두려움 게임을 고안해 냈다. 나는 가족 캠프의 칠판 대신 사용할 펜과 종이를 가지고 와서 이브가 두려워하는 것들을 받아 적었다.

"우리가 돈이 있었다면 이런 상황은 일어나지 않았을 거야. 그리고 우리는 앞으로도 계속 돈이 없을 거야. 우리는 평생 이렇게 살 거야. 우리는 그냥 돈 한 푼 없는 한심한 사람들이야." 이브가 말하면 나는 그것을 받아 적었다. "그리고 돈이 없으면 자식을 가질 수도 없고, 있더라도 그 애들이 인생을 충분히 누리면서 살게 해줄 수도 없어." 나는 이것도 받아 적었다. "그리고 네가 정말 아이들을 원한다면, 넌 직장을 구하거나 어떻게 돈을 벌어야 할지 생각해 내야 해. 그런데 너는 우리가 영원히 함께 살 거라고 믿지 않기 때문에 그러려고 하지 않아." 그녀는 이제 펑펑 울기 시작했다. "그리고 그건 네가 나를 정말 사랑하지 않기 때문이야." 나는 계속 받아 적었다. "나는 괴물이고 너를 너무 함부로 대해서 네가 날 사랑하지 않는 거야. 그리고 너는 심지어 여기 있어서도 안 돼. 나는 너를 몇 번이나 떠났고 너는 그런 나를 계속 받아줬어. 너는 그렇게 인내심이 많은 사람이고 나는 그렇게 대해줄 가치도 없는 나쁜 사람이야." 그러다가 이브는 갑자기 침착해졌다. "하지만 그런 건 다 상관없어. 어차피 난 뇌종양 때문에 얼마 못 살 거니까."

"됐다. 그만하면 충분한 거 같아." 내가 말했다. "자 이제 두려움의 목록을 살펴보자." 우리는 소파에 가까이 다가앉았고 나는 그녀에게 종이와 연필을 내밀었다. "자, 이제 여기에서 우리 집주인 문제와 관련 있는 것들 옆에다 표시를 해봐."

이브는 깔깔거리며 웃었다. "이건 정말 다 말도 안 된다. 말할 때는 다 진짜 심각한 문제 같았는데."

이브와 내가 말다툼을 할 때면, 처음에는 우리 둘 중 누가 심리치료사의 역할을 하게 될지 전혀 짐작할 수 없었다. 가끔은 대화 중간에 그 역할이 바뀌기도 했다.

내가 강습을 하면서 전보다 훨씬 규칙적으로 돈을 벌고 있었는데도 이브는 계속 나에게 제대로 된 직업을 가지라고 말했다. "글쓰기나 강습도 제대로 된 직업이야." 내가 주장했다. "그리고 내가 얻을 수 있는 어떤 일보다 시간당 더 많은 돈이 들어와. 그리고 내가 좋아하는 일이기도 하고."

그러면 이브는 조력자처럼 돌변했다. "내가 너한테 회사 사무직에 취직하라고 하면 너는 어떤 기분이 들어?"

"글쎄, 사회가 나한테 전달하려는 메시지를 듣는 것 같은 느낌이 들지. 정상적인 틀에서 벗어나 산다는 것은 완고하고 미련한 짓이고 결국 그 때문에 나는 반드시 실패하게 될 거고, 그래도 싸다는 식의 메시지 말이야. 그래서 마치 네가 그럴 때는 나한테 맞서서 사회의 편을 드는 것 같아."

이브가 말했다. "너는 마치 사회가 너를 공격하는 거대한 가해 세

력인 것처럼 말하는구나."

"바로 그거야! 사회는 한 덩어리로 합심해서 행동하는 소름 끼치는 집단이야!" 나는 가족 캠프 참가자들이 작업할 때처럼 양팔을 마구 흔들며 말했다. "사회가 바라는 대로 하지 않으면 사회는 복수를 해. 조직에 속하지 않고 집에서 혼자 돈을 벌면 병원에도 못 가게 만들어 버리고, 새로 사귀게 될 친구들이나 연애 상대도 널 존중하지 않게 되고, 그래서 결국 네 사망 기사조차도 네가 생전에 아무것도 이룬 게 없는 것처럼 적혀. 문화나 사회적 통념을 무시하면 복종할 때까지 너를 굶게 만들려고 최선을 다한다고." 이브는 다정한 심리 치료사의 가면을 벗고 아주 길게 눈을 굴렸다. 나는 그래도 내 의견을 끝까지 주장했다. "네가 내 직업 때문에 화를 내면, 마치 사회 전체가 악의적으로 너한테 내가 실패자라고 속삭여서 네가 그 말을 믿고 나를 떠나게 만들려는 것 같다고."

이브는 코웃음을 쳤다. "그래서 네가 더 좋은 직장을 구하기를 바라는 게, 내가 사악한 자본주의 제도에 세뇌당한 멍청이라서 그렇다는 거야?"

"네가 그런 식으로 말하니 너무 극단적으로 들려. 하지만 맞아."

이브가 쏘아붙이듯 말했다. "내가 만약 널 떠나면, 넌 나와 사회 탓을 하겠지. 하지만 분명히 말하는데 이건 알아둬. 내가 만약 널 떠나면 그건 네 잘못이야."

이브는 '만약'이라고 했지만 그건 꼭 '언젠가'로 들렸다.

우리가 두려워하는 문제점들을 적은 목록에는 이브의 건강염려증과 종합적인 노이로제 증상 밑에, 우리가 아는 어떤 여자와 내가 몰래 사랑에 빠졌다고 이브 맘대로 치부하고 마는 경향, 말하자면 이브의 질투심도 적혀 있었다. 이브가 의심하는 여자가 누가 됐든 내가 그 여자한테 감정이 없다고 주장하면 할수록 이브에게는 내 말이 더 거짓말처럼 들리는 듯했다. 이상하게도 이브는 내가 전혀 매력을 느끼지 못하는 여자들에게만 질투를 했다. 오히려 내가 매력을 느끼는 여성에 대해서는 전혀 언급한 적이 없었는데 아마 그런 여자에 대해 물어보면 내가 진심을 털어놓을 것을 알고 있었기 때문이었을 것이다. 이브는 단지 내가 계속 반복해서 확실하게 부인하는 말을 듣고 싶었던 것일지도 모르겠다.

하지만 정작 이브는 주변 남자들에 대한 자신의 감정을 마음대로 털어놓았다. 이브는 갑자기 우울해하거나 흥분해서는 자기가 다른 남자와 사귀어야 할지를 괴로울 정도로 물어보곤 했다. 그러면 나는 이렇게 말했다. "난 너를 사랑하고 네가 내 옆에 있기를 바라는 사람이기 때문에 사심 없이 그런 조언을 해줄 수 있는 입장이 아니야."

이런 대화를 할 때면 이브는 종종 나에게 화낼 구실을 찾아내곤 했지만 정확히 무엇 때문에 화가 났는지는 도저히 알 수 없었다. 한번은 이브가 다른 사람에게 좋은 감정을 갖고 있는 것에 대해서 내가 질투를 하지 않는다고 화를 냈다. 분명히 자기를 사랑하지 않기 때문에 질투가 나지 않는 거라고 주장했다. 나는 질투가 났지만 그녀의 마음을 편하게 해주는 데 집중하느라 표현하지 못했을 뿐이라고 했다. 그러자 그녀는 또 자기의 기분을 맞추려고 내가 감정을 억제했다고 화를 냈다. 그래서 내가 다시 내 감정에 집중해 본 다음 얼마나 화가 났는지 얘기해 주었다. 그러자 이번에는 자기한테 죄책감이 들게 만들어서 자기를 통제하려고 한다고 비난했다. 내가 이브에게 그녀가 행복해지는 쪽을 선택하기를 바란다고 말했을 때는 또 질투를 안 한다고 화를 냄으로써 대화는 다시 원점으로 돌아가고 말았다.[3]

한번은 또 헤어졌다가 다시 화해를 한 후 이브와 내가 소파에 함께 누워 있는데 나에게 우리가 둘 다 아는 어떤 여자에 대해서 환상을 가져본 적이 있냐고 직접적으로 물어보았다. 그때 질투와 관련된 문제로 이별했다가 화해한 직후였기 때문에 이 질문은 특별히 비꼬는 것처럼 느껴졌다. 나는 이브가 벌써 새로운 싸움을 시작한 것 같아서 가슴이 철렁했다. 하지만 이브는 마치 내가 갖고 있는 아슬아슬한 환상이나 감정을 알게 되면 분위기가 로맨틱해질 것처럼 부드러운 어조로 물어보았다. "괜찮아. 나도 다른 사람에 대해 환상 같은 걸 떠올리기도 하니까. 다들 그러는데, 뭐." 그녀가 말했다.

나는 그녀를 만나기 전까지는 그런 환상을 떠올리는 일이 내 인생의 전부나 다름없었다고, 그런 공상은 언제나 즐거웠고 위로가 돼주었고 아무도 나를 좋아해 주지 않던 시기에 나에게 아주 특별한 것이었다고 말하고 싶었다. 하지만 얘기를 막 꺼내려다가 말았다. 이브는 내게 진실을 말해도 좋다고 확실하게 허락해 준 셈이었다. 하

---

3 이 대화 전체가 이상하게 들릴 수도 있지만, 이렇게 모든 것에 대해 솔직했던 이브의 행동으로 인해 나는 오히려 우리 관계가 특별하다고 더욱 확신하게 되었다. 이브는 사랑하지 않는 사람에게는 절대 그렇게 솔직하지 않았을 것이다.

지만 정말 다른 사람에 대한 환상을 가지는 게 당연한 일이라고 생각한다면 굳이 나에게 물어볼 필요가 있었을까?

이브가 나를 똑바로 바라보고 있었기 때문에 나는 빨리 생각해야 했다. 솔직하게 대답할지 말지를 고민하는 내 마음을, 속이 훤히 다 들여다보이는 내 얼굴이 배반하고 있을지도 모른다는 생각이 들었다. 나는 사람들의 얼굴에서 그런 의심스러운 표정을 많이 보아왔다. 그리고 그들은 결국 거짓말을 택했다.

내가 거짓말을 하면 이브는 분명히 알아차릴 것이다. 하지만 이브가 거짓말을 듣고 싶어 한다는 것도 알았기 때문에 마음이 불편했다. 속이 울렁거렸고 입 밖으로 말을 밀어내기가 너무 힘들었다. 아마 내 말은 불분명하고 더듬거리는 것처럼 들렸을 것이다. "나는 다른 사람을 상대로 환상 같은 건 안 가져." 내가 말했다. 이것이 나의 세 번째 제대로 된 거짓말이었다.[4]

이브는 눈부시게 웃으며 나를 껴안았다. 부자연스러울 정도로 지나치게 긍정적인 반응이었다. 나는 우선적으로 이브가 내 말을 믿었다는 사실이 너무 끔찍했고 자백을 하고 싶은 충동에 사로잡혔다. 하지만 바로 이런 생각이 들었다. 어쩌면 이브는 내 말을 믿은 게 아닌지도 모른다. 어쩌면 그녀의 기분을 상하지 않게 하려고 내가 거짓말을 했다는 사실에 감동한 것인지도 모른다. 나는 이브에게 정말

---

4   다시 복습해 보자면, 내 첫 번째 거짓말은 내가 다섯 살 때 유치원 친구들이 산타가 있다고 믿게 놔둔 것이었다. 내 두 번째 거짓말은 열여덟 살 때 작업 중이던 어맨다에게 그녀의 본모습 그대로 충분히 사랑받을 만하다고 한 말이었다. 세 번째 거짓말을 했을 때는 스물여섯 살이었다.

내 거짓말에 속은 건지, 아니면 거짓말인 건 알지만 그래도 고맙게 생각하고 있는지 물어보고 싶은 생각이 간절했다. 하지만 그런 질문이 분위기를 망칠 것을 알고 있었기 때문에, 흔히 사람들이 거짓말도 사랑을 표현하는 행위가 될 수 있다고 말한 것이 바로 이런 것을 의미하는 게 아닐까 하는 생각을 하며 조용히 침묵했다.

어린 나

세 번째 가족 캠프로 가기 위해 산길을 차로 운전해서 올라가는 동안 이브는 나에게 아빠를 만나면 아빠에 대한 내 생각이 바뀌었으며 아빠와 전혀 다른 사람이 되고 싶다는 말을 직접 해야 한다고 주장했다.

"그냥 그렇게 말할 순 없지." 이렇게 말하고 보니 나 역시도 뭔가를 '말할 수 없다'라는 식으로 얼버무리는 대부분의 사람들과 같은 미심쩍은 말투로 말하고 있음을 깨달았다. "아마 나보고 제정신이 아니라고 할걸. 다시는 나하고 말을 안 할지도 몰라."

이브는 내 어깨를 쓰다듬으며 말했다. "그런 일은 절대 없을 거야."

"어떻게 알아? 우리 가족은 지금 다 너무 소원해져 있어. 사람들은 때로 서로 갑자기 말을 안 하기도 해. 고모도 15년 동안 아빠와 말을 안 하고 있어. 이유를 말하려고도 하지 않아. 가족 행사에 참석해서 한 공간에 있어도 서로 완전 반대쪽 끝에 떨어져 있으려고 한

다니까."

이브가 말했다. "네가 아버지에 대한 생각을 말한다고 해서 너희 아버지가 다시는 너와 상종하지 않을 것 같다고 생각한다는 자체가, 네가 꼭 말해야 한다는 사실을 보여주는 거야."

나는 결국 아빠에게 대화를 청했다. 우리는 캠프장을 나가서, 사적인 대화를 나누기에 가장 적당한 장소라고 생각되는 캠프장 옆의 좁은 도로로 나갔다. 그곳에서는 지나다니는 차에 의해 방해받지 않고 몇 시간 동안도 얘기할 수 있었다. 우리 주변을 둘러싼 숲에는 시원한 그늘, 흐르는 시냇물 소리, 잎을 스치는 바람 소리, 그리고 새들의 노랫소리가 가득했다.

우리는 인적이 드문 숲을 따라 산을 천천히 올라갔다. 내가 하려는 말을 떠올리니 속이 울렁거렸다. 진실을 말하기 전에 그렇게 긴장된 적은 한 번도 없었다. 정말 너무 많은 시각과 시점에 관해 그 대화를 시작할 수 있었는데 나는 그중 한 가지를 택해야 했다. 나는 그때만큼 내 마음을 완벽히 잘 표현해야겠다고 느낀 적이 없었다. 심지어 나는 그 대화가 우리의 마지막 대화가 될지도 모른다는 마음의 준비까지 하고 있었다.

예전에는 반응이 좋지 않을 것을 알면서도 꼭 해야 할 말이 있으면, 말하는 행위를 마치 우체통에 편지를 넣는 것처럼 아주 단순한 동작으로 취급해 버리려고 했었다. 즉 해야 할 말을 아무 의미가 없는 것처럼 그냥 입 밖으로 밀어내려고 했었다.

"제 생각에 아빠가 항상 솔직하진 않았던 것 같아요." 내가 말을 꺼냈다.

"내가 솔직하지 않았던 적은 한 번도 없었던 것 같은데." 아빠가 말했다. 아빠의 시선은 뭔가를 기억해 내려는 사람들이 하듯 왼쪽 위를 향하지 않았다.

"아빠가 의식적으로 거짓말을 했던 건지는 잘 모르겠어요. 아빠는 자신에게 했던 거짓말들을 저에게도 반복해서 했던 것 같아요." 내가 말했다.

"예를 들면 어떤 거?" 아빠가 물었다.

나는 아빠를 설득할 만한 확실하고도 제대로 된 첫 번째 예를 선택하는 데 어마어마한 압박감을 느꼈다. 이브와 나는 미리 과거를 샅샅이 되돌아보며 수십 가지 예를 찾아냈다. 나는 그중에서 그것이 가장 좋은 예인지 확신이 없는 상태에서 하나를 선택했다.

"제가 어릴 때 아빠랑 유대교회당을 오갈 때 말이에요. 아빠가 제게 여러 가지 가상 질문을 했고 내가 어떤 대답을 해도 그 답을 비웃었잖아요. 아빠는 내가 옳은 주장을 하면 인정해 줄 것처럼 행동했지만 결국 한 번도 저를 자랑스러워하거나 내가 옳다고 얘기해 준 적이 없어요."

"그럼 내가 어떻게 해야 했냐? 네가 옳은 척했어야 해?" 아빠의 걸음걸이가 빨라져 나도 잰걸음으로 따라갔다. 마치 옛날의 산책하던 모습을 재현하는 것 같았다. "논쟁을 할 때는 적수에게 옳다거나 자랑스럽다는 말은 하지 않아." 아빠가 말했다.

"저는 아빠의 적수가 아니었잖아요." 내 목소리는 벌써부터 갈라지기 시작했다. "아들이었죠."

아빠는 발걸음을 늦추지 않았다. "네가 내 아들이라는 이유로 내가 너에게 특별한 대우를 했다면 그건 위선적인 행동이지." 이 말은 내 마음 한편에 내려앉았다. 아빠가 걸음을 멈추었다. "너한테 대체 뭐라고 해야 할지 모르겠다." 침묵 속에서, 아빠는 여러 가지 생각이 찾아올 때마다 그 생각에게 어깨를 으쓱해 보이듯 계속 여러 번 어깨를 으쓱했다. "네가 하려는 말이 그게 전부라면 더 이상 대화를 어떻게 계속 이어가야 할지 모르겠구나. 미안하지만 네가 생각하는 수준이 이것밖에 안 된다면 넌 그냥 더 이상 아무 말도 하지 않는 게 낫겠다."

저녁 식사 장소로 돌아가서 아빠와 얘기를 나눴다고 얘기하자 이브는 울기 시작했고 나를 껴안아 주었다. "네가 너무 대견해. 용감하게 잘했어." 나는 이브를 포옹한 채 잠시 그대로 있었다. 그러다 문득 사람들이 왜 언제나 그렇게 오래, 가만히 포옹하고 있었는지를 깨달았다.

내가 아빠와 나눈 얘기를 그대로 해주자 이브는 뭔가에 실망했을 때 하는 버릇처럼 입술을 안쪽으로 당겨 물었다. "그보다는 더 나은 반응을 기대했는데." 이브가 말했다.

"넌 우리를 너무 과대평가하고 있어." 내가 말했다.

그날 저녁 식사 후에 해가 질 무렵 숲속에서 사람들이 서성거리거나 카드 게임을 하거나 둘씩 혹은 셋이서 사적인 대화들을 나누고 있을 때, 화장실에 갔다 와보니 이브가 충격을 받은 표정을 하고 있었다.

"너희 아버지께서 방금 와서 흐느끼다 가셨어." 이브가 말했다.

"무슨 말씀을 하셨어?" 내가 물었다.

"나한테, '마이클을 아껴주고 이해해 줘서 고맙다. 나는 그 애를 사랑한다는 마음을 어떻게 표현해야 할지를 모르겠어. 그래도 이제 마이클은 그런 감정을 표현해 주는 사람이 생긴 것 같구나'라고 말씀하셨어. 그리고 나를 안고 우셨어."

"대체 그게 무슨 의미인지 모르겠네." 내가 말했다.

"네가 얘기한 게 효과가 있었다는 의미잖아! 넌 지금 너희 가족의 문제를 해결하는 중인 거야! 너 혹시 작업하지 않을래?"

"아, 이런. 이제는 내가 작업까지 하길 바라는 거야?"

"그래! 작업도 안 하면서 캠프에 참가한 게 벌써 몇 년째야?"

나는 셈을 해보았다. "이번이 11년째네."

"그렇게 오랫동안 한 번도 안 했단 말이야? 정말 말도 안 돼! 넌 작업을 꼭 해야 돼!"

"그러면 사람들이 날 러그 위에 올려놓고 아기 연기를 하게 만들 거라고!"

"그게 어때서!"

"하지만 어린 나를 연기하는 건 너무 싫어!"

이브는 계속 나를 설득했다. 생각해 보니 어차피 이제까지 이브가 하라고 하는 건 뭐든지 하려고 했고, 또 내가 아는 한 그녀의 결정이 항상 옳았기 때문에 이번에도 이브의 말을 들어도 괜찮을 것 같았다. 그리고 작업을 하면 최소한 내가 바뀌고 타협하려고 노력한다는 것을 그녀에게 보여줄 기회가 되고, 그러면 더 이상 나를 떠나지 못하게 설득할 수 있을 것도 같았다.

다음 회합 때 작업하고 싶은 사람이 있냐고 맥스가 물었을 때 내가 손을 들었다. 내가 앞으로 나갈 때 관객석에서 웃고 속삭이는 소리가 들려왔다. 어쩌면 그들도 이브처럼 그동안 내가 작업하기를 기다려왔던 건지도 모르겠다. 아니면 내 작업도 레비턴 가족의 스캔들과 관련된 자극적이고 흥미 있는 내용일지도 모른다는 기대를 하고 있었는지도 모른다. 또 어쩌면, 그들은 작업을 통해 내가 좀 덜 불쾌한 사람이 되는 방법을 배우기를 응원하고 있었을 수도 있다.

맥스가 물었다. "자, 마이클. 당신을 괴롭히는 문제가 뭔가요?"

"저는 문제가 아주 많습니다. 그리고 전 그게 다 우리 아버지와 관계가 있다고 생각합니다."

관객들이 술렁거렸다. 나는 그들이 내가 무너지는 광경을 보고 싶어 하는 게 아닐까 하는 궁금증이 일었다. 캠프에서 그런 광경에 만족을 느끼는 심정은 충분히 이해할 수 있었다. 나도 누군가가 무너지는 모습에는 마음이 끌렸으니까.

"제 문제들을 열거해 볼까 하는데요. 아무래도 한 시간은 걸릴 것 같아요." 내 말에 관중이 웃음을 터뜨렸다.

"일단 문제들을 열거하다 보면, 그 모든 것이 결국 동일한 문제의 다른 측면이었다는 걸 깨닫게 될 겁니다. 그래서 생각보다 훨씬 빨리 요점을 파악할 수 있게 될 거예요." 맥스가 말했다.

"네. 제가 혹시 너무 말이 많으면 중단시켜 주세요. 그동안 봐온 대로라면 여러분은 중단시켜야 할 때 중단시키질 않더라고요." 맥스를 포함해서 모두가 웃음을 터뜨렸다. 그리고 내 이야기가 시작되기를 기다렸다. "우리 아버지는 항상 규칙이나 요구사항이 많았습니다. 뭐가 맞는지 뭐가 타당한지에 대해 항상 의견이 많았고 저는 항상 그런 의견에 동의해야 했어요." 관객은 나와 함께였다. 모두 공감하는 분위기였다. 나와 공감하는 사람들이 있다는 건 흔한 일이 아니었다. "저는 그게 모두 그럴 만하다고 생각했어요. 대부분의 사람들은 생각이 정돈되지 않아서 자기 자신을 어떻게 표현해야 할지를 모르거나, 알아도 표현하기를 두려워하잖아요. 또 자신들이 옳은지 틀린지도 상관 안 하는 겁쟁이거나 거짓말쟁이잖아요." 이 말에 관객의 공감은 나를 떠났다. 맨 앞쪽에 놓인 접이식 의자에 앉아 있는 이브도 내가 무슨 말을 하려는 건지 알 수가 없다는 표정을 짓고 있었다.

맥스가 끼어들었다. "그냥 아버지가 당신을 사랑하기를 바란 거겠죠." 이 한 문장이 다시 관객의 공감을 불러일으켰다. 맥스가 계속 말을 이어갔다. "하지만 그게 다는 아닐 거라고 생각해요. 당신은 굳이 얻으려고 노력하지 않아도 아버지가 당신을 사랑해 주길 바랐을 거예요."

낮은 신음이 내 목구멍을 타고 올라왔다. 눈물이 쏟아져 내렸다.

"이렇게 엉엉 울면서 말을 하기 쉽지 않네요." 나는 한두 마디를 하기도 버거울 정도로 흐느꼈다.

"말하지 않아도 괜찮아요. 이해하는 데 말은 굳이 필요하지 않으니까요." 맥스가 말했다.

이 말에 나는 가족 캠프의 전형적인 방식대로 무너지고 말았다. 현기증이 날 정도로 격렬한 감정이 몸으로 전해졌다. 울음이 아니라 헛구역질이 나오는 것 같았다. 바로 그 순간 나는 누군가가 나의 모습을 찍어주기를 바랐다. 마치 놀이공원에서 롤러코스터를 타고 소리를 지르는 순간을 포착해 주는 미리 설치된 자동카메라처럼.

"말을 시작하기 전의 옛날로 시간을 돌려볼까요?" 맥스가 말했다. 나는 다음 단계가 뭔지 알고 있었다. "당신의 어릴 때 역할을 해줄 사람을 불러보는 게 어때요?" 나는 감정이 격한 상태에서 갑자기 정신이 확 들면서 웃음이 터져 나왔다.

"왜 그래요?" 맥스가 물었다. "자, 진정하고⋯."

"어릴 적 내 역할을 대신할 사람을 꼭 불러야 하나요? 그게 제가 이 캠프에서 가장 상투적이라고 생각하는 부분이거든요."

관객이 웃음을 터뜨렸다. 맥스가 말했다. "뭔가가 상투적이라는 이유 때문에 작업을 중단한 사람 얘긴 한 번도 들어본 적이 없는데요." 관객의 호응은 아주 좋았다. 심리치료에 참여 중인 사람들이 하는, 심리치료에 관한 농담이라 더 잘 받아들이는 듯했다. 이런 심리는 다른 상황에서도 적용될 수 있을 것 같았다.

맥스가 계속 이어 말했다. "어떤 것들이 상투적인 이유는 그것이 진실이기 때문이죠," 나는 그런 생각마저 상투적이라고 말하고 싶은 충동을 자제했다. 나는 관객을 살펴보고 어린 나의 역할을 할 사람을 골라냈다.

아무 생각 없이 나는 캠프파이어 때 알게 된 10대 중 한 명을 골랐다. 그 아이는 잎들이 흩어져 있는 숲속의 러그 위에 누웠다.

맥스가 관객 속에서 아빠를 불러냈다. "앞으로 좀 나와주시겠어요? 괜찮으시다면 잠깐 얘기를 나눴으면 좋겠습니다."

나는 관객 속에서 울고 있는 아빠를 발견했다. 아빠는 고개를 숙이고 슬며시 앞으로 나왔다.

"마이클의 얘기를 듣고 어떤 생각이 들었나요?" 맥스가 물었다.

"아빠가 정말 미안하다!" 아빠가 울부짖었다.

"저기 있는 아기 때의 마이클을 보세요. 그리고 마이클이 아기였을 때 어떤 감정을 느꼈는지 좀 말해주세요." 맥스가 말했다.

아빠는 조금 전까지 느꼈던 감정에서 갑자기 벗어난 것처럼 몸을 곧게 폈다. "마이클이 어릴 때 제가 어떻게 느꼈는지 잘 기억이 안 나요."

"기억하려고 노력해 보세요."

"아주 많이 사랑했죠." 울음을 그치고 아빠가 말했다.

"마이클을 왜 사랑하셨죠?" 맥스가 물었다.

아빠의 얼굴이 고통스러운 듯이 일그러졌다. "이유를 찾으려고 노력했던 것 같아요."

눈을 가늘게 뜬 맥스의 목소리에 심리치료사다운 다정한 말투가 감돌았다. "자기 자식을 사랑하기 위한 이유를 찾으려고 노력했다고요? 아기를 사랑하게 만드는 이유란 건 어떤 건가요?"

"마이클은 일찍 몸을 뒤집었어요. 음악에 맞춰 몸을 흔들 줄도 알았죠. 리듬감이 아주 좋았어요. 그리고 고작 6개월 때 첫마디를 했어요. 아이스크림이라고요." 아빠가 말했다.

맥스는 더욱 다정하고 상냥하게 물었다. "왜 자식을 사랑하는 것을 정당화하려고 했나요?"

"저는 이유 없이 사랑하는 법을 모릅니다." 아빠가 말했다.

"어린 마이클과 함께 누워서 이유 없이 사랑하도록 시도해 보시는 게 어떨까요?"

아빠는 어린 나인 척하고 있는 10대를 안아주려고 러그 위로 몸을 구부려 누웠다. 아빠가 울면서 끅끅대는 신음과 함께 말했다. "난 널 정말 사랑한다. 정말 많이 사랑해."

회합의 분위기가 점점 더 지지부진하고 코믹해지면서 나는 정신이 멍해졌다. 잠시 후 나는 맥스와 아빠의 행동을 중단시키고 말했다. "지금 이것 말고도 할 얘기가 아주 많은 것 같은데요."

아빠는 10대 아이를 안아주는 연기를 하고도 문제 해결이 안 됐다는 사실에 실망한 듯 러그에서 나를 올려다보았다.

맥스가 무릎을 꿇고 있던 자세에서 일어났다. "당신이 무슨 말을 하려는 건지는 잘은 모르겠지만 아버지에게 따지고 싶은 게 많은가 보군요. 아버지가 당신에게 어떻게 상처를 줬는지 하나하나 다 얘기하고 싶은 거죠. 맞나요?"

"네." 내가 말했다.

"당신은 평생 그렇게 따지고 비판하면서 살아왔어요. 당신은 뭐가 옳고 그른지, 또 왜 그런지 자세히 묘사할 수 있는 능력이 있죠. 아주 어릴 때부터 생존하기 위해 그런 기술이 필요했으니까요. 하지만 그렇게 해서 타인으로부터 원하는 것을 얻은 적이 있나요? 아버지한테라도?"

"아뇨." 내가 말했다. 아까처럼 감정 상태가 그대로 몸으로 전달되는 이상한 느낌에 숨이 막혔다.

"언쟁을 잘해서 누군가가 당신을 사랑하게 설득시킬 순 없어요. 사람은 누가 옳기 때문에 사랑하는 게 아니니까요."

갑자기 내 인생의 대부분이 다 사기였고 가짜였다는 생각이 들었다. 나는 노력이 전혀 필요하지 않은 것을 얻기 위해 미친 듯이 노력해 왔던 것이다.

맥스는 아빠를 일으켜 나와 서로 마주 보게 했다. 가까이 서 있으니, 아빠의 코에 있는 커다란 모공들과 코털 많은 콧구멍, 짙은 갈색의 예리한 눈동자가 보였다. 울고 있는 아빠의 눈은 아름답게 보였다. 맥스는 내게 더 할 말이 없느냐고 물었다. 산들바람이 불고 새소리가 들렸다. 산들바람에 맞추어 새들이 짹짹거린다는 생각이 들었다가, 이내 두 소리는 전혀 연관이 없다는 결론을 내렸다.

"솔직하다는 건 신경 쓰지 않는다는 의미라고 하셨잖아요. 하지만 이제 저는 신경 쓰고 싶어요. 그리고 전 아빠도 그러기를 바랐던 것 같아요." 내가 말했다.

아빠가 나를 끌어안고 내 귀에 대고 흐느끼며 말했다. "나는 어떻게 해야 하는지를 몰라!" 아빠는 잠시 내 팔에 안겨서 울었다. "너를 정말 사랑한단다." 아빠가 중얼거렸다. "단지 그걸 보여주는 방법을 모를 뿐이야."

"저도 내가 사랑한다는 걸 어떻게 표현해야 하는지 몰라요. 아빠가 모르기 때문에 저도 모르는 것 같아요." 내가 말했다.

맥스가 말했다. "당신이 살아오면서 당신을 아끼고 사랑하는 마음을 보여준 사람이 있었나요? 당신이 사랑받을 만한 일을 하지도 않았는데 당신을 사랑한다고 느끼게 해준 사람이?"

나는 더러운 바닥에 구겨 버린 티슈들과 훌쩍이고 있는 캠프 참가자들을 둘러보았다. 나는 그 속에서 얼굴이 눈물로 얼룩진 엄마를 발견했다. "엄마가 나를 사랑한다는 건 항상 느꼈어요. 엄마는 내가 말도 하기 전부터 나를 사랑했어요."

엄마는 앞으로 나와서 온 힘을 다해 나를 껴안았다. 관객들이 박수를 쳤다. 그리고 맥스가 이브를 앞으로 불러냈다. 내가 이브에게 말했다. "너도 나를 사랑하는 걸 느껴. 비록 내가 그걸 어렵게 만들어서 그렇지."

"널 사랑하는 건 결코 어려운 일이 아니야." 이브가 말했다. 엄밀히 말해 그건 사실이 아님에도 불구하고 나는 이브의 마음이 진심임을 알 수 있었다. 우리는 눈물을 흘리며 껴안았다. 그곳에 있던 모든 사람들 역시 카타르시스와 만족감을 느끼는 듯했다.

나중에 이브는 고장 난 레코드처럼 내가 자랑스럽고 용감하다는 말을 몇 번이나 반복했다. "아직 너무 좋아하기는 일러. 이게 과연 어떤 변화를 가져올지 한번 지켜보자고." 내가 말했다.

8장

불편한 질문들

캠프가 끝나고 집으로 오는 비행기 안에서 나는 캠프에서의 일들을 글로 적기 시작했다. 그렇게 함으로써 그 경험으로부터 거리를 두고 내 마음을 객관적으로 잘 정리하기 위해서였다. 집에 돌아온 후에도 이어서 쓰다가, 결국은 시간이 날 때마다 가족 캠프에 대한 얘기를 기록하게 되었다.

희망을 품고 집에 돌아왔지만 생각보다 나는 그렇게 많이 변하지 않았다. 이브는 주기적으로 실망감을 표출했다. 내가 말했다. "아마 정신적 충격을 충분히 받지 못했나 봐."

글을 점점 더 많이 쓰면 쓸수록, 이브는 심리치료보다 글을 쓰는 것이 나를 더 변화시킬지도 모른다는 새로운 희망에 집착하기 시작했다. 분명히 내가 이 글을 소설로 출간하려고 한다는 말을 했음에도 불구하고 이브는 그 글의 진짜 목적은 아빠에게 전하고 싶은 메시지라는 걸 알고 있다고 말했다.

우리는 이브가 사용할 제대로 된 사무 공간과 식탁을 놓을 공간이 있는 훨씬 괜찮은 아파트로 이사를 했다. 우리는 또 중고품 가게들을 훑고 다녔다. 그러다가 1930년대에 제작된 것으로 보이는 싱거 재봉틀 받침대를 발견했다. 재봉틀은 붙어 있지 않았지만 페달을 밟으면 기어가 돌아갔다. 이브는 이 받침대를 이용해 테이블을 만들자고 했다. 우리는 호두나무 상판을 사서 받침대와 이어 붙였다. 그 테이블은 우리 아파트에 들어서면 가장 먼저 눈에 띄는 포인트 가구가 되었다. 주철로 된 재봉틀 페달을 밟으면서 테이블 앞에 앉아 있으면 4층 높이에 있는 집 창밖으로 동네 전체가 내려다보였다. 옆 건물에서는 한 남자가 비둘기를 조련시키곤 했다. 땅거미가 질 때면 이브와 나는 비상계단에 누워 그 남자의 새들이 빙글빙글 원을 그리며 나는 모습을 바라보았다.

글을 쓰기 시작한 지 1년도 안 되어 나는 400페이지에 달하는 원고를 완성했다.[1] 가족들에게는 이런 글을 쓰고 있었다는 것을 전혀 언급하지 않았다. 왜냐하면 갑자기 "저기, 내가 우리 가족에 대해서 책을 쓰고 있어요. 1년이나 2년 후에 완성되면 보낼게요. 그때까지는 너무 스트레스받지 마세요!"라고 말하는 것은 너무 황당하고 배려 없는 행동이라고 여겨졌기 때문이다. 비밀을 가져본 적이 없었던 나는 글에 대한 얘기를 빼고 부모님과 대화를 하는 게 꼭 거짓말

---

[1] 이 원고는 주로 가족 캠프에 관한 것이었지만, 이 책에 나오는 어린 시절의 이야기도 조금 포함되어 있었다.

을 하는 것 같이 느껴졌다. 그래서 1년 동안 전화 통화를 피하거나, 하게 되더라도 아주 간단히 끝냈다. 그리고 가족 캠프 때도 이브의 여동생 결혼 날짜와 겹쳐서 다행히 안 가도 되는 핑곗거리가 생겼다. 내가 우리 가족에게 더 이상 가족 캠프에 가고 싶지 않다고 말해야 했다면 가족들은 이유를 물었을 테고, 그럼 나는 나도 모르게 "왜냐하면 지금 우리 가족에 대해서 몰래 책을 쓰고 있으니까!"라고 불쑥 내뱉고 말았을 것이다.

미리엄은 대학을 졸업하고 뉴욕으로 이주했다. 우리는 이브의 사무실에 침대를 놓고 필요할 때 손님방으로 사용할 수 있도록 했다. 미리엄은 혼자 살 아파트를 구하기 전까지 그 방에서 지내기로 했다. 미리엄이 도착한 날 밤, 나는 미리엄에게 내가 쓰고 있는 책에 대해서 말했다. 그래서 미리엄이 제일 먼저 원고를 읽어보게 되었다. 그때까지 범죄학 석사 과정을 밟고 있던 조시는 두 번째로 읽었다. 둘 다 내 책에 감동을 받은 듯했지만 엄마와 아빠는 속상해할지도 모른다는 우려를 나타냈다. 엄마가 그다음으로 원고를 읽었다. 엄마는 그 책에서 본인이 아빠보다 더 나쁘게 묘사되지 않아서 다행이라고 말했다.

아빠에게는 원고를 우편으로 보내기로 했다. 읽으면 분명히 기분 나쁠 원고를 직접 프린트해서 보라고 하면 마치 자기를 쏠 총을 직접 조립하게 만드는 것처럼 너무 잔인하게 여겨졌기 때문이었다. 원고가 너무 두툼해서 우편 봉투에 잘 들어가지 않았다. 게다가 손이 떨리고 땀이 나서 넣기 더 어려웠다.

나는 초조해서 벌벌 떨리는 손으로, 읽기 전에 나에게 전화를 먼저 해달라는 쪽지를 적었다. 다 쓰고 보니 움직이는 차 안에서 갈겨 쓴 것처럼 보였다. 아빠가 나의 흔들린 글씨체를 보면 내 정신 상태가 불안정하다고 느낄지도 모른다고 생각했다. 그래서 다시 쓸까 하다가 내 글씨가 감정만큼 불안정하게 보인다면 있는 그대로의 마음이 전해져서 차라리 좋겠다는 생각이 들었다.

봉투를 우체국 직원에게 전달하는데 마치 탄저균을 가득 채운 봉투를 부치는 것처럼 맥박이 날뛰었다. 나는 우체국 직원이 내 봉투를 다른 봉투들이 쌓인 더미 위에 던져놓는 것을 바라보았다. 그 봉투는 다른 봉투들과 전혀 다름없어 보였다.[2]

직원은 우편물 도착 예정 날짜를 말해주었고 이브와 나는 그날 하루 종일 아파트에서 함께 울다 말다 하면서 아빠의 전화를 기다렸다. 이브는 계속 반복해서 이렇게 말했다. "난 네가 정말 자랑스러워. 넌 내가 아는 사람 중에 가장 용감한 사람이야."

마침내 아빠에게서 전화가 왔다. "네가 보낸 소포 받았다. 전혀 예상하지 못했는데 참 흥미롭구나." 아빠의 목소리를 들으니 놀라지도 흥미로운 것 같지도 않았다.

나는 전화를 들고 훌쩍거렸다. "이 책 때문에 어쩌면 아빠가 날 싫어하게 될지도 몰라요. 하지만 쓰지 않을 수가 없었어요."

"이것 때문에 내가 그렇게까지 기분 나쁠 리가 있나." 아빠가 말했다.

---

2 앞으로는 아무런 생각 없이 우편물 더미를 볼 일은 없을 것이다.

수화기 너머로 들리는 아빠의 육체를 떠난 목소리는 특별한 힘을 지니고 있었다. 마치 라디오에서 나오는 목소리 같았다. 그 목소리로는 어떤 말을 하든 옳게 들렸다.

내가 전화를 끊자 이브가 나를 껴안았다.

"뭐라고 하셔?" 이브가 물었다.

"내 책 때문에 전혀 기분 나쁠 것 같지 않대." 내가 말했다.

이브가 나를 안고 있던 몸을 풀며 뒤로 물러났다. "그렇게 말씀하셨어? 너희 아버지에 관한 책을 썼다고 말했는데 그냥 바로 기분 나쁠 리가 없다고 하셨다고?"

"그 책 때문에 아빠가 화를 낼까 봐 걱정된다고 말했거든."

"그러니까 너희 아버지가 넌 당신을 화나게 할 수 없다고 하셨다는 거지."

"정확히 그런 말은 아니었어."

"그게 그런 뜻이야." 이브가 대답했다.

"아빠가 내 책을 읽고 전혀 아무렇지도 않다면 그건 너무 끔찍할 텐데. 하지만 아빠가 긍정적인 반응을 보인다 해도 그게 과연 어떤 반응일지 전혀 상상도 못 하겠어."

이브는 팔로 나를 감싸 안고 자기의 얼굴을 내 가슴에 대고 눌렀다. "네 책을 읽고 너희 아버지가 그동안 네가 겪은 감정을 이해하신다면?"

나는 다시 울기 시작했다. "그런 일은 절대 안 생겨."

이브가 따뜻한 미소를 지어 보이자 눈물 어린 눈가에 웃을 때 생기는 주름이 졌다. "넌 지금 너희 아버지를 사랑한다는 걸 보여주고 있어."

하지만 이런 방식의 사랑 표현은 왠지 전쟁 선포와 다름없이 느껴졌다.

아빠가 다시 전화했을 때, 나는 침실로 들어가서 전화를 받았지만 통화 내용이 이브에게 들리도록 문을 열어놓았다.

"그래, 네 원고는 읽어봤어." 아빠의 목소리는 마치 내가 추천한 낯선 사람의 책을 읽고 난 것처럼 가벼웠다. "미안하지만 별로 쓸 만한 구석이 없더구나."

"그렇군요." 내가 말했다.

"예를 들어 2페이지를 보면 산에서 어떤 가족이 멀미 때문에 토하는 장면이 나오잖니?" 나는 아빠가 수화기 너머에서 눈을 굴리는 걸 감지할 수 있었다. "한 가족이 전부 다 토를 한다고? 그런 걸 누가 믿어. 이런 건 작가에 대한 신뢰도를 떨어트리는 장면이야. 그리고 3페이지에서는…."

나는 아빠의 말을 가로막았다. "있잖아요, 아빠. 원고 자체에 대한 의견은 다른 사람에게서도 들을 수 있어요. 저는 아빠가 책을 읽고 우리 관계에 대해서 얘기하시길 기대했어요."

"아, 그럼 책에 대한 의견은 필요 없니?"

"전 그냥 아빠가 어떻게 느끼셨는지 알고 싶어요."

"아, 알았다. 내가 다시 전화하마."

나는 방에서 나와 이브에게 아빠의 반응을 말해주었다. "난 널 탓할 생각은 전혀 없어. 네가 가진 모든 결점은 다 너희 아버지 잘못이니까." 이브가 말했다.

그렇게 말해줘서 고맙긴 했지만 나는 그게 이브의 진심이 아니라는 것을 알고 있었다. 이브는 아직도 확실히 내 탓이라고 생각하고 있었다.

아빠가 30분쯤 후 다시 전화를 걸었고 나는 문을 열어놓은 채 방으로 들어가 받았다. "자, 그러면." 아빠는 조금 전 통화할 때보다 조금은 자신 없는 목소리로, 여느 때의 속사포 같은 말투와는 달리 멈추기도 하고 주저하기도 하면서 말했다. "우선, 조금 불편한 질문을 먼저 해야 할 것 같은데." 아빠에게 이런 서두가 필요할 만큼 불편한 질문이란 게 과연 어떤 것일까 하는 생각에 머리가 복잡해졌다. "이건 소설이냐?" 아빠가 물었다. "아니면 넌 이런 일이 실제로 일어났다고 생각하는 거냐?"

아빠의 질문은 정말 듣기 거북했지만, 나는 그보다 더 거북한 질문을 하지 않을 수 없었다. "이런 일이 있었던 걸 전혀 기억하지 못하세요?"

아빠가 또 잠시 침묵했다. "글쎄, 엄밀히 말하면 일어났다고도 할 수 있겠는데 네가 그 일을 써 내려간 방식이 조금… 이상하더구나."

"어떤 점이요?" 내가 물었다.

"내가 한 행동이나 말을 적어놓고 내가 옳았던 이유는 설명하지 않았잖니."

쓴웃음이 속에서부터 덜그럭거리며 튀어 나왔다. "독자들의 해석에 맡긴 거죠."

"그건 그렇지만 그러면 오해의 소지가 생기지." 아빠는 말투는 평상시 속도로 돌아가 있었다. "말하자면, 넌 이 책에 네 입장에서 경험한 이야기만 썼잖니. 네가 나를 정확하게 묘사하고 싶었다면, 넌 나한테 왜 그런 말을 했는지를 물어봤어야 했고 그런 다음 내 설명을 추가했어야지. 그러면 독자가 내 마음을 추측할 필요가 없지."

내 핸드폰은 손에서 혹은 귀에서 난 땀으로 범벅이 되었다. 나는 송수화기가 있는 일반 전화로 통화를 할 걸 그랬다는 생각을 했다. 핸드폰은 왠지 너무 가볍게 느껴졌다.

"그럼 제가 하나만 여쭤볼게요." 내가 말했다. "아빠는 지금 이 책에 나오는 아버지에 대해서 어떤 생각이 들었어요?" 아빠는 아주 부자연스럽고 신음에 가까운 웃음소리를 냈다. "그러면 제 친구 중 하나가 자기 아버지에 관한 책을 썼다고 상상해 보세요. 그 친구가 그 책을 자기 아버지에게 보냈는데 그 아버지가 제 친구에게 전화해서 그 책에서 교정할 부분들만 말해줬다고 말이에요. 마치 편집자가 하듯이요."

아빠는 이제 진짜로 웃음을 터뜨렸다. "그건 아주 좋은 예구나! 그럼 나는 그 아버지가 그 책의 내용을 인정하기에는 너무 나약해서 겁쟁이처럼 감정을 숨기고 대신 교정할 내용만 언급한 거라고 하겠지!"

"맞아요." 나는 갑자기 희망이 보이는 것 같았다.

"하지만 그게 내가 너한테 교정할 부분들을 말해준 이유는 아니야! 그냥 대부분의 사람들의 경우에는 그렇다는 거지."

통화를 하며 침실을 서성이다가 방문 밖에 있는 이브의 모습이 눈에 띄었다. 이브는 거실에 서서 커피가 들어 있는 머그잔을 들고 너무 뜨겁지 않은지를 가늠하는 동작을 취하며 서 있었다. 내가 다음과 같이 아빠에게 말하려는 찰나에 우리의 눈이 마주쳤고 이브가 미소를 지었다. "아빠는 본인의 감정에 대한 전문가가 아니에요. 또는 아빠가 맞는지 아닌지를 판단할 수 있는 전문가도 아니고요."

"무슨 소리냐. 넌 네가 나보다 내 감정을 더 잘 안다고 생각하는 거냐?" 아빠가 대답했다.

그때 이브의 얼굴에서 웃음기가 사라져서, 나는 혹시 이브가 지금 아빠가 한 말을 들은 게 아닌가 하는 생각이 들었다. 하지만 그건 갑자기 안 좋아진 내 표정을 봤기 때문이라는 것을 깨달았다. 이브는 재봉틀 테이블에 머그잔을 내려놓고 나를 위로하기 위해 내 쪽으로 다가왔다. 하지만 몇 발자국 걸어오다가 나 혼자 해내야 할 일이라고 판단했는지 오던 걸음을 멈추었다.

나는 내가 얼마나 심하게 울고 있었는지를 다음 말을 꺼낼 때야 비로소 깨달았다. 거친 숨소리와 갈라진 목소리 때문에 말이 잘 나오지 않았다. "저기요, 아빠. 지금 아빠가 해야 하는 선택이 얼마나 어려운지 이해는 가요. 내가 제정신이 아니고 아빠가 모두 옳다는 쪽으로 선택한다면 아빠는 자신에 대해 인정하기 어려운 사실은 하나도 인정하지 않아도 되겠죠. 하지만 분명히 말하자면, 혹시 내가 정상이 아니라 해도, 아빠가 그 이유에 대해 책임져야 할 부분은 있다고 봐요. 아빠가 한 가지를 더 선택할 수 있다면 그건 내 얘기를 들어볼 가치가 있다고 고려하는 거예요."

"이건 너무나 감정적인 협박처럼 들리는구나." 전혀 동요 없는, 떨리지도 않는 목소리로 아빠가 대답했다. "단지 네가 내 아들이라는 이유로 네 관점이 어떤 가치가 있다고 믿어야 할 의무라도 있는 거니? 미안하지만, 그냥 그렇게 네가 원한다고 해서 내가 무조건 믿을 수는 없다."

나는 전화를 끊고 이브에게 말했다. "내가 너에게 했던 말을 아빠가 좀 전에 완전히 똑같이 나한테 하더라. 내가 한 말을 다른 사람에게서 그대로 들어야 하는 이런 모순적인 벌을 받다니. 아무래도 나역시 남들처럼 대본을 따라 하고 있었나 봐."

이브가 다정한 미소를 지었다. "뭐, 지금은 어떤 대본도 따라 하지 않으니까 괜찮아."

양치기 소녀

가족에게 내 원고를 다 보내고 난 후에도 내가 바뀔 기미가 보이지 않자, 이브와의 결별은 점점 더 잦아졌고 이브는 거의 몇 주마다 한 번씩 나를 떠났다가 다시 돌아오기를 반복했다. 때로는 나에게 명확한 이유를 알려주기도 했지만 어떨 때는 그냥 갑자기 사라져서 전화를 받지도 않다가 결국은 나를 너무나 사랑한다며 다시 아침이 되면 침대에 나타나 있곤 했다. 이브가 나와 헤어진 이유는 다음과 같은 것들이었다.

— 우리 밴드의 바이올린 연주자와 내가 사랑에 빠졌다고 생각해서.

— 우쿨렐레 강습은 제대로 된 직업이 아닌데 내가 자꾸 그렇다고 우겨서.

— 자기는 뇌종양에 걸린 게 확실하다고 생각하는데 나는 진지하게 받아들이지 않아서.

— 자기가 암에 걸려 죽는 모습을 보게 하고 싶지 않아서.

— 자기의 곡을 연주할 밴드 멤버 구성에 대해 내가 지적을 해서.

— 자기는 가족 캠프에 가고 싶은데 나는 가고 싶어 하지 않아서.

— 우리가 함께 참석하기로 한 결혼식에 자기는 슬퍼서 안 가겠다고 하는데 집에서 위로해 주지 않고 나 혼자 결혼식에 가겠다고 해서.

— 자기가 다른 사람한테 매력을 느꼈고, 그건 우리가 사귀면 안 되는 의미라고 생각해서.

— 자기가 다른 사람한테 매력을 느꼈는데도 내가 심한 질투를 하지 않아서.

— 〈은밀한 유혹〉을 보고 데미 무어가 100만 달러 때문에 로버트 레드퍼드와 같이 잔 사실을 내가 옹호해서.

— 내가 죽음이란 것에 대해 충분히 슬퍼하지 않아서.

— 자기가 나를 함부로 대했고 그런 괴물 같은 자기와 내가 함께하는 것을 허용할 수 없어서.

나는 이브가 썼던 모든 이별 편지를 모아두었다. 한번은 10통도 훨씬 넘는 편지 뭉치를 이브에게 보여주려고 꺼냈다. 그것을 건네주려고 하자 이브는 받으려고 하지 않았다. "정말 많다. 그렇게 많은 줄 미처 몰랐어." 이브가 몸서리를 치며 말했다.

"게다가 이 편지들은 거의 다 비슷한 내용이야. 내용이 거의 동일해." 내가 말했다.

이브는 풀이 죽어서 시선을 아래로 떨구며 작은 두 손을 비비 꼬았다. "너랑 헤어질 때는 매번 처음 헤어지는 것 같단 말이야."

어떤 주말에 이브가 보스턴에 가족을 만나러 가 있는 동안 나는 '엘름 스트리트의 악몽'이라는 영화를 같이 보려고 친구들을 집으로 불렀다. 친구들이 집에 왔을 때 뭔가 분위기가 이상해서 내가 무슨 일이 있느냐고 물었다.

"너 괜찮아?" 한 친구가 물었다.

"어. 왜?"

"어제 이브를 만났는데, 너희 둘이 헤어졌다고 해서 우리는 그것 때문에 네가 오늘 영화 보자고 한 줄 알았어."

나는 한숨을 쉬었다. "알았어. 잠깐만."

나는 친구들이 있는 방에서 이브에게 전화를 걸었다.[3] 이브가 워낙 자주 사라졌기 때문에 전화를 받을 거라는 확신이 없었지만 이브는 의외로 바로 전화를 받았다. "아, 미안." 이브가 말했다. "어제 버스 타러 가는 길에 너한테 너무 화가 나 있었거든. 그래서 그 친구들을 만났을 때 우리가 헤어졌다고 말했어. 그리고 기분이 다시 아주

---

3 그때는 이 전화를 친구들이 없는 곳에서 해야 한다는 걸 미처 생각하지 못했고, 그 친구들로 하여금 뭔가 아주 비정상적인 얘기를 억지로 듣게 만들고 있다는 것도 미처 생각하지 못했다.

좋아져서 너랑 헤어지지 않기로 했는데 걔들한테 다시 말하는 걸 잊어버렸지 뭐야." 이브가 한숨을 쉬었다. "애들이 내가 정말 이상한 앤 줄 알겠다. 애들한테 잘못 말해서 미안하다고 전해줄래?"

나는 전화를 끊고 친구들에게 말했다. "우린 괜찮아. 들어보니 이브가 그때 기분이 안 좋았었나 보네. 이브가 잘못 말해서 미안하대." 하지만 친구들은 내 말을 안 믿는 것 같았다.

그리고 몇 달 후 가족과 지내다가 돌아온 이브가 보스턴에 아파트를 하나 빌렸고 이제 다시는 돌아오지 않을 것이며 우리 관계는 끝났다고 말했다. 평소에 이별을 선언할 때마다 주던, 나를 사랑한다고 쓴 편지도 주지 않았다. 이번에는 우리가 함께 만든 테이블에 냉정하게 앉더니 우리 부모님에게 전화해서 우리가 헤어졌다고 말하라고 요구했다.

"하지만 넌 금방 또 마음을 바꿀 거잖아." 내가 말했다.

"보스턴으로 갈 거야. 이번엔 사실을 받아들여."

"엄마 아빠가 무척 속상해하실 텐데. 부모님을 속상하게 만든 다음에 나중에 또 전화해서 다시 화해했다고 말해야 하잖아."

이렇게 말하면서도 나는 이브의 말이 진심이 아니라고 계속 우기는 건 무례하다는 생각이 들었다. 그래서 이브가 테이블 건너편에 앉아 있는 동안 아빠에게 전화해서 울면서 이브와 헤어졌다고 말했다. "아이고, 하느님 맙소사." 아빠도 울기 시작하면서 말했다. "정말 속상하겠구나." 나도 너무 슬퍼하면서 그렇다고 대답했다.

휴대폰의 마이크 구멍을 손으로 막은 뒤 나는 이브에게 말했다.

"울고 계셔."

"난 이브가 우리 손주들 엄마가 돼주기를 정말 바랐는데." 아빠가
말했다.

이 말도 이브에게 전했다. "아빠가 그러는데 네가 아빠 손주들의
엄마가 되길 바라셨대."

"헤어지더라도 우리 인생에 이브가 항상 함께했으면 좋겠다. 이
얘기는 내가 이브한테 직접 전화해서 얘기하마." 아빠가 말했다.

"아빠가 너한테 직접 전화해서 네가 앞으로도 우리 인생에 함께했
으면 좋겠다고 말하겠대."

나는 통화를 길게 하지 않고 끊었다. 그리고 엄마에게 전화해서
비슷한 내용의 통화를 했다.

"왜?" 엄마가 물었다. "왜 헤어져? 너희 둘이 그렇게 사랑하면서!"

내가 말했다. "그건 이브에게 물어보세요. 나도 잘 모르겠어요."
나는 이브에게 엄마가 둘이 그렇게 사랑하면서 왜 헤어지냐고 물었
다고 말했다. 엄마와의 통화도 짧게 끝냈다.

전화를 끊자 이브는 눈물을 닦고 다정한 미소를 지으면서 말했다.
"네가 그렇게 전화하는 걸 보고 내가 어떻게 너랑 헤어지겠어?"

그리고 얼마 지나지 않아서 이브는 나를 또 떠났고 뉴욕에 있는
우리 아파트에 자신의 짐들을 놔둔 채로 보스턴으로 돌아갔다. 자기
사무실을 전대해서 임대료의 반을 같이 지불할 수 있는 친구를 찾은
뒤 떠나버린 것이다. 나는 이브가 금방 또 나와 헤어지고 싶지 않다

고 전화하리라는 것을 알았지만 비록 그런 전화를 받아도 이번엔 어떻게 처신해야 할지 알 수가 없었다. 이제 이브는 내가 겪은 힘든 일들은 안중에도 없었다. 그저 감정이 시키는 대로 행동했다. 말하자면, 그녀는 정확히 내가 그녀에게 요구한 대로 정말 솔직하게 행동하고 있었던 것이다.

예상한 대로 이브는 며칠 후 보스턴에서 내게 전화를 했고 뉴욕으로 돌아와 나와 함께 지내고 싶다고 했다. 나는 더 이상 그런 식으로 계속해 나갈 수가 없었다. 하지만 그녀가 화가 났는데도 감정을 숨기던 예전으로, 감정이 자주 바뀌고 망설이는 자신을 부끄럽게 생각하던 때로 돌아가라고 부탁할 수도 없었다. 그녀를 다시 받아줄 수는 없었다. 이런 얘기를 전화로 하고 싶지 않아서 이브에게 주말에 만나자고 했다. 만나서 그녀와 헤어질 생각이었다.

만날 때가 되자 이브는 내게 전화해서 기분이 좋지 않다며 만나고 싶지 않다고 했다. 나는 꼭 만나서 함께 대화를 하고 싶다고, 평소와는 다르게 고집을 부렸다. 그러자 이브가 물었다. "왜? 나랑 헤어지기라도 하게?"

"그래." 내가 대답했다. "얼굴을 보고 헤어지고 싶어. 하지만 네가 그렇게 하게 해주지를 않는구나."

이브는 전화기 너머에서 애절하게, 마치 가족 캠프에서 사람들이 그러는 것처럼 비명을 지르고 울부짖었다. 나는 도저히 그 소리를 견딜 수가 없었다. 그래서 이브에게 그녀를 너무 사랑해서 계속 듣고 있을 수가 없기 때문에 전화를 끊어야겠다고 말했다.

다음 날 아침 일어나자 이브가 내 옆에 누워 있었고 울면서 자기를 다시 받아달라고 설득하려고 했다. 나는 비록 그럴 수는 없지만 그래도 내가 그녀를 여전히 얼마나 사랑하는지는 느낄 수 있을 거라고 말했다. 그 뒤 몇 달 동안 이브는 불시에 찾아와서 문을 두드리기도 하고 문을 열면 문밖에서 울며 서 있곤 했다. 한번은 예고 없이 찾아와서 우리가 사귀는 동안 가장 좋았던 순간들을 그려서 만든 코믹북을 내게 전해주었다. "우리가 어땠는지 너한테 상기시켜 주고 싶었어. 네가 이걸로 우리를 기억해 내기를 바라면서 만들었어."

이브는 수시로 변하는 감정을 적어 매일 이메일을 보내기 시작했다. 어떤 날들의 이메일에는 자기를 포기해 버린 나에게 너무 심한 배반감을 느꼈다는 비난의 내용이 담겨 있었다. 또 다른 때에는 내가 왜 자기와 같이할 수 없는지 이해하고, 그냥 친구로라도 남고 싶다는 내용이 담겨 있기도 했다. 또 다른 날에는 우리 두 사람에 관한, 자기가 나를 힘들게 해서 얼마나 미안해하고 있는지에 대한 내용이 담긴 마음 아픈 곡들을 작곡해서 파일로 보내기도 했다. 내가 당분간 서로 연락하지 않는 것이 좋겠다고 말했지만 이브는 이메일과 음악 파일을 보내는 것을 멈추지 않았다.

하루는 문을 두드리는 소리가 나서 나가 보니 이브가 나를 보고 미소를 지으며 밖에 서 있었다. "안녕." 그녀가 말했다.

나는 안으로 들어오라고 하지 않았다. "이브." 벌써부터 목이 메는 소리로 내가 말했다. "이렇게 찾아오지 말아달라고 부탁했잖아."

"하지만 여긴 내 집인데." 이브가 말했다.

"이제는 아니야." 내가 엉엉 울면서 말했다. "이제 되도록 빨리 다른 곳으로 이사 갈 거야. 이제 여기는 우리 집이 아니야."

"어떻게 이럴 수가 있어?" 이브는 벌써 백번도 넘게 한 질문을 또 했다. "넌 거짓말을 했어."

나는 손바닥으로 얼굴을 문질러 닦으며 말했다. "내가 어떤 거짓말을 했는데?"

"넌 절대 나를 떠나지 않을 거라고 내가 믿게 만들었어. 내가 무슨 짓을 하든지 말이야. 네가 날 떠날지도 모른다고 생각했으면 널 그렇게 함부로 대하지 않았을 거야." 이브는 눈물을 닦았다. "이건 양치기 소년에 관한 끔찍한 이야기랑 다를 게 없어. 넌 내가 그냥 내가 나답게 행동했다는 이유로 날 벌주고 있어."

나는 웃음이 나오는 것을 참아야 했다. "넌 양치기 소년 얘기를 그렇게 해석하는 거야?"

"양치기 소년이 몇 번 거짓 경보를 울린 건 맞아. 하지만 그건 그 소년의 잘못이 아니야. 그냥 그런 애였을 뿐이지." 이브는 점점 더 격렬하게 흐느끼면서도 말은 계속했다. "모두 그 소년을 사랑한다는 확신을 줬어. 그러고는 소년이 늑대에게 잡아먹히게 놔뒀지. 정말, 그 소년만 빼고 다 거짓말쟁이야."

9장

예의 바른 거절은
거절이 아니다

나의 감정 상태는 강습을 하기 어려울 정도였
다. 나는 수강생들에게 이브와 헤어졌다고 털어놓았다. "그러니 우
리가 사랑과 관련된 노래를 연주할 때 제가 갑자기 울음을 터뜨려도
너무 놀라지 마세요."

얼마 전부터 나는 비정기적으로 성인들에게 어린이 책을 쓰는 법
을 가르치는 일을 하기 시작했다. 그룹 공동 작업을 위해 한 학생이
문어에 관한 그림책을 제출했다. 그림책의 주인공 문어는 친구를
만들고 싶어서 몸에 갖가지 위장물을 꿰매 붙이고 다녔다. 맨 마지
막에 문어는 자기 모습 그대로를 사랑하는 친구를 만나게 되면서 끝
을 맺는다. 나는 강의실에서 그 글에 대한 평을 들려주던 도중에 목
소리가 자꾸 갈라졌고 결국 울음 때문에 하던 말을 멈춰야 했다. "미
안해요." 내가 수강생들에게 말했다. "제가 얼마 전에 여자친구와

헤어져서 지금 이 책이 저한테는 개인적으로 너무 마음에 와닿았어요." 수강생 중 몇몇은 그 말에 감동을 하고 몇몇은 걱정을 하는 것 같았고 다른 수강생들은 마음이 불편했는지 책상 밑을 내려다보기도 하고 또 다른 사람들은 어색한 웃음을 짓고 있었다. 나는 내가 스스로 생각해도 너무 웃겨서 이런 말을 늘어놓았다. "무슨 로맨틱 코미디 영화에 나오는 장면 같지 않아요? 여자친구랑 헤어져서 힘들어하던 동화책 작가가 수업 중에 외로운 문어에 관한 그림책 얘기를 하다가 울음을 터뜨리다니 말이에요." 하지만 수강생들은 나만큼 이 상황을 그렇게 재미있다고 생각하지 않는 듯했다.

그동안 아빠와는 대화를 많이 하지 않고 지냈다. 전화 통화라도 하게 되면 내 책이나 아빠와의 문제나 이브와 헤어진 얘기는 되도록 피했다. 주로 최근에 각자 본 영화 이야기나 정치에 대한 대화를 나누었다. 우리는 한때 맹비난했던 '잡담을 이용한 현실 회피'에 의존하고 있었던 것이다.

엄마는 주로 이브와 관련된 얘기를 하고 싶어 했다. 물론 내 결정을 지지해 주려고 노력했지만 그래도 헤어진 사실 자체는 아주 못마땅해했다. "이브는 아직도 너랑 계속 사귀고 싶어 하잖아. 다시 만나도 좋을 것 같아." 엄마는 이렇게 말하곤 했다. 이브가 보고 싶다는 마음도 숨기지 않았다. 나도 엄마에게 이브가 보고 싶다고 말했다.

스물세 살이 된 미리엄은 새로 시작하는 뉴욕에서의 삶에 이브가 함께하기를 기대했다. 그래서 내 마음을 제일 몰라주었다. "앞으로 누굴 만나더라도 이브 언니만 한 여자친구는 사귀기 어려울 거야. 그런 여자를 차는 건 정말 바보 같은 짓이야. 대체 오빠가 얼마나 대단하다고 이브 언니랑 헤어져?"

조시는 가장 무심하고 흔쾌히 받아들였다. "안타까운 일이네. 하지만 보통 다들 쉽게 헤어지니까."

조시의 말은 정확히 내가 주로 하던 말들이었는데도 어쩐지 다 갑자기 잘못된 말처럼 느껴졌다. 나는 조시에게 정말 위대한 연애를 한다는 건 거의 불가능하며, 우리는 그저 그런 보통의 관계가 아니었다고 말하고 싶었다.

나는 이브 외에는 다른 사람과 제대로 사귀어 본 적이 없기 때문에 이제 뉴욕에 오기 전에 혼자 공상을 하며 버텼던 외로운 시절로 다시 돌아가게 될 거라고 짐작했다. 하지만 내가 매력적이라고 생각하는 지인들이나 친구들에게 데이트를 신청해 본다 해도 별로 크게 잃을 건 없다는 생각이 들었다. 오래전 가족 캠프에서도 원하는 것이 있다면 그 대답이 거절로 돌아오더라도 항상 요구해야 한다고 배웠다. 나는 뭐든 요구하는 것을 두려워하지 않던 나를 자랑스럽게 여겼고 거절을 당해도 수치심을 느끼지 않았다. 거절당할 수 있다는 것을 명심하도록 교육받았기 때문이었다.

뜻밖에도 데이트 신청을 한 모든 사람이 승낙했을 때 나는 기분좋게 놀랐다. 그리고 그들이 모두 약속을 취소하거나, 바람을 맞히거나, 답장을 하지 않았을 때는 불쾌하게 놀랐다. 분명히 내가 만나자고 할 때 무슨 실수가 있었거나 내 말에 문제가 있었거나 그들의 마음을 승낙에서 거절로 바꾸게 만든 어떤 잘못을 했을 거라고 짐작했다. 내가 이 얘기를 친구에게 털어놓자, 그 친구는 그 사람들은 애초에 데이트 신청을 수락할 때부터 아무 의미 없이 수락한 것이라고 가르쳐 주었다. 거짓말을 쉽게 구별할 수 있다고 자부해 왔던 나에게도 사각지대가 존재했던 것이다.

"대체 마음에도 없으면서 왜 좋다고 해?" 내가 물었다. 그 친구에게는 대답할 틈도 안 주고 나는 여러 가지 맞지도 않는 추측들을 마구 늘어놓았다. "과거에 만난 남자들이 싫다고 하면 화를 낸 적이 있어서 무서워서 그런 건가? 아니면 상대에게 희망을 한껏 품게 한 뒤 그걸 깨부수는 데서 즐거움을 느끼는 가학적 성향이 있나?"

그러자 내 친구는 나에게 거짓으로 승낙한 사람들은 대부분 바로 거절하는 것이 미안하거나, 승낙한 뒤 나중에 취소하는 것이 단번에 거절하는 것보다 예의 바른 것이라고 생각해서라고 말했다.

이 말을 듣자 어릴 때 선생님들이 이렇게 물어보던 것이 생각났다. "누가 너한테 그렇게 말하면 너는 기분이 어떻겠니?" 그건 잘못된 질문이었다. 내 감정은 보통 사람들과 다르게 작용했기 때문이다. 그래서 다른 사람의 기분이 어떨지 스스로 생각해 봤자 알 수가 없었다. 나는 내가 거절하거나 거절당하는 것에 아무 어려움이 없었기 때문에 다른 사람들은 그런 상황을 피하고 싶어 한다는 점을 몰랐던 것이다.

아주 가끔, 내 데이트 신청을 수락한 여성이 약속 장소에 나온 적도 있었지만 그들은 나와 대화를 몇 마디 나눠보고 바로 후회했다. 당장 자리를 떠나고 싶어 하는 게 빤히 보이는 데도 그들은 예의에 어긋나지 않는 선에서 최소한의 시간만 머물다 갔다. 내가 상황을 파악한 뒤 원하면 일찍 가도 좋다고 말하면 그 말은 상대를 더욱 고문하는 셈이 되었고 오히려 더 일찍 일어나지 못하게 만드는 결과를 초래했다. 내가 왜 그렇게 좋아하기 힘든 사람인지 도저히 알 수가 없었던 나는 문득 그걸 아는 사람, 바로 이 문제에 관한 전문가는 바로 내 앞에 앉아 있는 데이트 상대라는 것을 깨달았다. 그래서 나와 형편없는 데이트를 해야 했던 불행한 여성들에게 내가 뭘 잘못했는지까지 묻는 고문을 하기 시작했다. 이번에도 역시 나로서는 더 잃을 게 없다는 생각이 들었다. 어차피 데이트는 실패했으니까 말이다.[1]

처음 몇 번은 데이트 도중에 상대에게 내가 뭘 잘못했느냐고 가르쳐 달라고 하면, 그들은 나와 즐거운 시간을 보내고 있다고 거짓말을 했다. "무슨 소리예요!" 내가 웃으며 말했다. "그렇게 부인하는 게 더 어색하지 않아요?" 내가 아무리 대답해 달라고 졸라도 상대방은 너무나도 빤한 거짓말만 반복할 뿐이었다. 그러고는 될 수 있는 한 빨리 변명을 만들어서 자리를 떴다.

이브와 헤어진 뒤 2개월 뒤, 나의 신곡 〈아무도 널 사랑하지 않아도 넌 특별해〉의 뮤직비디오를 친구 중 한 명이 감독하게 되었다. 촬영을 하는 동안 나는 스태프 중 한 명이 스타일리스트, 안무가, 감독 등에게 여러 가지 일과 관련된 충고나 제안을 스스럼없이 하는 것을 발견했다. 그녀의 의견들은 모두 아주 훌륭했고, 그녀가 아주

---

1 당시에는 그 상황에서 데이트 상대를 더 어색하지 않게 해줘야 한다는 생각을 하지 못했다.

친절하고 매력적인 사람이었기 때문에 사람들은 모두 귀담아듣고 받아들였다. 그녀는 의견을 거침없이 밝히는데도 불구하고 모두에게 사랑을 받았다. 그러다 한 친구가 우리 두 사람을 소개해 주었다. 그녀의 이름은 코니였다. 우리는 만난 지 몇 분 만에, 말을 거의 주고받지 않고도 서로에게 관심이 있음을 느꼈다. 한발 떨어져서 보면 내가 그렇게 형편없는 사람은 아닌 듯싶었다. 촬영이 끝나고 코니에 대해 알아보다가 그녀가 자신의 블로그에 개인적인 이야기나 생각 등을 적은 일기를 여러 페이지에 걸쳐 올려놓은 것을 발견했다. 나는 그 일기를 지나칠 정도로 읽고 또 읽은 후에 그녀에게 커피를 마시자고 청했다.

코니가 선택한 소호에 있는 커피숍은 조용하고 사람도 별로 없었고 나무와 박제, 나이 든 백인 남성이 사냥복을 입고 있는 묘한 그림 등이 있는 오두막 같은 곳이었다. 그녀는 검은색 터틀넥 니트에 검은색 정장 바지를 입고 나타났다. 일자로 내린 앞머리는 표정이 풍부해 보이는 둥근 눈썹과 긴 속눈썹을 강조하고 있었다. 나는 그녀에게 블로그에 있는 일기를 여러 번 읽었다고 말했다. 이 말을 들은 코니의 표정은 왠지 좋지 않아 보였는데 내가 그것을 읽었다는 사실 때문인지 아니면 그것을 읽었다는 말을 한 것이 기분 나쁜 건지 도저히 알 수가 없었다. 이런저런 다른 얘기를 시도해 봤는데도 그만 가고 싶어 하는 느낌이 들어서 내가 말했다. "저기, 코니. 나한테 조언 하나 해줄 수 있어요?"

"그러죠." 코니의 목소리에 약간의 호기심이 묻어났다. "뭐에 대해서요?"

"나는 좀 일반적이지 않은 부모 밑에서 자랐어요." 내가 말했다.

"사람들은 다 그렇게 생각해요." 코니가 내 말을 가로챘다. "모든 사람이 자기는 이상하고 자기 가족은 다 제정신이 아니라고 생각해요."

"그런데 실제로 정말 이상한 사람들이 있어요." 코니는 도망칠 구실을 찾듯이 내 어깨너머를 바라보았다. "내가 이런 얘기를 꺼낸 건 내가 되도록 덜 이상한 사람이 되려고 애쓰고 있다는 말을 하기 위해서예요. 전 정상적인 사회생활을 하는 법을 배우고 싶어요." 내가 말했다.

코니가 다시 내 말에 관심을 가지며 웃음을 터뜨렸다. "그래서요?"

"오늘 데이트는 보아하니 완전히 망한 것 같고 그건 전적으로 내 잘못이에요." 코니는 나를 위해 난처한 기색을 감추려고 기괴한 미소를 유지하고 있었다. 나는 꿋꿋하게 계속 말했다. "당신은 딱 내가 나를 좋아해 주기를 바라는 종류의 사람이에요. 그러니까 어쩌면 당신은 내가 뭘 잘못하고 있는지를 말해줄 수 있을 것 같아요." 코니의 얼굴은 생각이 변하는 단계를 내가 다 훤히 읽을 수 있을 만큼 표정이 다양했다. 나는 코니가 억지로 짓고 있던 미소를 포기하는 모습을 지켜보았다. 그녀는 남들과 달리 나를 위로하기 위해 부드러운 표정을 짓지 않았다. 대신 아주 비판적인 인물처럼 보이도록 눈썹을 치켜올리고 과연 내가 그녀의 조언을 정말로 듣고 싶어 하는지를 파악하려고 내 얼굴을 냉정하게 세심히 살폈다. "다른 여자들한테도 이런 조언을 해달라고 부탁했었어요. 하지만 다들 거짓말을 하거나 회피하더군요."

코니가 웃으며 말했다. "당연하죠! 그럼 어떤 반응을 기대했어요?"

"하지만 당신은 솔직한 사람 같아요. 적어도 당신 글에서 그렇게 느꼈어요."

그녀는 긴장을 풀면서 앞으로 몸을 기울였다. 그녀는 포테이토칩 한 움큼을 부드럽게 움켜쥐고 있는 것처럼 테이블 위에 손가락 끝을 둥글게 말아 세웠다. "맞아요." 그녀가 고개를 끄덕였다. "난 솔직한 사람이에요."

"다행이네요. 그러면 당신 입장을 한번 얘기해 봐요."

내가 대답을 해달라고 졸라댔던 다른 데이트 상대들과 달리 코니는 이런 대화를 즐기는 것 같은 미소를 지었다. "당신은 데이트에서 하면 안 될 말들을 너무 많이 했어요. 그래서 나는 당신이 내가 처음 보는 수법을 사용해서 나를 심리적으로 조종하려 한다고 생각했어요. 하지만 그건 그냥 어색해서 그랬다는 걸 알았어요."

"내가 무슨 말을 했는데요?" 내가 물었다.

코니는 남을 이렇게 대놓고 비판하는 게 너무 속이 시원하다는 표정으로 내가 언급했던 첫 데이트에 적합하지 않은 대화 소재들을 열거하기 시작했다.

"당신은 몇 달 전 헤어진 여자친구가 인생에서 다시는 만날 수 없는 위대한 사랑이기 때문에 다른 여자친구를 사귀게 될 일은 상상도 못 한다고 말했죠? 나는 그 말을 내가 당신에게 매력을 느끼도록 만들려는 수작이라고 생각했어요."

나는 내 솔직함이 수작으로 잘못 해석될 거라는 생각은 전혀 하지 못했다. 그래서 마음이 아주 불편했다. 코니는 마치 자기 머리로부터 새어 나오는 솔직한 감정들을 쳐내려는 것처럼 머리 주변에서 손을 마구 휘저었다.

"대부분의 사람들이 당신을 싫어했고 당신도 대부분의 사람들을 싫어했는데 뉴욕에 온 뒤에야 친구들을 사귀는 법을 배웠다고도 했죠?"

그녀는 이 부분에서 갑자기 말을 멈추고 주저했지만 곧 떨쳐버리고 말했다.

"그리고 여자와 키스도 하기 전에 페티시에 대한 얘기는 절대 하지 말아요. 적절한 타이밍에 그런 얘기를 하면 섹시하게 들릴 수 있지만 그렇지 않다면 너무 오싹하거든요."

내가 전혀 당황하는 기색이 없자 그녀는 마음이 더 편해진 듯했다.

"그 이상한 가족 캠프 집단에 대한 얘기도 했었죠? 그리고 지금 경제적으로 힘들다는 얘기도 했고요. 나한테 뮤직비디오 얘기를 했다가 내가 당신을 부자로 생각할까 봐 걱정된다는 말까지 했잖아요?"

나는 그 점에 대해서 설명이 필요하다고 생각했다. "나는 그냥 당신이 만나는 사람이 어떤 사람인지 알아야 한다고 생각했을 뿐이에요. 그런 건 미리 아는 게 좋다고 생각…."

코니가 내 말을 가로막았다. "제발 모두를 위해서 그러지 말아요."

"난 그냥 양심적인 일을 하려던 건데요." 내가 고집을 부렸다. "만일 나한테 성기 헤르페스가 있다면 우리가 같이 자기 전에 내가 말해주길 바랄 거 아니에요?"

이 말에 눈을 아주 힘껏 굴리는 코니의 모습은 아빠를 연상시켰다. "그건 그렇겠죠."

"그럼 내가 얼마나 빨리 경고를 해주어야 할까요? 첫 데이트 때? 아님 두 번째?" 내가 물었다.

"나도 몰라요!" 그녀가 성을 내며 말했다. "성기 헤르페스라면 그건 또 다른 문제예요. 성기 헤르페스가 있어요?"

"아뇨, 내 성격 문제를 그냥 성기 헤르페스에 비유했을 뿐이에요."

그녀는 웃으며 내 눈앞에 대고 손가락을 흔들었다. "나랑 데이트하면서 내가 당신을 좋아해선 안 되는 이유를 열거하지 말아요. 이건 뭐, 만나자고 해놓고는 이런 말도 안 되는 경험을 주고 있잖아요."

"그럼 나를 좋아하게 만들려고 안 좋은 점을 숨겨도 괜찮다는 거예요?" 내가 물었다. "사람들을 속이고 오해하게 만들어도? 그건 좀 아닌 것 같은데요."

코니는 자기 팔로 자기 몸을 감싸더니 불쑥 내뱉었다. "당신이 아무리 옳은 일을 해도 그것 때문에 사람들이 당신을 싫어하게 되면 그게 무슨 의미가 있어요?"

그건 생각을 해볼 만한 아주 좋은 질문이었다.

몇 달 전 마지막으로 시든 수국을 버리고 난 뒤에도 여전히 이브의 꽃병을 놓아둔 재봉틀 테이블 위에 두 팔꿈치를 다 올려놓고 두려움 게임을 했다. 혼자서 하니까 아무 재미가 없었다. 옆에서 게임을 중단해 줄 이브가 없으니 두려움의 목록은 너무 길어져 버렸다.

그중에서도 나를 가장 힘들게 하는 것은 다음과 같은 것들이었다.

- 이제 사랑이 어떤 것인지를 안 이상, 혼자서는 행복해질 수 없다.
- 우쿨렐레 강습 회원이 점점 줄어들면 더 이상 돈을 벌 방도가 없다.
- 이브는 솔직한 남자친구를 좋아해 줄 유일한 여자다.
- 또 다른 아파트를 구해야 하는데 집주인에게 잘 보일 가능성이 희박하다.
- 나는 눈치가 없고 제대로 된 판단을 못한다. 그래서 내 생각에 옳은 것은 사실 다 틀린 것이다.

그리고 나는 덜 솔직해야 하는 이유를 적어보았다.

- 아는 사람 중 가장 현명한 사람인 이브와, 심지어 내가 존경하는 사람들도 솔직하지 않은 삶을 산다.
- 아빠와 다른 인간이 되고 싶다.
- 다른 사람을 행복하게 만들 수 있다.
- 그렇게 많은 사람들이 솔직하지 않은 걸 좋아한다면, 거기엔 반드시 그럴 만한 이유가 있을 것이다.

그리고 당시엔 내 통찰이 부족해서 미처 글로 적지는 못했지만 마음 한구석에 도사리고 있던 이유가 하나 더 있었다. 그건 만일 아무도 나를 제대로 알지 못하고 남들도 내게 그들을 알 기회를 주지 않는다면, 나는 결코 사랑에 빠지거나 사랑받는다는 느낌을 받지 않아도 되고, 그러면 더 이상 고통을 받을 필요도 없다는 것이었다. 그래서 어쩌면 내가 솔직하지 않겠다고 결심하게 만든 진짜 이유는 그렇게 남다른 동기가 아니었을 것이다.

제3부

솔직함과 이별하기

10장

금지된 주제들

내 솔직한 습성을 고치려면 12단계(알코올중독 치료·회복 프로그램에서 이용하는 치료의 과정_옮긴이)로도 부족할 것 같았다. 나는 제일 먼저 앞으로 절대 거론하지 말아야 할 주제를 선정하는 것부터 시작했다. 가장 먼저 떠오른 것들은 다음과 같다.

- 불편한 진실들

- 부모님

- 이브

- 대부분의 사람들

- 내 의견

- 가족 심리치료 캠프

- 내 성격

듣는 사람들을 위해서 목소리의 톤도 조절해야 한다는 생각은 미처 하지 못했다. 내가 알고 있었던 건 특정 화제들이 타인의 짜증이나 불안을 유발한다는 것뿐이었다. 그래서 이것들을 아예 금하는 것이 가장 안전한 방법이라고 결론을 내렸다. 대화에 실패할 때마다 그 대화를 망친 화제는 무조건 금지 목록에 추가하기로 마음먹었다.

사람들의 마음을 파악하고 그들이 원하는 것을 제공할 수 있는 방법을 배우는 데 필요한 수십 가지 규칙들도 새로 만들었다. 이것들역시 모든 것을 아우르는 동일한 하나의 목적을 달성하기 위한 방편중 하나였다. 나는 질문을 하는 대신 힌트를 얻기로 했다. 내 생각을표현하는 대신 다른 사람의 뜻에 맞춰주기로 했다. 황금률(내가 대접받고자 하는 대로 남을 대접하라는 기독교 윤리의 기본 원리_옮긴이)을반대로 응용해서 사람들이 자기를 대접해 주기를 바라는 대로 그들을 대접해 주기로 했다.

나를 스스로 검열하기로 결정한 뒤 지인들에게 말했다. 그때는 솔직하지 않겠다는 열정은 혼자서만 간직하는 게 낫다는 것을 깨닫지못했다. 나는 사회생활을 현명하게 잘하는 친구들에게 조언을 구하고 싶었을 뿐이었다. 그래서 크리스마스 파티에서 친구의 좁은 아파트에 사람들이 잔뜩 모였을 때 앞으로 덜 솔직하게 살겠다는 계획을발표했다.

커피 테이블에 모여 있던 친구들이 웃음을 터뜨렸다. "농담 아니야." 내가 격렬하게 손을 휘저으며 말했다. "내 솔직함이 그동안 내인생을 불행하게 만들었어." 친구들이 웃는 가운데에서도 최대한 진지하게 말하려고 노력하느라 위스키 잔을 쥔 손가락에 힘이 들어갔다. 친구들은 거짓말쟁이가 되기를 바라는 건 정말 제정신이 아니라는 말만 반복했다. 결국 나는 웃음을 터뜨리며 결정적인 말을 던지고 말았다. "나는 그냥 너희들만큼만 덜 솔직하게 살려는 거야." 이 말에는 아무도 웃지 않았다. 나는 '솔직함'을 대화 금지 목록에 추가했다.

그리고 일주일 만에 내가 좋아하던 모든 종류의 대화 소재가 금지되었다.

수년간, 나는 정말 '무례한' 것을 '솔직한' 것이라고 우기고 '예의바른' 것을 '거짓'이라고 부르는 등 의미를 바꾸어서 단어를 오용한다는 소리를 들어왔다. 무례와 예의란 단어를 꽤 자주 들었기 때문에 나는 예의범절에 관한 책을 읽어보면 도움이 될 것 같다는 생각이 들었다.

그때만 해도 예의범절이란 권력자들이 사람들을 심리적으로 조종하기 위해 독단적으로 만들어 놓은 규칙들이라고 생각했다. 그중에서도 테이블 매너와 같은 규칙들은 외부인들을 가려내거나 무안하게 만들었다. 또 상대방과 선을 긋는 행동은 대립적인 행동이라고 정의함으로써 반대 의사 표시는 하지 않는 게 좋다고 했다. 잘못을 지적하는 행위는 '괜히 소란을 피우는 일'이라고도 되어 있었다. 인종차별적인 행동을 비난하는 것은 인종차별적인 행동을 하는 것보다 더 나쁜 태도라고 쓰여 있는 경우도 있었다. 내 도덕 기준에서는 예의범절처럼 교활한 것도 없었다. 예를 들어 음식에 맞지 않는 포크를 사용하는 것은 비도덕적인 행동이 아니지만 모든 사람이 다 앉기도 전에 먼저 먹는 행위는 '뺨을 한 대 후려치는 것'과 같은 폭력 행위에 간주될 정도의 행동이라는 식이었다. 나는 상류층 숭배와 순응을 장려하고 소수를 위해 많은 사람이 희생하는 이런 규칙들이 전혀 도덕적이라고 여겨지지 않았다. 그래서 나는 좋게 말해서 회의적인 태도로 예의범절에 대해 공부하기 시작했다.

예의범절에 관한 책을 보다 보니 그런 책들은 대부분 거짓말들을 취합하고 분류하고 있다는 것을 알게 되었다. 파티에 참석하고 싶지 않으면 어떻게 해야 하나? 그러면 이 상황에 맞는 거짓말이 있다. 상처받았다는 느낌이 들면 어떻게 하나? 그러면 이 거짓말이 가장 적절하다. 당신이 누군가를 배신했는데 그 사람과 마주치면 어떻게 하나? 그럼 이에 맞는 정말 완벽한 거짓말이 있다! 물론 이런 예의범절에 관한 책이나 기사들이 '거짓말'이라는 단어를 직접적으로 사용하고 있는 건 아니었다. 대신 가식적이고 회피적인 행동들을 아주 긍정적인 말들로 장황하게 묘사하고 있었다. 하지만 거짓말을 '우아함'이나 '친절'과 같은 말로 포장해도 나에게는 설득력 있게 들리지 않았다. 나는 이런 식으로 어떤 상황에 부닥치든 솔직하지 않은 태도로 행동하라고 장려하는 책들과 잡지 기사들을 두루두루 훑어보았다. 내가 이해한 것이 맞는다면, 소위 예의범절 전문가들은 솔직하지 않은 행동을 모든 상처를 낫게 하는 약, 인류의 가장 훌륭한 발명품으로 여기고 있었다.

거짓말에 대해 잘 알고 있다고 생각한 만큼, 그것이 실제로 얼마나 복잡한 것인지에 대해서는 전혀 모르고 있었다. 나는 각양각색의 거짓말들이 가진 수없이 다양한 목적들을 접하고 경이로운 생각마저 들었다. 거짓말은 별 뜻 없는 사교적인 인사말이기도 했고 대화의 방향을 바꾸거나 멈추기 위한 방법이기도 했으며, 원하는 특정 반응을 촉발하기 위한 수단이기도 했다. 이 책들을 읽다 보니 지난 수십 년 동안 내가 사회생활에서 겪었던 아주 많은 이상한 경험들이 다 설명이 되었다. 그중 하나를 예로 들면, 사람들이 나와 통화를 할 때 "너 바쁘니까 인제 그만 끊어야지"라고 말한 후에 왜 그렇게 이상하게 행동했는지 알게 되었다. 사람들이 그렇게 말했을 때 나는 똑같이 그 말을 반복하며 바쁘다며 전화를 끊었어야 했다. 하지만 나는 당황해하면서 끊지 않아도 된다고 말하거나 왜 내가 바쁘다고 생각하느냐고 묻기까지 했다. 여태까지 내가 알아차리지 못하고 놓쳐왔던 힌트들이 얼마나 많았을지 가늠할 수가 없었다. 그동안 너무 눈치가 없었다는 사실을 깨달은 나는 너무 당혹스러웠다. 한편으로는 이런 일들이 대부분 우습고 재미있게 여겨지기도 했지만 또 한편으로는 나를 상대하느라 곤혹과 불편을 겪어야 했던 사람들에게는 결코 유쾌하지 않을 거라는 점도 인식하게 되었다.

예의범절 전문가들로부터 많은 것을 배우긴 했지만 그들이 행동 하나하나를 무례한 정도에서 예의 바른 정도까지 범위를 정해 끼워 맞추어 놓은 것에는 화가 났다. 예의범절은 주관적인 것이며 개인적 취향의 문제라는 내용은 어떤 자료에서도 찾아볼 수 없었다. 그래도 전문가들마다 이견이 있다는 점은 발견할 수 있었다. 대체 의견의 일치조차 이루지 못하는 규칙을 누가 따를 거라고 생각하는 것일까? 우연히 줄을 같이 서게 된 낯선 사람에게 인사를 건네는 일은 퍼스널 스페이스를 침해하는 것일까, 아니면 인사를 안 하면 불친절한 일일까? 칭찬을 하는 게 불편한 상황인 경우는 언제이고 칭찬을 아끼면 상대방을 무시하는 경우가 되는 것은 또 언제일까? 온 세상은 원래 이렇게 절망적인 상황의 연속이었던가? 무례한 사람을 만나면 그 무례한 행동을 지적해야 하는 게 맞을까, 아니면 그 상대를 무안하게 하지 않기 위해 너그럽게 모른 척해야 할까? 나는 머릿속에서 아우성치는 불평불만의 목소리를 잠재울 수가 없었다. 이런 어리석은 사람들이 대체 어떻게 예의범절의 전문가라고 알려지게 된 걸까? 나는 예의범절 전문가라고 주장하는 것 자체가 무례한 것으로 간주되어야 한다는 생각이 들었다.

하지만 이런 책을 읽고 트집만 잡을 때가 아니라 뭐라도 배워야 할 때라는 것을 다시금 상기했다. 예의범절 전문가들의 세계관을 조금 더 진지하게 받아들이려고 노력하다 보니 인류에 대한 그들의 시각이 우리 가족의 시각과 아주 비슷하다는 것을 깨달았다. 다만 딱 한 가지 결정적인 차이가 있었다. 그들은 모욕감을 느끼거나 상처받는 사람들을 연민의 감정으로 바라본다는 점이었다. 예의범절 전문가들은 남의 감정에 신경 쓰는 것을 우리 가족처럼 성격적 결함이나 안타까운 일로 보지 않고 당연한 일로 보고 있었다. 아마 바로 이것이 우리 레비턴 가족이 결코 직시하려고 하지 않았던 진실이었을 것이다. 전문가들이 수용하려고 했던 것들을 우리 가족은 비난하고, 고치려고 하고, 혹은 벗어나려고 했다.

이 기간 동안 단골 바에서 친구들이나 지인들을 종종 마주치면 일반적인 사회생활이란 어떤 것인지 물어보곤 했다. 그들은 술에 취해 웃으며 내 의견의 허점을 지적했다. 그들은 나보다 더 재미있어했다. 그들의 의견이 얼마나 믿을 만한지 확신은 없었지만 그래도 내 생각에 영향을 미친 것은 사실이었다. 그들은 돌아가면서 그때그때의 상황이나 역할에 맞는 조언을 해주었는데 대부분의 경우 정확히 누가 어떤 말을 했고 언제 누가 있었는지 제대로 기억할 수가 없고 또 대부분 내 행동과 의견을 판단했기 때문에, 앞으로 함께 대화했던 그들을 모두 통칭해서 '배심원단'이라고 부르겠다.

하루는 내가 말했다. "만일 예의범절 전문가들을 믿고 따른다면 다들 끊임없이 창피를 당하게 될 거고, 그래서 또 다들 창피를 안 당하려고 노력할 거야. 왜 그래야 하는지 나는 전혀 이해가 안 가."

배심원단은 또 시작이라는 듯이 나를 노려보았다. "그래, 그래서 네가 창피한 걸 모르는 거야."

또 어느 날은 내가 배심원단에게 일상적인 상호작용에서 무안했던 경우를 말해주면 도움이 될 것 같다고 말했다. 배심원단은 부자 친구 앞에서 뭔가를 살 능력이 없다는 걸 인정해야 했을 때, 멋진 여자들한테 무시당했을 때, 파티에 혼자만 너무 차려입었거나 너무 초라하게 입고 갔을 때, 공개적으로 거절당했을 때, 시간제한이 있는 화장실에서 물이 안 내려갔을 때 등등의 경험을 얘기해 주었다. 배심원단은 그중에서도 현금지급기에서 돈을 빼는 동안 데이트하던 여자가 가까이 서서 그의 은행 잔고를 보고 있었던 상황에 가장 격렬하게 공감을 표했다. "그때 돈이 달랑 40달러밖에 없었어." 그가 말했다. 이에 배심원단이 야유를 보내서 그는 그때의 창피함을 오롯이 다시 겪어야 했다. 그는 다음과 같이 주장했다. "곧 돈이 들어올 예정이었단 말이야!"

"내가 이해가 안 가는 부분은 이거야." 내가 말했다. "이런 일은 늘 일어나잖아. 변기도 자주 막히고, 사람들이 통장에 돈이 40달러만 있는 일도 흔해. 아마 우리 모두 다 겪었던 일들일 거야. 그런데 그게 뭐 그리 대수야? 돈이 없는 게 창피해야 할 이유는 아니잖아. 통계적으로 봐도 대다수의 사람들이 돈이 없어. 정말 창피한 건 그걸 너무 신경 쓰는 유형의 사람이 되는 거야. 그 데이트 상대가 널 그런 걸로 판단한다면 한심한 편견을 가진 사람인 거지. 그게 더 창피한 거야."

이 말은 그곳에 있던 배심원단 전원을 기분 나쁘게 했다. 왜냐하면 그들도 데이트 상대의 은행 잔고가 달랑 40달러밖에 안 된다면 한심하다고 생각했을 사람들이었기 때문이다.

새로 정한 규칙 중에는 '상대방이 내가 한 말에 기분 나빠 하면 입장을 슬쩍 우회할 것'도 있었기 때문에 나는 하려는 모든 말 앞에 "그러니까 내 말은…"이라는 말을 넣는 수법을 사용했다. "그러니까 내 말은…." 내가 배심원단에게 말했다. "너희를 창피하게 만드는 사람이야말로 창피해야 할 사람이라는 거야."

배심원단은 다른 사람도 아닌 내가 마치 창피함에 대해 왈가왈부할 수 있는 결정권자처럼 행동하는 점이 어이없다고 비난했다. 그래서 나는 다음 질문으로 넘어갔다. "예의범절에 관한 책에 보면, 이미 다들 아는 사실인데도 누가 굳이 얘기를 꺼내는 건 또 듣기 싫어하는 것들이 많다고 하던데. 너희들이 그렇게 생각하는 것들에는 뭐가 있어?"

배심원들은 예를 열거하기 시작했다.

- 모든 사람들이 다 너를 좋아할 수는 없다.
- 어떤 사람들은 너보다 더 도덕적이다.

"이게 많은 사람들이 채식주의자들을 싫어하는 이유야? 그들이 더 도덕적이라는 데 동의하기 때문에?" 내가 물었다. 배심원단은 다른 예를 더 열거하는 식으로 대답을 회피함으로써 내 말이 옳다는 것을 증명했다.

- 네가 뭘 성취했다 하더라도 그것이 꼭 네가 그럴 만한 자격이 있어서는 아니다.
- 네가 지금 사귀는 사람한테 너는 첫 번째 애인이 아니다.
- 네 연애는 오래 지속될 것 같지 않다. 그리고 연애가 끝난 뒤에는 너는 애인과 원수가 될 가능성이 크다.
- 사람들에겐 다른 가치나 다른 삶의 방식이 있을 수 있다.

"아, 그래서 자식이 있는 사람들이 자식을 원하지 않는 사람들 때문에 기분이 상하는 건지도 모르겠네? 그리고 인생을 다 바쳐가면서 돈을 벌려고 하는 사람들이 그러지 않는 사람들에게 화가 나는 이유고?"

– 너는 결코 부자가 될 수 없을 것이다.

– ○○이 너보다 잘생겼다.

"세상에, 누가 나보다 더 잘생겼다고 하는 말에 어떻게 화를 낼 수가 있어?" 내가 물었다. "당연히 나보다 더 잘생긴 사람이 있게 마련인데."

내가 원하기만 하면 이런 예들을 끝도 없이 계속 나열할 것 같았지만, 내가 가는 모든 곳마다 눈에 들어오고, 하루에 수천 번도 더 언급될 만한 이런 당연하고 흔한 진실들을 이제는 피하고 함구해야 한다고 생각하니 너무 우울해져서 그만하라고 했다. 사람들은 불편한 진실의 거울을 덮기 위한 천이 필요했다. 나는 그들에게 천이 돼 주었어야 할 때 항상 거울로 존재했다.

거짓말의 주관성

내가 처음에 하기 시작한 거짓말들은 나를 정

상인처럼 보이게 하려는 간단한 것들이었다. 누가 "잘 지내?"라고 물으면 나는 기분과 상관없이 언제나 "아주 잘 지내"라거나 "괜찮게 지내"라고 대답했다. 그리고 상냥하게 보이려고 마음에도 없는 칭찬을 했다. 누군가의 초대를 받으면 갈 생각이 전혀 없으면서도 가겠다고 했다. 기억나지 않는 사람이 인사를 하면 기억나는 척을 했다. 누군가의 이름을 잊어버렸을 때는 알고 있는 척했다. 나누어 내야 하는 저녁 식사비에 누가 모자라게 돈을 내면 모른 척하고 그냥 내가 모자란 돈까지 계산했다. 뭔가 일이 잘못 돌아갈 때는 눈치 못 챈 척했다. 좋아하지 않는 사람도 좋아하는 척했다. 이런저런 대화를 할 때는 기본적인 질문들, 다들 흔히 하는 말들, 그냥 사교적인 말들을 섞어 넣었다. "어떻게 지내?"라든지 "무슨 일을 하세요?"라든지 "어디 출신이에요?"라든지 "만나서 정말 반가워요!"라는 말들을 말이다.

이런 모든 행동은 나에게 아주 저급한 사기처럼 느껴졌다. 그래서 이런 사기를 칠 때는 속이 울렁거려서 두 손을 주머니에 밀어 넣고 나도 모르게 주먹을 쥐었다 폈다 했다. 해야 할 말을 하지 않고 넘어가면 그 후유증에 몇 시간씩 시달렸다. 나는 비닐봉지 안에 담긴 금붕어 같은 심정이 들었다. 나는 계속 되뇌었다. "나 말고는 아무도 이걸 거짓말이라고 생각하지 않아. 이걸 거짓말이라고 생각하는 건 나뿐이야."

'솔직하지 않은 삶'을 시도하기 시작한 지 몇 달 후, 하얀 그랜드 피아노가 가운데 놓여 있는 레스토랑 개업 파티에 가게 되었다. 저녁 식사 후에는 댄스파티를 하기 위해 피아노 주변의 테이블을 다 치웠다. 사람들이 대부분 떠나고 난 후 내 친구의 친구인 레스토랑의 매니저가 음악을 껐다. 남은 사람들끼리 침묵 속에서 시간을 보내던 중 내가 매니저에게 피아노를 쳐도 괜찮겠냐고 물었다. 매니저가 좋다고 했고 나는 독학으로 배운 기본 재즈곡을 연주했다. 내 연주를 들은 매니저는 매주 일요일 브런치 시간에 배경음악을 연주해 줄 피아노 연주자가 필요한데 내게 혹시 그 일을 할 생각이 있는지 물었다.

나는 일이 필요했기 때문에 그 피아노 연주 일이 하고 싶었지만 여러 시간 동안 계속 연주해야 하는 그 일에 맞게 30분 이상 칠 만큼 아는 곡이 많지 않았다. 게다가 무엇보다도 다른 피아니스트들을 제치고 급료를 받으면서 그런 연주를 할 만한 실력도 아니었다. 옛날 같으면 매니저에게 다른 사람을 구하라고 하거나 내가 아는 더 나은 연주자를 추천했겠지만 나는 그 대신 말도 안 되는 행동을 해보기로 작정했다. 나는 매니저에게 일을 하겠다고 한 뒤, 마치 그 일에 아주 제격인 사람인 듯 행동했다. 매니저는 그런 나를 믿고 이틀 뒤 일요일부터 시작해 달라고 말했다. 곡을 배우고 연습하는 데 적어도 일주일의 시간이 필요해서, 나는 솔직히 시인하는 대신 거짓말로 그 주에는 선약이 있어서 그다음 주부터 시작하겠다고 했다.

그날 이후로 나는 일주일 내내 연주 연습을 했다. 하지만 실력은 연주 당일이 되었을 때도 여전히 별로 나아지지 않았고, 그래서 레스토랑의 매니저가 내 연주 실력을 들으면 기분 나빠하며 어떻게든 예의 바르게 해고할 방법을 찾을 거라고 확신했다. 하지만 놀랍게도 레스토랑 측에서는 만족해했다. 나는 이런 긍정적인 반응을, 생각했던 것보다 나의 연주 실력이 훨씬 좋다는 증거나 인정으로 받아들일 수도 있었다. 하지만 비록 거짓말하는 법을 배우는 중이었어도 나 자신을 속일 수는 없었다. 레스토랑 주인과 매니저는 음악에 대한 조예가 없었고 내가 연주할 때 특별한 관심을 두고 듣지도 않았다. 내가 훌륭한 연주자라고 믿음을 줄 만한 사람은 없었다. 하지만 나는 그들에게 진실을 알리고 싶은 충동을 억제했다.

나는 이브 없이 어떻게 새 아파트를 구해야 할지 엄두가 나지 않았다. 우리의 첫 번째 아파트도 이브가 구한 것이었다. 두 번째 아파트를 구할 때 집주인이나 중개인과 예의 바르게 거래했던 것도 이브였다. 대부분의 사람들과 소통을 잘 못하는 문제는 차치하고라도 나는 고정 수입도, 내 재직을 증명해 줄 상사도 없는 프리랜서였다. 우쿨렐레 강사는 집주인들이 좋아할 만한 이상적인 세입자가 결코 아니었다.

이런 상황에서는 마치 절차의 일부처럼 아무렇지도 않게 거짓말이 통용된다는 얘기를 들었다.[1] 나는 광고용 음악 작업에 가끔 나를 써주던 친구에게 친구가 다니는 회사의 전용 편지지에 내가 그 회사의

---

1 나에게는 거짓말 자체가 전부 비정상적인 것으로 여겨졌기 때문에 뭐가 정상이고 비정상적인지, 어떤 게 사리에 맞고 이기적인 건지, 또는 진짜 비도덕적인 건지 그 차이를 쉽게 구분할 수가 없었다.

정규직 직원이고 10만 달러 이상의 연봉을 받는다는 내용의 가짜 신원 보증서를 써달라고 부탁했다. 형편없는 사기꾼 소리를 들을 각오를 하고 부탁했지만, 그 친구는 당연하다는 듯이 허위 보증서를 써주었다.

집주인은 위치는 좋으나 꽤 낡은 침실 하나짜리 아파트를 시세의 반 가격에 보여주었다. 나는 임대료를 더 받아야 될 것 같다고 말하고 싶었지만, 위가 쿡쿡 쑤시는 것 같은 스트레스성 통증을 무시하고 자체 검열을 했다. 아파트에 비상구가 없는 것을 봤을 때도, 불이 나면 죽을 수도 있는 위험 때문에 임대료가 저렴한 거냐고 물어보고 싶었다. 하지만 나는 평소의 나답지 않게 침묵을 지켰다. 집주인은 내 직장과 수입에 대해 물었고 나는 내 가짜 직장과 연봉을 말함으로써 생애 최악의 거짓말을 하고 말았다. 집주인은 바로 계약하자고 했다. 친구의 추천서를 보여주려고 했으나 나를 믿는다면서 볼 필요도 없다고 말했다.

거짓말을 할 때마다 내 마음속은 죄책감, 스트레스, 두려움 등의 소용돌이에 휘말렸다. 위장병이라고 생각했던 증상은 다른 사람들이 말하는 부끄러움이라는 것을 깨달았다. 나는 옳지 않다고 여기는 일을 하는 데 익숙하지 않은 사람이었다. 정신적으로 너무 힘들어지면 내가 저지른 범죄에는 희생자가 없다는 사실로 위안을 삼았다. 오히려 나의 가장 이기적인 거짓말조차도 모두에게 이로운 결과를 가져왔다. 레스토랑은 피아노 연주자를 얻었고, 집주인은 세입자를 구했으니까 말이다. 그래도 나는 여전히 언제든지 내 거짓말이 들통

나거나 비난받을 수도 있다는 생각을 떨쳐버릴 수가 없었다. 그래서 그렇게 되면 일이 어떻게 전개될지를 머릿속으로 그려보았다. 어떤 상상을 하든지 상상 속의 나는 항상 화가 나 있거나 원통해했다. "내가 거짓말을 하기를 바란 건 당신들이잖아!"라거나, "내가 거짓말을 한 대가로 당신도 보상을 받았잖아, 그리고 나한테 그렇게 하도록 압박을 가했잖아!"라는 식으로 말이다. 하지만 얼마 안 가 대부분의 사람들은 나처럼 거짓말에 그렇게 신경 쓰지 않는다는 것이 자명해졌다. 심지어 누가 내 거짓말을 눈치채고 그것 때문에 나를 경멸한다 하더라도 예의를 차리느라 막상 나한테는 아무 말도 못 했을 거라는 점도 알게 되었다. 게다가 내 기준으로는 심하게 비난받을 만한 거짓말조차도 그들에게는 별게 아니었다. 내 불안한 감정이 둔해지는 데는 얼마 걸리지 않았다. 나는 거짓말쟁이가 되는 데 점점 익숙해졌다.

이브와 헤어진 지 8개월 정도 후, 그리고 아빠에게 내 원고를 보낸 지 1년 후인 2010년 여름에도 부모님과는 대화를 많이 하는 편이 아니었다. 내 거짓말 실험은 서먹한 우리의 대화에 이야깃거리가 돼주었다. 부모님은 나만큼 그 얘기를 특이하고 재미있게 생각했다.

"진짜 웃겨요." 내가 말하곤 했다. "정상적으로 행동하면 완전 반대의 세상에서 살게 돼요. 아무도 거북함을 표시하지 않아요. 다들 더 행복해해요. 물론 더 행복하지 않더라도 절대 인정하지 않겠지만요!"

"그럼 좋은 거라고 봐야 하는 거지?" 아빠가 웃었다. 내가 말할 때 수십 가지의 상투적인 인사말을 곁들여서 한다는 말을 하자 아빠가 말했다. "내가 직장에 다닐 때 사람들은 항상 내가 화가 나 있다고 생각했어. 나는 그게 이해가 안 갔지. 심리치료사 얘기로는 그게 아마 내가 '어떻게 지내요?'라든지 '만나서 반갑습니다'라는 말도 안 하고 바로 본론으로 들어가서 그렇다고 하더구나."

"그런 말을 하려고 노력해 보셨어요?" 내가 물었다.

"그랬지. 그랬더니 문제가 바로 해결되었어." 아빠는 이렇게 말하고 웃었는데 나는 처음에는 그 웃음이 과거에 눈치 없었던 자신이 생각나서라고 짐작했다. 하지만 곧 아빠가 그때의 그런 사소한 변화가 엄청난 차이를 만들었다는 것이 터무니없게 느껴져서 웃었다는 것을 깨달았다. "그런 식으로 버텼지. 하지만 고작 그런 걸 원하는 사람들에게 왠지 약간 화가 나더라." 아빠가 한숨을 쉬었다. "나는 내가 정말 이해 못 할 반응들을 겪곤 했어. 그걸 설명해 줄 심리치료사가 필요했지. 그땐 다른 사람들이 나를 어떻게 보는지 전혀 이해를 못 했거든." 나는 아빠가 아직도 이해하지 못하고 있다고 말하고 싶었지만 참았다.

엄마에게 내가 솔직하지 않게 사는 법을 배워가고 있다고 말하자 엄마는 대체로 긍정적인 반응을 보였다. "나는 항상 웃음은 공짜라고 말했지. 웃어서 손해 볼 건 없으니까!"

내가 말했다. "내 진짜 감정을 알릴 수가 없잖아요. 그리고 상대방도 내 정확한 감정을 알 기회를 잃게 되고요. 하지만 사람들은 내가 진심으로 웃는지는 상관 안 하는 것 같아요. 그냥 미소를 원할 뿐이에요." 엄마는 조용히 있었다. 그래서 나는 화제를 약간 바꾸어 보았다. "억지 미소를 지어도 뇌에서 도파민이 나온다는 말을 들은 적이 있어요. 말하자면 억지 미소가 결국은 진짜로 웃고 있는 상태로 만든다는 거죠."

"나는 억지로 웃는다고 더 행복해지진 않더라." 엄마가 입장을 바꾸면서 말했다.

"맞아요. 저도 사실 그렇게 생각 안 해요." 내가 말했다.

이왕이면 대담하게

이브와 함께 살았던 아파트를 정리하면 눈물이 펑펑 쏟아질 거라고 예상했고, 그런 내 예상은 빗나가지 않았다. 이사라는 건 때로 가슴을 뭉클하게 한다. 짐을 정리하면서 책을 한 권 꺼낼 때마다 책갈피에서 우리가 함께 찍은 사진이 나왔고 그때마다 마음을 찢는 덫에 걸리는 기분이 들었다. 소파를 옮기자 그 밑에서 먼지 쌓인 이브의 그림이 몇 장 나왔다.

물건을 정리하면서 내가 겪은 감정을 이브가 똑같이 겪게 하고 싶지 않아서 이브의 물건을 대신 정리해서 상자에 담아 재봉틀 테이블 옆에 두었다. 새로 이사 갈 아파트에는 우리의 테이블을 놓을 공간이 없었다. 이브가 이사를 가게 될 곳에도 그 재봉틀 테이블을 놓을 공간이 없을까 봐 걱정이 되었다. 나는 이브가 이 테이블을 버리거나 팔지 않기를 바랐지만 이런 얘기를 하면 아직도 이브를 사랑하는 마음을 들킬 게 분명했고 그런 감정은 내가 꼭꼭 숨겨두어야 할 감정이었다. 나는 이브가 내가 더 이상 그녀를 사랑하지 않는다고 믿게 되는 것과 아직도 사랑하고 있다는 사실을 알게 되는 것 중 어느 쪽이 이브의 마음을 덜 아프게 할까를 판단해야 했다. 비록 감정이 깨끗이 정리가 안 된 상태라 하더라도 이별할 때는 단칼에 깨끗이 정리하는 편이 더 쉽다는 얘기를 들은 적이 있었다. 나는 이브의 물건들을 정리하면서, 그냥 솔직하게만 행동하면 어느 쪽이 더 힘든지 비교할 필요도 없고 어느 쪽이 더 친절하고 바람직한 결과를 가져올지 도박 같은 추측을 하지 않아도 된다는 것을 기억해 냈다. 감정을 솔직하게 털어놓고 그에 대한 반응이나 결과에 책임을 지지 않는 편이 훨씬 더 간단했다. 가족 캠프에서는 '어떤 사건을 통제할 수는 없지만 그에 대한 자신의 반응을 통제할 수는 있다'고 강조하곤 했다. 나는 이 말을, 각자의 감정은 각자가 감당할 몫이라는 뜻으로 받아들였었다. 하지만 가족 캠프의 이런 문구들은 나와 같은 무모하고 사려 깊지 못한 사람을 정당화하기 위한 것이 아니라 타인의 감정만 고려하다가 난처한 상황에 놓인 사람들을 위한 것이었음을 점점 깨달아 가고 있었다.

새로 이사한 아파트의 벽은 페인트칠이 균일하지 않은 데다 갈라진 부분도 많았고, 1970년대 것으로 보이는 얼룩덜룩한 리놀륨 바닥도 군데군데 움푹 패여 있었다. 거실에는 빅토리아 스타일 소파와 낡은 피아노가 들어갈 공간은 있었지만 커피 테이블을 놓을 공간은 없었다. 침실은 침대와 서랍장만으로도 꽉 찼다. 샤워 공간은 비좁은 부엌에 딸려 있었다. 그나마 거실이 가장 널찍했기 때문에 나는 대부분의 시간을 거실에서 보낼 거라고 생각했다. 나는 인테리어 디자이너인 친구를 데려와 조언을 구했다. 그는 내가 갖고 있는 몇 개의 빈티지 거울을 보더니 몇 개를 더 사서 베르사유 궁전의 방처럼 벽과 천장을 다 덮으라고 말했다. 친구는 거울을 놓으면 방이 더 넓어 보이는 효과를 준다고 했다. 이제 내 아파트마저 가짜처럼 꾸며지게 될 판이었다. 나는 사람들이 집에 거울이 많으면 싫어하지 않겠느냐고 물었다. 어쨌든 나는 정상적인 사람처럼 보이려고 노력하고 있었으니까. 그가 손가락을 딱 튕기더니 말했다. "항상 대담하게 행동해!"

그래서 나는 거울을 수집하기 시작했다. 브루클린의 내가 사는 동네에도 중고품 가게들이 몇 개 생겼기 때문에 그런 가게를 지나다가 새 거울을 발견하면 구입해서 방패처럼 들고 집으로 가져왔다. 사람들은 내가 들고 있던 거울에 비친 자신의 모습을 보면 본능적으로 자기가 원하는 모습으로 비치도록 얼굴의 각도를 조정하며 지나갔다. 심지어 거울을 보면서도 그들은 자신을 속이려 하고 있었다.

그리고 몇 달 후, 내 아파트의 벽은 별자리처럼 거울로 뒤덮였다. 나는 사람들이 우리 집에 오면 되도록 자기의 모습이 비치지 않는 위치에 앉으려고 노력하는 것을 눈치챘다. 이로써 나는 또 의도치 않게 사람들로 하여금 나와 함께 시간을 보낼 때, 좋든 싫든 자신의 모습을 볼 수밖에 없는 상황을 조성하고 만 것이다.

체호프와의 점심 식사

뉴욕에서 살던 8년 동안 나는 파티나 바에서 레코드를 틀어주는 디제이 일을 하기도 했다. 주로 옛날 로큰롤이나 솔, 재즈 등을 틀면 모르는 사람들이 다가와 음악에 대한 평가를 하거나 엉뚱한 곡을 틀어달라는 요청을 하는 일이 흔했다.

한번은 새해 전날, 400여 명이 모인 댄스파티에서 디제잉을 하고 있었다. 한 젊은 남자가 다가와 나에게 왜 힙합은 틀지 않느냐고 물었다. 나는 나도 힙합을 좋아하지만 내 분야가 그쪽이 아니라고 대답했다. 하지만 그는 계속 고집을 부렸다. "저기요, 디제이들은 대부분 힙합을 틀어요." 나는 그 사람에게 힙합을 듣고 싶은 건 이해하지만 여기 모인 사람들이 옛날 로큰롤을 좋아하는 것 같다고 말하면서 춤을 추고 있는 수백 명의 사람들 쪽을 가리켰다. 하지만 그는 그냥 같은 말을 반복했다. "하지만 대부분의 디제이는 힙합을 튼다고요."

또 어떤 때는 술 취한 젊은 여성이 나에게 다가와 다짜고짜 이렇게 물은 적도 있다. "좀 더 괜찮은 음악을 틀 순 없어요?"

내가 솔직하던 시절에는 이런 사람들을 다루기가 쉽지 않았다. 아예 대화를 피하거나 요구를 거절하면 아주 기분 나쁘게 받아들였기 때문이었다. 그러다가 상대방이 사과를 요구하거나 협박을 하거나,

나가서 싸우자고 한 적도 몇 번 있었다.

　2010년 겨울, 일부러 낡아 보이게 만든 가구와 거울 등으로 장식한 빈티지 스타일 칵테일 바에서 매주 한 번씩 디제이로 일할 때였다. 첫날 한 여성이 내가 그곳에서 정해준 종류의 음악과 전혀 상관이 없는 최신 팝송을 틀어달라고 요청했다. 예전처럼 곡 신청은 안 받는다고 단도직입적으로 말하는 대신 나는 거짓말을 하기로 했다. 나는 호들갑을 떨면서 나도 그 곡을 너무 좋아하는데 지금 그 레코드가 없다고 말했다. 내가 생전 처음으로 '힌트 주기'를 시도한 순간이었다. 하지만 내 말을 잘못 해석하고 오히려 긍정적인 반응으로 받아들인 그 여자는 한층 더 고무되어서, 자기가 갖고 있는 디바이스를 내가 사용하는 스테레오 시스템에 연결하면 된다고 했다. 힌트를 잘못 받아들이는 것은 집요한 요구만큼이나 짜증이 나는 일이었다. 나는 연기를 그만두고 솔직하게 말해볼까도 생각했으나 애써 침착함을 유지하고 이곳은 레코드밖에 허용되지 않는다고 말했다. 그녀는 웃으면서 나보고 너무 규칙에 쩔쩔맨다고 말했다. 그래서 이번에는 그동안 수백 번도 넘게 목격만 해왔던 '회피 방법'을 한번 시도해 보기로 했다. 말하자면 탓할 대상을 따로 만들어 내는 것이었다. 나는 그 여성에게 정말 요청을 들어주고 싶지만 주인이 옛날 음악만 좋아하는 노땅이기 때문에 다른 곡을 틀었다가 해고당하고 싶지 않다고 말했다. 그녀는 나에게 이런 음악은 사람들이 좋아하지 않는다고 주인에게 말해야 한다고 대답했다. 내가 새로 시도한 방법에는 분명 긍정적인 면도 있었지만 대화를 끝내기가 쉽지 않다는 단점이 있었다. 그녀는 내가 한 모든 말로 인해 사기가 충전해 있었다. 거의 돌아버릴 지경까지 간 나는 마음을 단단히 먹고 조롱하듯 농담을 던졌다. "아무래도 디제이는 당신이 해야겠네요!"

그러자 그녀는 아주 활짝 웃으며 말했다. "정말 그래야 할까 봐요! 내 생각에도 하면 아주 잘할 것 같아요!" 그러고는 아까보다 훨씬 행복해져서 총총거리며 가버렸다. 친구들이 있는 자리로 돌아간 여자가 친구들과 대화하며 내 쪽을 가리키는 모습을 보니, 아마 내가 디제이를 해보라고 한 말을 자랑하는 듯했다.

그 뒤로는 누구든 턴테이블 쪽으로 다가오면, 나는 미소를 지으며 목소리에 다정함과 열의를 담아서 디제이를 해보는 게 좋겠다고 권하곤 했다. 그 말을 들은 사람은 다들 행복해져서 돌아갔다. 그들이 원하는 것이 음악이라고 추측했던 것은 내 오산이었다. 그들은 단지 유대감과 인정을 원했을 뿐이다. 나는 극히 소수의 사람들만이 진심을 말한다는 것을 끊임없이 상기해야 했다. 그리고 자신들이 진정 원하는 것과 자신들이 한 행동의 이유를 알고 있는 사람들은 그보다 훨씬 적다는 것도. 나는 규칙 하나를 더 만들었다.

– 사람들이 하는 말을 너무 진지하게 받아들이지 말 것. 그들의 머릿속은 혼돈 그 자체다.

한 친구에게 내가 사람들에게 디제이를 해보라고 권유하는 방법을 쓴다는 얘기를 해주자 그 친구도 자기가 처했던 문제를 극복하는

데 도움이 되었던 방법을 말해주었다. 가끔 그 친구에게 직업이 뭐냐고 물어보고 화가라고 대답하면, 그때부터 불쾌하게 그림에 대해 가르치려고 드는 남자들이 있다고 했다. 그럴 때 친구가 말을 막으려들거나 자리를 뜨려고 하면 그런 남자들은 공격적이고 무례한 태도를 보이기 일쑤였다. 오랫동안 이런 종류의 남자들의 잘난 체하는 행동으로부터 벗어날 방법을 고심하던 친구는 다음과 같은 딱 한 문장이면 해결된다는 것을 알아냈다. "와, 그림에 대해서 정말 많이 아시네요?" 그러면 남자는 자부심에 한껏 부풀어서, 뭔가 애매모호한 말을 중얼거리다가 기분이 좋아져서 으스대며 순순히 자리를 뜬다고 했다. 나는 그런 불쾌한 남자들에게 전문가가 된 듯한 기분을 느끼게 해줘도 짜증 나지 않느냐고 물었다. 그 친구가 말했다. "물론 짜증 나지. 그런데 그런 사람들을 상대하거나 대화하면서 고통받는 것보다는 훨씬 나아."

친구의 얘기를 듣고 상대방이 원하는 방식대로 대화를 유도할 수도 있다는 것을 깨달은 나는, 대화가 좋지 않게 흐르려는 조짐이 보일 때 그냥 빨리 끝내버리려고 하기보다는 모두 행복해질 수 있는 방법을 시도해 보기 시작했다.

아동 책 글쓰기 강좌의 학생 중 한 명이 가족에게 인정받지 못한다고 느끼는 한 엄마의 이야기를 그림책으로 썼을 때였다. 그 책에서는 주인공인 엄마가 학교를 데려다주거나 점심을 만들어 줘도 아이들은 고맙다고 하지도 않고, 생일 파티를 열어주어도 그 수고와 노력을 알아주지 않았다. 그 책을 쓴 수강생이 바로 그런 인정받지 못하는 엄마라는 것을 짐작하는 것은 어려운 일이 아니었다. 심지어 그 책의 엄마에 대한 묘사 역시 그 수강생을 그대로 표현한 것 같았다. 그녀는 이 원고를 그룹 공동 작업을 위해 제출했고 나머지 열두 명의 학생들은 그 책을 읽고 교실 앞에서 돌아가면서 책에 대한 의견을 말하는 시간을 갖게 되었다.

나는 그 주제를 가지고 시도해 볼 만한 모든 잠재적 가능성에 대해 알려주는 것이 선생으로서의 의무라고 느꼈다. 책에 쓰인 것으로 보면 그녀의 그림책은 오로지 그 엄마에게만 집중되어 있었다. 아이들은 거의 등장하지 않았다. 그리고 아동 독자들이 즐거워하기보다는 부끄러워할 내용만 가득했다. 나는 이 학생이 엄마의 희생과 아이들의 무심함을 코믹하게 대조시켜 훨씬 더 재미있는 책을 만들 수 있을 것 같았다. 아니면 아예 정반대로 아이에게 초점을 맞추어 자기희생적인 아이와 그것을 몰라주고 고맙다는 말도 하지 않는 엄마의 이야기로 만들어도 좋을 것 같았다.

보통 어린이 책에 대한 의견 교환은 학생들 모두에게 재미있는 과정이었지만 이 학생의 경우에는 자신의 책에 대한 평가를 본인에 대한 비판으로 받아들일 여지가 컸다. 나는 이 책 속의 엄마는 충분히 자기희생을 하고 있지 않을 뿐 아니라, 작가로서도 아동 독자들에게 희망과 용기를 주기보다는 작가만 돋보이게 하는 책이라고 말할 수도 있었다. 하지만 그건 그 학생이 듣고 싶어 하는 내용과 정반대일 거라는 느낌이 들었다.

나는 학생들이 다 지켜보는 가운데 이런 훌륭한 엄마에 대한 얘기를 읽어서 좋았고 세상의 많은 엄마들이 인정을 받지 못하면서도 그런 많은 노력을 한다는 것은 참 슬픈 일이라는 말로 평가를 시작했다. 이 말을 들은 학생은 아주 환하게 웃었다. 그 뒤로도 내가 계속 여러 가지 내용을 언급했지만 그 학생은 더 이상 귀담아듣지 않는 것 같았다. 이미 가장 듣고 싶었던 말을 들은 다음이었기 때문이다.

그 무렵 1800년대 한 러시아 청년이 안톤 체호프와 차를 함께 마셨던 이야기에 대해 듣게 되었다. 그 청년은 체호프를 만나면 분명히 망신을 당하게 될 거라고 확신했다. 그렇게 유명한 천재 작가를 감동시킬 만한 이야기를 할 자신이 없었기 때문이다. 하지만 일단 체호프와 자리에 앉자 그는 자기의 입에서 나오는 모든 이야기가 너무 재미있다고 느꼈다. 체호프 역시 큰 소리로 웃기도 하고 놀라기도 하며 호기심 어린 질문만 할 뿐 얘기는 거의 하지 않았다. 그 청년은 그동안 자신을 얼마나 과소평가해 왔는지를 깨달으며 체호프와 헤어졌다. 그는 체호프가 그에게 주었던 관심을 마음에 새기고, 새로운 자유로움 그리고 자기 목소리의 가치를 믿고 대화를 하게 되었다.

수십 년 뒤, 체호프가 사망한 지 한참 후에 옛날의 그 청년은 체호프와 같이 차를 마셨던 또 다른 사람을 만나게 되었다. 그 청년은 체호프를 만났던 이야기를 나눌 생각에 신이 났다. 두 사람이 만났을 때 옛날의 그 청년은 그동안 수백 번도 넘게 사람들에게 해왔던 그날의 이야기를 그 다른 남자에게 또 들려주었다. 그 남자는 상냥한 미소를 지으며 그런 얘기를 전에도 여러 번 들었고, 체호프를 만난 얘기를 사람들에게서 들을 때마다 그 묘사가 거의 같았다고 말했다. 게다가 자기가 생각하던 자신의 모습 역시 체호프의 그 똑같은 웃음과 놀라움의 표정에 의해서 변화되었다고 했다. 옛날의 그 청년은 체호프가 자신을 만났을 때 예의 바르게 행동했을 뿐이었고 만났던 모든 사람들에게 자식을 대하듯 동일한 관심을 줬다는 사실에 상심하고 말았다. 같이 얘기하던 남자는 그가 실망한 것을 눈치채고, 체호프는 정말 솔직한 사람이었다는 말로 안심을 시켰다. 이것은 체호프가 모든 사람에게 품었던 존경심과 호기심이 가져온 마법 같은 결과였다. 체호프는 사람들에게 자기 자신과 사랑에 빠지는 법을 보여주었던 것이다.

이 이야기는 내 뇌리에서 떠나지 않고 여러 궁금증을 자아냈다. 체호프는 내가 항상 시도했던 것처럼 사람들이 본모습대로 행동하게 함으로써 평소보다 더 인상적이고 흥미로운 사람이 되도록 영감을 준 것일까? 체호프는 정말로 솔직했을까? 아니면 체호프는 사람들로 하여금 흥미로운 사람이든 아니든 상관없이 그 순간만큼은 현재의 자기 모습에 만족하게 만들었던 것일까? 아니면 그들이 되고 싶어 하는 모습을 스스로 발현하게 도와준 것일까? 체호프라고 해서 모든 사람을 사랑할 수는 없었을 것이다. 하지만 만일 그가 좋아하지 않았던 사람들에게도 자기애를 불러일으키도록 도와주었다면 그것만으로도 정말 훌륭한 일이 아닐까?

솔직하든 아니든 나는 체호프 같은 사람이 되고 싶었다.

잡담의 효과

　　　　　　대화 금지 목록 때문에 나는 새로운 대화 소재들을 찾아야 했다. 나는 남들이 어색함을 느끼지 않게만 할 수 있다면 기꺼이 내가 지루한 쪽을 택할 각오가 되어 있었다. 대화 중에 누군가가 조금이라도 불편해져야 한다면 그 사람이 내가 되어야 한다는, 과거의 나와 전혀 어울리지 않는 관념에 익숙해지는 중이었다. 그래서 나는 잡담이란 걸 시도해 보기로 했다.

　몇 년 전 치과 대기실에서 잡지를 읽다가 어떤 여배우가 처음 나누는 대화로는 '한심한' 것이 좋다고 한 인터뷰 내용을 본 기억이 있다. 그 여배우는 좋아하는 색깔에 대해 대화를 시작해 보라고 제안했다. 너무 특이하다고 생각했지만 한번 시도해 보는 것도 나쁘지 않겠다고 생각했다. 어차피 남들은 언제나 의미를 두는 부분이 나와 달랐으니까 말이다. 나는 단골 바에서 누군가를 처음 만나 서로 좋아하는 색깔에 대해 얘기한다면 어떤 일이 벌어질까 궁금해졌다.

　바에 도착하자마자 한 친구가 이 새로운 실험에 가장 최악의 상대일 것 같은 뮤지션 한 명을 소개해 주었다. 여러 패션 행사나 아트 갤러리 등의 공연 사진에서 본 기억이 있는 여자였다. 그녀는 아주 진한 빨간색 립스틱을 바르고 검은색 베레모를 쓰고 있었다. 친구가 술을 가지러 가고 나와 단둘이 남자, 그 여자는 어색해서 어쩔 줄 몰라 했다. 좋아하는 색을 물어보면 십중팔구 나를 비웃거나 달아날 거라는 생각이 들었지만 그래도 계획대로 밀어붙여 보기로 했다. 막상 재미 같은 건 포기하고 대화를 시작하려다 보니 예상외로 마음이 매우 차분해졌다.

그 여자가 오늘 뭘 했느냐는 기본적인 질문을 했을 때 나는 이렇게 대답했다. "요즘에는 제 아파트의 침실에 가장 잘 맞는 색을 찾으려고 노력 중입니다." 이 말은 사실이었다.

"아, 그래요?" 그녀가 말했다.

"무슨 색을 가장 좋아하세요?" 내가 물었다.

놀랍게도 그 여자는 내 질문을 기분 좋게 받아들이고 좋아하는 색들을 열거한 뒤에 시간이 지남에 따라 좋아하는 색이 어떻게 바뀌었는지도 말해주었다. 단순히 친절하게 대하는 척하거나 지루해 보이는 느낌은 전혀 없었다. "가장 좋아하는 색이 꼭 침실에 적합한 색은 아니에요." 고의로 시작한 한심한 대화가 의외로 잘 진행되는 것에 대해 내가 속으로 회심의 미소를 짓는 동안 그 여자가 말했다. "지금 고려 중인 색이 뭔데요?"

나는 이 질문에 미리 준비해 둔 이야기가 있었다. "제가 가장 좋아하는 색은 가지 색입니다. 페인트 가게를 여기저기 가봤는데 제가 찾는 색조의 가지 색은 없었어요. 그러다가 딱 마음에 드는 색을 찾았는데 그 페인트의 샘플 병을 보니까 색이름이 '독신남의 재즈풍 아파트'라는 이름이더라고요."

그 여자가 웃음을 터뜨렸다. "어머나, 세상에."

"그래서 페인트 색의 이름을 정하려고 모인 업무 회의에서 정장을 입은 중역 중 한 명이 의견을 내는 상상을 해봤죠." 나는 시가를 피우는 중역의 모습을 흉내 내며 말했다. "이런 가지 색을 좋아할 만한 남자가 어떤 사람일지 내가 알아. 아마 나이는 서른쯤, 여자친구랑 헤어진 지 얼마 안 됐고 최근 혼자 새 아파트를 얻어 이사를 했어. 어쩌면 레스토랑 같은 곳에서 재즈 피아노 연주를 할 수도 있고. 아주 상투적인 인물이지. 이런 부류의 남자들은 정말 많아. 독신남의 재즈풍 아파트! 아주 잘 팔릴걸."

여자 뮤지션은 내 말이 끝나자마자 웃음을 터뜨렸다. 나는 지금 왜 색깔에 대해 얘기하고 있으며 그것이 내게 의미하는 바가 뭔지를 간절히 털어놓고 싶었지만 그런 진실이 분위기를 망칠 것을 잘 알고 있었다. 이 모든 상황이 날 울고 싶게 만들었지만 꾹 참았다.

나는 색에 관한 대화를 그날 몇 번 더 시도해 보았다. 그중 누군가가 자리를 뜰 변명을 궁리하며 예의 바르게 행동했다 해도 나는 눈치채지 못했을 것이다. 하지만 정말 믿어지지 않을 정도로 그들은 모두 즐거워했다.

나는 언제나 대화란 나를 표현하고 다른 사람을 알아가는 과정, 즉 정보의 교환이라고 생각했었다. 하지만 내가 완전히 간과하고 있었던 전혀 다른 소통 방식이 분명 존재하고 있었다. 어린 시절 학교에서 굳이 말을 주고받지 않으면서도 재미있게 놀던 아이들이 떠올랐다. 맥스가 가족 캠프에서 사람은 누구나 사랑을 얻기 위한 말을 굳이 하지 않고도 사랑받아야 한다고 한 말도 생각났다. 친한 친구들 중 몇몇은 같이 있어도 말 한마디 없이 그냥 비디오 게임만 하기도 했다. 서로 대화를 하지 않는 연인들도 있었다. 나는 이런 사람들을 그냥 할 말이 없는 지루한 사람들이거나 더 심하게는 대화를 두려워하는 사람들이라고 치부하곤 했다. 하지만 이제 나는 그들이 그저 다른 방식으로 소통하고 있었음을, 말과는 전혀 상관없는 방식으로 애정을 표현하고 있었음을 알게 되었다.

나는 그 후 몇 주간을 낯선 사람들과 잡담을 하며 보냈다. 수십 번에 걸친 대화 끝에 마침내 이런 대화를 싫어하는 사람을 만났다. "지금 진심으로 나한테 가장 좋아하는 색깔이 뭐냐고 묻는 거예요? 이게 지금 뭐 하자는 거예요? 유치원생이에요?" 그 여자가 물었다.

나는 나와 비슷한 사람을 발견한 것에 흥분하여 웃음을 터뜨렸다. "그러니까요!" 내가 말했다. "제가 얼마 전부터 이런 잡담 실험을 하고 있는데 정말 머리가 돌 지경이었어요. 그런데 사람들은 정말 좋아하는 색에 대한 얘기를 즐거워하더군요. 그런 대화를 거부하고 심지어 내가 뭔가 이상한 행동을 하고 있다는 것까지 눈치챈 사람은 당신이 처음이에요!" 그 여자는 나를 혐오스러운 듯이 위아래로 훑어보았다. 그래서 안심하라는 의미에서 나는 다음과 같이 말했다. "나도 색깔 얘기 같은 건 하고 싶지 않아요. 남들이 좋아하는 거죠. 나는 그냥 남들을 행복하게 해주려는 것뿐이에요."

그 낯선 여자는 나를 노려보았다. "당신은 날 한심하게 보고 좋아하는 색을 물어본 거잖아요."

"아니에요." 내가 대답했다. "잡담은 한심한 게 아니에요. 나도 예전엔 그렇게 생각했어요. 하지만 잡담도 우리들이 하는 대화만큼이나 타당한, 단지 다른 종류의 소통 방식이라는 것을 깨달았어요." 나는 이런 대화를 나눌 수 있는 사람이 생겼다는 사실에 흥분하여 허공에 손을 휘저으며 말했다.

내 말에 아무런 감흥도 받지 않은 여자가 말했다. "자기들이 좋아하는 색깔에 대해 말해준 사람들이 있다면 그 사람들은 그냥 예의 바르게 행동했거나 아주 지루한 멍청이들이거나 둘 중의 하나일 거예요."

그녀의 가르치는 듯한 말투와 비판적이고 확신에 찬 목소리는 아주 잠깐이나마 남들이 나를 만났을 때 느꼈을 감정을 맛보게 해주었다.

11장   **이런 게 정상이야**

　　　　　　　　나는 이런저런 다양한 일상생활에서 거짓말을
하는 데에는 꽤 익숙해졌지만 내가 정한 규칙을 데이트에 적용하는
것은 미루고 있었다. 사기를 치면서까지 구애를 하는 것은 너무 부
도덕하게 여겨져서 견디기가 어려웠기 때문이다. 배심원단은 여자
를 만나면 나의 가장 좋은 점만 먼저 보여주고, 상대가 싫어할 만한
정보는 관계가 몇 달 이상 지속될 때까지 말하지 말라고 충고했다.
나는 그것을 유인 상술이라고 불렀고 배심원들은 그런 게 정상이라
고 했다.

　나는 연애 방법에 관한 책과 기사들을 읽었다. 소위 연애 전문가
들은, 사람들은 본모습만으로는 결코 사랑받을 수 없으며 잘되어가
는 연애는 단지 교묘한 속임수들이 잘 진행된 결과에 지나지 않는
것처럼 말하고 있었다. 나는 '비싸게 굴기'가 특히 받아들이기 어려

웠다. 어떤 책에서는 마음에 드는 사람과 얘기할 때 관심 없는 척하는 매력을 미묘하게 발산하기 위해서 몸을 상대에게서 약간 틀고 대화하라고 조언했다. 어떤 기사에서는 여자를 바라볼 때 눈을 보지 말고 콧잔등을 보라고 했다. 그렇게 하면 시선이 더 안정되고 섹시해 보인다는 이유였다. 하지만 문제는 내가 어떻게든 속임수를 써서 상대의 마음을 얻었다 하더라도 그건 그 여자가 나를 좋아해서가 아니라 단지 심리적인 속임수에 넘어간 것일 뿐이라는 사실을 내가 안다는 것이었다.

영화나 책에 나오는 이상적인 인물들은 다들 똑같은 연애 지침서를 읽은 것처럼 행동하고 있었다. 제인 오스틴의 책에 나오는 연인들은 함께할 수 없는 이유와 무례한 언행으로 인해 오히려 더 서로에게 끌렸고 영화 〈프린세스 브라이드〉의 웨슬리와 버터컵만큼이나 서로를 함부로 대했다. 오래된 영화들 중에서 가장 매력적인 인물들로 손꼽히는 애스테어와 로저스, 헵번과 그랜트, 벨라폰테와 댄드리지, 스탠윅과 폰다 들도 주로 간접적인 표현을 쓰거나 자기 진심을 거의 표현하지 않는다. 인정하긴 정말 짜증 나지만 심지어 내가 가장 좋아하는 이야기에서도 연애는 솔직함과는 거리가 멀었다.

2011년 8월, 거짓말에 관한 실험과 연구를 시작한 지 거의 1년 반 만에 나는 생애 처음으로 솔직하지 않은 데이트를 하게 되었다. 말라이카를 처음 만난 건 당시 내가 피아노를 치던 레스토랑에서였다. 그녀는 여름 분위기가 풍기는 헐렁하고 색감이 화려한 티셔츠를 입고 빌리 홀리데이처럼 머리에 하얀색 치자꽃 모양 핀을 꽂고 있었다. 항상 웃는 얼굴인 사람들은 대체로 나에게 호감을 느끼지 않았는데 그녀는 피아노에서 가장 가까운 테이블에 앉아 내가 연주하는 동안 내내 눈싸움을 하듯이 밝은 갈색 눈을 조금도 깜박이지 않고 나를 지켜보았다. 그녀는 눈싸움에 관해서는 내가 가진 어떤 재능보다 탁월한 재주가 있어 보였다. 그녀에게 데이트 신청을 할 때 나는 너무 긴장해서 손이 마구 떨렸다. 그녀는 내 휴대폰을 가져가더니 자기 전화번호를 입력했다.

말라이카와 첫 데이트를 하던 날 우리는 내 친구가 하는 공연에 갔다. 나는 미리 공연 장소에 가서 티켓을 수령한 다음 남은 시간 동안 손톱을 물어뜯거나 강박적으로 시계를 들여다보며 공연장 밖 보도에 서서 말라이카가 오기를 기다렸다. 얼마 뒤 길 저쪽에서 그녀가 나를 향해 손을 흔들며 걸어왔다. 그러고는 내게 미끄러지듯이 다가와 포옹을 하며 인사했다. 우리가 포옹하고 있는 동안 이 데이트는 속임수를 실험하는 과정이라는 것을 알리고 싶은 충동을 참느라 불굴의 인내심을 발휘해야 했다. 그러다 잇몸이 아파서 정신을 차리고 나서야 무의식중에 이를 악물고 있었다는 것을 깨달았다.

친구가 공연하는 동안 말라이카와 나는 말없이 춤을 추었다. 내가 말하지 않는 동안은 모든 것이 훨씬 수월하게 흘러갔다. 공연이 끝나고 공연장 바로 옆에 있는 와인 바로 술을 한잔하러 갔는데 눈이 적응되기를 기다려야 할 만큼 실내가 어두웠다. 무늬가 새겨진 컵에 담긴 초의 불빛으로 주변에 컵 무늬의 그림자가 생겼다. 말라이카와 나는 높은 테이블의 스툴에 걸터앉았다. 나를 바라보는 그녀의 유혹적인 미소는 마치 나에게, "네가 정말 어떤 사람인지 털어놓지만 않는다면 난 이 데이트를 즐길 수 있을 거야"라고 말하는 것 같았다.

나는 되도록 말을 아끼면서 주로 질문만 하려고 노력했다. 그래도 그녀에 대해 모두 알고 싶기도 했고, 속삭이는 것 같으면서도 웃음소리가 섞인 그녀의 목소리가 너무 듣기 좋아서 전혀 문제가 없었다. 그녀는 특정 단어나 음절에서 머뭇거림으로써 표정이 풍부한 얼굴이 그 의미를 대신 전달하게 하는 버릇이 있었다. 가끔 그녀의 말에 끼어들 때면 전혀 우아하지 않은 속사포 같은 내 말투가 발사가 잘 안 되는 기관총 소리 같다는 생각이 들었다. 나는 한때 내가 말하는 방식을 좋아했었다. 하지만 타인이 나를 보는 시선에 관심을 가지게 되면서, 스스로를 보는 시각이 변질되고 있었다.

말라이카는 어린이를 위한 종이 공예를 만드는 프로젝트와 관련된 일을 하고 있다고 말했다. "종이에 관해서는 하루 종일 얘기할 수도 있어요." 그녀는 종이 장식품과 자기가 접은 종이접기, 책상 서랍에 가득한 여러 가지 다양한 종류의 종이 샘플들에 관한 이야기를 했다. "내 아파트는 종이 세상이에요." 그녀가 말했다. 내가 거의 말을 하지 않았는데도 그녀는 전혀 지루해 보이지 않았다.

그녀의 존재와 위스키에 취해갈수록 규칙을 지키는 일이 점점 어렵게 느껴졌다. 매력적인 여성은 마치 진실의 묘약과도 같았다.

말라이카가 입을 열어 뭔가를 말하려고 하다가 주저했다. 스스로 할 말을 검열하고 있는 것은 나뿐이 아니었다. 그녀는 뭔가 위험한 말을 하려고 마음을 먹고 있었다. "사실 이런 제대로 된 데이트는 처음이에요." 그녀가 말했다. 팔짱을 낀 그녀의 눈에 약간의 그늘이 드리웠다. "몇 달 전에 남자친구와 헤어졌거든요. 나는 혼자서 지낸 적이 거의 없어요."

최근에 남자친구와 헤어졌다는 말라이카의 고백이 나에게는 이브와의 일을 털어놓아도 된다는 허락처럼 느껴졌지만 이런 상황에 맞게 이미 정해놓은 규칙이 있었다.

– 다른 사람의 고백을 솔직해도 된다는 허락으로 받아들이지 말 것.

비록 말라이카가 전 남자친구 얘기를 했다 하더라도 내 얘기에는 비판적으로 나올 수도 있었다. 말라이카는 이제까지 낯선 사람과는 데이트를 한 적이 없고 항상 친구였던 사람들과 데이트를 했다고 말했다.

내가 '데이트'를 금지 주제의 목록에 넣은 데는 다 이유가 있었다. 그래서 이 대화를 잘 피해 가기 위해 머릿속에 있는 가능한 전략을 다 훑어보았다. 말라이카가 눈썹을 찌푸렸다. "괜찮아요? 지금 무슨 생각 해요?" 그녀가 물었다.

나는 당황했다. "이런 얘기는 그만하죠."

말라이카가 웃으며 말했다. "왜요?"

나는 여전히 당황한 상태로 대답했다. "나한테는 얘기하면 안 되는 주제들의 목록이 있어요."

말라이카는 웃음을 터뜨렸다가 농담이 아니라는 것을 깨닫고는 웃음을 멈추었다. 내 진지함을 알아줘서 고마운 기분이 들었다. 그녀는 술잔을 테이블 위에 내려놓고 물었다. "당신의 대화 주제를 누가 정하는데요?"

"내가 스스로 정한 거예요. 그 목록도 제가 만들었어요."

"아." 말라이카가 안심이 된다는 듯이 웃었다. "뭔가 심리치료와 연관된 것처럼 들리네요." 내 뇌 전체가 심리치료와 연관되어 있었다. "좋아요." 그녀가 몸을 앞으로 기울이고 웃으며 말했다. "그러니까 당신이 스스로 말하면 안 된다고 정해 놓은 주제들의 목록이 있다는 거죠?"

"네. 그리고 다른 대화를 하다가 실패하면 그 주제도 추가해요."

그녀가 다시 웃었다. "그 목록에 어떤 것들이 있어요?"

"그건 말할 수 없어요."

그녀는 다시 눈싸움을 걸기 시작했다. "아뇨. 말해야 해요." 나는 사람들이 내 생각이 어떤지 알고 싶다고 했을 때는 그들이 나를 잘 몰라서 그랬다는 점을 상기했다. "말하고 싶은 거 알아요." 말라이카가 말했다.

"사실 나는 절대 하면 안 되는 모든 종류의 이야기를 당신한테 하고 싶어요." 나는 고의적으로 그녀가 오해할 만하게 대답했다. 사실 나는 그녀만이 아니라 모든 사람에게 내가 하면 안 되는 이야기를 하고 싶었다. 그리고 내가 하고 싶은 얘기는 섹시하거나 재미있거나 로맨틱한 주제가 아니라 불편한 주제들이었다. 내 말이 유혹하는 것처럼 들렸던 이유는 단지 내가 말하지 않은 부분이 있었기 때문이다.

말라이카의 시선이 아래로 내려가 내 입술 근처를 맴돌았다. 그 표정은 내가 그녀를 만지거나 키스해야 하는 순간임을 의미하는 것이냐고 묻고 싶었지만 이 부분에도 정해놓은 규칙이 있었다.

– 허락을 구하지 말 것. 사람들은 그냥 속마음을 읽어주길 더 원한다.

단도직입적으로 그녀의 속마음을 물어볼 수 없다는 사실에 좌절감을 느꼈지만, 그 순간의 판단을 억지로 믿어보기로 했다. 나는 떨리는 손을 그녀의 맨다리 위에 올려놓았다.

말라이카가 싱긋 웃으며 말했다. "아마 당신이 말하면 안 되는 주제 목록이 있다는 사실 자체가 말하면 안 되는 주제인 것 같은데요."

나는 유혹을 할 때 하는 비판은 종종 진실하지 않을 수도 있다는 점을 상기했다. 말라이카의 관심 어린 눈빛과 적극적인 자세를 주시하며 마음속으로 또 다른 규칙을 떠올렸다.

– 말보다는 표정과 몸짓을 믿을 것.

곧 우리는 테이블 너머로 키스를 하기 시작했다. 나는 그녀에게서 몸을 멀리 떨어뜨리고, 이건 다 속임수이고 이 데이트 자체가 사기이며 나를 좋아하게 만들기 위해서 입을 다물고 있고 이 실험은 이제까지 내가 가장 두려워하던 가설들을 모두 입증했다고 털어놓고 싶어서 집중할 수가 없었다. 하지만 나는 몸을 떼어놓지 않았다. 키스가 끝난 뒤에도 아무 말도 하지 않았다. 내가 말을 하지 않을 때는 일이 훨씬 잘 풀렸다.

이즈음 배심원단은 거의 1년여 동안 내 관찰과 실험에 대한 보고를 받고 있었다. 그중 두 명은 최근 남자친구에게 차인 상태였다. 카먼은 매일 밤 술 마시러 나가거나 사람들 앞에서 울거나 낯선 사람에게 외로움을 토로했다가 그쪽에서 키스하려고 달려드는 것을 뿌리치는 날들을 보내면서 견디고 있었다. 앤지는 하룻밤 사이에 온갖 애절한 이별 곡들을 쏟아내는 간헐천처럼 돼버렸다. 그렇게 두 사람 다 데이트에 관한 조언을 해줄 만한 처지는 아니었지만 그래도 조언을 멈추지 않았다.

하루는 셋이서 바에 나란히 앉아 있을 때 내가 말라이카와의 데이트에 대해 털어놓았다. 앤지는 고르지 않은 치아를 드러내고 반쯤 웃다 말았다. 그녀는 내 얘기에 얼마간 집중했다가도 남자친구와의 추억이 떠오르면 금세 눈동자가 다른 쪽으로 돌아갔다.

정신적으로 완전히 무너지기 전까지는 항상 매력 넘치고 즐겁게 지내는 재주가 있는 카먼은 평소처럼 나를 비웃었다. "그 여자한테 네 목록에 대해서 말했다고? 미쳤다고 생각했겠는데?"

"그럴 수도 있지. 그래도 나랑 키스했어." 내가 말했다.

"그것 봐!" 카먼이 활짝 웃으며 말했다. "내가 그랬지. 넌 그냥 너다워도 된다고. 그냥 너한테 맞는 사람을 만나기만 하면 돼."

"그 많은 대화 중에 고작 딱 한 가지만 사실대로 얘기한 건 내가 생각하는 의미의 나다운 행동이 아니야."

"그건 그냥 말일 뿐이야." 사람들은 항상 그냥 '말'일 뿐이라고 했다. "너답게 행동한다는 게 꼭 네 생각을 다 말로 표현한다는 의미는 아니라고."

나는 술을 한 모금 마시고 조금 애매할 수도 있겠다는 식으로 한발 물러섰다. "하긴 그런 말들은 그렇게 쉽게 정의되는 건 아니니까."

앤지가 조용히 끼어들어 말했다. "네가 솔직하다는 건 좋은 거야. 사람들이 네 모습 중 가장 좋아하는 부분이라고."

나는 앉아 있던 스툴의 가장자리를 움켜잡았다. "그건 마치 알코올중독에서 거의 벗어난 사람에게 '너는 술 마실 때 가장 재밌어'라고 말하는 거랑 같아."

카먼이 또 웃었다. "솔직함이란 좋은 거야. 모두 다 그걸 알아."

"내가 10대 때는, 사람들이 서로의 마음을 읽을 수 있으면 좋겠다고 생각했어. 우리의 생각이나 감정, 과거가 자동적으로 공개됐으면 좋겠다고 말이야."

"잠깐만, 그건 너무 오싹한 생각인데." 카먼이 끼어들었다.

"만일 우리가 모두 상대방의 모든 이야기들, 우리가 저질렀던 가장 최악의 일들, 불안함, 수치심, 두려움과 고통과 같이 서로의 뇌에 있는 내용이 우리 앞에서 다 흘러나오는 것을 억지로 봐야 한다면, 어쩌면 다들 마음이 움직여서 모두 서로 사랑하게 될 거라고 생각했어."

"와." 앤지가 생각을 해보는 듯이 몽롱하게 대답했다.

"하지만 내 생각이 틀렸더라고." 내가 말했다. "우리는 우리와 다른 생각이나 행동을 목격하면 의외로 위협당하는 느낌을 받고 그들을 싫어하게 돼. 그리고 우리가 느끼는 불안함을 남에게서 느낄 때도 우리는 공감보다는 혐오감을 느껴. 게다가 우리가 했을 만한 행동을 똑같이 한 사람들을 보고 나쁜 사람이라고 욕을 해."

카먼이 웃었다. "넌 생각을 너무 지나치게 하는 경향이 있어." 이말 역시 사람들이 항상 하는 말이었다.

나는 계속 이어서 말했다. "솔직함은 우리가 서로 사랑하는 데 거의 도움이 되지 않아. 사랑받는다는 건 거짓말이나 비밀과 더 관련이 많아."

카먼이 웃음을 멈추었다. "그건 너무 부정적인 시각인데."

"하지만 너도 동의하잖아." 내가 주장했다. "그렇게 믿지 않는다면 왜 지금처럼 살고 있어?"

1년 전 아파트에서 이사 나온 이후 이브와 나는 거의 연락을 하지 않고 지냈다. 나는 우리가 친구로 만날 수 있을 만큼 충분한 시간이 흘렀기를 바랐고, 그래서 우리는 만나서 술을 마시기로 했다.

여름 드레스에 보통 크기의 안경을 낀 이브가 도착했다. 눈에 띌 정도로 어려 보여서 마치 이브가 전보다 세상 경험이 많지 않고 덜 염세적으로 보이는 아주 묘한 인상을 받았다. 그리고 나와 함께 지내는 동안 이브는 언제나 막 울고 난 얼굴이었다는 것을 그때야 깨달았다.

나를 만나자 이브는 예전과 다름없는 방식으로 나를 바라보았고 어색한 웃음을 지었다. 함께 바에 앉았을 때 이브가 새 아파트에 대해 물었다. 나는 거울과 '독신남의 재즈풍 아파트'에 대해서 말해주었다. 이브는 웃음을 터뜨렸고, 나도 그녀에게 어디로 이사했는지 물었다.

"나 사실, 이사 안 했어. 나는 아직도 그 아파트에 살아." 이브가 말했다.

"이사를 안 했다고?"

이브는 울먹이며 미소를 지었다. "응." 우리는 만난 지 몇 분도 안 돼서 같이 울기 시작했다.

우리는 또 같이 울고 있다는 사실을 깨닫고 잠시 함께 웃었다. "아마 우리가 친구로 지낸다는 건 항상 우는 걸 의미하나 봐. 함께 우는 우정." 내가 말했다.

이브는 우리 가족에 대해 물었고 나는 우리 가족이 그녀를 많이 보고 싶어 한다고 말했다. "우리 가족은 내가 너랑 헤어진 것에 대해 공감을 해주지 않아. 우리가 다시 사귀기를 정말로 원하고 있어."

이브가 말했다. "우리 가족도 너를 정말 보고 싶어 해. 아직도 항상 네 얘기를 해." 이브는 감정을 추스르기 위해 잠시 말을 멈추었다. "왜냐하면 이제 우리는 진심을 말할 수 있게 되었거든. 그래서 우리 중 누군가가 자기가 느끼는 감정을 말할 때마다 자연히 네가 생각나나 봐. 네가 그렇게 하는 법을 가르쳐 주었으니까."

나는 침착함을 유지하기가 힘들었다. 이브는 누구보다도 내 마음을 뭉클하게 만들 수 있는 사람이었다.

그리고 이브는 긴장한 듯 살짝 떨면서 시선을 내리깔았다. "그건 그렇고, 지금 누구 만나는 사람 있어?" 그녀가 물었다.

나는 금지된 주제들에 너무 익숙해져 있었던 터라 일말의 주저도 없이 대답했다. "그런 얘기는 안 하는 게 좋을 것 같아."

이브의 표정이 굳어졌다. 어쩌면 내 말이 이미 다른 여자친구가 있다는 의미로 들렸기 때문인지도 모르지만, 나는 그보다는 질문을 회피하는 모습에 충격을 받아서일 거라고 생각했다.

"하지만 우리는 제일 친한 친구잖아." 나를 쳐다보지도 않고 이브가 말했다. "서로에게 무슨 일이 있었는지 정도는 얘기할 수 있잖아. 말해봐. 내가 아는 사람이야?" 이브가 와인 잔을 들었다가 손을 떠는 바람에 와인을 쏟고 말았다. 이브는 얼굴이 빨개지더니 당장 달려가서 테이블을 닦을 냅킨을 가지고 돌아왔다. "미안해. 내가 왜 이러는지 모르겠네."

"내 말은 우리가 그런 얘기를 할 수 없다는 게 아니라 요즘 아무하고도 그런 얘기를 하지 않으려고 노력 중이라서 그래. 나는 요즘 되도록 좀 더…." 나는 '사적인'이라거나, '비밀스러운', 혹은 '숨기고 싶은'이란 단어들을 입 밖으로 내뱉지 않을 정도로 싫어했기 때문에 사용하지 않으려고 노력했다. "나는 요즘 나한테 일어나는 일을 사람들에게 얘기하지 않으려고 노력 중이야. 나만 알고 있으려고."

이브가 의심스럽다는 듯이 눈을 가늘게 떴다. "왜?"

"나를 위한 규칙을 만들었거든. 그중 하나가 '어떤 질문에도 답하지 말 것'이야." 내가 한숨을 쉬었다. "또 하나는 '누구에게도 그 규칙에 대해서 말하지 말 것'이고. 지금 이 규칙을 깼지만 그래도 너한테는 말해야 될 것 같았어."

이브의 울먹울먹하던 분위기는 금세 사라졌다. "알았어." 이브가 말했다.

생각보다 무심한 반응에 나는 조금 놀랐다. "내가 지금 말한 거 더 설명 안 해줘도 돼?"

이브는 내 말을 귀담아듣지 않고 멍한 표정을 지었다. "나도 지금 누구를 만나고 있어. 나는 존이랑 만나." 그녀가 말했다.

우리가 사귀고 있을 때 이브의 지인이었던 작가 겸 코미디언인 존에 대해 들어본 적이 있었다. 이브가 그의 짤막한 코미디 영상들을 보여준 적도 있었다. 그리고 우리가 헤어지기 전에 이브는 존과 서로 호감을 갖고 있다는 얘기를 했었다. 이제 그 존이 그녀의 남자친구가 된 것이다. 나는 그가 이브의 기분을 더 좋게 만들어 주었기를 바랐지만, 이브의 행동으로 보아 기분이 더 좋아진 것 같지는 않았다.

"존은 진지한 얘기를 싫어해. 내 감정에 대한 이야기를 하면 핑계를 대고 방을 나가버려. 어떤 때는 핑계조차 안 댈 때도 있어. 그냥 자리를 피해버려." 그녀는 와인 잔을 내려다보았다. "어쩌면 그게 좋은 것도 같아. 아마 나한테는 그런 게 필요한지도 몰라." 이제 이브는 나를 올려다보았다. "존이 솔직한 사람이었다면 난 너에 대한 얘기, 네가 그립다는 얘기를 해버릴지도 모르고, 또 항상 감정이 격해질지도 몰라. 하지만 존이 들으려고 하지 않으니까 나도 그런 얘기를 안 하게 돼. 그냥 혼자 감당하고 해결해. 그와 함께 지낸 후부터는 한 번도 감정이 격해진 적이 없었어. 그래서 좋은 것 같아. 불안하지 않다는 것이."

"뭐, 네가 감정이 격해지지 않는 방법을 찾아서 기쁘다고 해야 하나?" 내가 말했다.

이런 얘기를 하고 난 후 이브는 좀 더 편해진 것 같았고 그래서 우리는 예전처럼 대화할 수 있게 되었다. 나는 하고 있던 실험에 대한 얘기를 더 들려주었고 이브는 나만큼이나 재미있어했다.

"솔직하지 않게 사는 기분은 어때?" 이브가 물었다.

"가끔은 사방에 못이 박혀 있어서 움직이지 못하는 아이언 메이든 Iron maiden(여성의 형상을 한 상자로 안쪽에 못을 박아 놓은 고문 기구_옮긴이) 안에 갇힌 기분이야. 또 어떨 때는 도랑을 범퍼로 막고 볼링을 치는 것 같기도 해."

이브가 큰 소리로 웃었다. "어릴 때 라일라와 나는 그 범퍼를 정말 좋아했어. 누가 범퍼 없이 볼링을 치자고 하면 엄청 화를 냈어."

"다른 사람들은 다들 더 행복해졌어. 그래서 나도 행복해. 어느 정도는 그런 거 같아. 하지만 막 세상이 아름다울 정도는 아니야. 로맨틱하지도 않고."

"그래. 무슨 말인지 알아."

우리는 잠시 그렇게 조용히 앉아 있었다. 우리 역시 거짓말쟁이들이었다.

모르는 척 넘어가기

                오랫동안 나는 많은 사람들과 관계가 소원해졌다. 내가 좋아했던 사람들 거의 대부분이 나를 원수라고 선언했고, 그 이유는 언제나 같았다.

- 내가 그들을 비판했거나 우리 사이에 선을 그어서.
- 자기가 잘못했다는 점을 인정한 사람일수록 내가 그 잘못을 지적했을 때 더 많이 화를 내서.

잘못한 사람이 오히려 화를 낼 수도 있다는 사실에 나는 적반하장이라는 생각이 들었다. 자기가 한 행동이 부끄러우면 스스로에게 화를 내야 하는 것 아닌가? 어느 쪽이 맞든, 나는 규칙을 하나 더 정했다.

- **친구가 나에게 잘못을 하면 모르는 척하거나 상관없는 척할 것.**

한번은 오래된 친구 중 한 명이 마감이 몇 달 후인 프로젝트에 합류하고 싶다고 했다. 그래서 작업 계획을 짜기 위해 몇 번 만났다. 마감이 점점 다가오는데도 그 친구는 자기가 해야 할 몫을 마감 전에 끝낼 테니 믿어달라는 말만 반복하며 진행 과정을 전혀 보여주지 않았다. 마감 전날 다시 연락하니 나보고 너무 다그친다는 식의 짜증스러운 메시지를 보냈다. 그리고 그날 저녁 늦게 우리의 계획과 전혀 무관한, 고작 10분에서 15분 정도면 할 수 있었을 만한 결과물을 내게 보내왔다. 그 친구가 그동안 약속을 어긴 것을 깔끔하게 인정하는 대신에 내가 눈치를 못 채기를 기대하며 그런 어이없는 결과물을 보낸 게 나는 너무 이상했다.[1] 결국 나는 다음 날 아침 마감 전까지 혼자 밤을 새워서 작업을 끝내야 했다. 그 친구는 이렇게 될 것을 알면서도 계속 나를 속였던 것이다. 친구의 잘못을 지적해 봤자 처음에 약속했던 결과물은 어차피 얻을 수 없었다. 그래서 나는 이 일을 친구가 나를 싫어하게 만들지 않으면서 상황을 잘 넘기는 방법을 시험해 보는 기회로 삼았다.

먼저 그 친구가 보낸 결과물에 대한 답장을 어떻게 최대한 상냥하게 써야 할지를 고민했다. 처음에는, 그 친구가 약속을 어긴 데에는 안 좋은 개인사가 있었다거나 뭔가 충분한 이유가 있었으리라 믿고 이해하고 용서한다는 내용을 쓰는 게 좋겠다고 생각했다. 하지만 친구의 행동을 분석해 본 결과 그 친구는 나에게 원하는 반응이 따로 있었고 또 그것이 뭔지 힌트를 주고 있다는 것을 깨달았다. 그 친구는 자기의 잘못에 대한 인정이나 변명을 하지 않았고 자신의 입장도 설명하지 않았다. 그냥 약속을 어긴 사실을 모른 척해주기를 넌지시 요구하고 있었다. 그리고 연락을 끊지도 않았다. 그건 계속 친구로 남기를 바란다는 것을 의미하는 것일 수도 있었다. 그 친구는 그럴듯한 핑곗거리가 될 만한 것, 그래서 우리 둘 다 그 친구가 약속

---

1 상대에게 얼마나 기분 나쁘게 들릴지는 전혀 모르는 상태에서 내가 사용했던 그 수많은 수사의 문문 중에서도 가장 기분 나쁜 말은 아마도 "내가 모를 거라고 생각했어?"일 것이다.

한 대로 결과물을 보낸 척할 수 있는 뭔가를 보낸 것이다. 결론적으로 나는 그 친구가 보낸 결과물이 마음에 든다는 답장을 보내야 했던 것이다. 그러면 그 친구는 자기가 잘못한 것은 아무것도 없고 적어도 자기의 행동이 어떤 나쁜 결과도 초래하지 않았다고 스스로를 납득시킬 수 있다. 나는 기만적인 행동을 무마하는 이런 생소한 방법에 감탄해 마지 않았고, 그 친구가 원하는 대로 행동해 주면 과연 어떤 결과가 나타날지 궁금해서 견딜 수가 없었다.

나는 그 친구에게 마감에 맞춰 일을 잘 끝내줘서 고맙다는 답장을 보냈다. 그 친구는 내가 고맙다고 보낸 이메일에 전혀 기분 나쁜 기색 없이 답장을 보냈다. 얼마 지나지 않아서 우리는 아무 일도 없었던 것처럼 다시 어울리게 되었다. 나는 그 친구가 그 일에 대해 과연 어떻게 생각하고 느꼈는지 전혀 알 방법은 없었지만,[2] 나는 나를 미워하며 떠났을 수도 있었던 사람이 계속 친구로 남게 되었기 때문에 적어도 그런 면에서는 성공적으로 마무리되었다고 치부했다.

그 친구를 다시는 신뢰할 일은 없겠지만 그래도 그 경험을 통해 누군가에게 확실히 선을 긋는다는 것은 곧 그 사람에게 내가 인생의 적으로 낙인찍히게 된다는 것을 배우게 되었다. 그래서 참신한 아이디어를 하나 생각해 냈다. 그 친구는 모르게 내 머릿속에서만 선을 긋는 것이다. 나는 다른 규칙을 하나 더 만들었다.

---

2 몇 년이 지난 지금에 와서 그 일에 대해 물어본다 해도, 그 친구는 여전히 거짓말을 하거나 진실을 알려주기를 거부할 것 같다.

— 인간관계에서 선을 긋는 일은 계속하되, 비밀로 할 것.

이 규칙 덕분에 전에는 거의 매달 사람들과 절연하던 일들이 다시는 생기지 않았다. 비싼 콘서트 티켓을 사서 친구와 가기로 했는데 공연 바로 직전에 친구가 약속을 취소하면 어차피 나도 몸이 안 좋아서 전화해서 취소하려고 했다고 답장을 했다. 하지만 그 친구는 내가 우리 사이에 선을 그은 사실은 결코 모를 것이다. 그 이후에 내가 그 친구를 어디에도 초대하지 않는다는 사실을 알게 된다 해도 그 친구는 내가 화를 내지도 않았고 선을 그은 사실도 전혀 모르기 때문에 이 일과 전의 일은 전혀 상관이 없다고 현실을 부정할 수 있는 여지를 갖게 되는 것이다.

사람들은 치아 사이에 뭔가가 끼었다고 알려주는 걸 싫어한다는 말을 많이 듣기는 했지만 그때는 도대체 왜 그런지 알 수가 없었다. 이제 그것이 인정하기 싫은 현실을 부정할 여지가 필요했기 때문이라는 것을 깨달았다. 집에 돌아가서 이에 음식물이 끼어 있는 것을 발견하면 아무도 그것을 보지 못했다고 스스로 위안할 수 있다. 하지만 누군가가 그것을 지적했다면 그건 다른 사람이 봤을 수도 있음을 암시한다. 피하고 싶은 현실을 부정할 여지를 빼앗는 행위는, 많은 사람들에게 범죄나 다름없는 행동이었다.

어느 정도의 시간이 지나서 대부분의 지인들이 나를 뭐든 너그럽게 넘어가 주는 사람이라고 생각하게 된 다음부터는 그들은 그렇게 자주 약속을 어겼던 이유를 훨씬 더 허심탄회하게 말해주었다.

"어떤 사람을 만나는 게 좋으면 좋을수록 난 더욱더 스트레스를 받아." 한 친구가 내게 말했다. "정말 좋아하는 사람하고 데이트가 있는 날에는 하루 종일 마음을 진정시키려고 노력해. 약속시간이 다 되어도 여전히 안절부절못하면 약속을 아예 취소해." 나는 정말 좋아하는 사람과의 약속만 취소한다는 게 정말 의외라고 말했다. "그래, 맞아." 그녀는 대답했다. "사실 별로 안 좋아하는 사람과의 약속이면, 나가는 건 별일 아니야. 그냥 일이나 의무 같은 거니까. 나는 정말 보고 싶은 사람하고의 약속만 취소해."

또 다른 친구가 말했다. "사람들은 대부분 약속이 취소되면 오히려 안도감을 느낀대. 나도 항상 그래."

또 다른 친구가 말했다. "나는 자꾸만 사람들이 내가 없으면 더 즐거울 거라는 생각이 들어."

이 친구들은 누군가가 약속을 어겼다고 비난해도 그 이유가 불안하거나 의기소침해서였다는 것은 창피해서 절대 인정하지 못할 것이다.

나는 새로운 규칙을 하나 더 만들었다.

- 누군가가 거짓말을 하면, 그 사람에게는 인정하기 창피한 개인적인 사연이 있을 수 있으니 화내기보다는 안타까운 이유가 있을 거라고 생각할 것.

내가 점점 덜 비판적으로 되어가자 사람들은 점점 더 많이 속마음을 털어놓으려고 했다. 진실을 듣기 위해서 나는 그만한 희생을 해야 했다.

불량 씨앗

그즈음 나와 미리엄, 조시는 아빠와 아빠의 여자친구와 오후 시간을 함께 보낸 일이 있었다. 아빠의 여자친구는 우울증에 걸린 10대를 주로 상담하는 심리학자였고, 퀴즈쇼 〈제퍼디〉에서 우승한 적도 있는 스코틀랜드 사람이었다. 함께 점심을 먹은 후 아빠의 여자친구가 〈뉴욕타임스〉의 십자말풀이를 꺼냈다. 그 아줌마는 혼자서 퀴즈를 풀다가 이따금 잘 모르는 문제가 있으면, "마이클, 너는 옛날 영화를 많이 아니까 이것 좀 풀어보렴" 하는 식으로 우리들 각자가 가장 잘 알 것 같은 분야를 짚어주면서 답을 물어보았다. 그러다가 아빠나 내가 아닌 미리엄에게 음악과 관련된 질문을 했을 때 나는 아줌마의 속셈을 알아차렸다. 아줌마는 애초에 퀴즈를 푸는 데 우리의 도움이 필요하지도 않았고 이미 답도 다 알고 있었던 것이다. 단지 우리를 십자말풀이에 끼워 넣음으로서 우리가 스스로 존중받고 있다고 느끼게 하려는 게 목적이었다. 그리고 미리엄에게 음악 문제를 풀 기회를 주면 뭔가 색다르고 특별하게 받아들여지리라는 것도 알고 있었다. 아빠는 우리 중 누구의 답을 바로잡거나 끼어들 생각도, 특유의 의심스러운 눈초리도 없이 단지 우리를 십자말풀이에 끼워주고 있는 여자친구를 만족스러운 얼굴로 쳐다보고 있었다. 아빠는 여자친구가 퀴즈의 답을 다 알고 있다는 것도 잘 알고 있었을 뿐 아니라, 우리를 너그럽게 대하는 모습에 마냥 감탄하고 있었다.

당시 20대 중반이었던 미리엄은 뉴욕에 살면서 어린아이들을 위한 교육 프로그램을 진행하고 있었고 종종 자신의 연애사에 대한 불평을 늘어놓곤 했다. 미리엄은 남자친구를 제대로 사귄 적이 한 번도 없었고, 사귀자고 했다가 자꾸 마음을 바꾸는 변덕스러운 남자들에게 목을 매는 경향이 있었다. 데이트를 하게 되더라도 종종 안 좋게 끝나곤 했다.

한번은 미리엄이 어떤 남자와 그의 직장 근처에서 두 번째 데이트를 했던 얘기를 해주었다. 그 남자가 미리엄에게 뭘 하고 싶으냐고 물었을 때 미리엄은 "바로 옆에 9·11 박물관이 있잖아요"라고 대답했다. 미리엄은 전부터 그 박물관에 가볼 생각이었다고 말했다. 나중에 미리엄은 그 남자가 9·11 박물관에 가고 싶지 않았는데도 예의상 같이 가줬다는 것을 알게 되었다. "가고 싶지 않았으면 그냥 싫다고 말하면 되지." 미리엄이 나에게 말했다.

"사람들은 싫다고 말하는 걸 불편해해!" 나도 최근에야 알게 된 사실을 미리엄에게 알려주었다. "그리고 보통 두 번째 데이트를 할 때는 9·11 박물관 같은 데는 안 가는 게 좋아."

"9·11 박물관에 가는 게 이상하고 싫은 사람이면, 나랑 안 맞는 사람인 거지 뭐." 미리엄이 말했다.

조시는 스물여덟 살이었고, 대학원을 마치고 정부 산하 범죄연구소에 지원하여 본인이 원하는 곳에 취직이 거의 확실시된 상태였다. 그런데 채용 과정 중 마지막으로 정부 관련 특정 직군에 요구되는 형식적인 면접을 하게 되었다. 면접관 세 명이 나와서 이런저런 질문을 하다가 조시에게 마약 관련 전력이 있는지 물었다.

조시는 과거에 환각성 약물을 사용한 적이 있는 경우에는 공무원이 될 수 없다는 마약류 사용 관련 방침을 알고 있었다. 면접관이 이에 대해 물었을 때 조시가 대답했다. "저는 열네 살에 머시룸을 한 적이 있습니다. 1998년에요."

나는 물론 그 자리에 없었지만 조시의 대답을 듣고 다음과 같은 생각을 했을 면접관들의 충격적이면서도 안타까운 표정이 쉽게 상상이 되었다. '왜 스스로에게 이런 짓을 하는 겁니까? 왜 당신 인생을 망치는 일에 우리를 참여하게 만드는 거죠?'

면접관들은 법적으로 조시의 대답을 기록해야 할 의무가 있고, 그가 약물 사용을 인정했기 때문에 이 직군에서 더 이상 일을 할 수 없게 되었다고 말했다. 그래서 조시는 면접관들에게 정직하게 대답하면 오히려 좋게 볼 거라고 생각했다고 말했다.

"괜찮아. 거짓말하기를 바라는 데서는 어차피 일하고 싶지 않아." 조시가 말했다.

그즈음 엄마도 직장에서 비슷한 문제를 겪고 있었다. 일례로 어떤 부모가 골칫거리라고 생각하는 아이를 데려와 상담을 부탁해서 엄마가 막상 그 아이와 둘이 얘기를 해보면 아이는 멋지고 똑똑했고, 부모의 행동이 왜 자신을 화나게 하는지에 대해서도 잘 얘기해 주어서 사랑스럽다고 여겼다. 그런데 부모와 만나서 아이를 칭찬하면서 부모가 어떻게 다르게 행동하면 좋을지에 대한 의견을 제시하면 부모는 화를 냈다. "그 사람들은 자기네 잘못은 하나도 없고 그냥 애가 불량 씨앗이라고 생각하는 쪽이 마음이 편한 것 같았어. 그리고 자기네가 듣고 싶어 하는 말만 해주는 심리치료사를 원하는 것 같더라."

나와 조시, 미리엄은 엄마와 조 아저씨가 2000년에 처음 만나 12년 만에 헤어지겠다는 결정을 했을 때 다 같이 한마음으로 지지해 주었다. 하지만 두 사람이 정말로 헤어진 다음에야 엄마가 예순이라는 나이에 처음으로 혼자가 되는 일은 쉬운 일이 아니었다는 것을 비로소 알게 되었다. 엄마는 그 이후로 우리들에게 자신의 데이트 경험에 대해 종종 얘기하고 싶어 했다. 조시와 미리엄은 한동안은 잘 들어주다가 결국은 선을 긋기 시작했다. 그래서 엄마는 나한테 그런 얘기를 하기 시작했고, 첫 데이트 때마다 상대방에게 자신과 사귀게 될 때의 장단점을 열거한 얘기를 자세하게 들려주곤 했다.

"저도 예전에는 그랬는데 그러면 안 돼요! 솔직하게 말하면 안 돼요. 이제 그만해요. 다른 사람들은 우리처럼 소통하지 않아요." 내가 엄마에게 말했다.

"내가 나다울 수 없으면 다른 사람과 함께하는 게 다 무슨 의미가 있니?" 엄마가 물었다.

몇 년간 거짓말을 해보려고 노력하는 동안 나는 이 질문을 까맣게 잊고 있었다. 이 질문에 나의 뇌는 영사기처럼 지난 일들을 되돌려 보기 시작했다. 그러다 어느 순간 깨달았다. 나는 이 모든 시도에 뭔가 의미가 있기를 간절히 바랐다. 단지 그 의미가 뭐가 될지를 전혀 예상치 못했을 뿐이다.

반대로 하는 날

정상적인 사회생활은 순간순간 복잡한 결정을 너무 많이 요구했다. 게다가 나는 더 이상 자연스럽게 살고 있지 않았기 때문에 하루하루가 시험의 연속처럼 느껴졌다. 나는 만일 평생 이런 삶을 살아왔다면 지금쯤은 쉬워졌을지, 아니면 다른 대부분의 사람들처럼 정신적으로 피폐한 삶을 살고 있을지 전혀 가늠할 수가 없었다.

그래도 나는 종종 두 번째 데이트까지 할 수 있게 됐고 그건 나에게는 정말 큰 성취였다. 하지만 나는 곧 두 번째 데이트 때마다 나타나는 이상한 현상을 눈치채기 시작했다. 데이트 상대가 지나치게 들뜬 목소리로 다음에 만나면 박물관 전시를 보러 가자거나 음악을 같이 연주하자거나 함께 얘기했던 영화를 같이 보자는 등의 계획을 세우면, 이상하게도 다시는 연락이 오지 않았다. 단 한 번도 예외가 없었다. 상대방이 '다음'에 대해 언급하면 그 '다음'은 결코 오지 않았다.

내가 이 문제에 대해서 사람들에게 물어보던 중에, 많은 사람들이 애인한테서 "나는 너와 함께 늙어가고 싶어"라든지, "너와 함께하지 않는 삶은 상상도 못 하겠어"와 같은 열렬한 고백을 들은 직후에 차인 적이 있다는 얘기를 듣게 되었다. 사람을 차기 직전에 그런 말을 한다는 것은 도저히 이해할 수가 없었다. 하지만 차츰 생각과 정반대의 말을 하는 유사한 경우들을 눈치채기 시작했다. 어떤 사람은 어떤 매력적인 지인을 싫어한다고 한 뒤에 얼마 안 돼서 그와 사귀기 시작했다. 헤어진 애인을 완전히 잊어버렸다고 말한 사람은 아직도 그 사람을 잊지 못하고 있었다. 어떤 남자는 전혀 관심이 없다고 한 사람의 얘기를 너무 자주 했다. "난 관심 없어." 그는 계속 그렇게 말했다. 그런데 다른 모든 사람들에게는 그런 그의 말이, "난 관심 있어, 관심 있어, 관심 있어"로 들렸다. 나는 이런 현상을 '반대의 법칙'이라고 이름 붙였다.

반대의 법칙은 믿을 만하지도 일관적이지도 않았기 때문에(왜냐하면 우리가 항상 반대로만 얘기하는 건 아니니까) 항상 어떤 말은 액면 그대로 받아들이고, 또 어떤 말은 숨은 의미를 파악해야 할지 고심하느라 노이로제에 걸릴 지경이 되었다. 또 반대의 법칙은 단지 상대방의 생각을 읽는 데에만 도움이 되는 게 아니라 다른 사람에게 내가 어떻게 읽힐지를 추측하는 데 도움이 되기도 했다. 내가 느끼는 것을 있는 그대로 말하면 남들은 내 말을 곧이곧대로 믿지 않을 거라고 확신할 수 있었다.

내가 화났다는 것을 전달하기 위해서는 딱 잘라서 상관없다고 말하는 편이 나았다. 이것이 바로 사람들이 화가 났을 때 주로 하던 행동이었다. 좋지 않은 경제 사정을 숨기고 싶을 때는 오히려 돈이 없다는 사실을 아무렇지도 않게 말해버릴 수 있었다. 이것은 돈이 있는 사람들도 자주 하는 말이었다. 자신 있게 보이고 싶을 때는 그냥 자신 있다는 식으로 말해서는 안 되었다. 건방진 당구 고수는 "나는 여기저기서 가끔 쳐"라고 말한다. 아주 성공한 사람들은 "그럭저럭 괜찮아"라고 말한다. 실제로 내가 정식 피아노 연주가가 아니고 독학했고 지금 하는 연주를 할 만한 수준도 안 된다고 인정했을 때 나를 거장인 줄 오해하는 사람들도 있었다.

이런 모든 것들에 대해 많은 생각을 하면서 사회생활의 여러 방면에 걸쳐 적용해 보고 있을 때쯤, 한 친구가 나에게 직접적으로 사과를 요구하는 일이 생겼다. 나는 그때까지도 상대방의 마음이 풀리도록 제대로 사과하는 법을 몰랐기 때문에 혹시 반대의 법칙이 이에도 도움이 될까 궁금했다.

나는 종종 상대방이 원하지도 않는 사과를 해서 사람들을 불편하게 했다.[3] 뭔가 잘못했다고 느끼면 바로 인정하고 미안하다고 하는 것이 나의 본능이었다. 그럼에도 불구하고 누군가가 실제로 나에게 사과를 요구했을 때는 아무리 최선을 다해 진정성 있게 사과를 해도 왠지 그들의 화에 기름을 붓는 결과만 낳았다. 나는 아직 그 이유를 밝혀내지 못한 상태였다.

"넌 항상 남 얘기만 해." 친구가 내게 말했다. "어떤 사람 음악이 너무 좋다든지, 어떤 사람이 네가 만난 사람 중에 가장 재미있다든지, 누가 진짜 흥미 있는 얘기를 해줬다든지 하면서 말이야. 그런 얘기를 들으면 내 자신이 상대적으로 정말 지루하고 특징 없고 형편없는 사람 같이 느껴져."

이건 정당한 불평이었다. 나는 실제로 다른 사람에 대한 얘기를

---

3 데이트 후, 내가 너무 말을 많이 했거나 질문을 하는 걸 잊어버렸거나 아니면 너무 자기중심적으로 행동했다고 느꼈을 때 나는 사과 문자를 보냈다. 그러나 아무도 답장을 하지 않았다. 나를 꽤 좋아했던 것 같던 여성들도 다 자취를 감추었다. 그래서 나는 내가 아무리 불쾌하게 행동하고 후회할 만한 일을 했어도 다시는 사과 문자를 보내지 않았다.

꽤 자주, 많이 늘어놓는 편이었다. 내 솔직했던 날들의 잔재였다. 이럴 때 평소의 내 전략대로라면, 그렇게 느끼게 해서 미안하다고 말하고 다시는 남 얘기를 하지 않겠다고 약속한 뒤, 그 친구 역시 재미있고 재능 있는 사람임을 확인시켜 주려고 노력했을 것이다. 하지만 이런 식의 사과는 항상 좋지 않게 끝났기 때문에 반대의 법칙을 고려해 보았다. 보통 사람들이라면 사과를 하고 싶어 하지 않고 양심의 가책이나 부끄러움을 느꼈을 것이다. 그런데 나는 사과를 너무 빨리, 너무 쉽게, 너무 명확히 해서 거짓처럼 들렸을 것이다. 그래서 나는 혹시 사과하기를 주저하면 그 친구가 더 나은 반응을 보일지도 모른다고 추측했다.

나는 일단 너무 속 들여다보이는 빤하고 진부한 변명을 늘어놓기 시작하면서 약간 분한 척을 했다. "난 네가 무슨 말 하는지 모르겠어!" 내가 소리를 쳤다. "난 그런 말 한 적 없어! 남의 얘기만 하는 건 너지! 네가 날 형편없는 사람처럼 느끼게 한 건 다 어떡할 건데?" 나는 내가 꽤 그럴듯하게 연기를 잘했고, 내가 지나치게 부정하는 모습이 친구에게는 불안해하고 부끄러워하는 모습으로 받아들여졌다는 것을 느꼈다. 잠시 후에 나는 시선을 피하고 차마 말을 못 꺼내겠다는 듯이 아주 오랜 뜸을 들였다. 마침내 내가 "미안해"라고 말하자 그녀는 만족한 듯 따뜻하게 웃으며 나를 안아주었다. 누군가가 내 사과를 받아준 것은 이것이 처음이었다.

사람들이 나를 믿게 만들기 위해서는 때때로 거짓말을 해야 했다. 나는 마치 내 생각을 일단 새로운 방언으로 먼저 번역하지 않으면 아무 말도 할 수 없는 언어 집중 교육과정에 있는 것 같았다. 이메일을 보낼 때는 내가 하고 싶은 말을 먼저 쓴 다음, 보내기 전에 문장을 전부 반대로 바꾸었다. 거의 하루하루가 '반대로 하는 날'(미국에서 모든 행동과 말을 반대로 하거나 반대로 해석하는 날_옮긴이)이었다.

  가장 보수를 많이 받던 피아노 연주 일은 내가 싫어하는 그웬이라는 여성이 운영하는 레스토랑에서 하던 일이었다. 주인과 많이 부딪혀야 하는 일은 아니었지만 꼭 만나야 할 일이 있을 때는 되도록 입을 다무는 연습을 하는 기회로 활용했다. 그녀는 직원들과 친구들이 자기를 괴롭힐 음모를 꾸민다고 불평을 늘어놓았다. 사장인 자기를 충분히 존경하지 않는다는 이유로 주방 직원을 전부 해고한다든지 자기 호의를 악용한다면서 피아노 연주자들에게 더 이상 무료 음료를 제공하지 않겠다든지 하는 충동적이고 몰인정한 결정을 내리곤 했다. 하지만 나는 그런 모든 지나친 행동들을 보고도 다 정상 범주에 드는 행동인 것처럼 모른 척했다.
  하루는 그웬이 새로운 고용 계약서를 이메일로 보냈다. 나는 이 레스토랑에서 일하기 전에도 여러 군데에서 배경음악을 연주한 적이 있지만 계약서를 작성한 적은 없었다. 계약서는 그녀의 비합리적인 성격에 걸맞게 아주 길었고 기밀 유지나 누설 금지 등에 관한 조항들, 고액 소송 가능성에 대한 위협 등으로 가득 차 있었다. 그 계약서에는 심지어 자기 레스토랑의 평판에 대한 어떤 '감지된 위협'에도 선제적인 대응을 할 수 있다는 말도 적혀 있었다. 만일 '사형에

처한다는 조건으로'이라는 말을 쓸 수 있었다면 썼을 분위기였다.

아무래도 직원들과 사이가 자꾸 나빠져서 그만두는 일이 빈번해 지고 그웬의 부당한 처우에 대해 안 좋은 소문이 돌고 있었기 때문에 계약서를 다시 만든 듯했다. 계약서는 잠재적으로 배은망덕한 전 직원들에게 소송을 걸어 괴롭힐 가능성도 내포하고 있었다. 이 계약서가 어떤 법정에서든 그다지 큰 효력을 가질 것 같진 않았지만, 우리를 좀 더 대담하게 위협하고 괴롭힐 수단으로 이용될까 봐 두려웠다. 그녀에게는 돈이 있었고 우리에게는 없었다. 머지않아 나도 사장과 사이가 나빠져 그만두게 될 가능성이 컸기 때문에 그 계약서에 사인할 엄두가 나지 않았다. 안타깝지만, 그럼에도 불구하고 나는 그 일을 계속하고 싶었다.

처음에는 단도직입적으로 그런 계약서는 그녀의 개인적인 문제를 해결할 수 없으며 대신 직원들과 잘 지내보려는 노력을 하는 게 좋겠다고 말하려고 했다. 하지만 지금까지 이런 종류의 대응은 아무에게도 도움이 된 적이 없다는 것을 깨달았다. 나는 부정직한 방법을 이용해서라도 어떤 계약서에도 사인하지 않고 그 일을 계속할 수 있기를 바랐다.

평소에 나는 그웬이 내가 기분 좋은 분위기를 조성해 주면 긍정적인 분위기를 망치고 싶어 하지 않는다는 것을 알고 있었다. 그래서 그녀가 가장 자신 없어 하는 부분을 칭찬해 주고 그녀의 현재 인생이 그녀의 미래상에 근접한 것처럼 묘사하면서 기분 좋게 해준다면 훨씬 더 수용적인 태도를 보이지 않을까 생각했다. 그리고 전에 좋지 않은 문제가 있었던 고용계약들을 모두 직원들의 탓으로 돌리면서 내가 계약서에 사인하고 싶어 하지 않는 건 다 그녀를 위해서라고 설득해 보기로 했다.

만나서 애기하면 표정에서 감정이 다 드러날까 두려워서 이메일을 썼다. 우선 너무 긴장된다는 말로 서두를 시작했다. 긴장되거나 부끄럽다는 표현은 자연스럽게 상대방의 공감과 연민을 불러일으킨다고, 아니면 적어도 공격적이거나 전투적인 태도를 취하고 있지 않다는 것을 보여줌으로써 상대방이 안심하게 된다고 배웠기 때문이다. 그리고 나는 계약서를 변호사에게 보여주었다는 아주 대담한 거짓말을 했다. 그렇게 함으로써, 그 계약서나 그녀에 대한 비판은 내 의견이 아니라 변호사의 의견인 것처럼 만들 수 있기 때문이었다.

나는 변호사가 계약서를 보고 '안 좋은 말'들을 했지만, 내가 사장님은 누구를 고소할 사람이 아니라면서 두둔했다고 썼다. 또 변호사에게 이런 계약서가 나오게 된 것은 사장님이 잘 일궈놓은 사업에 거머리처럼 달라붙어 사장님을 이용하려는 직원들 때문에 야기된 결과라고 말했다고 했다. 또 사장님은 이런 계약서를 쓸 사람이 아니라는 것을 알고, 단지 사업을 지켜내기 위해서는 어쩔 수 없다는 것을 이해한다고도 썼다. 그리고 마지막으로, 그 계약서에 서명하지 않아도 괜찮겠냐고 물었다. "그렇게 해주시면 저한테는 정말 큰 도움이 될 것 같습니다." 나는 이렇게 썼다. 이제까지 시도했던 것 중에 가장 진보된 거짓말이었다.

그웬은 내가 그녀를 그렇게 진심으로 이해해 줘서 매우 놀랐다는 답장을 보내왔다. 그녀는 이메일에 내가 한 말의 대부분을 다시 인용하며 자기도 그런 계약서를 쓰고 싶지 않았고 단지 자신의 가족과 생업을 보호하기 위해 그렇게 작성한 것일 뿐, 실은 그 누구도 고소할 생각이 없다고 썼다. 또 나는 신뢰할 수 있기 때문에 나와 일하는 것이 마음에 들며 이렇게 솔직하게 말해주어서 정말 고맙다는 인사를 덧붙였다.

그즈음 전자제품 수리점에 맡겼던 기타 앰프를 찾으러 갔는데 직원이 수리가 끝났다고 주장하는 것과는 달리 앰프는 여전히 고장 난 상태였다. 나는 수리점 직원에게 말했다. "그런데 아직도 윙윙거리는 잡음이 들리는데요."

"아, 그거요? 그게 원래 그렇게 윙윙거리는 거예요." 직원이 대답했다.

나는 이런 식으로 고객을 심리적으로 교란하려고 하는 직원에게 뭐라고 해봤자 별 소용이 없다는 것을 알고 있었다. 하지만 그래도 그 문제는 고치게 해야 했다. 그때 참신한 거짓말이 떠올랐다. "아, 맞아요. 저도 알아요. 그런데 기타 기술자한테 그 원래 윙윙거리는 소리를 조금 조율해 달라고 부탁했거든요."

그러자 수리점 직원은 고개를 끄덕이며 수리 명세서를 다시 들여다보는 척했다. "아, 그러네요. 좋습니다. 그럼 한 일주일 더 걸릴 것 같아요."

배심원단은 내가 레스토랑 계약서 문제를 해결한 것에 대해서는 감탄하는 듯했지만 수리점에서 한 거짓말은 마음에 안 들어했다. "그건 그 사람이 잘못한 거야. 너는 당당하게 네 권리를 주장했어야 해." 누군가가 말했다.

내가 웃었다. "나는 이제까지 권리를 너무 지나치게 당당하게 주장해 왔어. 그게 어떤 기분인지 잘 알아. 이제는 좀 기분 좋게 일을 처리할 때라고 생각해."

때때로 어떤 사람과는 한두 번 만나면 다시 만나고 싶지 않을 때가 있었다. 나에게 예의범절에 어긋나지 않게 누군가를 퇴짜 놓는 일은 가장 어려운 도전처럼 느껴졌다.

여자들은 주로 내가 일명 '무한정 약속 깨기'라고 이름 붙인 방법으로 나를 찼다. 그들은 내가 눈치를 챌 때까지 만날 약속을 잡았다가 다시 취소하는 것을 계속 반복했다. 오죽했으면 어떤 여성이 나에게 더 이상 만나고 싶지 않다고 솔직하게 말해줬을 때 나는 그렇게 단순 명쾌하게 거절해 주어서 고맙다고 말하기까지 했다. 그녀는 고마워하는 나에게 고마워했다. 하지만 내가 왜 다시 만나고 싶지 않으냐고 물었을 때 그녀의 단순 명쾌함에도 한계가 있다는 것이 밝혀졌다.

배심원단은 괜찮은 퇴짜 방법을 생각해 내지 못했다. 너무 빨리, 혹은 너무 늦게 끝내도 불만이었고 너무 잔인한 것도, 또 너무 미안해하며 위로하는 방식도 싫다고 했다. 그리고 직접 만나지 않고 퇴짜를 놓아도 불평했고, 그러면서 직접 만나 퇴짜를 놓은 장소에도 다 불만을 가졌다. 어떤 배심원은, 차는 사람의 가장 중요한 의무는 차이는 사람에게는 아무런 문제가 없음을 확실하게 해주는 것이라고 했다. "갑자기 외국으로 가게 되었다고 말해." 그 친구가 말했다. "아니면 가족 중 한 명이 차 사고로 죽었다고 하든가. 아니면 남자하고 자고 난 뒤에 네 성 정체성을 시험해 봐야 한다는 걸 깨달았다고 해도 좋고."

"그러다가 내가 거짓말한 걸 알게 되면?" 내가 물었다.

"그때는 이미 너를 잊은 다음이라 신경도 안 쓸 거야." 그 배심원이 말했다.

이 조언들이 마음에 들지는 않았지만 요지는 파악할 수는 있었다. 친절하게 상대를 차는 방법의 세 가지 요건은 이랬다. 명확할 것, 확실히 끝낼 것, 실제와는 전혀 상관없는 사유를 댈 것.

예전에 내가 했던 사과 방식을 생각해 보니 해결책이 떠올랐다. 한 번이나 두 번 만나고 그 사람을 더 만나고 싶지 않다면 상대방이 요구하지도 않는 사과 문자를 보내는 것이다. 그러면 그쪽에서 나를 차버릴 게 분명했다. 나는 이 수법을 '미안법'이라고 명명했다.

몇몇 사람에게 이 미안법을 적용해 본 결과 완벽하게 성공했다. 아무도 내 문자에 답장하지 않았고 그건 결국 아무도 차였다는 느낌을 받지 못했다는 의미였다. 배심원단에게 이 방법을 말해주기 전까지 나는 가장 영리하면서도 쌍방의 이익이 되는 거짓말을 고안해 냈다고 철석같이 믿고 있었다.

"네 거짓말은 이제 더 이상 정상적이지가 않아. 이제 다른 사람들을 교묘히 조종하고 있어. 오싹할 정도야." 그들이 주장했다.

"하지만 희생자도 없고 서로에게 좋은 방법이잖아! 나는 단지 사람들의 감정을 배려하면서 그들이 원하는 대로 해주려고 할 뿐이야!"[4] 나는 배심원단에게 말했다. "내 사고의 흐름을 모른 채로 나를 상대했으면, 기분 나쁘지 않았을 거야. 너희들은 단지 내가 그걸 자세히 설명해 줬기 때문에 신경이 쓰이는 것뿐이라고. 지금 대화에서도 너희를 유일하게 짜증 나게 하는 건 내가 솔직하다는 거잖아."

결국 나는 내 속임수에 관한 모험담을 공유하는 것을 그만두었다. 남들은 내가 사실을 털어놓지 않는 동안에만 내 거짓말에 대해 고마워할 테니까 말이다.[5]

어느 날 피아노를 연주하는 레스토랑에서 친구의 친구를 소개받게 되었다. 둘이서 10분가량 대화를 나눈 뒤 상대방 여자가 말했다. "당신은 정말 가장 위험한 부류의 사람이네요." 나는 그게 무슨 뜻인지 물었다. "당신은 모든 사람들이 자신을 특별하다고 느끼게 만들어요." 비꼬는 듯한 눈빛으로 나를 바라보며 그녀가 말했다. "하지만 당신은 그들을 특별하다고 생각하지 않죠."

나는 그녀가 솔직하게 의견을 말하고 있다고 생각했기 때문에 나 역시 솔직해도 좋다는 뜻으로 받아들였다. "나는 사실 예전에는 진

---

4 나는 친절함이나 사교적인 우아한 행동을 교묘한 속임수와 구분하지 못했다. 왜냐하면 나에게 는 모두가 비정상적이고 불필요하게 느껴졌기 때문이다.

5 이것이 내가 이 책을 쓰는 것이 좋은 생각이 아니라고 여기는 주된 이유이다.

심일 때만 상대방이 그렇게 느끼도록 행동했어요." 내가 말했다. "내가 그렇게 대하지 않았던 사람들은 기분 나빠 했죠. 사람들은 내게 좋아하지 않는 상대에게도 내가 좋아한다고 느끼도록 해야 예의 바른 행동이라고 하더군요. 그런데 지금 당신은 내가 마음에도 없이 친절하게 대해서 기분이 나쁜가 보네요?" 나는 체호프의 이야기를 들려주었다. 그녀는 말없이 고개를 절레절레 흔들었다.

나는 그녀의 말이 어느 정도는 일리가 있음을 깨달았다. 내가 개인적인 질문이나 이야기를 하면서 편하게 대하다 보면 나는 친밀감을 전혀 느끼지 않는데도 상대방은 나에게 친밀감을 느끼게 만들 수 있었기 때문이다. 나는 그런 식으로 누구든 나에게 그렇게 할 수 있는 여지만 주면, 나는 마음을 열지 않으면서 상대방은 나에게 마음을 열도록 대화를 했다. 마음을 열지 않고 친밀하게 대할 수 있다는 것은 무기와도 같았다.

나는 여전히 사람들로 하여금 내게 솔직하게 대하게 하려고 노력하고 있었다. 그리고 이제는 사과할 때 적용했던 방식을 마음을 여는 문제에 적용해 봐야 할 때라고 생각했다. 마치 그 상대에게만 특별히 솔직하게 대하는 것처럼 보이도록, 처음에는 주저하는 듯하다가, 한 번에 하나씩 아주 천천히 사적인 문제를 꺼내 보여주는 식으로 경계를 서서히 허물면 될 것 같았다.

그런데 이렇게 친밀한 관계 역시 장기적으로 보면 어마어마한 양의 거짓말이 쌓여 이루어지는 것이라는 생각이 들자, 내가 너무 멀리 온 게 아닌가 하는 생각이 들었다.

처음에는 이런 식으로 사는 것도 사람들을 행복하게 해준다는 점, 남에게 좀 더 연민의 마음을 갖게 된다는 점에서 기분이 나쁘지 않았다. 하지만 어느 정도 단계가 지나자 미칠 것 같았다. 한심한 사람들은 나를 만만하게 보기 시작했다. 거짓말쟁이들은 내가 그들을 믿는다고 생각했다. 약속을 잘 어기는 사람들은 내가 그들을 신뢰한다고 생각했다. 다른 사람들도 이런 식으로 거짓말을 많이 했기 때문에 자신에 대해 잘못된 시각을 갖고 살아가는 사람들이 너무 많았다. 사람들은 친구들이 자신의 남자친구를 좋은 사람이라고 생각한다고 믿고 있었다. 남들의 마음을 아프게 하는 사람들이나 학대하는 사람들은 자기들이 남에게 얼마나 큰 상처를 주고 있는지 전혀 모르고 있었다. 나는 내가 아끼는 사람들이라 해도 그들의 잘못된 계획을 지적하지 않고 그대로 지지해 주려고 했다. 그들이 나에게 문제점을 털어놓을 경우에는 비록 나에게 해결책이 있어도 결코 말해주지 않으려고 했다.

이런 단계까지 도달하는 데 4년이 걸렸지만 나는 이 모든 것을 다 잊고 다시 정직한 나로 되돌아갈 수 있는 변명거리를 간절히 찾고 있었다.

이브와 나는 자주는 아니지만 가끔 서로의 안부를 묻거나 만나기도 하면서 계속 친구로 지냈다. 이브는 그래픽 노블을 계속 출간하면서도 전자음악을 만들고 곡을 쓰거나 힙합 가수와 팝 가수 들을 위한 비트를 만드는 등 나름 성공을 거두고 있었다. 솔직하지 않았던 남자친구와 오래전에 헤어진 이브는, 아주 부드럽고 아름다운 목소리를 가진 뮤지션이자 삽화가인 남자를 만나고 있었다. 나는 그 사람이 아주 마음에 들었다. 목수이기도 했던 이브의 남자친구는 로스앤젤레스에 있는 친구의 집 뒤쪽에 자신의 집을 직접 짓기도 했다. 그리고 그 남자친구가 이브에게 같이 살자고 했을 때 이브는 뉴욕을 떠나기로 했다.

이브가 이사를 가면서 갖고 있던 물건들을 팔 생각이라고 했고, 그중에 내가 원하는 책장도 있었기 때문에 나는 거의 마지막으로 우리의 옛 아파트로 찾아갔다.

몇 년 만에 가본 아파트는 별로 변한 것이 없었다. 우리가 함께 재봉틀 테이블에 앉자마자 나는 바로 훌쩍이기 시작했다. "지금 막 들어와서 이런 질문을 하는 게 이상하게 들릴지 모르지만, 이 테이블은 어떻게 할 거야?" 이브는 내 질문의 의미를 알고 있었다. "남자친구가 생겼는데 전 남자친구와의 추억이 있는 물건을 계속 가지고 있으면 곤란할 거라고 생각했어. 게다가 이 테이블은 자리도 많이 차지하고. 하지만 네가 가지고 있을 생각이 없다고 해서 팔거나 버리는 건 또 싫어. 내가 어떻게든 이걸 가지고 있을 방법을 생각해 볼게. 난 그냥 우리 둘 중 한 명이 갖고 있었으면 좋겠어."

미소를 짓는 이브의 얼굴에 눈물이 흘렀다. "내가 가지고 있을게. 이걸 임시로 둘 데를 생각해 놨어. 나이가 들고 머리가 하얘졌을 때 이 테이블을 내 집에 두고 싶거든." 그녀가 말했다.

나는 이미 끝난 사이인데도 함께 소유했던 물건에 대해 우리 둘

다 애정을 갖고 있다는 사실과 이브가 방금 한 말에 마음이 뭉클해졌다. 하지만 이브가 단지 잠시 향수에 젖어서 이런 말을 하고 있다는 사실도 알았다. 이제 그녀는 우리가 함께 20대를 보냈던 뉴욕을 떠나 새로운 사랑을 찾아 다른 도시로 가려 하고 있었으니까. 우리가 영원히 지금처럼 우리의 관계를 소중하게 여길 가능성은 없다는 생각이 들었다. 비록 4년이 지난 지금 우리가 여전히 서로에게 이런 감정을 갖고 있다 해서 40년 후에도 이브가 여전히 이 테이블을 원할 리는 만무했다.

예전에 나는 이브에게 그녀가 원하는 대로 믿지도 않는 것을 믿을 수는 없다고 말하곤 했었다. 하지만 이제는 가능해졌다. 불확실한 약속을 믿고, 믿기 힘든 사실을 믿는 것이 바로 사랑이었다. 그래서 이브는 40년 후 자신의 집에서 이 테이블에 앉아 있겠다고 하는 것이다. 이런 게 바로 진실이었다.

12장

편집된 진실

2014년에 동네 근처에서 하는 콘서트에 갔다가 친구들을 우연히 만났다. 친구들은 최근 봤다는 이탈리아 영화를 추천해 주었다.

"나는 미국 사람들이 추천하는 외국 영화는 별로 안 좋아해. 왜냐하면 외국 영화를 좋아한다고 주장하는 건 보통은 문화 트렌드를 따라가는 것일 뿐이거든. 나는 미국 사람들이 외국 영화를 나쁘게 말하는 걸 들어본 적이 없어." 나는 웃으며 말했다.

친구들은 평소의 나다운 이런 발언에 불만을 토로했다. 하지만 그때 옆에 있던 내 친구들의 친구인 한 여자가 황당하지만 재미있다는 듯 웃으며 나를 바라보았다. 전에는 본 적이 없는 사람이었다. 그 여자가 웃을 때마다 커다란 입이 고무줄처럼 늘어났다가 줄어들기를 반복했다. 헝클어진 금발과 꾸밈없는 미소는 어디서든 즐거움을 찾아낼 수 있는 아주 재미있는 인물처럼 보이게 했다.

"미안해요, 너무 편안하면 내 예전 말버릇이 돌아와서요." 내가 말했다.

그녀가 웃음을 터뜨렸다. "뭐라고요?"

"우리 부모님은 저를 너무 솔직한 사람으로 키우셨어요." 자세한 설명을 곁들여주자 그녀는 몇 가지 질문을 더 했고 나도 그녀에 대한 질문을 하게 되었다. 그녀는 라디오 방송 인터뷰와 관련된 일을 한다고 설명했고 다음번에 만나면 이에 관해 더 얘기하고 싶다고 했다.

우리는 친구가 되었고, 6개월 후 그녀가 〈디스 아메리칸 라이프 This American Life〉 방송과 관련된 일을 하게 되었는데 혹시 그 방송에 나갈 수도 있는, 아이라 글래스와의 인터뷰에 응할 생각이 있는지 물었다. 나는 승낙은 했지만 방송이 될 거라는 기대는 하지 않았다. 그 프로그램은 주로 호감이 가거나 공감대를 형성할 수 있는 사람들의 이야기를 내보내는 방송이었고, 나는 둘 중 어느 쪽에도 속하지 않았기 때문이다.

〈디스 아메리칸 라이프〉 스튜디오에 도착하자 직원이 나를 대기실로 안내했다. 사무실은 멋지거나 로맨틱하게 보일 노력을 거의 안한 분위기였다. 카펫과 소파도 전부 회색이었고 의자들은 공립학교를 연상시켰다. 나는 인턴사원과 에어컨 사이에 끼어 앉아 하얀색 책장에 가득 찬 상패들을 바라보았다.

내가 연예계 쪽 관상이라고 부르던, 큰 얼굴에 큼직큼직한 이목구비와 호리호리한 몸집의 아이라 글래스가 마침내 나타났다. 나는 세

상에서 가장 사랑받는 기자 중의 한 명이 이제 곧 나를 인터뷰한다
는 생각에, 그가 그동안 사람들의 마음을 여는 데 사용해 왔을 교묘
한 말솜씨에 속지 않으려고 정신을 바짝 차리고 있었다. 그와 함께
녹음실에 자리를 잡으면서 그러고 있자니, 마술을 구경하면서 마술
사의 속임수만 신경 쓰느라고 재미를 놓치고 있는 느낌이 들었다.
반면에 아이라는 그냥 대화를 나누고 싶은 사람처럼 마냥 느슨하고
편안해 보였다.

녹음실은 사무실 전체 분위기와 마찬가지로 수수하고 회색 일색
이었다. 아이라와 나는 마이크가 놓여 있는 테이블을 가운데 두고
마주 앉았다. "가정환경에 대해서 좀 말씀해 주시겠어요?" 아이라가
말했다.

"알겠습니다. 우리 부모님은 제게 항상 솔직하도록 교육했습니다."

"하지만 그건 대부분의 가정에서 당연한 거죠, 아닌가요? 일반적
으로 봤을 때 그렇게 잘못된 교육은 아닌 것 같은데요."

"우리 가족에게 솔직함의 정의는 좀 다를 겁니다. 대부분의 부모
들은 자식들에게 생각이나 감정을 숨기고 예의 바르게 행동하라고
가르치죠. 사실 자기 자식들이 솔직하기를 정말로 원하는 사람들은
거의 없을 겁니다. 아주 잠깐이라도 아이들이 정말 솔직하게 굴면
그들은 당황해서 혼을 냅니다." 아이라는 별로 납득하지 못하는 것
같았다. 나는 그가 나를 일부러 짜증 나게 하려고 이해 못 하는 척한
다는 생각이 들기 시작했다. 만일 내가 그렇게 생각하게 만드는 게
그의 목적이라면 계획대로 잘 진행되고 있었다. "저기요. 우리 가족

처럼 솔직한 사람들은 거의 없습니다. 우리 부모님은 우리가 보는 앞에서 심리 상담을 받으며 이혼을 진행했을 정도니까요." 내가 말했다.

아이라는 몸을 움찔했다. 정말로 소스라치게 놀란 것 같이 보였다. "잠깐만요, 그게 무슨 말이죠?"

우리는 솔직함에 대한 대화를 하고 있었기 때문에 나는 진심을 말해도 되겠다고 생각했다. 그래서 아이라에게 내가 경험했던 솔직함에 대한 이야기를 들려주었고 그는 혼란스럽고 얼이 빠진 표정으로 들었다. 나는 자신을 있는 그대로 표현하는 것이 왜 기분이 좋은지, 입을 다물고 있는 것이 왜 끔찍한지, 사람들이 나를 알아준다는 감정을 왜 느끼고 싶은지, 또 왜 내가 가까운 사람들에 대해 알고 싶어 하는지에 대해 설명하려고 노력했다. 아이라가 대답했다. "당신 이야기를 듣고 있으려니까 당신이 마치 다른 별에서 실수로 지구에 떨어진 사람 같이 느껴지네요."

회색빛의 작은 녹음실에서 예정된 30분보다 길게 느껴졌던 인터뷰를 마치고 우리는 녹음실을 나왔다. 시계를 보니 녹음실에서 두 시간 넘게 있었음을 알 수 있었다.

"당신 가족이 저와 인터뷰를 하려고 할까요?" 아이라가 물었다.

내가 웃음을 터뜨렸다. "우리 가족은 누구에게든, 어떤 이야기든 할 의향이 있을 겁니다." 아이라는 내가 과장한다고 생각했는지 미소를 지었다.

"좋습니다. 이번 주에 가족분들과 인터뷰 날짜를 한번 잡아봅시다. 그리고 당신과도 세 시간 정도 더 얘기를 나누고 싶습니다."

나는 가족에게 한 명씩 전화해서 아이라 글래스와 솔직함에 대해 인터뷰를 할 의향이 있는지 물었다. 엄마와 조시는 별 상관없어 하는 것 같았지만 아빠는 긴장한 목소리를 냈다.

미리엄은 이렇게 물었다. "우리를 이상한 사람들처럼 만들려는 거 아니야?"

"우리는 어떻게 해도 이상한 사람들처럼 보여." 내가 말했다.

"아빠에 대한 얘기를 너무 많이 하면 아빠가 너무 비호감으로 비칠 텐데."

"뭐, 아주 안 좋은 이야기는 할 필요 없어. 하지만 우리가 말하지 않아도 누가 얘기할지는 너도 알지?"

미리엄이 한숨을 쉬었다. "아빠."

미리엄은 그 주에 인터뷰를 한 후 나에게 전화를 했다. "좀 이상했어. 그 사람이 오빠가 혹시 과장해서 말하는 거냐고 묻길래, 나는 자라면서 오빠와는 다른 경험을 했기 때문에 그렇게까지 솔직하지는 않았다고 대답했어. 그랬더니 그 사람이 '그럼 누군가가 드레스를 입고 자기가 뚱뚱해 보이냐고 물으면 당신은 보기 좋다고 말할 건가요?' 하고 묻길래, 그 사람들이 진심으로 물어보면 솔직하게 대답해 줄 거라고 말했어. 그러니까 정말 이상하게 생각하더라. 그러고는 여러 가지 다른 예들을 들면서 나보고 어떻게 할 거냐고 물어보고는 대답을 하면 완전히 미친 사람 보듯 하더라. 내가 너무 솔직했나?"

엄마는 인터뷰는 즐거웠지만 아이라가 솔직함의 가치를 과소평가하는 것 같아서 혼란스러웠다고 했다. "그 사람은 우리의 행동을 다무례하고 나쁘다고 생각하는 것 같았어."

아빠의 인터뷰는 내 두 번째 인터뷰 바로 직전에 진행되었기 때문에 〈디스 아메리칸 라이프〉 스튜디오의 녹음실에서 아이라가 캘리포니아에 있는 아빠와 원격으로 인터뷰를 하는 동안 초조한 마음으로 밖에서 기다렸다. 무슨 말을 하고 있는지는 들리지 않았지만, 헤드폰을 쓰고 있는 아이라가 움찔하는 모습을 녹음실의 창문을 통해 볼 수 있었다.

아이라는 안경테를 잡고 발을 질질 끌며 녹음실에서 나왔다. "와! 당신 아버지는 정말… '와!'라는 말이 절로 나오네요."

"오, 이런. 무슨 일이 있었는데요?" 내가 말했다.

아이라는 컴퓨터 작업을 하는 인턴사원들 사이에 있는 창문 옆 비좁은 공간으로 날 데려갔다. 그는 아빠와 나눈 대화 때문에 차마 나를 못 쳐다보겠다는 듯 시선을 피했다. 우리가 서 있던 자리가 대화하기에는 다소 애매한 위치였으나 아이라는 자리를 옮길 생각이 전혀 없어 보였다. "보통은, 어려운 얘기는 쉽게 꺼내지 못하잖아요. 그렇죠?" 아이라가 목덜미를 주무르며 말했다. "나는 그냥 당신 아버지에게 자녀 양육 방식에 대해 후회하는 부분이 없는지 물어보았을 뿐인데 정말 끔찍한 이야기를 아무렇지도 않게 하기 시작하더군요."

적절하지 않은 반응이었을지 모르지만 나는 그만 소리 내어 웃고 말았다. "정말 우리 아버지답네요. 뭐라고 말했는데요?"

아이라가 고개를 저었다. "음, 이런 표현이 적절할지 모르겠지만…." 그는 들은 얘기를 자세히 설명하기 힘들어할 만큼 당황한 상태였다. 아이라는 마음을 가다듬으려고 노력했다. "너무 선뜻 다 털어놓는 거예요. 그래서 마치 그런 일들을 자랑스러워하는 것 같았어요. 하지만 사람이 어떻게 그런 일을 자랑스러워할 수 있죠?"

"그게 아니에요." 내가 그의 말을 바로잡았다. "우리 가족끼리는 자랑스럽지 않은 일도 다 터놓고 얘기하기 때문이에요. 그럼 속이 후련해지거든요."

"하지만 당신 아버지는 지금 라디오에 대고 그런 얘기를 했단 말이에요. 방송에다가요. 아마 그런 내용은 대부분 방송에 안 나갈 겁니다. 방송에 나가면 당신 아버지의 인생이 망가질지도 몰라요. 왜 그런 위험을 감수하는 걸까요?"

"우리 가족은 진실을 좋아해서 그래요." 내가 말했다.

그는 내 말이 그다지 명쾌한 대답이 아니라고 생각했는지 텅 빈 시선으로 허공을 바라보았다. 아이라는 이상하게 집착하며 질문을 다시 반복했다. "왜 그런 일들을 라디오에 대고 다 시인하는 거죠? 그런 말들을 왜 하는 거냐고요?" 나는 지금 우리가 하는 대화도 방송의 일부로 만들 수도 있겠다는 생각에 녹음실을 바라보았다. "마이클, 솔직히 말하면요," 아이라가 사무실 창밖을 멍하게 응시하며 말했다. "난 정말 당신이 이해가 안 돼요."

"우리 이 대화를 녹음실에서 하면 어떨까요?" 내가 물었다.

아이라가 멍한 상태에서 깨어나듯 말했다. "아. 좋아요, 좋아. 좋은 생각이네요."

잠시 후 우리는 마이크를 사이에 놓고 앉았다. 아이라는 말을 하기 전에 잠깐 멈칫했다. 얼마나 솔직하게 말해야 할지를 결정하려는 것 같았다.

"난 사람들에게 질문을 함으로써 나를 좋아하게 만들 수 있다는 것을 10대 때 알게 되었어요." 그가 말했다. "난 사회불안장애가 있었어요. 그래서 의도적으로 내 얘기는 하지 않고 주로 질문을 하기로 했죠. 그리고 그게 통했어요. 친구들에게도 내 얘기는 거의 하지 않고 그냥 그들이 느끼는 것에 대해 물어보기만 했어요. 말하자면 인터뷰 같은 걸 한 셈이죠. 그 결과 지금 제 인생이 어떻게 됐나 보세요." 아이라는 유감스럽다는 듯 머리를 흔들었다. "사람들은 나와 가까워졌다고 생각하지만 나는 그들한테 아무 감정도 없어요."

나는 〈디스 아메리칸 라이프〉가 아이라가 자신의 감정을 숨기기 위한 방편이었다는 독백 같은 고백으로 클라이맥스를 이루며 방송의 한 에피소드가 끝나는 상상을 해보았다. 우리 가족의 솔직함에 직면하면서 아이라 글래스라는 사람의 허울마저 용해돼 버리고 정서적인 돌파구를 찾게 되는 과정이 녹음되고 만 것이다.

녹음실을 나온 뒤 인터뷰에 대한 생각을 물어보려고 아빠에게 전화를 걸었다. "아이라라는 사람 정말 인터뷰를 잘하더구나. 나한테서 그런 얘기들을 끌어내다니 정말 놀라워." 아빠가 말했다.

방송 날짜가 다가오는데도 아이라는 우리에게 미리 방송할 내용을 들려주지도 않았고 어떻게 편집되었는지도 말해주려고 하지 않았다. 문제가 될 만한 내용은 아무것도 포함하지 않았기 때문에 내가 '호감형'이나 '공감할 만한 인물'로 나올 거라고만 안심을 시켜주었을 뿐이다. 그가 이런 말을 반복적으로 주장한다는 사실 자체가 의심스러웠다. 내게는 반대의 법칙이 이미 내면화되어 있었기 때문이다.

방송된 인터뷰에는 아빠가 우리에게 너무 많은 말을 한 것을 후회하는 내용도 포함되어 있었다. 아빠에게서 그런 말을 들은 건 처음이었다. 하지만 아이라는 아빠가 대체 무엇을 후회하는지에 대한 것은 구체적으로 포함시키지 않았다. 방송을 들으면서 사람들이 우리에게 조금이라도 호감을 가질 수 있게 하려면 그렇게 할 수밖에 없었다는 것을 깨달았다. 후회란 감정은 공감할 수 있을지 모르지만 후회한 대상은 공감이 안 될 수도 있었기 때문이다. 아이라는 가장 안전하고 애교 있게 봐줄 수 있는 부분만을 모아서 우리를 나름대로 매력 있게 순진하고 이상적인 사람들로 포장하는 데 성공했다. 아이라는 아주 고맙게도 우리의 본모습으로부터 우리를 보호해 줌으로써 우리 가족의 삶을 뭔가 긍정적인 형태로 빚어냈다. 그건 엄밀히 말해 진실은 아니었지만 친절한 배려였다.

방송을 들은 내 친구들은 지나치게 편집된 순한 내용에 놀라움을 나타냈다. 나는 이렇게 말했다. "불편한 진실을 생략하느냐 마냐에 관한 방송인데 우리를 호감이 가는 사람들로 포장하기 위해서 불편한 진실을 생략한 거지."[1]

나는 아이라와 함께 일한 적이 있는 라디오 방송 쪽에서 일하는 지인에게 방송되지는 않았지만 아이라가 내게 했던 고백에 대해 얘기했다. 그녀는 웃으며 이렇게 말했다. "아, 아이라는 인터뷰할 때마다 그런 말을 해. 그러면 사람들이 그를 신뢰하게 되거든. 너한테 한 말은 분명 그의 원맨쇼에서도 나올 거야. 그냥 기억하고 있던 말을 했던 걸 거야." 나는 인터뷰 과정에서 가장 좋게 기억하는 부분이 속임수였다는 사실을 믿을 수가 없었다. 내 지인은 그래도 그 순간에 아이라가 느낀 감정은 분명히 진심이었을 거라고, 단지 오해의 여지가 있었다면 그건 그에게서 그런 감정을 자아낸 장본인이 나라고 느끼게 만들었다는 점이라고 말했다.

지인에게서 들은 정보에 나는 충격을 받았다. 아이라는 내 솔직함이 그를 변화시킬 수도 있다는 말을 내가 듣고 싶어 했다는 것을 알고 있었다. 그는 내가 어떻게 변하고 싶어 하는지 알았고 그 상(像)을 스스로 끌어내도록 만들었다. 체호프와 차를 마실 때의 기분이 이런 기분일지도 모르겠다.

---

1 몇 년 뒤 팟캐스트 〈테이프〉의 진행자가 아이라를 인터뷰하면서 내가 나왔던 방송에 대해 언급한 적이 있다. 그 진행자는 나를 실제로 만났을 때 너무 싫어했다는 말을 아이라에게 했는데, 그 말을 한 이유는 나를 실제로 만났을 때보다 방송에서 비친 내가 훨씬 마음에 들어서, 아이라가 의도적으로 나를 실제보다 호감이 가게 만들었다고 느꼈기 때문이었다. 아이라가 말했다. "나는 그 사람이 좋았어요. 그에게 마음이 끌렸고 그래서 같이 이야기하는 게 즐거웠어요." 하지만 아이라는 다음과 같이 인정하기도 했다. "우리가 의도적으로 그를 호감 가는 인물로 만든 건 사실이에요." 진행자는 그럼 혹시 인터뷰 대상들을 모두 실제와 다르게 더 좋아보이게 만들었는지 집요하게 묻자 아이라는 아니라고 말했다. "나는 단지 그 사람이 어떤 사람인지에 대한 저의 정확한 느낌을 전달하려고 노력할 뿐입니다."

솔직함의 기준

　　　　　방송이 나가고 미리엄은 간접적인 표현에 좀 더 마음을 열게 되었다. 그 인터뷰가 방송에 나가고 1년밖에 안 지났을 때 이미 진지하게 사귀는 남자친구가 생겼고 2년 후에는 약혼을 하게 되었다. 그리고 지금은 결혼한 상태다.

　정부 관련 직업에 취업을 못 하게 된 조시는 진로를 바꾸어 프리랜서로 수입이 괜찮은 곰팡이 전문가 일을 하게 되었다. "이 일이 훨씬 좋아. 일하는 시간을 내가 정할 수 있고, 하고 싶은 만큼 할 수도 있어. 사람들한테 거짓말 안 해도 되고, 좋지 않다고 생각되는 일은 안 해도 돼. 나는 그래서 너무 자유로워."

　엄마 역시 덜 솔직해야 할 필요를 느끼지 못했다. "점점 나이를 먹어가면서, 나를 있는 그대로 받아주지 못하는 사람들을 대하는 데 점점 한계를 느껴." 최근에 엄마는 데이트를 처음 할 때마다 자기가 유니콘이라고 선언하고 싶다는 말을 했다. "그 사람이 내가 독특하고 특별한 사람이라는 사실을 못 견뎌 할 사람이라면 되도록 빨리 파악하고 싶거든." 엄마의 독특한 생각과 태도 때문에 내가 범했던 실수들을 엄마도 되풀이할까 봐 염려는 됐지만, 그래도 그런 태도가 엄마에게 힘이 돼주길 바랐다. 엄마는 어쩌면 아직도 상한 우유를 먹지 않아도 되는 법을 배우고 있는지도 모른다.

　친구들은 솔직하게 살았던 내 과거에 대해 알고 나면 훨씬 더 빨리 마음을 여는 것 같았다. 하고 싶은 말을 직접적으로 하는 데 어려움을 느끼는 친구들은 나에게 조언을 구하기도 했다. 많은 사람들이 내 덕분에 자기가 좋아하는 사람들에게 솔직하게 말할 마음을 먹게 됐다는 말을 했다. 그리고 아무도 그것을 후회하지 않았다.

어느 날 브루클린의 한 공연장에 초대되어 나만의 스토리텔링 시리즈 쇼를 시도해 볼 수 있는 기회가 생겼다. 나는 이 쇼의 이름을 포커 게임에서 자신이 갖고 있는 패를 자기도 모르게 상대에게 흘리는 버릇을 일컫는 용어를 따서 '텔'이라고 지었다. 이 쇼는 내가 옛날에 녹음기를 가지고 다니던 때보다 사람들로부터 사적인 이야기를 끌어내는 데 더욱더 효과적이고 완벽한 수단이 되었다.

〈텔〉을 시작한 지 1년쯤 되었을 때 친구 중 한 명이 무대로 나와, 자기의 첫사랑이 조현병에 걸려 입원했을 때 느꼈던 처참한 심정에 대해 얘기했다. 친구는 금방이라도 울음을 터뜨릴 것 같은 모습으로 말했다. 그녀의 꾸밈없는 목소리와 울먹거리는 관객의 모습은 왠지 매우 낯이 익었다. 쉬는 시간에 관객석에 있던 미리엄을 발견하고 내가 말했다. "있잖아, 맨 마지막 얘기 중에 갑자기 이런 느낌을 받았어."

미리엄이 내 말을 가로챘다. "오빠가 〈텔〉로 가족 심리치료 캠프를 재창조한 느낌?"

"바로 그거야! 왜 그걸 지금까지 깨닫지 못했을까."

시간이 지남에 따라, 나는 내가 다시 솔직한 사람으로 서서히 돌아가도록 놔두었다. 하지만 얼마간 솔직하지 못했던 시간을 살았던 경험은 나를 어느 정도 유연한 사람으로 만들었다. 사실 솔직함은 그 자체로서는 별로 문제가 되지 않는다. 다만 솔직하게 대하려는 상대와 먼저 공감을 갖는 시간을 조금 더 가졌어야 했다. 그리고 무조건적으로 솔직한 게 아니라 상대를 배려하기 위해 솔직해야 했다.

– 상대방이 정말 내가 솔직하기를 바라는지를 먼저 파악해야 한다.

상대가 간접적인 표현을 원하거나 사소한 잡담이나 긍정적인 대화만을 원한다면 나는 그들이 원하는 대로 해주려고 노력했다. 그리고 상대가 원할 때만 솔직하게 대하려고 노력했다.

어느 날 사람이 북적대는 술집의 시끄러운 음악 소리와 소음 속에서, 나는 술에 취해서 친구 로라에게 솔직함과 나의 관계에 관한 글을 어떻게 쓸 것인가에 대한 얘기를 큰 목소리로 떠들어댔다. 그녀가 테이블 위에 팔꿈치를 얹고 턱을 손 위에 올리자 그녀의 금발머리가 얼굴 위로 마구 흐트러져 떨어졌다.

내가 그녀에게 말했다. "우리 가족 기준으로 솔직한 정도를 1에서 10까지로 나눈다면, 〈디스 아메리칸 라이프〉에 나온 내용은 고작해야 2나 3 정도야. 그래서 내가 5나 6 정도의 단계에 해당하는 내용으로 글을 쓴다 해도 나는 여전히 아주 솔직한 사람으로 보이면서도 남들의 공감도 얻을 수 있을 거야."

로라는 청회색 눈을 한쪽만 감고 다른 한쪽 눈으로 나를 뚫어지게 바라보았다. 그녀는 혀 꼬부라진 소리로 말했다. "정말 위대한 일을 하는 사람들은 남들이 자기를 좋아하게 만드는 방법 따윈 신경 안 써."

"그 사람들도 분명 신경 쓸걸. 의식적이든 무의식적이든." 내 말에 로라가 불편한 듯 웃었다. 내가 물었다. "넌 정말 내가 10단계에 해당하는 책을 써야 한다고 생각해?"

"그럼 어때서? 진짜로 너는 솔직함에 대한 책을 쓰려고 하면서 솔직하지 않게 쓰려는 거야?" 로라가 말했다.

"문제는 말이야. 호감을 가질 만한 내용만 썼다고 굳이 언급하지 않는 한, 대부분의 사람들은 호감 가는 내용을 더 선호한다는 거야."

"나는 내 마음에 들면서 가짜인 책보다 마음에 안 들더라도 진실이 담긴 책을 읽겠어."

"무슨 소리야. 네가 두 권의 책을 읽었다 치자. 한 권은 읽은 다음 그 작가를 싫어하게 되었고 또 다른 한 권은 읽은 후에 작가를 좋아하게 되었다고 해봐. 그럼 넌 작가가 좋아진 책을 선호하겠지. 심지어 마음에 드는 그 책이 더 진실한 책이라고 생각할 수도 있어. 게다가 네 말이 옳다고 치고, 나를 비호감형으로 묘사한 책이 더 좋은 책이라고 해보자. 그럼 그 책이 대체 누구한테 이로운 거야?"

로라가 톡 쏘아붙였다. "그러면 세상에 진실이 하나라도 더 생기잖아! 너무 남들 눈치만 보는 세상은 지금으로도 족해."

"그러면 이렇게 물어볼게. 너는 얼마나 솔직한 편이야?" 내가 말했다.

로라는 컵 안의 얼음이 자기 생각을 반영하기라도 하듯 컵을 들어다보았다. 빨대의 끝이 그녀의 코에 닿을락 말락 했다. "난 더 솔직해야 돼. 그런데 나한테는 그게 너무 힘들어." 로라가 손으로 뺨을 감쌌다. "너랑은 달라. 너는 그럴 수 있잖아."

"누구나 솔직할 수 있어. 그냥 입과 혀를 움직여. 그럼, 말은 자연스럽게 나와."

"아니야." 그녀는 고개를 갸웃하고는 손가락 끝으로 나무 테이블 위를 문질렀다. "내 말 믿어. 넌 몰라. 우리는 안 돼." 나를 올려다보는 그녀의 눈에 눈물이 그렁그렁해졌다. "그래서 너는 꼭 진실을 말해야 해. 우리 모두를 위해서 너만은 솔직해야 해."

다음에 아빠가 뉴욕을 방문했을 때, 우리는 1970년대 이후로 전혀 변하지 않은 것 같은 작은 이탈리아 식당에서 같이 저녁을 먹었다. 아빠가 내게 말했다. "내가 예전에 주로 했던 행동들에 대해 최근 많은 생각을 해보게 됐단다. 예를 들면 음악평을 아주 부정적으로 썼던 일들 같은 것? 그땐 미친 듯이 소리를 지르는 팬들로 꽉 찬 콘서트에 갔다 와서 그 밴드가 얼마나 형편없었고 팬들도 다 제정신이 아니었다는 식의 감상평을 쓰곤 했지. 대체 뭐를 위해서 그랬을까?" 아빠는 어이가 없다는 듯이 웃었다. 그즈음 아빠는 그런 모습을 자주 보였다. "조시가 체스 말을 여기저기 던지려고 했을 때 나는 왜 그냥 같이 놀아주지 못했을까? 그냥 같이 말을 던지면서 즐거운 시간을 보낼 수도 있었을 텐데."

아빠는 10년 만에 직장 동료 모임에 갔었던 이야기도 해주었다.

아빠가 모임에서 만난 옛 동료에게 말했다. "나랑 같이 일하면서 사람들이 얼마나 괴로웠을지 이제야 조금 감이 와. 내가 대체 얼마나 형편없었어?" 그러자 모든 동료들은 차례로 아빠가 했던 말들이 얼마나 끔찍했었는지, 그래서 아빠랑 있으면 얼마나 거북했었는지 말해주었다. "그래도 지금은 많이 달라졌어." 동료 중 한 명이 말했다. 아빠는 달라졌다는 말을 들어서 뿌듯해하는 것 같았다.

우리는 아빠가 예전에 했던 어이없는 말들을 같이 돌이켜 보기 시작했다. 내가 말했다. "아빠의 의견에 누군가가 화를 내면 '대체 그게 뭐 그리 대단한 일이라고 그래? 내 생각이 뭐 그렇게 중요해?'라고 말씀하셨죠. 저도 사람들한테 그런 식으로 말하곤 했어요. 우리는 상대방을 비난해 놓고 또 그 말에 신경 쓴다고 비난했죠."

"그래, 맞아." 아빠가 고개를 저으며 말했다. "예를 들면, '넌 멍청한 것 같아. 그런데 내 생각이 뭐가 중요해?'라는 식이었지." 아빠는 턱수염을 쓰다듬었다. 나는 이제 아빠가 말할 때 내 눈을 바라본다는 것을 눈치 챘다. "요즘에는 그런 생각이 들기 시작했어. 남들이 내 말을 별로 중요하게 생각하지 않는다는 건 나도 한 번쯤은 입을 닫고 남들이 하는 말을 들어봐야 한다는 뜻이라고 말이야." 아빠가 내게 물었다. "그래서 말인데, 그 밖에 내가 전혀 이해 못 했던 다른 것들도 좀 설명해 줄 수 있겠니?"

손님들이 하나둘씩 집으로 돌아가는 레스토랑에서 아빠는 계속 여러 가지 질문을 했고 나는 아빠가 과거에 했던 행동들을 예로 들어가며 대답해 주었다. 아빠는 그 모든 일이 발생했을 때 분명히 그 자리에 있었는데도 마치 그 이야기를 처음 듣는 사람 같았다. 말하자면 아빠 본인이 경험한 역사를 나를 통해 듣고 있었던 것이다. 그리고 이번에는 의심 없이 내 말을 믿었다.

이브와 나는 거의 만나지는 못했지만 여전히 소식을 주고받았다. 그녀는 남자친구와 결혼했고 두 사람은 함께 살 집을 지었다. 우리가 헤어진 지 9년째였던 작년에 이브는 첫째를 임신한 상태에서 뉴욕을 방문했다. 그녀는 함께 시내를 걷자고 했다. 임신해서 몸이 무거운 사람에게 무리가 아닐까 하는 걱정은 됐지만 이브가 고집을 부렸다. 그래서 우리는 플랫아이언 빌딩에서 출발해서 웨스트빌리지 주변을 걸으며 서로의 소식을 공유했다. 우리는 도시의 소음 속에서 〈디스 아메리칸 라이프〉, 그리고 내가 쓰려고 계획 중이었던 나의 '솔직함과의 슬픈 러브스토리'에 대한 이야기를 나누었고, 나는 어쩌면 그 책에 그녀와의 슬픈 연애사도 포함될지도 모른다고 말했다.

"아, 나에 대해서는 뭐든지 써도 좋아. 나도 너에 관한 글을 쓰는 중이거든." 그녀가 말했다.

"나에 관한 어떤 글을 쓰고 있는데?" 내가 물었다. 그녀가 웃으며 내 질문을 회피하기에 나는 더 이상 묻지 않았다.

우리는 솔직함에 대한 책을 쓸 때 얼마나 솔직해야 하는지에 대한 토론도 했다. "내가 너무 솔직하게 쓰면, 그 책이 바로 내가 전혀 배운 게 없다는 증거가 되는 거잖아. 그래서 어쩌면 아이라의 방식을 써야 할지도 모르겠어. 호감을 줄 수 있게 쓰는 데 초점을 맞추고 좋아하기 힘들 것 같은 부분은 삭제하면서 말이야." 내가 말했다.

"무슨 소리! 그러면 무슨 재미가 있어! 모두 사실대로 말해!" 이브
가 예전과 같은 미소를 지어 보이며 말했다. "우리 노래, 〈그를 아는
것은 그를 사랑하는 것〉처럼 말이야. 사람들이 네가 어떤 사람인지
알 수 있게 써야 해."

그래서 나는 그렇게 했다.

이 책에 나오는 모든 인물은 이름을 아예 언급하지 않았거나 가명으로 소개했다. 누군지 알 수 없게 하기 위해서자세한 정보나 설명을 바꾼 경우도 있다. 이 책의 주요 인물 중 몇몇은 그렇게 해달라고 특별히 부탁하기도 했다. 이 책에 등장했지만이 책의 존재조차 모르는 다른 사람들은, 짐작건대 이미 한참 전에까맣게 잊어버린 나 같은 별 볼 일 없는 얼간이가 하는 이야기의 일부로써 과거의 불쾌했던 데이트나 대화를 되살리고 싶지 않을 것이다. 또 그들이 즉석에서 아무렇게나 던진 말들이 내 인생의 방향을어떻게 바꾸었는지도 알고 싶어 하지 않을 것이다. 나는 그들이 나와 예전에 실제로 만났던 경험만으로도 이미 충분히 고통을 받았다고 생각한다.

이제 이런 설명도 그만하겠다. 아마도 여러분은 당연히 이 책에 나온 사람들의 신원을 밝히면 안 된다고 생각할 테고, 그들의 신원을 밝히지 못해서 노이로제 걸릴 것 같은 사람은 나쁜일 테니까 말이다. 혹시라도 이 책에 나오는 사람들이 누군지 다 밝혀야 하고 본명을 사용해야 한다고 생각하는 독자가 있다면, 잔인할 정도로 솔직한 내 마음 깊은 곳으로부터 그 의견에 동의한다는 점에서 위안을 얻기를 바란다.

감사의 말

        린다 실버먼, 매슈 글리슨, 노아 파이퍼, 클랜시 콕스, 제프 리클리, CTY의 모든 사람들, 라이런 밀스타인, 에밋 켈리, 루이스 페사코브, 에어리얼 렉트샤이드, 앨런 로아이자, 크리스 쿨리, 하우스 가족, 팀 라이트, 에드나 토그바, 메이털 해대드, 톰 드루리, 케빈 코니시, 노아 와이스, 맷 보더, 그레그 로고브, 디버리 돌먼, 크리스 캘훈, 엘리자베스 워드, 라크, 리기나 스펙터, 존 소키아, 조너선 베네딕트, 다션 코럼, 리페, 베이비스킨스, 트랙턴버그 가족, 넬리 맥케이, 마거릿 밀러, 헤이즈 가족, 카이아 피셔, 데이 마이트 비 자이언츠, 잭 맥패든, 샤론 밴 에튼, 마이샤 배틀, 롭 브린, 크리스티나 블랙, 슈루티 갠걸리, 비키 스탠턴, 빅터 매그로, 케이트 우르치올리, 알렉스 스틸, 내 우쿨렐레 수강생들과 글짓기 반 수강생들, 가족 캠프 참가자들 모두와 우리 가족이 없었다면 솔직하게 살았던 날들을 버텨낼 수 없었을 것이다.

2010년부터 2015년까지 나는 얼마나 솔직해야 하는지에 대해 많은 중요한 조언과 충고를 받았다. 그 사람들 중에서 에이리얼 이스트, 크리스티 무니스, 네이지 카라미, 니콜 알렉산더, 라일랜드 블래킨턴, 줄리애나 로마노, 샬럿 로이어, 애솔 압둘라나, 마리아 리우, 요나스 선스트롬, 루크 템플, 로런 헬러, 실파 레이, 니나 엘리스, 댄 에스타브룩, 저스틴 콕스, 레이나 햄너, 애덤 그린, 잭 디셀, 제프리 루이스, 디온 데이비스, 니콜 앳킨스, 지미 지아노펄러, 제임스 레비, 코티아 소로우굿, 미컬 클립, 스테퍼니 피터슨, 존 와일리, 디마 덥슨, 리나 싱어, 앨란 델 리오 오티즈 그리고 캬야 월킨스 등에게서 특히 많은 도움을 받았다.

이 책이 나오기까지 가장 직접적인 기여를 한 사람들은 다음과 같다. 비앙카 게이버는 내 솔직한 본성에 대해 아이라 글래스에게 언급해 줄 만큼 좋게 생각해 주었다. 아이라는 나를 인터뷰하면서 몇 시간이 넘도록 이어지는 내 불평의 소리를 끝까지 들어주었다. 그리고 리즈 피토프스키는 아이라가 만든 라디오 방송을 엘리스 체니에게 보냈고, 엘리스는 또 나에게 에이전트 애덤 이글린을 소개해 주었다. 아담은 그 이후에 내가 쏟아내는 불평불만을 몇 년 동안이나 참고 들어야 했다. 그리고 너무 다행스럽게도, 현명하고 마음이 따뜻한 케이틀린 호드슨은 내가 적어도 조금은 덜 불쾌하게 행동할 수 있도록 일깨워 주었다. 그리고 특히 애니 코리얼, 제나 사우어스, 데브 하인스, 존 매클리에게서는 아주 유익한 조언들을 들을 수 있었고 헤일리 위렌고와 스테퍼니 피셔에게서는 많은 영감과 지지를 받았다. 그리고 편집자 제이미슨 스톨츠는 내 불평으로 가득한 수백 페이지의 원고를 꼼꼼하게 살피고 편집해 주었다. 나는 아직도 그와 함께 일할 만큼 운이 좋았다는 것이 믿어지지 않는다. 그리고 이 책에 등장하는 사람들(특히 엄마와 아빠)은 이 모든 말도 안 되는 일들에 놀라운 이해심을 보여주었으며 내가 상상하고 바랄 수 있는 것 이상으로 다정하게 대해주었다. 한마디로 요약하자면, 이 책이 나올 수 있었던 건 나의 온갖 불쾌한 행동을 견뎌준 많은 훌륭한 사람들 덕분이었다. 여러분 모두 감사합니다!

옮긴이 **김마림**

경희대학교와 미국 SUNY Buffalo에서 지리학을 공부했다. 현재 영국에 거주하며 번역가로 일하고 있다. 『조각가』, 『싱글로 산다』, 『한순간에』, 『바스키아』, 『서점일기』 등을 우리말로 옮겼다.

라이어 라이어 라이어

초판 1쇄 인쇄 2022년 9월 5일
초판 1쇄 발행 2022년 9월 23일

지은이 | 마이클 레비턴
옮긴이 | 김마림
발행인 | 강봉자, 김은경

펴낸곳 | (주)문학수첩
주소 | 경기도 파주시 회동길 503-1(문발동633-4) 출판문화단지
전화 | 031-955-9088(대표번호), 9530(편집부)
팩스 | 031-955-9066
등록 | 1991년 11월 27일 제16-482호

홈페이지 | www.moonhak.co.kr
블로그 | blog.naver.com/moonhak91
이메일 | moonhak@moonhak.co.kr

ISBN 978-89-8392-900-6 03840